长 弓 王

（英）康恩·伊古尔登 著
夏婉君 译

内蒙古人民出版社

图书在版编目(CIP)数据

长弓王/(英)康恩·伊古尔登著;夏婉君译.—呼和浩特:内蒙古人民出版社,2009.4

ISBN 978-7-204-09826-2

Ⅰ.长… Ⅱ.①康…②夏… Ⅲ.历史小说—英国—现代 Ⅳ.I561.45

中国版本图书馆CIP数据核字(2009)第052568号

长弓王

(英)康恩·伊古尔登 著

夏婉君 译

责任编辑 王继雄

封面设计 宋双成

出版发行 内蒙古人民出版社

地　　址 呼和浩特市新城区新华大街祥泰大厦

印　　刷 北京龙跃印务有限公司

经　　销 新华书店

开　　本 710×1000 1/16

印　　张 17

字　　数 220千字

版　　次 2009年5月第1版

印　　次 2009年5月第1次印刷

书　　号 ISBN 978-7-204-09826-2/I·2109

定　　价 28.00元

如出现印装质量问题,请与我社联系。 联系电话:(0471)4971562 4971659

目 录

引言

第一部分 …… (1)

序 …… (1)

第 一 章 …… (9)

第 二 章 …… (18)

第 三 章 …… (27)

第 四 章 …… (33)

第 五 章 …… (40)

第 六 章 …… (48)

第 七 章 …… (56)

第 八 章 …… (64)

第 九 章 …… (71)

第 十 章 …… (81)

第十一章 …… (87)

第十二章 …… (97)

第十三章 …… (105)

第十四章 …… (114)

第十五章 …… (122)

第二部分 …… (131)

第十六章 …… (131)

第十七章 …… (138)

第 十 八 章 ……………………………………………………………（146）
第 十 九 章 ……………………………………………………………（154）
第 二 十 章 ……………………………………………………………（165）
第二十一章 ……………………………………………………………（172）
第二十二章 ……………………………………………………………（179）
第二十三章 ……………………………………………………………（185）
第二十四章 ……………………………………………………………（191）
第二十五章 ……………………………………………………………（198）
第二十六章 ……………………………………………………………（206）
第二十七章 ……………………………………………………………（214）
第二十八章 ……………………………………………………………（222）
第二十九章 ……………………………………………………………（231）
第 三 十 章 ……………………………………………………………（238）
第三十一章 ……………………………………………………………（249）
第三十二章 ……………………………………………………………（256）

历史注解 ……………………………………………………………（262）

引　言

长弓王（Lords of the bow）是英国历史小说家康恩·伊古尔登（Conn Iggulden）的作品。这是一部胜利者的史诗，一部征服者的绝唱，更是一部勇敢者与冒险者的传奇。

结束了乃蛮部落的战争，成吉思汗成为了蒙古草原上最大的统治者——全书由此起笔，叙写了两大部分。

接着成吉思汗将草原上的各个部落聚集在斡难河（今鄂嫩河），在这里召开大会，统一了众部族，从此称汗，蒙古帝国崛起。

“成吉思汗”的蒙古语意是“海洋的大汗”。正如其名，成吉思汗像是领导着一个浩瀚的海洋，从草原上翻云而起，奔腾不止，势如破竹，不断地扩张版图，如纳百川。他的部队不畏艰苦，穿越沙漠，入侵西夏，最后西夏被逼献女求和。

得到了西夏的贡品和公主之后，成吉思汗回师，并派弟弟哈撒儿以及帖木格去金国获取了作战的有利信息，在他的家乡肯特山修整两年后，继而麾军攻打金国。

先是攻占包头，蒙军纵横捭阖，临河，五原，呼和浩特、济宁、还有西城陷落。最后大战燕京，几路进兵，分割包围，各个击破，战场规模之大，残忍之烈，金国危在旦夕。直到金国的小皇帝跪地投降，蒙古的历史又翻开了新的一页。

这个时候，成吉思汗的四个儿子术赤，察合台，窝阔台，拖雷也已经渐渐长大……

成吉思汗是一个军事才能卓越的军事家，用兵喜好详探敌情，善用分割包围、远程奇袭、佯退诱敌、运动歼击等作战方法，史称“深沉有大略，用兵如神”。他发起的战争，不乏野蛮与残酷，大规模的屠杀，城镇田舍的毁灭，破坏性非常大。

在这样一个果敢有远见的优秀领袖的领导下，长弓民族成了草原上真正的苍狼。

第一部分

“这是来自北方一个伟大国度的民族。他们手握长弓和长矛；他们性情残忍，毫不留情；他们的吼声如大海般雄浑；他们骑着战马，人人列队都像冲锋战斗的勇士。”

——杰雷米亚斯

序

乃蛮部落的可汗已经年老。山风中的他微微颤抖。远远的，他的军队在与自称成吉思汗的人奋力抗战。敌军滚滚而来，至少十二部同乃蛮一致对敌。山上晴朗的空中，呼喊声和尖叫声不绝于耳，可汗却几乎失明，他看不到战争。

“告诉我现在的战况，”可汗再一次低声对他的萨满说。

已经步入三十岁的阔阔出，敏锐的目光中掠过几丝憾意。

“回禀汗王，札只剌惕部已经放下了他们的弓箭和长矛，正如你预料，他们已经丧失了作战的勇气。”

“敌人的胆怯给了他无尚的荣耀，”可汗紧了紧他瘦削身体上的衣服说道。“我的乃蛮部还在战斗吗?”

很长时间，阔阔出望着山下人仰马翻的局面，久久没有回答。黄昏时分，当最好的侦查员正在说成吉思汗仍在百里之外时，成吉思汗却出人意料地出现在草原上，俘获了他们。乃蛮以及那些曾经是胜者的凶猛的联盟军已经遭到了攻击，不过击退成吉思汗的猛攻还有一线希望。阔阔出为札只剌惕部落默念诅咒术，他认为来了如此众多的札只剌惕人，是能够战胜他们共同的敌人的。不一会儿，他们的联盟军便组成了非常壮大的队伍，这在几年前是不可能的。第一次攻击持续了很长时间，最后恐惧打破了战局，札只剌惕部退出了战场。

阔阔出看着这一切，成吉思汗在迎接那些对抗他们兄弟的人们，暗暗叹气。

这些人的思想如狗一样，总是归附势力强大的一边。

“汗王，他们仍在战斗，”最后他说。“他们抵抗着进攻，箭射向成吉思汗的军队。”

乃蛮的可汗握紧了他瘦骨嶙峋的双手，指节发白。

“很好，阔阔出，我应该回到他们中间，抚慰他们。”

萨满用狂热的目光看着可汗——这位他成人后一直辅佐的人。

“我的汗王，如果你这样做的话，会有生命危险。我看到，即使灵魂已死，你的部下们也会坚守此山。”阔阔出掩饰着羞愧说道。可汗信从了他的忠告，但是当阔阔出看到乃蛮的第一道防线被攻破的同时，他也看到了自己的死期。在那一刻，他所有的愿望都丧失殆尽。

可汗叹气道：“阔阔出，我非常感激你出色的辅佐。现在把你所看到的如实道来。”

阔阔出顿了一下，深吸一口气，回答。

“成吉思汗的那可儿们现在加入了战斗。其中一支从侧面进攻，已深入军中。”阔阔出咬紧嘴唇，停了下来。他的视野里，箭疾如蜂，被射中的人没走几步便跪倒下去，箭羽插入地中。

“我们必须转移到更高处，汗王。”他说，挣扎着站起来，不再去看远处沸腾的杀戮场面。

老可汗被两个战士扶着站了起来。这两个人的兄弟朋友们都受到残害，但是他们出现在山上的时候受到了阔阔出的礼遇，这时就帮助可汗爬上山。

“阔阔出，我们的战士已经回击了么？”可汗用颤抖的声音说。阔阔出转身，所看到的吓到了他。箭幕悬挂天际，似泼油一般缓缓漫开。乃蛮主力已经被猛攻分成了两股。成吉思汗身穿盔甲，从下颌全副武装，比乃蛮部曾鼎盛时期的领导人还要好。每一个战士的丝绸束身衣上都穿着厚厚的帆布衣，上面缝着上百个有手指宽度和长度的铁片。即使那样，尽管箭头总能陷入丝绸，但还是阻止不了强硬的撞击。阔阔出看到成吉思汗的勇士们像天气风暴轴。蔑儿乞部落的马尾标准被践踏在脚下，他们扔掉武器，挺胸而跪。只有狂怒的瓦剌部落和乃蛮部落继续战斗，他们也知道挺不了太久。最伟大的联盟聚集在一起共同抵抗一个敌军，结果，所有自由的希望都没了。阔阔出皱着眉头思索着他的未来。

“汗王，战士们为荣誉而战。他们不会从这里出现，您看的时候还没有。”阔阔出看到成吉思汗的数百名勇士到达了山脚下，正在虎视眈眈地向上盯着奴隶防线。高山上，强烈的冷风袭来，阔阔出感到既绝望又愤怒。冷冷的阳光照在他脸上，他已然来得太远而不能在枯山上失败。能够战胜甚至超过他父亲的所有秘密将会在刀剑或弓箭结束自己的生命的同时而浪费。那一刻，他恨年老的可汗，是他坚持平原上的新势力。不管曾经的可汗多么强大，失败让他变得愚蠢。阔阔出默默诅咒的厄运一直跟随可汗。

由于攀爬，乃蛮的可汗对搀扶自己的战士无力地摆摆手，气喘吁吁。

“我必须休息一下，”可汗摇着头说。

“我的汗王，敌人离我们很近了，”阔阔出回答道。奴隶们不理萨满，慢慢扶着可汗在草边的岩石上坐了下来。

“我们失败了吗？”可汗说，“要是乃蛮部不灭，成吉思汗的狗怎么靠近这座山？”

阔阔出不去正视奴隶们的眼睛。他们和阔阔出一样知道真相，谁都不愿提一个字，不愿打破这位老人最后的希望。下面，死人在地面上形成一道道曲线和笔画，仿佛草地上的一幅血腥的手稿。瓦剌部落英勇善战，最后也被击败。成吉思汗的军队汹涌而来，占据了所有防线的每一个漏洞。阔阔出看到成十成百的队伍横跨战场，他们的指挥官以迅雷不及掩耳之势及时沟通。只有十分勇敢的乃蛮战士们才能阻止着暴风雨般的攻击，但力有不足。当战士们夺下山脚的时候，阔阔出看到了一瞬的希望，但是那些为数很少的疲惫的战士在另一次大型的猛攻中都被灭尽了。

“你的奴隶们仍然准备为你而战死，我的汗王，”阔阔出低声说道。他能说的只有这些。剩下的军队坚强地挺身而站，在夜幕降临前是如此的明亮。死人们的呼喊声，声声入耳。

可汗闭上双眼，点点头。

“我想今天我们可能赢得胜利，”他的声音像耳语一般，“如果战争结束，告诉我的儿子们，放下手中的刀剑。不能让他们白白地死去。”

当成吉思汗的军队咆哮着冲向他们的时候，可汗的儿子们已经身亡。两个奴隶凝视着阔阔出，像是听到了命令，他们的眼神中隐藏着悲伤和愤怒。可汗拔出剑，轻抚剑刃，遍布脸颊和脖颈的纹理越发清晰，像是皮肤下精细的条纹。

“汗王，如果你让我去，我会把您的话带给您的儿子们。”

可汗仰起头。

“让他们活下去，慕容阿卡赫，他们可能会知道成吉思汗将我们带到哪里去。”

慕容阿卡赫的双眼溢满泪水，他将脸偏向另一个奴隶，愤怒地擦干眼泪，完全不去理会阔阔出，就当他不在这里。

“儿子，保护可汗。”他温柔地说。年轻人低头允诺，慕容阿卡赫拍了拍他的肩，一会又摸了摸他的额头。对于带他们上山来的萨满，他一眼都没看，就从斜坡上跨下去。

可汗叹了一口气，他的心中满是乌云。

“让他们给征服者让路，”他低声说道。阔阔出看到可汗鼻子上的一滴汗珠在抖动。“或许成吉思汗一旦杀了我,会对我的儿子们仁慈。”

远远地,阔阔出看到奴隶慕容阿卡赫到了防御者的最后一关。他面前的战士们挺直了身体,站得更高;疲惫潦倒的他们仍然高仰着头,掩饰着内心的怯意。阔阔出听到他们迈步跨向敌人时也相互告别。

山脚下,阔阔出看到成吉思汗从大多数战士中间走过,他的盔甲上已被鲜血浸染。阔阔出感觉到成吉思汗扫了他一眼。他颤了一下,赶紧去握紧了刀把。他把刀插入自己可汗的喉咙里,成吉思汗会放过他吗?老可汗低头而坐,他是那样的憔悴而痛苦。在那一刻,阔阔出非常绝望,他畏惧死亡,或许弑君能够挽救他的性命。

成吉思汗凝视了很久没有动一下,阔阔出放下手。他不认识这个随着黎明的朝阳凭空而来的冷酷的战士。阔阔出坐在可汗的旁边,看着最后的乃蛮人一个个死去。他吟诵着父亲教给他的一个古老的把敌人变成战友的保护咒语。听着翻滚的咒语老可汗的紧张仿佛缓和了许多。

对于乃蛮人来讲,那天没有参加战斗的慕容阿卡赫是第一勇士。一声吼叫,他想都没想就攻入了成吉思汗部队防线。最后的乃蛮们大声呼喊着,他们的疲劳感顿失。他们的箭射入了成吉思汗的部队,尽管箭羽很快被折断,也显示了他们英勇的斗志。当慕容阿卡赫杀死了离他最近的一个敌人时,一堆人从四面八方压向了他,敌人的殴打使他的肋骨被鲜血染红。

阔阔出还在继续吟诵他的咒语,当成吉思汗吹响了号角,所有人都从乃蛮幸存者那里撤退的时候,他瞪大了眼睛。

慕容阿卡赫还没死,他眩晕地站着。阔阔出看见成吉思汗在对他喊话,但是他什么也听不到。慕容阿卡赫摆了摆头,朝地上啐了一口血,再一次拿起了剑。只有少数的乃蛮人还站在那里,他们都负伤了,鲜血从腿上汩汩而流,仍然摇摆着拿起了手中的刀。

“打得漂亮,”成吉思汗喊道,“投降于我,我将架起篝火欢迎你的到来,还会授予你荣誉。”

慕容阿卡赫对他咧嘴而笑,露出了被鲜血染红的牙齿。

“我唾弃狼人的荣誉,”他说。

成吉思汗耸耸肩,平静地坐在马背上,再一次挥下了双臂。敌人汹涌而来,吞没了慕容阿卡赫和其他人,刀剑在迅猛的攻势下刺向了他们。

在山的高处,阔阔出站起来,当成吉思汗下马开始爬山的时候,咒语在他的喉咙里消失。战争结束了。成百的死去的人躺下,但是有更多成千的人投降。阔阔出无心顾及他们发生了什么。

“他来了,”阔阔出看着山下,默默地说。他的胃紧缩,腿部的肌肉开始发抖,就像战马被昆虫包围。举着旗帜的战士带领着草原上的部落向上冲去，他面部没有丝毫的表情。阔阔出的盔甲已经破了，一些金属鳞片吊在上面。战斗变得强硬，成吉思汗无声地往上爬，好像任何攻击都使他无动于衷。

“我的儿子们活着吗?”可汗打破了沉静，轻声低语。他伸手抓住了阔阔出的袖子。

“没有，”阔阔出说着，悲痛涌上心头。老人的手滑落，身体瘫软跌倒在地。他努力地睁开双眼，满眼平和。

“让成吉思汗来吧，”可汗说道，“他现在要对我做什么?”

阔阔出没有回答，始终注视着那些上山来的战士。冷冷的风吹在颈部上，他从来没有像现在这样觉得风是那么的可爱。他曾看见面对死亡的人们，用最黑暗的仪式送他们的灵魂升天。他知道自己的死期快到了，不多久他就会灰飞烟灭。支持他的不是勇气。他是一个懂得符咒语的人，在乃蛮部落他甚至比自己的父亲更可怕。在这个冬天真的到来时，也就是他要死去的日子。他听到慕容阿卡赫拔刀的声音，但是并没有从中感到有所安慰。因为破坏者稳健的脚步声令人惊叹。连军队都不能阻挡他。年老的可汗抬起头，看着他的到来，盲目的双眼能够寻找到太阳，也能感觉到他。

成吉思汗到三个人面前停住，盯着他们。高大威猛的他，皮肤黝黑而健康。阔阔出从他那狼一般黄色的双眼中看不到一丝慈悲。正当阔阔出僵硬地站在那里，成吉思汗拔出了沾着血迹的剑。慕容阿卡赫的儿子一步跨到两个可汗的中间。成吉思汗眼中闪出愤怒之光，年轻人紧张起来。

“男孩，如果想活命的话，现在就下山吧，”成吉思汗说，“今天我已经看到太多的人死了。”

年轻的战士一句话没说，摇了摇头，成吉思汗叹了一口气。猛地一下子，他将剑踢到一边，从他的另一只手扫过，短剑刺入了年轻人的喉咙。慕容阿卡赫的儿子被夺去了生命，他张开双臂倒向成吉思汗。成吉思汗用力举起他，接着又将他抛出去。阔阔出看着他的身体翻转着最后软软地落在斜坡上。

成吉思汗平静地把刀擦拭干净，重新插回腰部的剑鞘中，他的厌倦情绪突然很明显。

“如果你加入我的阵营，我会让乃蛮人过上好日子，”他说。

年老的可汗抬头看他，双眼空洞。

“你已听到我的答案，”他回复道，声音宏亮有力，“现在把我送到儿子们身边。”

成吉思汗点了点头。他的剑缓缓落下，可汗的头被砍掉，从山上滚落下去，可汗的身体在刀锋上用力拉了一下，微微倒向一边。阔阔出听到鲜血四溅至岩石的声音，好像感觉到每一个人都在尖叫着求生。成吉思汗转向他时，他面色苍白，说着一连串绝望的话语。

“你不会对一个萨满放血，可汗。你不会的。我是一个有力量的人，我懂法力。攻击我你就会发现我的皮肤像铁一样坚硬。不然，我可以效忠于你。我会宣告你的胜利。”

“你是怎么效忠乃蛮的可汗？你把他带到这里找死？”成吉思汗说。

“难道我没有带他远离战争？可汗，我在梦里看到你。我会尽自己的全力为你预备道路。你不是部落的未来吗？我的声音就是灵魂的声音。我站在水里，而你站在大地上与天空中，让我效忠你吧。”

成吉思汗犹豫了，他的剑全然不动。他面前的这个人，肮脏的束身衣和裹腿上穿着一件黑褐色的长裙，上面装饰着缝制的图案，紫色的旋转图案几乎成了黑色，沾满了油渍和污垢。阔阔出穿的靴子用绳子绑着，如果最后一个主人不再用他们才会穿成这种类型。

在黑色的脸上，双眼中却燃着熊熊烈火。成吉思汗想起他父亲的萨满被狼人伊鲁卡杀死。或者伊鲁卡的命运早在多年前就封存在了血腥的那一天。阔阔出看着可汗，等待着结束他生命的一击。

“我不需要另一个讲故事的人，”成吉思汗说，“已经有三个人，他们宣称自己能够替神灵讲话。”

阔阔出看到可汗眼中对自己充满兴趣，便不再犹豫。

“可汗，他们都还是孩子。让我证明给你看，”他说。不等答复，就从长裙中拿出一个细长的钢片，这个钢片奇怪地绑在一个喇叭把上。成吉思汗举起剑，阔阔出则举起另一只手挡住攻击，闭上了双眼。

随着一种能使人痛心疾首的意念影响力的产生，萨满挡住了吹在皮肤上的风，一股冷峻的恐惧环绕在腹部。他默念父亲教给自己的咒语，感受到了虚幻的平静，比预料中更好、更快。神灵和他在一起，用爱抚舒缓着他的心。片刻内，他仿佛到了另一个地方，看到另一个世界。

阔阔出突然将短剑刺向前臂，小小的剑刃插入肉中，成吉思汗瞪大了眼睛。金属划穿皮肤，萨满却没有任何痛苦的表情，伤口从另一边又慢慢愈合，着实让成吉思汗看得感到神奇。剑捅进去时变成了黑色，阔阔出慢慢地眨了一下眼睛，缓缓地拔出剑来。

剑拔出后，阔阔出看到年轻可汗的双眼牢牢地盯着伤口，他长舒一口气，直到全身打了个冷颤，才感受到深深的狂喜。

“可汗，有血吗？”阔阔出故意问道。

成吉思汗眉头紧锁。他拿着剑跨前一步，在阔阔出手臂的椭圆形伤口上划了大致一指的距离。

“没有血。一个非常有用的技能,”可汗勉强承认,“这个技能可以传授吗?”

阔阔出笑了,不再害怕。

“可汗,神灵不会来到没有被他们选择的人身边。”

成吉思汗点头,退后了一步。即使在寒冷的风中,萨满也像老山羊一般散发着臭味,可汗不知道到底是什么形成了不流血的奇怪伤口。

他咕噜了一声,手指抚剑,将剑插入鞘中。

“萨满,我让你再多活一年。一年的时间用来证明你的价值,足够了。”

阔阔出立刻跪在地上,俯首拜谢。

“我预言您将成为一个伟大的可汗,”说着,泪水已在他满是灰尘的脸颊上滑出了痕迹。这时,他突然感觉到一股冷气,低声私语的神灵们离开了他,于是长袖一甩,上前挡住了速流不止的血点。

“我——”成吉思汗看着山下等待他返回的军队,说道“要让全世界都听到我的名字。”当他又重复一遍,周围如此的安静使考可楚不得不紧张起来。

“萨满,现在不是死的时候。我们是一个民族,我们之间不会再发生战争。我将号令所有人,城市都将屈服于我们,新的土地也会成为我们的坐骑。我喜欢听到女人们哭泣的声音。”

他看到拜倒在地上的萨满,眉头皱了起来。

“我说过了,你可以活下去,萨满。站起来和我下山。”

山脚下,成吉思汗冲着他的兄弟合赤温和合撒儿点头。这些年,自从部落成立,他们就握有权利,但是他们还很年轻。合赤温面带微笑欢迎他的兄弟回到他们中间。

“他是谁?”合撒儿盯着身穿破布长裙的阔阔出问道。

“乃蛮部落的萨满,”成吉思汗回答。

一个人骑马走近,他下马后仔细打量着阔阔出。阿尔斯兰曾是乃蛮部落的铸剑工,当他走近的时候,阔阔出认出了他。阔阔出记得这个人是个杀人犯,曾被驱逐。在成吉思汗亲信官员中发现他一点也不让人惊奇。

“我记得你,”阿尔斯兰说,“你父亲还没去世吗?”

“几年前就不在了,失信者,”阔阔出回答,他被激怒了。第一次,他意识到已经失去了曾经好不容易在乃蛮部落中赢得的权利。在乃蛮部落,没有人会不低着眼看他,因为不那样做,他们怕被控告不忠,要面对刀火刑罚。阔阔出与乃蛮叛徒的目光相遇,毫不退缩。他们会了解他的。

成吉思汗看着两个人之间的紧张气氛,只当消遣一般。

“萨满,休得冒犯他人,尤其是对投靠我旗帜下的第一勇士。这里再没有乃蛮人,也不再与乃蛮部有任何关系。我已向所有人宣告。”

“我看到了,”萨满立刻回答道,“可汗被神灵赐福。”

听到这里,成吉思汗绷紧了脸。

“那是一个粗略的祝福。你看到周围的军队都是凭借着力量和技能取得胜利。如果父辈的灵魂帮助了我们,对我来讲,他们太隐晦而让我很难看到。”

阔阔出眨着眼睛,乃蛮部的可汗是一个缺乏主见的人,很容易被引导。而这个年轻的可汗却不会被轻易影响,他肺里的空气还是新鲜的。阔阔出庆幸自己还活着,一个小时前他不会奢求这么多。

成吉思汗转向他的兄弟们,思想里不再有阔阔出。

“今晚在太阳落下的时候让新来的人向我立下誓言,”他对合撒儿说,“将他们分散到各个部,让他们感觉到成为我们的一员,而不是败军。用心去做,我不想看到我的后背上插刀。”

合撒儿行礼后,转身离开,穿过战士们,到仍跪在地上的战败部落的士兵那里。

阔阔出看到成吉思汗和他年轻的兄弟合赤温相视而笑。他们俩是好朋友,合赤温开始尽全力学习所有东西。在未来的岁月里,甚至连最小的细节都会是有用的。

“合赤温,我们已经破败了联盟,不是吗?”成吉思汗拍着他的背说道,“你的铁甲战马来的正是时候。”

“这都是您教的,”合赤温带着赞扬的口气说道。

“加上新人,这就是驰骋草原的军队,”成吉思汗笑着说,“最后,就是制定新制度了。”他沉思片刻。

“合赤温,往各个地方派遣骑士。我想要统计这片土地上遍布的所有游牧家庭和小型部落。告诉他们明年的春天去靠近翰难河的黑山。那里是一个可以养育数千牧民的平坦草原。我们在那里会和,准备出发。”

“要让他们带什么信息吗?”合赤温问道。

“让他们来找我,投靠我,”他语气柔和,“告诉他们成吉思汗呼唤他们聚集在一起。现在已经没有人和我们对抗。他们可以跟随我,也可以度过他们最后的时光,等待我即将到来的战士们。把这些话告诉他们。”成吉思汗满意地扫视四周。七年来,他已经聚集了上万人民。和战败的联盟部落的幸存者一起,现在他拥有的人民几乎是原来的两倍。在草原上已经没有一个人能够挑战他的领导地位。他的目光从太阳转移至东方,想象着那个不断膨胀、富有的金国城市。

“合赤温,他们使我们千代分离。我们只有野狗的时候一直被他们欺压。那些都过去了。我已经让我们的人民团结起来,他们将闻之发抖。我会给他们理由。”

第一章

夏日里的黄昏,蒙古人的营帐向四面八方分布,绵延数里,盛大的集会在黑山的阴影里仍显得矮小。蒙古帐篷点缀着目光所及之处的风景,周围点着数千堆篝火。除此之外,成群饥饿的马儿,山羊,绵羊和牦牛在无限延伸的草地上吃草。每当破晓他们就被赶到河边,吃得饱饱的,然后回到营帐。尽管成吉思汗在维持着安宁,但是紧张的局面和不安的猜疑每天都在发生。过去这里没有主人,人少的时候彼此间的争斗就少。离那些不了解的战士住得太近,大家都不时地感觉到无形的压力。晚上,年轻人之间会发生很多打斗,他们从不管禁令。天一破晓就会发现一两具尸体,都是为了解决纠纷和嫉恨而死。当部民们听到为什么从遥远的故土被带到这里时,彼此间都会喃喃私语。

在军队帐篷和马车的中心,是成吉思汗的蒙古包,不同于草原上看见的任何帐篷。它比其他帐篷高出一半,宽是其它帐篷的两倍,和周围用枝条编制成格子状的蒙古包相比,它的建筑材料更坚硬。这个建筑由于太巨大而不易拆除,倘若放在带轮的马车上需要八头牛才能拉动。夜幕降临时,好几百个战士用脚踹这个蒙古包,证实了他们所听到的,无不感到非常惊奇。

里面,巨大的蒙古包被羊油灯照亮,温暖的光辉投射在人的身体上,空气也变得厚重。墙上挂着丝绸制的战旗,但是成吉思汗轻视任何财富炫耀,他只坐在木制的长凳上。他的那可儿们躺卧在细马鬃毯子鞍背上,喝着酒,随意地聊着天。

成吉思汗面前站着一个面色紧张的年轻战士,长途跋涉的他来到主人们中间,仍在流汗。可汗周围的人好像都不太注意他,但是送信者还是知道他们随时都能拿起兵器。他们好像对他的出现一点都不紧张,也不担心,但他认为他们的手始终靠近刀口。他的人民已经做了决定,他希望年长的可汗了解他们在做什么。

“喝完你的茶,我会听你带来的消息。”成吉思汗说。

送信的人点头,将喝完水的茶杯放回到脚下的地板上。他咽下最后一口水,闭上眼睛开始说,“维吾尔部的可汗巴尔出克让我带信给您。”

当他讲话的时候,周围的谈话和笑声都消失了,知道他们都在听,越发紧张了。

“获悉您的光荣战役我非常地高兴，我的成吉思汗。我们已经厌倦去等待我们的人民能够互相了解和进步。太阳已经升起，河面的冰雪已经融化。您就是葛儿汗，是领导我们的那个人。我愿把我的力量和知识都贡献给您。”

信使停下，擦了擦额头上的汗。当他睁开眼睛，看到成吉思汗正疑惑地看着他，他的心怕得揪了起来。

“这些话很中听，”成吉思汗说，“但是维吾尔人在哪里？他们有一年的时间到达这个地方。如果我拿下他们……”他留下了一个恐吓的悬念。

信使立刻说：“我的可汗，我们花了几个月的时间去建造旅行的马车。我们世世代代都没有离开过自己的土地。五个大寺庙需要将石头一块块地拆卸，每一块都做标记以便以后能够重新建起。贮藏的卷轴就需要十二辆马车，根本无法走快。”

“你们有著作书籍？”成吉思汗问道，感兴趣地往前做坐了坐。

信使谦卑地点了点头。

“可汗，已经有多年的时间了。我们曾收集西方各个民族的著作，随时和他们做交易。我们的可汗是个学识渊博的人，甚至复制过西夏和金国的著作。”

“我欢迎学者和教师来到这片土地上，”成吉思汗说，“你反对卷轴吗？”

信使把自己当成是蒙古包中的一员，轻声笑了。

“禀报可汗，还有四千战士。不管在什么地方领导他们，他们都会跟着巴尔出克。”

“他们要跟从我，或者他们会像肉一样被扔到草地里，”成吉思汗说。片刻，信使只能凝视他，但是后来他垂下双眼，看着擦亮的木地板，保持沉默。

成吉思汗平熄了内心的愤怒。

“你还没说那些维吾尔学者什么时候到，”他说。

“他们随后就到，用不了几天。我三个月前从那里出发时他们也差不多做好了准备。倘若您有耐心，不会很久的。”

“为了四千人，我会等，”成吉思汗思索着，静静地说，“你知道金国文字？”

“我没有字母，我的可汗能够阅读他们的语言。”

“那些卷轴里有没有讲怎么征服一座用石头建造的城市？”

当他感觉到周围的人对此都非常感兴趣时，信使有点犹豫。

“我从来没有听说过有那样的事。金国记述关于哲学的东西，比如佛陀、孔子和老子言辞。他们没有关于战争的记载，就是有的话，他们也不会允许我看那些卷轴。”

“那对我就没什么用了，”成吉思汗咬紧嘴唇，“去吃饭吧，小心点，别因为你的吹嘘引起战斗。等维吾尔人到来后，我自会裁决。”

信使深鞠一躬，然后离开了蒙古包，一走出那烟雾缭绕的地方，他就放松地深吸一口气。他又一次想，可汗是否能够理解他已经允诺的事。维吾尔人不能再统治自己了。

信使向周围广阔的营地看去，绵延数里，满眼闪烁着灯火。从他遇到的事来看，他们都会立刻被派往各个地方。或许维吾尔的可汗也没有选择的机会。

诃额仑把她的衣服浸入水桶，然后放在他儿子的额头上。帖木格比他的兄弟们身体都虚弱一些，觉得自己比合撒儿、合赤温和帖木真多病，似乎成了一种额外的负担。诃额仑听到这种想法，冷冷地笑了，现在她必须唤自己的儿子为"成吉思汗"。"成吉思汗"是大海的意思，这是一个美丽的词，经由他的心愿而超出了本身的意义。在成吉思汗二十六岁的时候他还未见过大海。当然，诃额仑也没有见过大海。

帖木格在梦里挣扎，母亲的手不断地抚着他的胃，他的心一阵紧似一阵。

"现在他平静了，或许我能离开一会儿。"孛儿帖说。

诃额仑冷淡地看了一眼这个被帖木真取为妻子的女人。孛儿帖为成吉思汗生了四个好儿子，诃额仑一度认为他们能够成为好姐妹，至少是朋友。这位年轻的女人曾经对生活充满激情，但是世事让她深陷其中，也消磨了最初的热情。诃额仑知道帖木真怎么看待最大的孩子，他不会和小术赤玩，几乎忽略了这个孩子。孛儿帖为消除彼此的不信任做过努力，但是疑惑就像铁楔子插入结实的木头里一般在他们之间产生。自然地，成吉思汗的其他三个儿子继承了他黄色的眼睛。术赤的眼睛却是深棕色的，在昏暗的灯光下会和他的头发一样黑。当帖木真宠爱其他孩子时，术赤总是跑向他的母亲，他不能理解为什么每当看父亲时都只是看到非常冷酷的表情。诃额仑看到孛儿帖看了一眼蒙古包的门，知道她肯定是在想孩子们。

"仆人们会带他们上床睡觉的，"诃额仑斥责说，"如果帖木格醒了，这里还需要你呢。"

诃额仑说着，手指滑过她儿子腹部下面的一个黑色伤疤，正好在他腹股沟黑毛上的大约一指幅距离处。她以前见过这种伤，是举重时因为太重留下的。这种伤的疼痛非常严重，但是大部分人都能恢复。帖木格却没有那么好运气，永远也不会有。他看起来不像个战士，尤其是成年以后。当他熟睡的时候，面容像一位诗人，诃额仑就是喜欢他这一点。或许是因为他的父亲会喜欢看到与众不同的人，她总是能在帖木格身上发现一种特殊的柔情。尽管他一直都在努力，他也没有生出残忍之心。诃额仑叹了一口气，她感觉到黑暗里孛儿帖在看她。

"也许他能痊愈的，"孛儿帖说。诃额仑没说什么。她的儿子就好像阳光下的水泡，很少去拿比吃食物用的小刀大的刀剑。她没怎么留心，帖木格就学习了部落的历史，理解和吸收速度非常快，连长辈们都惊叹他的记忆力。她对自己讲，并不是每个人都能够掌握兵器和战马的技能。她知道帖木格讨厌别人对自己工作的侮辱，尽管没有人敢冒险让成吉思汗听到，帖木格也不会去提那些侮辱自己的语言，这时一种勇气。诃额仑的任何一个儿子都不缺少信念精神。

当蒙古包的小门开启时，两个女人都抬头看去，只见阔阔出进来，向她们鞠躬行礼，诃额仑皱起了眉头。他凶残的目光投向帖木格仰卧的身体上，诃额仑尽量使自己的厌烦不流露出来，她不愿让阔阔出看出自己的反应。因为之前她没有理会阔阔出派来的信使，担心阔阔出为此而来，所以不安地咬紧牙关。一会儿，她站了起来，满腔的愤怒和厌倦。

“我没叫你过来，”诃额仑冷淡地说。

阔阔出装作没听到似的。

“我派来一个奴仆向您乞讨一点时间，可汗的母亲。或者他现在还没到吧。整个营帐都在谈论你儿子的病情。”

诃额仑看了一眼帖木格，这个时候她感觉到萨满正牢牢地盯着自己，等待着得到正式的欢迎。他总是在关注内部发生的事，好像其他人都要留神防备。诃额仑知道阔阔出想尽办法走近成吉思汗周围的圈子，因此她不喜欢这个人。战士们会发出羊粪、肥羊肉或者汗臭味，但那都是健康人的味道。阔阔出身上带着一种腐肉味，不知是他的衣服还是身上的肉发出来的，诃额仑无法辨别。

面对她的沉默，阔阔出早就应该离开蒙古包，否则她会叫保卫来。相反地，他却厚着脸皮说话，设法不让诃额仑赶他走。

“我会一些治疗、康复的技能，如果您允许我为他做个检查的话……”

诃额仑尽力忍受着对他的厌恶感，现在唯一的办法就是让萨满给帖木格诵经。

“阔阔出，欢迎你来到我的房间，”最后她说，看到阔阔出完全放松下来，走近她的儿子，她非常不高兴，但阔阔出却是无所谓的样子。

“我的儿子在熟睡，他醒后伤口会非常痛，所以我希望他能休息。”

阔阔出穿过小蒙古包，蹲在两个女人旁边。两个人都不由自主地挪挪身子，离他远一些。

“我认为，他更需要治疗，而不是休息。”

阔阔出低头看着帖木格，检查他的呼吸。当他伸手检查帖木格裸露的胃和有肿块的部位时，诃额仑心疼起来，但是她没有阻止。听到帖木格在梦里呻吟，诃额仑屏住了呼吸。

过了一会，阔阔出点点头。

“老妈妈，保重您自己的身体吧。他快死了。”

诃额仑伸出手抓住了萨满的瘦削的手腕,用力之大使他震惊。

“萨满,他的肠子绞在一起,这种情况我见得多了,马儿和山羊的肠子绞在一起都没事,它们能活下来。”

阔阔出松开了她摇晃自己的手。看到她眼里的恐惧他很高兴。他可以因为她的害怕而得到她,包括她的身体和心灵。如果换做是乃蛮部落年轻的母亲,为她的儿子治疗,他肯定会从她身上寻求性的刺激以作为回报,但是在这个新的营帐里,他需要给伟大的可汗留下好的印象。他平静地回答。

“你看到肿块发黑了吗?它正在增长,不能割掉。如果在皮肤上的话,我可以用火把它烧掉,但是它已经陷入他的胃里和肺里,在慢慢地吞噬他,直到他死去。”

“你错了,”诃额仑谩骂道,但是她的眼里已满是泪水。

阔阔出低下目光,免得让诃额仑看到他得胜的神色。

“我也希望我错了,老妈妈。我以前见过这些东西,它们有无休止的欲望,会持续不断地残害他的身体直到他们一起死亡。”为了证明自己的观点,阔阔出伸手下去挤那些肿胞,帖木格痉挛了一下,伴着急促的呼吸惊醒过来。

“你是谁?”帖木格喘着气对阔阔出说。他挣扎着坐了起来,但是疼痛使他大喊一声,又跌回到狭窄的床上,他用手去扯毛毯要盖上自己赤裸的身子,阔阔出的仔细检查让他的脸颊发红发热。

“他是萨满,帖木格。他会治好你的病,”诃额仑说。帖木格出了一身汗,在他仰坐起的时候,诃额仑拿一件衣服盖在他身上。过了一会,他的呼吸舒缓了一些,又进入了精疲力竭的睡眠中。要不是可恶的阔阔出进入营帐,诃额仑可能会稍稍放松一下紧张情绪。

“萨满,如果已经没有希望,你为什么还在这里?”她说。“还有其他人等着你去治疗。”她已控制不了声音中的悲痛,也没想到阔阔出在为此偷着乐呐。

“在我生命中,已经两次与吞噬他的东西做过斗争。像你儿子这样是无用的治疗,也是危险的。我告诉你这些是想让你不要失望,但是如果抱什么希望的话也是愚蠢的。就当他死了吧,如果我救活他,你会知道什么叫快乐。”

诃额仑看着萨满的眼睛,打了一个冷颤。他满是血腥味,尽管他的皮肤上没有任何痕迹,诃额仑还是觉察得出。阔阔出对她那好儿子的想法使她握紧了双手,但是当谈到死亡使他还是有点怕诃额仑,因为诃额仑抵抗得了他。

“你想让我做什么?”她低声说。

他安静地坐在那里思考。

“如果要我把神灵召唤到你儿子身边,需要耗尽我所有的力量。我需要两只山羊,一只用来增进我的功力,另一只的血用来清洁他。如果我仍然很强大,就是我的药草起了作用。”

“如果你失败了将会怎么样？”孛儿帖立刻问道。

阔阔出颤抖着嘴唇深吸了一口气。

“如果在我开始诵经的时候力量失败，我还能幸存。如果在最后关头失败，神灵会将我带走，你们将能看到灵魂从我的身体出来然后离开，那样也能活一段时间，但是没有了灵魂只能是一副空皮囊。这可不是小事情，老母亲。”

诃额仑看着他，再次产生了怀疑。他说得倒挺像回事的，但是他的眼珠子一直在快速地转动，像是在编故事。

“拿两只山羊来，看看他能做什么。”

外面已经黑了，当孛儿帖把两只羊带进来的时候，阔阔出拿布擦拭帖木格的胸部和腹部，他把手指塞入帖木格的嘴里时，年轻人又一次醒来，他的眼里闪烁着恐惧。

“安静地躺着，孩子。如果我有力量的话我会帮助你，”阔阔出说。咩咩叫的羊被带进来拖到他身边的时候他头也没回，因为他的注意力全部集中在这个被照料的年轻人身上。

按照惯常的仪式，阔阔出从他的长袍中拿出四个黄铜碗放在地上，每个碗里撒入了灰色的粉末，从火炉上点亮了一只小蜡烛。很快，灰白色的烟到处弥散，蒙古包中的空气浓到让人透不过气来。阔阔出深吸着，填满他的肺部。诃额仑捂着嘴咳嗽，脸发红。烟熏得她有点眩晕，但是她不会离开儿子让他单独和一个不能信任的人在一起。

在一阵细语声中，阔阔出开始用他们民族的古老语言诵经，进入了几乎忘我的境界。诃额仑坐在后面可以听得见的地方，默默听着这个为她儿子疗伤的萨满的声音。这使孛儿帖想起了那段黑暗的记忆，很久以前的夜晚，她曾听到丈夫朗诵这些古老的词句屠杀人，残忍地剖开那些人的心。那是一种血腥和残酷的语言，比较适合冬天的草原。孛儿帖听着，浓烟丝丝缕缕地进入她的身体，皮肤渐渐麻木。翻滚的词句形成了潮涌般的邪恶景象，孛儿帖堵住了嘴。

“夫人，请安静，”阔阔出对她吼了一声，目光野蛮。“神灵到来的时候要保持沉默。”他用更强的力量重新开始吟诵，催眠般的一遍又一遍重复咒语，声音越来越大，越来越急。他把第一只山羊举在帖木格上面，山羊看着年轻人惊恐的眼睛，绝望地咩叫着。阔阔出用刀拉开山羊的喉咙，继续举着它，鲜血不断流出，滴在诃额仑的的儿子身上。帖木格因为感觉到突然的热气喊叫起来，但是当诃额仑把手放在他的嘴唇上，他就安静了。

阔阔出把还在踢腿的山羊放下。他闭上眼睛，咒语更快地到达了帖木格的肠子深处。令他惊奇的是，年轻人一直很安静，阔阔出不得不去用力挤那些肿胞使他大喊。当他解开勒在一起的肠子结时，血液四漫，他又将肠子放回肌肉后壁上。

父亲曾给他展示过真正肿瘤的治疗仪式，阔阔出看见老人在念咒语的时候，患者都会尖叫，有时候他们张大嘴巴大叫，这样老人的口水就能使他们咽入喉咙里。阔阔出的父亲可以让他们很快地度过身体不适阶段，以使他们对自己的信仰沉迷而又疯狂。他看到痛苦和信仰达到一个融合点之后，那些猥亵物便萎缩和死去。如果一个人能够把自己完全交给萨满，有时候神灵就会奖励他们的信任。

用手段来愚弄一个胃被撕裂的年轻人得不到任何尊敬，但是报酬却很丰盛。帖木格是可汗的兄弟，这样一个人会是一个有价值的同盟者。他想到父亲曾警告他们当心那些用谎言和欺骗滥用神灵的人。帖木格不理解神力，也不知道它会多么醉人。神灵云集在信念周围，如同苍蝇聚集在死肉周围一样。在可汗的营帐里增大信念的力量没什么错，可汗的权威只会因此增大。

阔阔出念着咒语，呼吸沉重，双眼上翻，把手深深地伸进帖木格的腹部，随着一声胜利的叫喊，他做了一个扭动，取出事先趁他人不注意时藏在里面的小牛肝脏。在他的手里，小牛肝脏被握得有生命般的在抽搐着，孛儿帖和诃额仑都吓得退后几步。

阔阔出把另一只山羊拉近身边，继续念着咒语。山羊猛烈地挣扎，尽管指节被咬，他还是用力把自己的手从山羊黄色的牙齿中塞入，将无污秽的肉扔进山羊的喉咙里，让它吞咽下去。当他看见山羊的喉咙动了一下，又用力拍了一下，使肝脏进入山羊的胃里，这才放开了它。

“不要让山羊与其他动物接触，”他喘息着说，“不然肝脏会传播，再次活过来，甚至会回到你儿子体内也不一定。”他的鼻子上在滴汗。

“最好把山羊烧成灰，它的肉里已经含有肿瘤不能再食用了。一定要这么做，我可没有力气再这么做。”

尽管他还是像一只能在太阳底下的狗一样呼吸，他还是让自己变得意志消沉，毫无精神的样子。

“疼痛已经消失，”他听到帖木格在讲梦话，“会有一点点疼，但已经不像从前那样。”阔阔出看着诃额仑俯下身子听他儿子的喘气声，用手小心地摸着他的肠子穿过胃部肌肉的地方。

“皮肤完整了，”帖木格说。阔阔出听出他口气中的敬畏，那一刻，他睁开眼想坐起来，目光呆滞地穿过薄薄的烟幕看去。

阔阔出修长的手指在他的长裙口袋中搜索，拿出一块绑在一起的沾染着血迹的马鬃。

“这是被祈佑过的马鬃，”阔阔出告诉帖木格，“我把它绑在你的伤口上，就没有东西可以进去了。”

当他从自己的长裙上撕下一条脏布条，并使帖木格坐起来时，没有人说话。

阔阔出默念咒语，将布条缠绕在年轻人的肠子上，一圈又一圈的用硬马鬃绑在上面，并在别人不注意时把它们扯紧，他很满意，肠子不会出来，所有的工作胜利完成。

“月亮升起之前魔力会保持在一定的位置，”他疲倦地说，“顺其自然，或许肿瘤会再次在新的位置产生也不一定。”他闭上眼睛，好像很累的样子，“我现在必须睡觉，从今晚睡到明天 把那只山羊在她没有传播肿瘤之前给烧了，她最多几个小时以后就会死。”如果他用足够的毒药绑住肝脏为的就是杀害这个成熟的男子，他知道自己在说一个事实。一个正常人在证明自己的胜利之后是不应该有任何怀疑的。

“谢谢你所做的一切，”诃额仑说，“我不明白……”

阔阔出疲倦地笑了。

“我花了二十年的时间去学习这门技能，老夫人，不要想着在一个晚上就去弄清它是怎么回事。你的儿子现在康复了，如果肿瘤不重新出现，他就能像从前那样活动了。”他想了一会儿，虽然他不了解诃额仑，但是他能确信诃额仑会告诉成吉思汗所发生的一切。为了更确定，他又开始说。

“我必须要求你们不许把刚才看到的告诉任何人。现在仍有一些部落杀害会那些实施古老法术的人，那看起来太危险。”他耸耸肩，“可能是的。”这样说着，他知道在明天睡醒之前，故事会传遍整个营帐。总是有人希望对抗病魔的符咒或者对敌军的诅咒。他们会既尊敬又胆怯地来到他的帐篷，将牛奶和肉留下。他希望他们害怕，不管什么时候，他们都会把任何东西献给他。如果这次没有救这个生命，这样的好事又怎么会发生呢？当另一个生命悬在他手心里的时候，信仰又会出现。他已经将一个石头扔进水里，激起的波纹会传到很远。

月亮升上高空，成吉思汗和他的将军们都在大帐篷里，对他们来讲，今天是忙碌的一天，但是可汗醒着的时候，他们也不能睡，转天，有很多人都睡眼朦胧，打着呵欠。第二天早晨，成吉思汗的精神非常好，他在欢迎两百号来自遥远的西北部的土耳其部落的子民，尽管他们只能听懂可汗说话的极少部分，但他们还是来了。

“随着夏天的到来，每一天都带来更多，”成吉思汗骄傲地看着周围从一开始就跟着他的人们。战争年代过后，五十五岁的阿尔斯兰变老了，一无所有的他和儿子者勒蔑带着智慧和三个兄弟来投靠成吉思汗。在艰难的年头他们两个人绝对的忠诚，成吉思汗分给他们妻子和财宝，让他们生活富足。成吉思汗冲着曾经是打造刀剑的铁匠的将军点头，高兴地看着他永远挺直的后背。

即使身体健康，帖木格也不出席他们的议会。在所有兄弟们当中，只有他没有战略资质。成吉思汗爱他，但是不太相信他能够领导别人。他摇摇头，知道自己有点走神。尽管他极力掩饰不表现出来，但是真的是太累了。

"新部落中的一些人从来都没有听说过金国，"合赤温说，"今早的那些人的穿着我从未见过，他们不像我们蒙古人。"

"也许，"成吉思汗说，"但是我欢迎他们到来。在我们裁断之前，让他们在战争中证明自己。他们不是塔塔儿人，不是这里任何人的血债敌人。至少我不用去解开上几代人的怨恨。他们会有用的。"

他拿起一个粗制的陶杯喝了一口，咂着嘴品味着黑马奶的甘甜。

"兄弟们，诸事想得周到一点。他们来到这里是因为不想让我们去迫害他们，现在他们还不信任我们。他们当中的许多人都只知道我的名字，其它的都不了解。"

"我已经在各处安排了耳目，"合赤温说，"在这样的集会中总有人在寻找有利条件。甚至我们在这里说话，那边就已经有上千人在讨论我们。恰好听到那些私语，我知道该怎么做。"

成吉思汗骄傲地冲他的兄弟点头。合赤温已经成长为一个健壮的男子，得益于弓箭练习，他的肩膀大而宽。他们的情意是成吉思汗从其他人那里索要不来的，连合撒儿也不能。

"当我在营帐里行走时，背后还是会不安。我们等待的时候，他们就越来越不安宁，但是现在有更多的人来投靠，所以我还不会迁移。维吾尔人会有用。已经在这里的人们都在试探我们，所以准备好，无礼者便给予惩罚。即使你将人头扔在我的脚边，我也相信你的裁决。"

在座的将军们都互相对望了一下，没有笑容。他们带到大草原上来的人比想象中更多。可汗不知道他们所有的势力其实更强大。骑马来到黑山下的所有人看见一个领袖，相互不信任的对望时，不用考虑那其实是由上百号不同的小体系组成。

最后，成吉思汗打了个呵欠。

"兄弟们，睡会吧，"他带着疲倦的口气说，"快到黎明，牧群们需要去新的草地上吃草。"

"睡前我去看看帖木格，"合赤温说。

成吉思汗叹口气。

"希望天上的父汗保佑他好起来，我不能失去这唯一的明白事理的弟弟。"

合赤温吸着鼻子，带上小门，向外走了出去。所有人走了之后，成吉思汗站起，用手快速的搓揉颈部，打开关节。他的家人住的蒙古包离这里不远，孩子们可能都睡了。轻声走在地毯上的时候，又是一个家人不知道他已回家的夜晚。

第二章

成吉思汗担心地注视着年纪较小的弟弟。帖木格用了整个早晨的时间给他们讲阔阔出的治疗过程。营地除了大之外还是一个沉闷的地方,任何消息都散播得很快。到中午的时候,消息会传到草原上最新来的游牧人那里。

"那么你是怎么知道那不是肠子的死结?"成吉思汗看着他,问道。帖木格看起来比以往更高一些,他的脸上有兴奋也有其他的东西。一提到阔阔出的名字,他的声音就会压得很低。成吉斯汗发现了他的不高兴。

"哥,我看到他把那个东西从我这里拿出来!它在他的手里扭动翻腾,我看着差点吐出来。当它消失的时候,疼痛也跟着消失了。"帖木格有点害怕地用手摸着那块地方。

"没有完全消失呢,"成吉思汗提醒他。

帖木格耸耸肩膀。绷带的上面和下面部分有很多紫色和黄色,现在有开始褪掉的迹象。

"之前它差点要了我的命,现在这点疼痛还不及擦伤呢。"

"你还说这里不痛,"成吉思汗奇怪地问。

帖木格摇着头,他又兴奋起来。天亮之前,在黑暗里他用手指摸索那块地方,紧身衣下面,他感觉到肌肉上的裂口仍有着令人难以置信的温暖。他很确信地感觉到被撕裂的部分正在痊愈。

"哥,他有神力。比我之前见过的那些吹牛的人好很多。我相信我看见的。您知道,眼睛是骗不了人的。"

成吉思汗点点头。

"我会奖励给他母马、羊和新衣服,新的刀子和靴子也不一定。我不会让一个救我弟弟生命的人看起来像个乞丐。"

帖木格突然又担心起来。

"成吉思汗,他不想让别人知道这件事。如果您奖励他,大家都会知道他做什么了。"

"大家都知道了,"成吉思汗回答。"阔阔出在天亮的时候已经告诉我了,在我看见你之前已经有好几个人找我说了。你应该知道,在这个营帐里,没有秘密。”

帖木格若有所思地点点头。

“这样的话他就不会介意，也会原谅我了，”他看着成吉思汗，有点犹豫，紧张地想说什么。

“我想向他学习，请您允许。我想他会收我做他的学生，我从没有如此渴望地想去了解……”看到成吉思汗皱眉，他不再说下去。

“我希望你继续战士的职责，难道你就不想和我一同骑在战马上？”

帖木格的脸变红了，盯着地上。

“你知道我尽力去做永远也不会成为一个优秀的长官。或许我应该增强竞争意识，但是人人都知道我提高的是流血而不是技能。让我向阔阔出学习吧，我不觉得他会不愿意。”

成吉思汗静默地坐在那里，想着什么。帖木格不止一次地在部落里带来了欢笑。成吉思汗的剑术深不可测，而帖木格的剑术让人尴尬，在这方面没有赢得过别人的尊重。成吉思汗可以看出他幼小的弟弟在发抖，他害怕成吉思汗会拒绝而紧张地绷着脸。帖木格与这个部落格格不入，多少个夜晚，成吉思汗都希望他能够找到一些能做的事情。他不情愿让弟弟这么轻易地离开，像阔阔出这样的人都脱离部落。他们肯定会害怕，这很好，但是他们不是家庭中的一员。他们不像老朋友那样受到欢迎和问候。成吉思汗轻轻地摇摇头。帖木格总是像一个旁观者站在部落之外，这样的话，他的生命或许会离开。

“如果你每天能练习弓剑两个时辰，我会批准你的选择道路。”

帖木格害羞地笑了，点点头。

“我会的，很可能我会成为一个对您有用的萨满，而不是一个曾经的那个战士。”

成吉思汗目光冷峻。

“你仍然是一个战士，帖木格，尽管那对你来讲不是很容易。向萨满学习你想要的东西，但是在你的心里，不能忘记你是我的兄弟，是我们父亲的儿子。”

帖木格的眼里充满泪水，他深深埋着头不让哥哥看见，他觉得愧对哥哥。

“我不会忘记的，”他说。

“让你的新主人萨满来我这里领受奖励。我会在将军们面前拥抱他，让他们知道萨满对我的重要性。我会保证你在营帐里受到大家的礼遇。”

帖木格离开之前深深地鞠了一躬，成吉思汗独自留下，他的思绪在黑暗里盘旋。他曾希望帖木格能够强大自己，和兄弟们一起骑上战马。他还没有遇到自己喜欢的萨满，阔阔出这种人太自大了。成吉思汗对自己叹了口气。也许会被证明这是合理的。奇怪的治疗方式令人吃惊，他想起阔阔出在自己身上划过一刀而没有流一滴血。他回想起据说金国就有会神力的人。有和他们竞争的人也许会有用。他又叹气。让自己的兄弟成为那样的人从没在自己的计划之内。

合撒儿在营帐中闲逛,享受着吵嚷声和喧哗声。在每一片空地上都有新的蒙古包建起来,成吉思汗要求在每个交汇点都挖出深的壕沟。一个地方有如此多的男人、女人还有小孩,每一天都会有很多新问题需要处理,合撒儿在工作细节中没有发现任何乐趣。合赤温喜欢挑战,他组织了由五十五个壮丁组成的队伍挖坑并帮助建立蒙古包。合撒儿看见他们中的两个人在建造盛放新的桦树箭捆的仓房,防止淋雨。很多战士都自己动手,但是合赤温下令大多数人都要为军队服务,每一个蒙古包都是合撒儿带着女人和孩子们忙着用羽毛、线和胶建起,间隔五十步建一个。部落里的铁铸厂喊声震天,整夜地打造箭头,每天天一亮就将新箭送去队列里试验。

广阔的营帐就是一个工作和生活的地方,合撒儿看见他的子民如此勤劳感到非常开心。不远处,一个新生儿在哇哇地哭,听到哭声,合撒儿笑了。他循着草地上踩出的泥路走去。离开的时候,整个营帐就像一个巨大的画面,他真想将其画下来。

放松的他起初没有注意到前面的骚动。七个人气势汹汹地纠结在一起,争相将一只不听话的公马摔倒在地上。合撒儿停下来看着他们挫败动物的势气。当一个人被马蹄连踢到胃部,倒在地上打滚时,大家都退却了。这匹马很年轻,肌肉非常有力,它和人们抗争,用巨大的力气反抗着套在脖子上的绳索。一旦它趴下,人们就会捆住他的腿,让它在骟马刀下绝望无助。他们几乎不知道自己在做什么,合撒儿对这种娱乐活动摇摇头,起身走过苦斗的群众们。

他挤到反抗的畜牲旁边时,公马起身将他们中的一个人推倒在他的脚下。马儿打着愤怒的响鼻冲到合撒儿身边,抬起前蹄发出痛苦的喊叫。最靠近他的那个人应着马的声音,反手打在合撒儿脸上,让他让道。

合撒儿对跳跃的马极其愤怒。他还了那人一巴掌,那人眩晕地摇摆着,合萨儿看到其他人都放下了手里的绳索,他们的目光里充满危险。马儿意外获得自由,趁机逃去,低头穿过营帐跑走。周围,牧群中的其它公马嘶叫着回应它的呼声,合撒儿面对愤怒的人们,毫不惧怕地站在他们前面,知道他们会认出他们的盔甲。

“你们是斡亦剌人,”他打破紧张气氛,于是说道,“我将捕回你们的马,并带回给你们。”

他们交换了眼神,没说什么。每个人都长得很像,合撒儿认出他们是斡亦剌可汗的儿子。几天前他们的父亲来到这里,带来了五百战士和五百家庭成员,他是出了名的脾气急躁,容易为荣誉动怒。被围住的合撒儿想这些儿子们继承了和他一样的脾性。

合撒儿希望不再打架就可以离开，但是他刚刚攻击的那个野蛮人很生气，还有在场的兄弟们为他撑腰。他的半边脸上，还留着被合撒儿打过的痕迹。

“你有什么权利干涉?”他们中的一个人咬住不放。他们故意围住他，合撒儿看到营帐里站在他们周围的人在吵嚷。很多家族人都在看着，情绪低落。他知道自己退不出去了，除非假扮成吉思汗，甚至冒险运用他在营地里的权利。

“我将设法通过，”他准备好从牙齿的缝隙里冒险。“如果你们兄弟的小公牛没有撞到我，你们此刻已经把那匹马放倒在地上。下次，先绑住它的脚。”

他的脚下有一块大的空地，合撒儿握紧拳头在空中一挥，发出响声。

“这是什么?”对人瞬间的影响力，使他们都不动了，站在那里。合撒儿看到一个和他们有着相同特征的老人，他可能就是斡亦剌可汗，合撒儿对他低头施礼。还没有刀剑相遇，他知道这样做比辱骂他更好，因为他能够控制他的儿子们。

“你是成吉思汗的兄弟，成吉思汗说，“这里是斡亦剌人的营帐，你为什么来到这里惹我的儿子们生气，还搅乱他们的工作?”

合撒儿愤怒地面红耳赤。无疑合赤温已经得到对峙的消息，正带人赶来，但是他不知道自己先作何回答。斡亦剌的可汗明显喜欢这种局面，合撒儿从一开始就知道。当他能够控制自己的情绪的时候，他缓慢而又清晰地回答可汗。

“我打了那个先打我的人，今天没有理由流血。”

可汗冷笑一声，作为答复。他可以随时唤来一百战士，而且他的儿子可以谦卑地惩罚这个骄傲地站在他们面前的人。

“我可能期待这样的回答。不合适之时，不能不尊重别人。这是斡亦剌人的营地，你入侵了这里。”

合撒儿扮出战士的冷酷样子以掩饰自己的愤怒。

“我兄弟的命令很清楚，”他说，“我们在聚会时，所有的部落都可以共用这片土地。这里没有斡亦剌人的土地。”

听到这些话，可汗的儿子们低声耳语，可汗的态度也强硬起来。

“这里我说了算，没有任何人违抗我的命令，你不过是罩在你哥的身影之下。”

合撒儿缓慢地深吸一口气。如果他要求成吉思汗的保护，事情或许已经结束了。斡亦剌可汗不会愚蠢到在营地里和他的兄长对抗的地步，要知道成吉思汗随时可以调遣大部队。这个人还像准备战斗的蛇一样看着他，合撒儿想知道是否是时机叫他的兄弟们来，那天早晨野马挡在他走的路上。总会有人想试试将要在战争中领导他们的人。合撒儿摇着头理清思绪。合赤温喜欢政治和作战，但是他没有去尝试，也不会因可汗和他儿子们的态度而去尝试。

“我不会让鲜血流在这里，”看见可汗的眼里流露出胜利的目光，他开始说，“但是我不会需要我哥的遮蔽。”在讲话的时候，他冲着最近的兄弟下颌挥了一拳，打得他冷颤。人们不约而同地为他叫喊和跳跃着。拳头雨点般的落在头上，他的向后倒去，双腿立刻支住身体，脸部又遭受了猛烈的攻击，鼻子被打坏了。合撒儿同那些在兄弟们中成长起来的任何人一样喜欢打斗，但是胜算往往很低，每当他的头几乎快要折断或者强硬的拳头击打在盔甲上的时候，他就会屈服。至少那样可以保护自己，只要还能站在那里，他就能躲避和躲闪他们的殴打，而他也能用自己有的任何东西回击他们。

恰恰在他形成想法的时候，一个人将他拦腰抱起，顺势扔在地上。合撒儿被重重地一击，听到一阵阵叫喊声，抬起的头正对着很多靴子。合赤温在哪里，与灵魂同行？合撒儿感到鲜血从鼻子里流出来，嘴唇也肿了起来，连着右耳到头部的神经由于重击在嗡嗡地响。身上有太多诸如此类的伤，他很有可能受到永久重伤。

一声痛苦的呐喊从不远处传来，一会儿，就剩下合撒儿独自挣扎着站起来。他看见一个陌生人在斡亦剌兄弟中间拼杀，一个人被打倒在地上，另一个人的膝盖被踢倒。这个人还是个不大的孩子，但是他可以在殴打下用自己的体重进行攻击。合撒儿咧开被打烂的嘴唇笑着看他，但是他太眩晕了而站不起来。

“停下！”一声命令从身后传来，合撒儿满心地希望在看到帖木格没有带帮手只身前来的时候即逝。他年幼的弟弟径直冲进打斗的群众里，将一个斡亦剌人用力举起扔在一边。

“去叫合赤温，”合撒儿喊道，他的心快要沉了。帖木格不能做什么，只有被他们打败，又会有血流在这里。成吉思汗或许可以接受一个兄弟打架，但是第二个就是对家族的私人攻击，这太严重，是无论如何也不能忽略的。斡亦剌可汗好像还不知道危险所在，当他的一个儿子一拳打在帖木格脸上，又在帖木格膝盖上踢了一脚的时候，合撒儿听到他的大笑声。年轻的陌生人渐渐地失去了惊人的优势，正在遭受雨点般的攻打和袭击。斡亦剌兄弟们把两个新来的人打得唏哩哗啦时，他们大笑不止，合撒儿愤怒地听到挣扎着站起来抵卫攻打的帖木格痛苦而又倍感耻辱的叫喊声。

另一个声音又出现了，一系列强硬的攻击令斡亦剌兄弟们尖叫和退却。合撒儿一直保护着贴着地面的头部，直到听到合赤温的声音，愤怒地绷紧了身体。合赤温带人来了，确实是合撒儿曾听到过的手杖声。

“如果可以的话，站起来，兄弟。告诉我你想让谁死，”合赤温对合撒儿说。合撒儿往草地上啐了一口血痰，用手撑着地，脚用力站了起来。他的脸上满是伤痕和血迹，斡亦剌可汗目光强硬，他嚣张的气焰退去。

“这是私事，”看到合赤温瞪他时，可汗立即说道，“你的兄弟没有正常的等级观念。”

合赤温看合撒儿，他伤痕累累的身体在反抗，一边耸肩一边抽搐。

帖木格慢慢站稳，面色苍白如奶，目光冷峻，合撒儿和合赤温从未见过他因羞愧而这样愤怒过，胜过于任何时候。那个陌生的年轻人痛苦地站着，合撒儿向他点头致谢。他被打得很惨，但是他还是露出了很有感染力的笑容，他的手放在膝盖上不停地喘息着。

“小心，”合赤温对他的兄弟们轻声说，勉强能听到。得知打斗的消息，他只带了十二个劳动的人来。在斡亦剌军队到来之前只能维持一会儿。围观的人目光强硬地看着这个场面，可汗又恢复了自信。

“荣誉感也满足了，”他声明道，“我们之间本没有恶意。”他转身看他的话合撒儿接受了几分。合撒儿站在那里很诡异地笑着。他已经听到行军的脚步声越来越近。所有人听到盔甲战士叮当作响的声音在靠近，越发地紧张。那只能是成吉思汗来了。

“没有恶意？”合赤温对可汗发出唏嘘声，“那不是由你来决定的，斡亦剌人。”

大家都看着成吉思汗越来越近。同来的有阿尔斯兰和其他五位用铁甲全副武装的人。他们都佩戴长剑，斡亦剌兄弟互相对视，他们在为所做的事担忧。他们原来讨论打算试一下成吉思汗的兄弟之一，过去的还算是美好的部分。谁知道帖木格的到来将他们拖入深水，没有人知道该怎么解决。

成吉思汗绷着脸。他的目光停留在帖木格身上，当看到他的小兄弟的手在发抖时，他黄色的眼睛眯起来。斡亦剌可汗先张口说话。

“问题已经解决了，可汗，”他说，“仅仅是一个娱乐活动，一场为了马的战斗而已。”他干咽一口水，“不需要您专门来裁断。”

成吉思汗不理他。

“合赤温？”

合赤温控制着自己的愤怒用平静的口吻回答。

“我不知道是什么引起的，合撒儿可以告诉您。”

听到自己的名字，合撒儿抖了一下。在成吉思汗的凝视下，他仔细斟酌了语言。全营地的人最后都能听到，他不能像一个孩子见到父亲那样抱怨。如果希望以后在战争中领导他们是不太可能的。

“哥，我对自己的角色很满意，”他说，“如果需要深入地讨论这些人的话，改日会再和您谈。”

“不可以，”成吉思汗喊道，他知道斡亦剌儿子们潜在的威胁。“不许那样。”

合撒儿低头鞠了一躬。

“可汗,正如你所说,”他回答。

成吉思汗看到帖木格还在为自己当众战败而羞愧,还有那之前吓倒合撒儿和合赤温的明显的愤怒挂在脸上。

“你也负伤了,帖木格,我没想到你也参与进来。”

“他想阻止这一切,”合赤温回答,“他们踢他的膝盖,还……”

“够了!”帖木格大喊,“我会及时还上每一拳的。”脸通红无比的他像个孩子闭上眼睛,阻止眼泪掉下来。成吉思汗凝视他,怒气喷发。他咕噜了一声,摇着头大跨步冲进斡亦剌兄弟中间。他们中的一个人个子矮小,成吉思汗用肩膀将他猛地撞倒在地上,好像只感觉到一股冲击力。可汗抬起手恳求放过他们,但是成吉思汗扫了一眼他的长袍,把他猛拉到一边。当他从剑鞘里拔出剑时,斡亦剌战士也拔出他们的剑来。

“别动!”成吉思汗对他们大声吼道,这嗓音曾穿越数百场战役。他们不听命令,慢慢地靠近,成吉思汗像拉一个土拨鼠一样将可汗抓住。快刀下去,他的剑落到可汗大腿上,砍入肌肉。

“如果我的兄弟被逼跪下,斡亦剌,你将永远也站不起来,”成吉思汗说。可汗怒吼一声,血已流到他的脚面上,慢慢地倒下去。战士们还没有走近他,成吉思汗威厉的目光就将他们吓退。

“十秒之内我若再看到手里拿着剑,不只是一个斡亦剌人,连所有的女人与孩子都别想活过今晚。”

战士们中的军官犹豫着,抬起胳膊示意他们退下。成吉思汗毫无畏惧地站在他们面前,可汗倒在他的脚的一边,不住地呻吟着。那些儿子们站着一动不动,看到这一切都吓得不得了。靠着意志力,可汗对他的军官们做了一个手势,让他们同意退下。他们将剑插回鞘中,战士们跟着这样做,眼睛都看向远处。成吉思汗点点头。

“当我们骑上战马时,你们斡亦剌人都将成为我兄弟的侍卫,”他说,“你会接受他们吗?”合撒儿低声同意,他肿起的脸上没有表情。

“那么这就算结束了。没有血腥争执,我已做了公正的裁断。”

成吉思汗看着兄弟们的眼睛,他们一起随着他大步返回大营地,去处理当日的事务。合撒儿拍拍帮助他的年轻人,将他一起带走,免得留他在这里又被打。

“这个人帮助了我,”合撒儿边走边说,“哥,他是个勇敢的人。”

一会儿,成吉思汗看着年轻人,瞧出了他的傲气。

“叫什么名字?”粗鲁地问道,还在为他看到的恼火。

“乌梁海人速不台,可汗。”

“想要好马和盔甲的话就来见我,”成吉思汗说。速不台微笑着用肩膀轻轻靠了一下合撒儿，很满意。在他们身后，斡亦剌可汗的女人在照料着他，带着这样的伤，他可能再也站不直了，甚至不能再走路了。

当成吉思汗和他的兄弟们走在黑山下聚集的各个部落时，很多人都敬畏而又认同地看着他们。不用再战斗，他又赢得了一次小小的胜利。

维吾尔人叹息夏天的消逝，山上的洪流使斡难河水上涨，随时都可能爆发。草原上绿意栩栩如生，当维吾尔人的马车路过时云雀展翅翻飞。

在大营帐前面，展开了一场令人印象深刻的军力部署，成吉思汗对着五千列队的骑士讲话。他不亲自去迎接维吾尔人，因为他的出现会被误会是对他们晚来的不赞成。而斡亦剌人在合撒儿周围，合撒儿骑马迎接新的客人，斡亦剌可汗的儿子们看着他的后脑勺，不敢再做什么。

维吾尔人走近了，人畜的队伍蜿蜒如黑蛇，合撒儿走向领头的马车。他扫视了一眼那些战士们，判断他们的质量如何，他们武装得很好，看起来凶悍而又警觉，尽管他知道外表有可能是骗人的。他们可以学习成吉思汗打过胜仗的战术，或者至少可以做草原上各主人之间传递信息的信使。

维吾尔人既是好的贩马商人又是有学术的学者，合撒儿很高兴看见他们带来的广大的畜群。每一个战士肯定有三匹马，他想接下来的一个月，营地里该忙起来了，其他部落会来这里做交易以补充他们自己的血统。

在他举起手的时候，领头马车周围的战士们进入防卫状态，他们的手都放在了刀把上。合撒儿想，维吾尔人肯定有富足的矿藏，才会有这么多的人持刀。或许那里也贸易钢制品。大营里什么都不缺，除了要补足弓箭。合撒儿看到马车前面站着一个灰白头发的矮小的人，他举起胳膊示意队伍停下，所有的战士都看着他听从指挥。尽管这个人的长袍裁剪简单，但他肯定是维吾尔可汗巴尔出克。合撒儿决定先打招呼以表达对他的敬意。

“欢迎你们来到大营，可汗，”他正式地讲。“虽然你们是最后一个到来的伟大部落，但是我们的可汗成吉思汗已经接到你们善意的信息，并为你的家族分配了放牧的土地。”

矮小的人若有所思地点头，他向整齐列队等候的骑士看去。

“我知道我们一定是最后来到这里的。我几乎不能相信在这个世界上还有其他更多的战士，能够比这片草原上的主人拥有的数目还多。在这么多日的行程里，你是我见到的第一人。”他想了一会，有点晕地摇摇头，“维吾尔人立誓要为成吉思汗服务，正如我们之前允诺。带我们去安置蒙古包的地方扎营吧，我们要休息。”

比起其他容易生气的可汗们，合撒儿欣赏这位可汗的率直，于是他笑了。

“我是成吉思汗的弟弟合撒儿，”他说，“我将亲自带您去。”

“合撒儿,来坐在我旁边吧。我急切地想听听新鲜事。”可汗拍拍马车的木辕说,于是合撒儿下马,在马尾拍了一巴掌,让它去找站在第一排的斡亦剌战士。

“如果我们是最后一个,不久后成吉思汗就会将他伟大的箭指向他的敌人,”当合撒儿爬上马车坐在他身边时,可汗说道。巴尔出克在牛脸上拍了一把,马车摇晃着开始起步。合撒儿看到周围的维吾尔战士们保持着很好的阵形,心中喜不自禁。至少,他们可以骑马。

“只有他能说,可汗。”斡亦剌在合撒儿身上留下的伤快消退了,尽管他感觉到巴尔出克打量着伤疤,但是什么也没说。自从看到卑微的斡亦剌人,营地里异常地平静,但是在夏末,他们又开始不安起来,现在维吾尔人也已经到了,合撒儿想哥哥或许近日就该迁移了吧。想到这里,他觉得自己兴奋起来。他们有很多部落,成吉思汗将得到他们忠诚的宣誓。那以后,战争就会开始,他和他的兄弟们会从脖到脚铲平金国人民。

“合撒儿,你好像很兴奋,”巴尔出克拽着马车绕过地上的土丘,注意到合撒儿的表情变化,老人用力强硬,哈萨尔的眼里不断闪烁着愉悦。

“可汗,我在想我们以前从来没有聚集在一起。总是有血腥的争执和金人的贿赂是我们互相威胁着对方的喉咙。”他向营地的草原挥着胳膊,“这里?这就是新生的万物。”

“会以我们的毁灭结束,”巴尔出克近距离地看着他,喃喃耳语。合撒儿笑了,他想起合赤温和成吉思汗也探讨过同样的问题,他非常赞成他们的观点。

“是的,但是我们中的每一个人,包括男人、女人和小孩在百年之后都不会活着。你在这里看到的每一个人都会变为白骨。”

看到巴尔出克困惑地皱眉,他倒是希望自己能有合赤温的能力让谈话继续下去。

“没有战争,生命的目的是什么?偷抢女人和土地吗?比起平静的生活一生,我更愿意现在这样,在这里,看着这一切。”

巴尔出克点头。

“合撒儿,你是一个哲学家。”

合撒儿哧哧地笑了。

“你是唯一一个这么认为的人。不,我是伟大可汗的兄弟,这是属于我们的时代。”

第三章

外面的太阳落下,余晖照在大蒙古包上,维吾尔可汗巴尔出克谈了好几个小时,成吉思汗为他渊博的知识着迷,如果遇到不了解的概念,成吉思汗会让可汗一遍一遍地讲,直到清楚地弄明白为止。

所有的话题中,只要一谈到金国,成吉思汗就会像鹰一般的从座席上探出身子,双眼放光,兴趣倍增。维吾尔部落来自很远的西南部,靠近戈壁沙漠和西夏金王国的边缘。成吉思汗对巴尔出克能够提供的有关的金国贸易旅行队的所有细节都很感兴趣,包括他们的服饰和习惯,最重要的是,他们的武器和盔甲。事实上,商人不是金人最好的代表,但是每一个信息的碎片就像泉水般滴落在成吉思汗干涸的思想沙漠上,深深地陷入其中,继而消失不见。

“和平带给你财富和安全,”在巴尔出克停下喝茶浸润喉咙的时候,成吉思汗说道,“或许你曾到西夏国王面前请求联合对抗我。你那样考虑过吗?”

“当然,”巴尔出克回答,用诚实消除他的疑虑。“但是如果我给你留下他们非常友好的印象,那就错了。他们和我们做交易,是因为他们的市场需要来自深山雪豹的皮,硬木材,甚至是稀有植物的种子,那些种子在他们医学研究里可以帮助治疗用。同样地,他们卖给我们原钢材,地毯,茶叶,有时候是他们复制过很多遍的卷轴。”他停下,对聚在蒙古包里的人们冷漠地一笑,“他们把垃圾和军队都带进了维吾尔人的城市里,但是他们每个人的脸上都写着厌恶感,尤其是那些他们称之为奴隶的人。”记忆引起的愤怒闪现在他的脸上,他擦了擦额头,继续说,“自从我们学习了他们的语言,我就知道他们太好了而不需要支援。可汗,你一定明白他们了。不是西夏人,他们什么都不在乎。甚至连金国都认为他们是一个独立的民族,尽管他们拥有很多类似的习俗。他们向金的皇帝进贡,尽管在金的保护下,他们仍将自己与有实力的邻居分开。可汗,他们是非常傲慢的。”

巴尔出克倾身向前,伸手轻轻拍打成吉思汗的膝盖。他好像没有注意到周围的人们都竖起了毛发。

“可汗,我们几代人都只捡到他们的废弃物,而他们都将最好的肉放在自己的堡垒和墙后面。”

“你会看到他们被打败,”成吉思汗低声说。

“我会的。我唯一的请求就是,他们的图书到时候可以让维吾尔人翻阅学习。另外,我见过稀有的宝石和像牛奶如焰火般的石头。不管我们拿什么和他们换,他们都不愿意。”

当他说的时候,成吉思汗近距离地审视着他。巴尔出克知道自己没有权利去索要战争的战利品。传统上,部落不用为战争付钱,他们赢得的所有战利品都是自己的。巴尔出克提出了一个很高的要求,但是成吉思汗认为没有其他人会想要西夏的图书。这个想法让他觉得想笑。

“你可以拥有卷轴,巴尔出克。我答应你。别的东西都是属于胜利者的,那都在天父的手里。我不能给你其他特别的要求权。”

巴尔出克坐回原位,勉强地点头。

“已经够了,其它东西我们会从他们那里赢回来的。我看到我们的人民被他们的马撞倒在路上;我看到我们的人民饿死而西夏人的粮食获得丰收却从不分享;我的战士为他们的傲气付出了代价,身后留下的是空的城市和田地。维吾尔部落的人民将带着蒙古包、战马、盐和血永远跟着你。”

成吉思汗伸出手,两个人迅速紧握双手立下誓言,这种宣誓隐藏了严肃性。部落族人在蒙古包外等候,成吉思汗很快准备好接受他们同样的誓言。私下宣誓是互相之处的证明,成吉思汗不会轻易对待。

“巴尔出克,出去之前,我请求你件事,”他说。巴尔出克正准备起身,他意识到谈话还没有结束,僵着脸停在那里。

“我年幼的弟弟在学习方面很有兴趣,”成吉思汗说,“站起来,帖木格,让巴尔出克看看你。”巴尔出克打量着站起的年轻人,他身体细长,正在冲自己鞠躬,巴尔出克僵硬地低头回应了他的礼貌,然后转回身向着成吉思汗。

“我的萨满阔阔出,到时候会教他学习,但是我想让他学习和阅读有用的东西。我指的是你已经赢得的和我们将从敌人那里赢得的所有卷轴。”

“维吾尔人属于您,接受可汗的命令,”巴尔出克说。没有多问什么,他不理解为什么成吉思汗提起这个话题看着不舒服像病了似的。背后的帖木格笑了,阔阔出也低头鞠躬,好像他得到了极大的荣誉。

“那么,就这么定下来,”成吉思汗说。他的眼里浮现阴影,在黑暗的夜里点燃的灯光中闪烁。“如果西夏如你所说的富有,他们将成为我们第一个讨伐的人。金国会支持他们吗?”

巴尔出克耸耸肩。

“我不能确定。他们的土地一个比一个广阔,但是西夏总是将自己从金国那里分出来。金国为了对抗今后的威胁,可能会起兵攻打你。或者他们会袖手旁观,看着他们最后死在敌人手里。没有人知道他们心里怎么想。”

成吉思汗耸耸肩。

“如果十年前你告诉我，克烈部面对了一个强大的主人，我可能会笑说自己很幸运，没有参与战争。现在我和他们以兄弟互称。如果金来对抗我们，没有什么可怕的。他们要来的话，我会快速地杀他们个片甲不留。事实上，我更愿意和他们在草原上面对面，而不是去爬上他们城市的墙壁。”

“可汗，即使是城市也能夷为平地，”巴尔出克轻声说，喜上心头。

“是的，”成吉思汗回答，“到时候会的。你已经告诉我在西夏，金国易受攻击的腹地。我会在那里砍断他们的肠，掏出他们的心。”

“能为可汗服务，荣誉之至，”巴尔出克回答。他深深地弯腰鞠躬，直到成吉思汗扶他起身。

“各个部落都已聚集在了一起，”成吉思汗说着，站起身伸展了下背部，“如果要穿越沙漠，我们需要准备战马需要的水和食物。一旦宣誓，就没有什么能够阻挡我去那里。”他停了一会儿。

“巴尔出克，来到这里时，我们是一个个部落；离开的时候，就是一个民族。如果像你所说，你能在卷轴上记录大事件的话，一定要把它写下来。”

巴尔出克的眼里闪着光芒，对可汗的要求着迷。

“可汗，我认真做好。还要把原稿教给你的萨满和兄弟，他们会念给你听。”

成吉思汗惊喜地眨着眼，想象着他的弟弟念着印在牛皮上的字。

“我会对此感兴趣，”他说着，揽着巴尔出克的肩膀，一起走出蒙古包，这给了他极大的荣誉。将军们都尾随其后。外面，他们能听到聚集在一起的部落安静的低语声，他们正在等待他们的领袖成吉思汗。

虽然在夏日的黑夜里，在上万火焰燃起时，星空下的营地被照耀得光辉四射。成吉思汗的蒙古包周围的中心被一个巨大的光环照亮，上百个派系的战士们离开他们的家人聚集在闪烁的光线下。人人都身着硬皮革制作的盔甲和头盔，上面仿造金人整齐地挂满了金属鳞片。一些人带着他们部落的士担，但大多数都是空白的，这说明是新的，天底下现在只有一个部落。很多人手里拿的刀剑，都是自从来到大草原之后日夜赶制、新鲜出炉的。太阳底下，汗流浃背的人们挖出了巨大的洞，马车运来的矿石，在火焰里熔炼，当铁匠们打造出武器时，人人欢呼不已。刀剑还未冷却，他们就去拿在手中，不止一个人的手指被烧伤，但是从没有梦想过拥有长剑的他们一点都不介意。

草原上，大风总是呼呼地吹，但是那天晚上，在他们等待成吉思汗的时候，却是微风轻柔。

成吉思汗来了，维吾尔部落的巴尔出克走下马车，站在木头和铁制轮子周围的第一排。成吉思汗站了一会儿，放眼看过聚集的人头，惊异于这壮观的场面。

他的那可儿阿尔斯兰和者勒蔑，最后是萨满阔阔出依次从高处走下去，每个人都加入到在灯光下无限延展的队列当中。

这时候，只剩下成吉思汗自己，他闭上眼睛，默默地感谢天父带他来到这里，赐给他如此强大的军队。他对父亲的灵魂简短地说了几句话，也速该或许能够看到他，他知道，父亲会为自己的儿子感到骄傲。他已经为自己的人民开创了新的土地，只有神灵能够告诉他路在哪里结束。当他睁开双眼，看到孛尔帖带着他的四个儿子站在队列的前面，他们中的三个人还太小，不得不留下他们独立成长。成吉思汗用力地向他们点头，目光停留在最大的孩子术赤和察合台身上，察合台是在狼人萨满之后他给取的名字。大约九岁的术赤敬畏他的父亲，垂下了眼睛，察合台只是凝视着，显得很紧张。

“我们来自上百个不同的部落，”成吉思汗大声说道。在战场上练就的嗓音传得如此之远。人们只有听到声音，才会服从和跟随领导。

“我将苍狼带到这片草原，那是克烈部和欧克昏乌惕部。我带来了蔑儿乞部和札只剌惕部，乃蛮部和乌伊剌惕部。乌耶拉也来到了这里，他们是图瓦部，维吾尔部和乌梁海部。”当他呼唤每一个部落时，他们所坐的地方就会激起一片浪潮。他宣布了如何继续从那天夜晚开始和平共处。尽管这些人不容易找到共同点，每个人都各自有着不同的荣誉感，成吉思汗也告诉自己没关系，他会让他们放远目光。在他呼唤每一个部落时，完美的一幕已在记忆里，在黑山的身影下，他们都来归附了自己。他没有遗漏任何一个，因为他知道只要一疏忽，就会有人注意到并记在心上。

“另外，我呼唤那些没有部落的人，”他继续说，“那些拥有荣誉感，听到血与血的呼唤的人，他们带着对我的信任来投靠我。我要告诉你们，在长生天眼里，这里没有部落之分。从今晚开始，从这里开始，只有一个，那就是伟大的蒙古民族。”

大部分人听到这里，开始欢呼，但是也有一部分人板着脸。成吉思汗记住了这些人的面部特征。他要让每一个人都知道，不可以有对自己所要求的不尊重。

“我们都是有血缘关系的兄弟，我们都知道，只是很久以前被分开。我希望所有的部落都能为一个大家庭，血液的纽带联结着你我。我把你们像自己兄弟一样召唤到旗下，我们就是一个大家庭，一个大民族。”他停顿了一下，看大家的反应。在此之前他们都听说了成吉思汗的想法，三五成群地窃窃私语，从一个部落传到另一个部落。然而，从可汗嘴里听说，他们还是震惊了一番。大部分人都没有欢呼，成吉思汗压制自己莫名而来的愤怒。神灵知道他爱他们，但是他自己的人民却有时糊涂。

“我们的战利品要堆得像身后的山一样高；你们会拥有马匹，妻子，黄金，石油和糖果；你们会拥有自己的土地；一听到你们的名字，敌人就会闻风丧胆。这里的每一个人都会成为向他弯腰鞠躬的人们的可汗。”

他们欢呼着，成吉思汗的脸上露出了一丝笑容，为自己找到合适的话语而高兴。让那些小部落的可汗们担心他们周围人的雄心。他的每一个字都意味深长。

“南方是一个大沙漠，”他向他们呼喊道。瞬间所有人都安静下来，他感觉到他们的关注如一股力量。“我们将以金王国无法想象的速度穿越它。我们要像狼扑向羔羊般降临在他们面前，让他们未见弓箭和刀剑就四散而逃。他们的财产和女人都将属于你们自己。我们的旗帜插到哪里，哪里的土地都会颤抖。地球母亲知道他的儿子们和兄弟们找到了他们的遗产，听到草原上的雷声会高兴的。”

欢呼声又起，成吉思汗很高兴，但他举起胳膊示意他们安静。

“我们会骑马穿越一个干涸的国度，为防止意外，务必带上所需要的水。毕竟，在大海没有出现的时候我们无法停下脚步。我是成吉思汗，成吉思汗讲的话就是铁令。”

一片欢呼叫好声，成吉思汗用手指暗示站在下面地上等待的合撒儿，合撒儿将一个很沉的银色桦树杆交给成吉思汗，杆上系着八面旗帜。看到它，人群里开始窃窃私语。有人认出黑色的是蔑儿乞，红色的旗帜是乃蛮的，与其他的绑在一起。它们组成了可汗伟大部落的旗帜，成吉思汗让它们在草原上高高飘扬。当他举起旗杆时，合撒儿将一个染成绿色的维吾尔旗帜交给他。

巴尔出克眯着眼看着这个最强有力的旗帜，但是背后有一个主人，他还是满心喜悦，看到了美好的未来。他感觉到成吉思汗在看自己，于是低头施礼。

“我已经将各色的旗帜绑在一起，”他大声说道，“当他们被漂白之后，就没有任何差别。他们将成为一个民族的旗帜。”

在他的脚下，他的军官们举起剑，主人立刻回应着。数千武器刺向天空，成吉思汗向他们点头，呼声如浪涌般再起，尽管他举起手空中挥下去，但声音还是久久不息。

“我的兄弟们，你们将举行的宣誓会是一种束缚。但比起流血对我们的束缚来讲已不算什么。跪拜我吧！”

前几排的战士立刻跪下，其余的人紧随其后，那场面就像激起的层层涟漪。成吉思汗仔细观察犹豫的人，但是一个也没有。他得到了所有人的跪拜。

阔阔出爬上了马车，他的表情极其苍白。在他广阔的野心里，不曾梦想过会有这一刻。帖木格事先给他传过话。阔阔出为自己庆贺，他带着这位年轻人到了他将提出誓词的地方。

当所有部落的人在跪着的时候，阔阔出深爱着自己的角色。他在想是否成吉思汗已经考虑让他成为唯一一个不用宣誓的人。合撒儿、合赤温和帖木格以及其他所有可汗和战士都跪在草地上。

“在我们唯一的可汗领袖下，我们成为了一个民族，”阔阔出的声音在人群的头顶上传遍，他的心在兴奋地狂跳。回声传回到他的耳边，像充满山谷的波浪，在其后一遍遍地重复，“我万分荣幸地献出蒙古包、马匹、盐和血。”

阔阔出握紧栏杆，听着他们跟着念。从那一晚开始，他们所有人都会知道伟大可汗的萨满。他向上望去，声音如浪涌一般从越来越远的地方又传了回来。在朗朗清澈的天空下，神灵或许在空中徘徊，简单地笑着，没有人能看到和感觉到，但是他的呼喊声却强劲有力。在千万吟诵声中，阔阔出感觉到神灵在空中盘旋，他很高兴。最后，部落归于安静，他长出一口气。

“该你了，萨满，”成吉思汗在他背后低声说。阔阔出惊奇地跪倒在地上，重复了同样的誓言。

阔阔出回到了马车周围的人群中，成吉思汗拔出了他父亲的剑。人人都看见了他眼中闪过的满意之光。

“好了。我们成为一个骑上战马的民族。今晚，不允许任何人想自己的部落，不许忧伤。我们是一个伟大的家庭，所有土地都归于我们。”

他放下胳膊，人群大声吼叫，也就一瞬的时间。烤羊肉的香味在微风中甚浓，他的步伐轻快，战士们准备今夜不醉不归，不饱不回。黎明之前，将会有上千个小孩在醉酒的战士身下开始孕育。成吉思汗打算回到孛儿帖的帐篷，一想起她责难的眼神，就觉得不舒服。他为自己尽职尽责，没有人能否认，但是术赤的父亲还是一个谜，像扎在皮肤上的一根刺。

他摇着头，除掉闲散的想法，接过合赤温给他的一杯马奶。今晚，他要将自己喝醉，像所有部落的可汗一样。早晨，他们就会准备穿越戈壁沙漠上的干涸的土地，从成吉思汗选择的路上行走。

第四章

大风在马车周围呼啸，卷着迷眼的细沙，使男人和女人们都不断地吐唾液，食物里的沙砾让他们退缩。苍蝇尝着他们汗水中的盐，这使所有人苦恼，被叮过的地方都留下了红色的印记。这些日子里，维吾尔人教他们如何用衣服保护脸，只留两只眼睛在外面探视萧瑟的风景，到处散发着热气。身穿盔甲的战士发现他们的头盔和皮围巾由于太烫手而不能摸，但是他们没有抱怨。

一个星期以后，成吉思汗的军队爬上了生锈般的山脉，进入了一个巨大的布满着裂痕的沙丘的平原。尽管在山脚下狩猎，随着气温的升高，游戏也显得罕见。在突起的沙子上，唯一的生命迹象就是小黑蝎子，他们从马匹间穿过，然后就消失在洞里。很多次，马车都陷进去，不得不在炎热的天气里再将其掘出来。那是极累人的工作，但是用几小时换来的是距掘出水源越来越近。

他们装满浮肿的山羊皮，用蹄筋系着，在太阳下已被烘烤太厉害。没有其他资源，供给明显减少，高温下，很多皮都已经快要融化完剩下的重量。他们只带了足够二十天用的，十二天的已经没有了。战士们每隔两天喝一次马血，就好像一杯热盐水，但是他们还是快到忍耐度的边缘，开始变得眩晕而又无精打采，他们的嘴唇干得出血。

成吉思汗和他的兄弟们骑马走在军队的前面，刺眼的光使他眯着眼看那些盼望到达的山脉的一点迹象。维吾尔人在沙漠深处做过贸易，所以成吉思汗依靠巴尔出克引导他前行。当他认为无尽的平坦盆地泛着黑色和黄色之光，延伸到路的尽头时，不由皱起了眉。炎热的天气是他见过最糟糕的，但是他的皮肤已经变黑，他的脸上也画上了新的沙土痕迹。第一个夜晚的寒冷让他高兴，但是后来越来越冷，以至于蒙古包中的毛皮不管用。维吾尔人教其他部落的人怎么在火上加热石块，当他们冷的时候，就睡在石头上面。少数战士的后背上只有灰色的碎布片，石块已经烧了他们的长袍，但是寒冷依然，如果持续的干渴之后他们还能活下来，那么沙漠中就没有其他什么可以阻止他们的到来。成吉思汗骑在马上，不断地擦拭他的嘴，将脸上的沙砾擦掉，不停地咽着唾液。

他朝身后看了一眼，巴尔出克骑马上前到他的身边。维吾尔人都用布将马的眼睛蒙上，马盲目地行走。成吉思汗也如此尝试他的马，但是这家伙打着响鼻反抗,直到把布拆掉才不再闹,结果在炎热的天气里就受伤了。很多动物的眼睑上都长出了黄白色的覆盖皮,如果他们看不见沙漠上的路,就需要治疗的药膏。他们很艰苦,大家都在互相分享珍贵的水。步行中,这个新的民族很有可能死在沙漠里。

巴尔出克对地猛击拳头,呼呼的风中传播着他的声音。

“可汗,你是否看见沙子上蓝色的斑点?”

成吉思汗点头,抿了一下干嘴唇,然后说。

“这说明走过最后一段路,就到阴山山脉了。这里都是铜币。我们和西夏曾交易过它。”

“我们看见阴山之前还有多远?”成吉思汗嘶哑地问道,抵制着燃起的希望。

巴尔出克好似蒙古人般平静地耸耸肩。

“没有确切数据,但是来自西夏的商人穿过我们走过的这片地方之后,仍然新鲜,他们的马很少沾染灰尘。现在不会太远了。”

成吉思汗安静地从肩膀向后看去,大量的骑兵和马车跟在身后。他带了六万战士进入沙漠,他们的妻儿数目加倍。他看不见延伸到几里之外的队尾,队伍慢慢地在视线里模糊,最后变作高温天气里跳跃的黑点若隐若现。水几乎快没了,很快他们不得不屠杀牲畜,带着只能方便携带的肉,剩下的留在了沙漠里。巴尔出克随着可汗的目光看去,轻笑了一下。

“可汗,他们遭受着苦难,但是过不了多久,我们就会叩开西夏国王的大门。”

成吉思汗疲惫地哼了一声。了解情况的维吾尔可汗,带他们进入了这个萧瑟的地方,但是他们仍然只是从他那里知道金国的富足与肥沃。维吾尔战士都不曾允许翻越靠近沙漠南边的山脉,成吉思汗无法选择计划进攻的路。他正在生气地考虑这件事时,他的马将另一只蝎子甩在沙地上。他把所有的赌注都压在金人的一个防御弱点上,但是他还是想知道怎么能够看到伟大的用石头建成的像山一样的城市。对抗这样的城市,或许只能看着他的骑士们失败。

在行进的路上,马蹄下的沙地长着蓝绿色的东西,奇怪的颜色大片的向四面八方延伸。他们停下来吃东西,孩子们有的将木棍扔向天空,有的拿着木棍画画。水的供给越来越少,每个夜晚除了热的石头,总是冷得让人颤栗,成吉思汗没法与他们分享快乐。

疲惫的一天结束后,入睡之前,军队里没有一点娱乐项目。十二天里有两次,成吉思汗被叫去处理部落之间的一些争论,可能是因为炎热和干渴激起了人们的怒火。两次,成吉思汗都处罚了牵涉到的人,清楚地声明他不愿再看到任何破坏部落和平的事发生。考虑到已经进入了敌人的领地,如果军官不能处理骚乱,他的参与就意味着会有无情残忍的结果。这种威吓足以使很多头脑容易发热的战士完全服从,但是他的人民不是很容易就能被制度约束,太长时间的沉默会使他们易怒,爱闹别扭。

当第十四个黎明又一次带来炎热的时候,成吉思汗扔掉毛毯,拨散了仆人捡来给他下一晚用的石头,他只能躲避。他感觉身体僵硬,疲劳困乏,皮肤上的沙砾使他瘙痒难耐。小术赤和其他兄弟一起玩游戏时,绊倒在成吉思汗身边,成吉思汗用力打了他一巴掌,送哭着的他去让妈妈哄。在炎热的沙漠里他们都很容易发脾气,只有巴尔出克肯定最后能看见绿色的草原和河水,使他向地平线望去,在无限的想象中搜寻。

在第十六天的时候,黑山的一小部分出现了。作为侦察兵的维吾尔战士慢跑回来,他们的马喷着沙雾,在战士的驾驭下显得非常劳累。他们周围的土地几乎是绿色,点缀着铜黑色的岩石,那些岩石像是被割成锋利的剑刃一般。而且,族人们看到岩石的阴影下有着青苔和矮树灌木丛,一派生机勃勃,天一亮,猎手们拿着他们夜里设圈套捕到的野兔和鼹鼠。族人们的情绪稍稍被调动起来,但是他们还是要忍受干渴和眼睛的疼痛,所以,他们的怒火还是在整个营地里蔓延。不管他们的疲倦,成吉思汗在主力周围还是增强了巡逻,并让战士们训练和练习弓和剑。战士们在沙漠里变得又黑又瘦,但是他们有极强的忍耐力去接受任务,每个人都不想在可汗的眼下失败。慢慢地,步伐一次又一次不断地加快,大马车都移到了队伍的后面。

当他们越来越靠近山脉的时候,成吉思汗发现它比之前看到的要高很多。山上的黑岩石与他们周围的岩石一样能够割破沙石,锋利而又险峻。爬上山是不可能的,他知道这里肯定会有穿越山峰的路径,否则他们将被迫从右边绕行,这样会增加路的长度。随着他们水的供给将尽,马车也变轻了,但是他知道必须尽快找到巴尔出克所说的山谷,不然他们都会死。部落人民已经接受他为可汗,如果他杀了他们,当他们还有最后的力气,也会复仇的。成吉思汗骑着马,马鞍上的他挺直了背,他的嘴里有很多疮伤。他的身后,部落人都在不悦地私语。

在悬崖脚下,合赤温和合撒儿眯着眼透过热浪般的空气看去。带着两个侦察兵,他们走在大部队前面探路。侦察兵都是有经验的人,一个目光犀利的人指出两座山峰之间的一条通路。它由一个险峻的口开始,延伸到一个狭窄的峡谷中,大峡谷能通过并排的四个骑士,两边的岩石高耸入天,高到一个人单独根本不可能爬上去,马车和战马就更不用说了。在一条宽路径上,不需要什么特殊的技能,就能沿着小路看到地面向前铺开,小型侦查队拍打着他们的马开始慢跑,希望能找到一条路翻越山脉,通向西夏王国。

当他们绕过小径上的一道弯之后,马儿们惊异地挣着缰绳,突然变得沉默。峡谷的尽头被山一样巨大的石墙堵住了。每一块巨石看起来比任何东西都重,部落人根本无法将它挪开,而且石墙看起来很怪异,看着总有一些感觉不对的地方。他们没有研究石块的技工。看着那精妙的线条和光滑的表面,明显是人工制造,但是那陡峭而又规模巨大的岩石是只能在野外的山谷里才能看得见的。在底部发现了不是自然形成的证据。一个铁质的大门和木桩打入地里做墙的底基,古老而又坚硬。

"看它的规模!"合赤温说着,摇着头,"我们怎样才能通过它呢?"

侦察兵们只是耸耸肩,合撒儿也只是低声地咕哝了几句。

"我们会很容易在这个毫无生气的地方困死的。必须赶快告诉成吉思汗,不然他们都会跟进来。"

"哥,他想要知道这上面是否有战士。你知道的。"

合撒儿看着两边陡峭的斜坡,突然觉得很有用。很容易想到,有人从顶部扔下石头的话,将没有任何方法能够抵御他们。他考虑着这两个跟他们一起来到峡谷的侦察兵,成吉思汗收复他们之前,曾是克烈部落的战士。现在,他们平静地等待命令,把对眼前这面巨墙的敬畏暂时埋藏了起来。

"或许他们建造这面墙只是为了抵御来自沙漠的敌人,"合撒儿对他的兄弟说道,"可能没有人。"

正说着,一个侦察兵指着,顺着他的方向,他们看到一个爬在山顶移动的小人影。它可能只是一个士兵,合撒儿觉得自己的心在下沉。如果这是巴尔出克不知道的另一个通路,那么发现一条通过高山的路,会使成吉思汗的军队全部灭亡。合撒儿做了决定,知道这将可能意味着搭上两个侦察兵的命。

"骑马去山脚下,然后直接返回,"他对他们说。两个人低头鞠躬,面无表情地交换了一下眼神。一个人跺了一脚,大喊一声"哈!",他们的马便开始奔跑。他们冲向黑山脚下的时候,沙尘四起,合撒儿和合赤温眯着眼看,光线刺人。

"你认为他们会到那里吗?"合赤温问。合撒儿没有说话,耸耸肩,专心地看着墙。

合赤温认为他看到远处的指挥官做了一个下令的有力手势。两个侦察兵意识到不能在一起,急速分开,分别向右边和左边以搅浑弓箭手的目标。很长时间,没有其他声音,只听到他们马蹄的回声,两兄弟看着,屏住了呼吸。

当看到墙上出现一排弓箭手的时候,合赤温咒骂道。

"快点,"他在心里为他们鼓劲。黑色的箭飞落下来,射向两个侦察兵,合赤温看到其中一个不顾一切地冲到大门,他掉转马头,用拳头使劲地敲打木头,但是弓箭手们一波又一波地放箭,很快地,他和他的马被一打箭射中。垂死的人大喊一声,他的马快速跑回,看不见台阶和障碍,一次又一次地撞在上面。最后,他们同时倒下,安静地躺在了沙地上。

另一个侦察兵比较幸运,但是他没有到墙边。一段时间后,看起来他好像躲过了弓箭,合撒儿和合赤温对他大声喊。就在那时他倒在了马鞍上,他的马受到惊吓抬起身体,双腿反冲用力,将他从马背上翻了下来。

马儿的脚受了伤,跛着脚回到了两兄弟身边,后边丢下侦察兵的尸体。

合撒儿下马,拽住了缰绳,马的腿已经坏了,不能再骑。默默地,合撒儿把缰绳盘在马鞍上。营地里还有很多人饿着肚子,他不打算将这马留下。

"哥,我们已经有答案了,"合撒儿说,"尽管这不是我们想要的答案。我们怎么才能通过他们呢?"

合赤温摇着头。

"我们会找到一条路的,"他说着,回头看那一排黑压压的弓箭手也正在虎视眈眈地看着他们。有人在挥手臂,不管是嘲笑还是问候,他也说不清。"即使我们要将石块一块一块地搬下来。"

合撒儿和合赤温骑马返回,这时成吉思汗的主力在路上休息。在他们到达骑马战士们的最外一道防线之前,通过了仍然向外盯着他们的前哨队,山峦被远远地落在身后。成吉思汗和他的将军们正在探讨几年后将部落建成一支军队,一个战士飞驰而来,告诉他,他们快要进来了。

没有人回答这个通报消息的人。他们表情冷酷,安静地骑马直奔兄弟的蒙古包,那蒙古包就像一顶白色的帽子坐落在马车上。他们到的时候,合撒儿从马上跳下来,看了一眼上前牵缰绳的人。

"速不台,"他高兴地说,挤出了笑容。年轻的战士好像有点紧张,合撒儿想起他曾答应给他盔甲和好马,这时无奈地做了个苦脸。

"我们有很多事要和可汗商量。下次再要你的马。"

速不台失望地沉下脸,合撒儿哼着鼻子,抱了抱他的肩膀,转身离开。他回想起这个孩子的勇气,他曾跳进乌耶拉儿子们中间帮助过自己。他应该报答帮助之恩。

"或许我们只需要一点时间。跟我来,但要保持沉默。"速不台马上露齿而笑,想到能在会议上见到伟大的可汗还是有点紧张。嘴唇干燥的他跳上马车的台阶,跟着两兄弟进入了蒙古包里。

成吉思汗在等他们,年轻的信使还在一边喘息。

"侦察兵在哪里?"看到他们,他表情严肃地问道。

"死了,哥。通路被一道黑色的石墙堵住,那高度有一百个蒙古包垒砌得那么高,甚至更高。"

"我们看到大概五十个弓箭手出现,"合赤温补充道,"他们的技术不是很好,正如我们了解的一样,但是他们几乎不失手。高墙耸立在狭窄通路的尽头,两边石崖的缝隙里。我没有看到他们的侧面有其它路。”

成吉思汗皱着眉，从座位上站起。他的嘴里一边说着什么，一边跨出蒙古包，站在明媚的阳光下。合撒儿和合赤温跟着他一起出去，几乎没有注意到他们后面跟着的瞪大眼睛的速不台。

成吉思汗站在蓝绿色的沙地上，抬头看着天。他手里握着一根木棍，使劲挥了一下，在地面上画了一条线。

“给我说明一下，”他命令说。合赤温拿起木棍，在地上画着整洁的线条。合撒儿惊奇地看着他的兄弟将他们几小时之前看到的大峡谷重新画了出来。在其中一边，合赤温画了一个弓箭手防卫的大门，成吉思汗恼怒地搓着自己的下巴。

“我们可以拆掉马车做成木制的防御蓬，这样就可以靠近他们，”成吉思汗满腹怀疑地说。

合赤温摇头。

“那样的话可以挡着箭靠近门，但是一旦我们到那里，他们可能扔下石头砸我们。从那样的高度，一些木板都会被砸成碎片。”

成吉思汗抬起头，向各个方向看着草木不生的沙漠里的一队队族人们。他们没有其他可以建造的东西。

“那么我们必须把他们引出来，”他说，“阶段性的撤退，随后安排一个有用的计划。我会派最好的盔甲战士，他们能够在箭羽中幸存，但是要惊慌地逃跑回来，同时要大声地喊叫。”他满怀希望地笑了，“这或许能教会我们的战士一点谦逊的美德。”

合赤温用靴子在画过的地方擦来擦去。

“如果我们能够知道他们什么时候打开大门，这个计划可行，但是峡谷道路崎岖。一旦我们离开了视线，我们就会没有方法知道他们什么时候出来。如果我能带几个人到峭壁边上，他们就能传递信号给我们，但那将是一个凶险的攀爬，岩石上没有任何覆盖物。他们有可能暴露。”

“我能说两句吗，可汗？”速不台突然说。

合撒儿愤怒地说道。

“我告诉你要保持沉默。没有看到这很重要吗？”三个人的目光同时投向年轻的战士，他的脸沉下来，变得通红。

“对不起。我想出一个方法能知道他们什么时候出来。”

“你是谁？”成吉思汗问。

速不台的声音颤抖，他低头鞠了一躬。

“乌梁海人速不台，可汗，”他使自己陷入了窘境。“是蒙古国的速不台，可汗。我……”

成吉思汗举起一只手。

“我记起来了。告诉我你想到了什么。”

得到了可汗的支持,速不台咽下了紧张情绪,告诉了他们自己的想法。他们没有想到那个注意使他感到惊奇。成吉思汗特别的目光像是要看穿他。于是他看向中间不远处,结束了谈话。

在三个人考虑的时候,速不台声色不露。过了一会儿,成吉思汗点点头。

“那样可行,”他不情愿地说。速不台好像变得高大了一些。

合撒儿对年轻人笑了,好像他对年轻人的聪敏有责任似的。

“留心去办吧,合赤温,”成吉思汗说。他对速不台的自豪露齿而笑。“我去看看你描述的这个地方。”当他考虑到要破坏一些载着族人们穿越沙漠的马车时,情绪有些波动。那些稀有的木材,很多都是精心制作或是几代人遗传下来的。但是没有办法。

“先用你们首先看到的十个马车,用木头制成可以举起和移动的防御工具。”

他看到合赤温的目光扫过了身后可汗的蒙古包,哼了一声。

“兄弟,从你看见的下一个开始。别想着用我的。”

合赤温迅速离开,去召集人和收集需要的材料。成吉思汗留在那里,面向年轻的战士。

“我已经答应给你一匹马和盔甲。你还想要什么?”

速不台糊涂了,脸变得苍白。他没有想过和可汗要更多东西,仅仅只是想解决他感兴趣的问题。

“什么都不要,可汗。和身边的人在一起就足够了。”

成吉思汗凝视着他,在半边脸上搔了搔痒。

“他很有勇气,也很聪明,合撒儿。给他十个人去袭击石墙。”他黄色的眼睛朝后看向震惊地稳站在那里的速不台。

“我看看你如何领导更多有经验的战士。”他停了一会儿,让速不台理解这句话,他出了个难题是想削弱一下年轻人膨胀的自信。

“如果他们丢掉性命,你也不会活过那天日落,”他说。

速不台深深地鞠了一躬,这个警告使他的兴奋差点塌陷。成吉思汗自己咕哝了几句。

“合撒儿,去牵我的马过来。我去看看石墙和那些想要挡住我去路的弓箭手们。”

第五章

西夏的防卫者不知道穿越沙漠对抗他们的蒙古人到底有多少。尽管成吉思汗和他的一队将军们骑马到了弓箭范围之外的边缘处,他安排后面的大部队在崎岖的峡谷中做好准备。他决定派一些攀岩者爬上斜坡。计划的实现取决于防卫者把他们看做是质朴的牧民。峰顶上的观望者至少可以看出计划的智慧,使得要塞处的士兵可疑。成吉思汗凝视着西夏的要塞,咬着下嘴唇。弓箭手像蚂蚁一般聚集在墙上,不时地会有人放箭,高高地射入空气中,为接下来可能发生的袭击设定一个射程。成吉思汗看着最后一支箭射入距离他前方十二步远的地里。他的战士能射到更远,因此他蔑视地向着敌人弓箭手的方向打了一巴掌。

空气厚重起来,在峡谷中没有一丝风在吹。沙漠的心脏部分仍然很强大,太阳升上正头顶,连一点人影都没有映照出来。他抚摸着父亲的幸运之剑,掉转马头,骑回营地,那里有上百战士正在等他。

在他下达命令的时候,战士们都很安静,但是年轻人的脸上明显地闪现着兴奋。像所有蒙古人,他们喜欢用诡计捉弄敌人,而不是用武力压倒敌人。

"木制的防护物已经捆绑在一起,"合撒儿在他的肩膀旁边说。"粗糙了点,但是能够使他们到达墙角下。已经给他们铁榔头去试着开门。天晓得,他们可能就闯入了。"

"如果成功的话,让另外后备的一百人准备进攻,"成吉思汗说。他转身向着合赤温,站近了,检查最后的细节。"合赤温,让剩下的人退回来。那里是危险的丧身之地,当少部分人可以通过的时候,一定要捆绑紧了。我不想让他们到处跑。"

"我会安排阿尔斯兰做第二队的打头人,"合赤温回答。那是一个好的选择,成吉思汗点头赞成。铸造刀剑的铁匠会了解像风暴一样的弓箭的顺序。

在他们身后,尽管视距中看不见,石墙仍好像隐约可见,静静地矗立在那里。成吉思汗不知道黑色石墙的后面躺着什么,也不知道这么多人怎么能够进攻才能通过。这都没关系。不到两天,最后的水也会喝完。那之后,部落可能要放弃,会死于他的野心和干渴。所以这个要塞必须得拿下。

很多人拿起漂亮的刀剑和在沙地上快烧着的长矛,以及任何可以挖出敌人眼睛、使他们出来的东西。毫无例外地,他们身穿最好的模仿金国设计的盔甲。高温下,指宽的铁片刺痛了裸露的皮肤,他们贴身的丝绸衣服很快随着汗液变得腐臭。供给的水减少,他们就吮吸皮肤上流的汗水。成吉思汗没有强力限制那些拿生命冒险的人们的数量。

“哥,万事俱备,”合撒儿说,打断了他的思绪。两个人看到阔阔出出现在战士们中间,正给他们散发着珍贵的水,不断地念着咒语。大家都低着头接受他的保佑与祝福。成吉思汗皱着眉头,他在想帖木格以后也会做同样的事,却从中得不到任何荣誉感。

“我应该和战士们一起进攻,”成吉思汗低语。

合赤温听了摇摇头。

“你不能因为任何事牺牲,哥。计划很有可能失败,部落人民也很有可能彻底溃败。你不能被视为懦夫,这里的军队还一点都不知道计划的内容。他们能看见你在观战就已经很足够。我选的大部分都是士气足、勇气大的战士。他们会服从命令。”

“他们必须服从,”成吉思汗说道。

他的兄弟们分别去给攻击部队和宽大的木质防护物做最后的检查。战士们骄傲地将防护物顶在头顶,无声地建立了共同作战的士气。

“我要看到这座墙倒下,”成吉思汗对他们说。“如果不能用刀剑和锤头,就用计谋。你们中的一些人可能会牺牲,但是天父爱战士们的灵魂,你们会得到他的欢迎。你们开辟的道路将通向山的那一边的新鲜国度。擂起大鼓,吹起角号,让他们听到,在他们珍贵的要塞地感到担心。让鼓声和角号声正确引导你们去西夏的心脏部位,甚至去他们城市中的金朝。”

战士们深吸一口气,准备好奋力而战。远处,山上的高处炎热难耐,鸟儿们的叫声尖锐凄惨。阔阔出大喊那是一个好的征兆,人们都抬头向蓝色的天空望去。一队鼓手开始猛击起战争的鼓点,熟悉的声音鼓舞了战士们的士气,人人心跳开始加速。成吉思汗大臂挥下,整个军队开始呐喊,角号也吹了起来。第一队人慢慢地跑向能够进入峡谷主要地带的地方,然后开始加速,挑战声刺耳。要塞处的喊声传了回来。

“现在我们看着吧,”成吉思汗说着,他握着剑的手一紧一松。

战士们奔跑的叫喊声冲击着道路的两边。他们承受着头顶防御物的重量,汗水已经使他们几乎看不见路。一会,当防御物上插满了弓箭,就证明了它的价值,着色的羽毛在颤抖。弓箭手们都训练有素,成吉思汗看到,他们在一声令下之后同时放箭。当防御木板抵达墙边的时候,幸运地躲过了一两次射击,但是已经有三个人倒在了沙地上。

拿铁锤的战士开始攻击墙上的门,通路上一片混乱。墙上聚集了弓箭手,他们倾斜着身子寻找着任何可能的缝隙垂直往下放箭。防护木板边缘不断地有人尖叫着倒下,他们的身体一次又一次地被箭袭击。

当巨大的石块从防护墙上举起,成吉思汗低声咒骂。他和他的将军们讨论了任何可能性,但是当一个戴着羽毛头盔的军官抬起胳膊大喊,一声令下的时候,正如所料,他的心紧了一下。第一块石头好像是坠落了很长时间,成吉思汗听到它砸向战士们膝盖时的破裂的声音。战士们挣扎着站起来,铁锤手们更加用力地攻击门,挥动的铁锤越来越快。

又有两块石头砸落下来,防护木板被砸裂了。铁锤都被扔到了沙地里,上面的弓箭手们找到了新的目标,惊恐的尖叫声四起。成吉思汗看到他的战士们四散而开,握紧了拳头。墙壁上的门还没有打开,他们只能冲着头顶的敌人愤怒地挥舞着手中的兵器。没有任何先兆,战士们一个接一个地倒下,他们绝望地互相追赶着奔跑在返回的路上。

在他们往回跑的时候,俯冲下来的箭像波浪般射中了大部分人。只有十几个人冲到了射程之外,两手扶着膝盖不停地喘气。他们身后,道路上满是撤退时丢下的东西,一片混乱,倒在地上的尸体插满了箭羽。

成吉思汗慢慢走到了路径的中央,盯着那些得意洋洋的防御者们。听到他们的欢呼声,他用力转过身体背对他们。当他转过身,声音更加剧烈,他僵硬地走着离开,直到消失在他们的视线里。

在墙上的最高点,刘肯看着成吉思汗走开,周围的士兵们看到了他平静的表情下掩饰不住的满足感,于是他们公然地笑,互相拍背击掌,好像赢得了一个伟大的胜利。看着他们的愚蠢行为,他不由得发火。

“换箭,让新的五穗弓箭手上阵,”他怒言。笑容消失了。“我们已经在峡谷中损失了上千支箭,因此再次确定箭袋是满的。给每个人喝口水。”

刘肯双手扶着石头,向通路看去。他们已经消灭了进入射程之内的几乎所有人,他对弓箭手们很满意。他对墙上的指挥官表示了祝贺。铁锤的声音让他们无比担心,但是大门还是关着的。刘肯轻轻一笑。如果门被攻开,那么蒙古人就有可能带着他们的弓箭手从四面八方冲上高墙。这个要塞设计得非常漂亮,他很高兴自己的任职期限在看到这个建筑的试用之前没有结束。

看见沙地上破碎的木片,不由得皱眉,他听说,只要蒙古部落来临,他们就会像野兽般进行攻击。战争显示了一个凶悍的计划,这惹恼了他。他准备将其汇报给省府的官员,让他去决定怎样做出最好的回应。当他看到下面散落的尸体时,为自己祈祷。之前没有用过石头。很多预备在墙上多年的石头都长满了苔藓,现在需要从储备中大量供给,这里有专门处理诸如此类日常事务的官员。他想,除了给战士们分发食物和水之外,其余时间还有更多的事情要做。

刘肯把两只鞋子轮着抖了一下,看到要塞里的指挥官走上通往墙上的台阶时,他害怕地咽了一下口水。沈替是行政长官,而不是士兵,刘肯只能打起精神回答他空洞的提问。这位胖长官气喘吁吁地爬上高墙,刘肯转移目光以使自己不去看到他虚弱的丑态。他没讲什么话,等着沈替来到身边,他目光明亮,向下看去,仍然吃力地呼吸着。

“我们送狗出去,”沈替说着,身体稍有恢复。

刘肯侧着头,默默表示同意。他没有见过指挥官作战。要塞的另一边有幢他的私宅,在那里,他无疑是个怕老婆的人。想到这个讽刺的幽默,刘肯又想到了孙武的防卫战名言。沈替绝对是个在“地球凹穴”里藏身的老手,可也仅仅是因为刘肯在这里击退了攻击者。然而,对这个军衔稍高的长官,他还是很有礼貌。

“接下来几天,我会去检查尸体,以防有人诈死,天亮时会派人出去收集武器和弓箭。”

沈替向下看峡谷中的尸体,还看到了地面上的很多盒子和同人的身体一样长的长矛。他知道如果将那些东西留给士兵们,任何有价值的东西都会被私藏。沙地里有些东西闪烁着绿色和金色的光芒,他开始觊觎那些宝贝。

“刘肯,你来监督他们。派他们下去检查门是否被破坏。让他们把有价值的东西带来给我检查。”

对胖指挥官赤裸裸的贪婪,刘肯很不屑。维吾尔人尚且没有什么值钱的东西,这些身穿破布的游牧人除了一些发光金属之外还能有什么。然而他还没有成为贵族,于是,全身盔甲的他还是尽可能地弯腰鞠躬。

“我们会按您所命令的去做,”他离开还在盯着下面的沈替,嘴角挂着一副贪婪昏迷的笑容。他拍拍手,引起一队正轮流在水桶里喝水的弓箭手的注意。

“我将下去剥夺尸体上的财物,”他深吸一口气,为自己正在下达一个可耻的命令而感到恶心,“回到你们各自的位置上,为下一次攻击做准备。”

士兵们迅速服从命令,水桶叮叮当当地在一边旋转,他们快速地回到了墙边。刘肯开始专注自己当下的任务,叹了口气。毫无疑问,皇帝听说维吾尔人在为这场攻击出力。在西夏充满和平的土地上,几个月以来,到处都在谈论这个话题。贸易在这一代已经被勒令禁止,已经向每一个维吾尔居住区发送了惩罚搜捕令。刘肯没有尝试过那种战争,他考虑过回到银川城市做一次交易。他们经常需要有经验的守卫者。

他发出清脆的命令,让十几个持矛的人跟他走下冰冷的台阶出门。从里面看,攻击好像远不可及,在墙的阴影下,他想,任何想将其攻倒的人都是愚蠢至极。他不喜欢自己也成为他们中的一员。他本能地检查了里面大门是否安全,然后才伸手去开外面锁着的横木。苏武或许是一个最伟大的军事思想家,金朝还没有这样的人,但是他不认为沈蓉如此贪婪的人能在这里下命令。

刘肯深呼一口气,推开了大门,一道刺眼的光线射进来。身后的人都做好准备慢慢地走,他向他们的指挥官点点头。

“两个人待在这里守卫大门。其余的人去收集可用的弓箭和所有可能有价值的东西。如果有问题,丢下所有的东西,马上回到门边。不许讲话,任何人都不能走出五十五步以外,即使那里有鸭蛋大的翡翠石。都听到我的命令了吧。”

士兵们同时敬礼,他们的指挥官选了两个人留下来守卫大门。刘肯点头,当他的眼睛能够适应的时候,向着太阳看去。他对这些死在要塞里的士兵不抱有什么太大的希望。几乎人人都对陆军有一些偏见,或者会有影响地冒犯一些人。甚至在沈蓉的政治生涯里,他也犯过一些不可告人的过错,不论他现在是什么官衔,尽管这个胖子没有对任何普通士兵讲过这些事,刘肯也能确信这一点。

刘肯做了一个深长的呼吸,检查防御的各个部分。他做了自己所能做的一切,但是骨子里仍然感觉有点不对的地方。他跨过一具尸体,其他没有什么,只是那身上的盔甲和自己的很相似,他皱起了眉。不曾有过维吾尔人仿制金人盔甲的记录。仿制的盔甲是粗糙的,但是很耐用,刘肯心中渐升不安。

准备跳回来时,他重重地踩在了一个伸长的手上,听到了骨头碎裂的声音,看来缺少活动,于是他点着头向更远的地方走去。在靠近门的地方,躺着厚厚一层尸体,他看到两个四肢叉开的人仰躺在那里,箭穿过了他们的喉咙。巨大的鼓声传来,刘肯捡起一支箭,支着墙壁准备带回去。这支箭做得非常好。

他眯着眼看着通路的尽头,他的人狂热地跑出去,弯下身子从沙地上捡兵器。刘肯开始稍稍放松,看到两个人从一个好似箭猪的尸体身上拔箭,因为那尸体上密密麻麻地都是被射中的箭。他跨出墙投射在地上的阴影,在突然的光亮里颤抖了一下,在他前面三十步距离的地方,躺着两个盒子,他知道沈蓉可能正在看着他是否找到一些有价值的东西在盒子里。刘肯不知道为什么部落人们会带着金和银来战斗,但是他走过滚烫的沙地朝两个盒子走去,同时手也在剑上做好准备。会不会盒子里装着蛇或者蝎子?他听说过用这些东西攻城,尽管经常都把他们扔过墙。部落族们攻击中既没有弹弩,也没有梯子。

刘肯拔出剑插入沙地中,从一边撬开了盒子,几只鸟儿突然从里面飞出来,直冲云霄,他震惊地后退几步。

好一会儿,刘肯站在那里盯着鸟儿,不能理解为什么要把他们留在沙地里烘烤。他抬起头看着鸟儿们飞翔,突然明白了什么,瞪大了眼睛,陷入惊慌。鸟儿就是信号。阵阵隆隆声传入耳里,脚下的地面好像也在震动。

“回到大门口!”刘肯挥着手中的剑大声喊。他的周围,士兵们都惊呆了,一些人怀里还抱着好多弓箭和刀剑。“跑！回来！”刘肯再次怒吼。朝通路上一看，第一批黑压压的战士骑着马飞奔而来，他转身自己跑到门口。如果哪个傻瓜慢了，那他只能怪自己了，他想，思维在快速转着。

没跑几步，他就战栗地来了个急刹车，大门周围，一些尸体跳了起来，身上还带着箭。其中一人在刘肯踩坏他的手时还安静地躺在那里。刘肯的身后，喊声震天，他恐惧地咽着唾液，又开始跑起来。他看到大门渐渐关上，但是一个敌人把胳膊挤入缝隙里。这个部落男人痛苦地喊叫着，他在里面的手被砍成了碎片，和他一起的人扳着门，攻击那些防御者。

刘肯提高嗓音大声地咆哮，根本没有看见一支箭射向他的颈后部，他跌倒在沙地上，感觉到刺痛像黑暗袭来。他确定，里面的门已关上。他看见门在身后关上，仍然有机会。血液中断了他的思绪，马蹄声也渐渐消失。

速不台从躺着的沙地中站起来，他身中一剑，盔甲上还射入两支箭，他的肋骨疼痛，每一个骨节都有新的阵痛，大腿上流着血，还能感觉到热的温度。飞奔的人马全速前进，峡谷中充满了如雷般的喊声。当听到剑拔弩张的声音，速不台抬头放眼望去，黑色的箭射下。身后战马嘶鸣，速不台看见大门被很多人用身体挤开，摇摇晃晃地动摇对抗着。

周围是成吉思汗派给他指挥的十个人，四个人冲向大门，其他人还躺在沙地上，已经死了。跨过一个认识的乌梁人时，速不台心痛地咽下口水。

身后骑兵的声音汇集成一股强大的力量，速不台希望自己的脚此时是铁铸成的。身上的重伤却使他眩晕，任何事物都缓慢地在眼前发生，而他能听到自己嘴巴里每一次吃力的呼吸声。他闭上嘴，这种虚弱使他恼怒。前面，那些攻击中幸存的人都拔出剑冲过大门。速不台听到剑撞击在厚厚的石墙上折断的声音。冲过大门的战士不断地倒下，看着如雨落下的箭，叫喊声不绝于耳。就在那一刻，速不台的脑子清醒了，感觉变得尖锐起来。周围的箭落入沙中，但是他毫不理会。当他的战士们到门口的时候，他大声喊出命令，往后一站。声音粗犷，但是由于精炼，大家都作出了反应。

“用木头做防护，拿起铁锤，”速不台告诉他们，指点着。周围的人迅速倒在地上，盔甲撞击地面的叮咚声传入耳里。合撒儿到了，速不台撕扯着他的胳膊。

“里面有弓箭手，我们还能利用坏掉的木板。”

周围，箭头插入沙地，只有黑色的箭羽留在外面。合撒儿平静地看着速不台的手，提醒年轻的战士注意自己的身份。速不台松开手的同时，合撒儿下达命令。四处的人都捡起原来防护木板的碎片，挡在头上，迅速冲过大门。

铁锤再一次被拿起，头顶的弓箭手射向两个门中间的缝隙。粗糙的防护木板上，已经插了很多箭。外面燥热的沙地上，合撒儿挥着剑对抗外墙上的弓箭手，金国的士兵们倒下了，他们的目的遭到破坏，大部队开始挺进。在内门打开之前，所有人都不能动，合撒儿等待发令。铁锤沉闷的撞击声混杂着垂死人们的哭喊声，异常刺耳。

“去那里，确信我们在等待的时候，他们没有片刻的偷懒，”合撒儿对速不台说。年轻的战士低头鞠躬，跑过去加入了那些人。

他从一群阴影下穿过到了光亮的地方，看到冷冰冰的弓箭手们一支又一支地放箭，射入杀戮之穴。

速不台几乎没有时间躲在破碎的木板下面，在他正准备要钻入时，一支箭射中了胳膊，他高声尖叫。他发现原来的十个人只有一个人活着。

大门中间的空间确实很小，同时最多只能站下十几个人。这些人不顾一切地挥动手中的铁锤，其他人头顶木板尽可能地站在一起。地面上的沙子里插满了箭，比狗身上的毛发还要厚。更多的箭还在往下射，速不台听到头顶一个外国人在大声发令。他想，如果他们有石头扔下来，那将功亏一篑，后果不堪设想。速不台感到自己被包围，很多人挤在身上，离自己很近的那个人在攻击中丢掉了自己的头盔，一支箭直射入那人脖子上，他痛得尖叫一声，直直地倒下去。速不台抓起木板举起来，在一次次震动的撞击中退避着。铁锤疯狂地挥舞着，突然，速不台听到一个战士发出满意的咕噜声，接着木板破裂的声音传来。

大门打开了，上面满是灰尘的地面上躺着的人都跌落下来。很多战士拿着弓箭围攻，很快地，第一批人死去。身后，合撒儿的人狂野地叫喊着，知道进入的道路已打通。他们跨越死人的身体，向前冲去，压向在大门口的那队人马。

速不台不相信自己还活着，他拔出成吉思汗授予的剑，冲向愤怒的人群当中，在杀场中尽情地释放。弩手们没有机会将箭再装满，速不台的剑刺入一个敌人的喉咙，那人惊恐地愣住。进入要塞的人多半已经受伤流血，但是遇到第一批防御者，他们还是很兴奋。一些人攻上了里面的台阶，看到那些还在瞄准死穴射击的弓箭手们，他们露齿而笑。蒙古的长弓战士们拉弓射箭，脚下的西夏弓箭手都被袭击，好像遭受了铁锤的撞击一般。

成吉思汗的军队开始大量涌进大门，在要塞里汹涌挺进。首次战斗中几乎没有攻击命令。直到合撒儿和阿尔斯兰参加战斗，速不台知道自己可以放开手去杀，兴奋的他叫喊得更凶猛。

没有刘肯组织防御战斗，西夏士兵在侵略者到来之前就恐惧地四散逃跑。将马留在了道路上，成吉思汗走过大门，躲闪着坏掉的内门。他的脸上闪着胜利的光芒，为勇敢攻入敌人要塞的战士们感到骄傲。在他们的历史上，部落民族们还从没有机会去反击已经战败他们的敌人。成吉思汗不在乎西夏士兵怎么想他和金国的不同。看着一些防卫者放下了手中的武器，他摇着头，叫阿尔斯兰过来，阿尔斯兰像剑客一般大步走来。

"阿尔斯兰,不用手下留情,"成吉思汗说。将军低头鞠躬。

之后,把犯人们集中到一起杀戮。藏在要塞各个角落的人也被搜寻出来执行处决。随着一天一天的过去,牺牲的士兵们都堆在庭院中央的红色石头上。那里是风暴的风口,每一个口干舌燥的人终于有时间喝水解渴,一桶接一桶,直到全身上下湿透,喘着粗气。沙漠中的他们疲惫不堪。

当太阳落下山,成吉思汗走在风口,跨过那些扭曲的死尸。战士们静静地看着他的脚步,其中一个人将皮桶灌满水递给可汗。当成吉思汗喝完水,喘着气,所有的战士都开始呼喊,声音传遍山谷,周围高山上的回音又传了回来。他们找到了迷宫中通向房间、大厅、寺庙和步行街的道路,那些东西在他们眼里都是那么的新奇。像一队野狗,他们直冲向要塞的远方,只有那些血染的黑色石头被留在身后。

在一套挂满丝绸和无价织锦的房屋内发现了要塞的指挥官。三个人同时一起打烂铁门和橡树门才找到沈替,他和十几个吓坏的女人们藏在一起。当合撒儿大步跨入门内,沈替试图用匕首自杀。由于惊恐,刀从出汗的手中滑落,仅仅在喉咙上划了一道痕。合撒儿拿起他的剑,把指挥官胖胖的手放在刀把上,又一次将刀放回脖子上。沈替没了精神,试图挣扎,但是合撒儿抓得很紧,他将匕首深深地划过,迅速抽回剑的时候血液随之喷出,指挥官蹬踢了几下,便死去。

"那是他们中的最后一个,"合撒儿说。他看着那些女人,点了点头。她们很是特别,皮肤如马奶一般白皙,有足够的吸引力。房间里,茉莉花香混杂着血液的恶臭味,合撒儿对她们贪婪一笑。他的弟弟合赤温赢得了一个欧克昏乌惕部落的女子为妻,部落里已经有两个孩子了。合撒儿的第一位妻子已经死了,还没有孩子。他希望成吉思汗会让他和这些外国女子中的两三个结婚。想到这里,他觉得非常高兴,大步跨到远处的窗户边,眺望着外面西夏的土地。

要塞在山里很高,合撒儿看到一个巨大的山谷,两边的悬崖延伸至薄雾中。远远望去,合撒儿看到一片绿地,镶嵌着农田和村庄。合撒儿很欣赏地深深地吸了一口气。

"那里看起来能够摘到成熟的水果,"他说着,转身看到老人阿尔斯兰走进来,"派人去叫我的兄弟们,他们应该看到这些。"

第六章

皇帝高高坐在他的宫殿里，看着西夏平坦的山谷。晨光初露，薄雾笼罩大地，风景一片壮美秀丽。如果他不知道军队已经到来，这块土地会和往日的早晨一样充满和平安宁。在阳光的沐浴下，运河像一条金色的丝带，载着珍贵的水源流向麦田。远处，几个农民在忙碌，他们不会想到来自北方沙漠的军队已经进入了他们的国家。

莱清缝制着他的带着绿色丝绸长袍上的金色图案，独自地，神情平和，但是当他看向外面的晨曦时，手指紧张地缠在线上，心里担心着，直到刺痛了指甲，他才皱着眉看那刺破的地方。长袍是金国织物，穿上它能在坚守阵地中带给自己幸运。一听到侵略的消息，他就派两匹快马去送信，但是迟迟没有收到回音。

他一边叹着气，一边不经意地又开始缝制手中的长袍。如果金国的老皇帝还在世，肯定会有五万士兵前来防卫他小小的王国，他很确信这一点。每当他需要支援的时候，神总是不能立刻就让他的同盟者出现。卫王是一个古怪的人，莱清不知道这个傲慢的儿子在关键时刻是否会慷慨地帮助他的父亲。

莱清考虑着他们两块国土的不同，在想是否能够做些什么以更确信得到金国的支援。他的祖先曾是金国的王子，按制度将这个省划为个人封地。他认为请求支援没有什么可羞耻的。几个世纪前的一场大的冲突中，西夏王国被忘记，直到金帝国分为两部分，西夏才成为可以与其他国家抗衡的伟大的诸侯国。自那个血腥的时代以来，莱清是第六十四任统治者。父亲死后，他用了近三十年时间让他的子民摆脱金的管辖，获得自由，并且培养了其他的同盟者，从没有进行任何攻击，使得他的王国出现强烈的裂痕。有一天，他的一个儿子会继承这不稳定的和平。莱清购买贡品，派商人进行贸易，派士兵扩大帝国军队的阵容。于是，他是公认的受尊敬的盟友。

莱清确实为他的子民整理了新的手迹，和金的著作有点相像。老的金国国王曾经送给他稀有的老子的文章和佛陀释迦牟尼的译文，很确信那是接受和认可的标志。西夏山谷从金国土地分离出来，以山脉和黄河为界。有了新的语言，西夏就彻底地摆脱了金国的影响。这是一个危险而又美妙的游戏，但是他了解自己的眼力和能力可以为子民们找到最好的未来。想到新开辟的通向西方的贸易之路，就想到会有很多财富随之而来。而这些部落民族从沙漠中呼喊着出现危及了所有的这一切。

莱清想知道卫王是否已经认识到蒙古人通过西夏王国到达了西北的墙垣周围的危险。这对金国没有什么好处,野狼已经找到了通向田野的大门。

"你一定会支援我,"他喃喃私语着。通过了数代的努力才使他的人民离开金国获得独立,现在又不得不依靠金国的军事支援,这令他很是屈辱。但是,他不知道如果能听到卫王要求支援,王国只会再一次变为一个省。

莱清兴奋地敲着手指,想像着金国军队来到他的国土。他非常需要他们,但是如果战争结束他们不离开会怎么样?如果他们根本不会来又怎么样呢?

两万人民受银川城墙的庇护,而上千人聚集在关闭的大门外。夜里,很多人不顾一切地翻进城内,国王的护卫不得不用刀剑将他们赶下墙,或者射出一阵箭到他们中间。太阳每天升起,照在新的尸体上,在他们传播疾病之前,越来越多的士兵不得不离开银川去埋葬他们,其余休息的人都愠怒地盯着他们劳动。这看起来是冷酷和讨厌的事,但是城内只能养活这么多人,大门仍然关闭。知道血珠从指甲里流出来,莱清开始担心手中的金线。

他们找到街道上可以睡觉的住所,每一个客栈的床铺和临时住宿的房子都被长期租占。每一天食物的价格都在上涨,黑市也开始繁荣起来,尽管护卫们在不断地抓住囤积者实行绞刑。银川陷入了恐慌,他们在等待野蛮人的攻击,但是三个月过去,什么也没发生,只有成吉思汗的军队所到之处被蹂躏成废墟的报告。他们还没有到达银川,尽管在很远的地方可以看见他们骑着战马而来。

锣声响起,莱清站起身,他几乎不能相信这已经是龙的时刻。他陷入沉思,但是在这一天真正到来之前这样不曾带给他往日的平静。他摇摇头,抵抗这种能够侵蚀强壮人意志力的恶毒精神。或许天亮时可以带来好消息。准备面见,他在镀金的王座里调整自己,将破了线的袖子卷起来藏在下面。当和大臣们讲话时。他觉得自己或许应该换一件新的长袍,或者洗一个冷水澡来压制一下血液中流动的骚乱。

锣声又一次响起,在无声的沉默中房间的门打开了。他信任的谏臣们走进来,鞋发出的脚步声低沉,让人感觉如此光滑的地板不会被踩出划痕。莱清毫无表情地看着他们,知道他们会因为他的样子而失去信心。哪怕他露出一点紧张的痕迹,他们都会感觉到恐慌像暴风雨般从贫民窟遍及到下面城市的街道上。

两个仆人站在国王的两边,扇着扇子,吹出凉凉的微风。莱清几乎没有注意到他们的出现,看到第一大臣几乎无法保持自己的平静。他强迫自己等待,直到大臣们跪在地上叩头,并高喊代表忠诚的誓言。这些古老而又舒服的词句,他的父亲和祖父在这个屋子里听了上千遍。

最后，他们准备开始议今日之事，身后的大门关闭。莱清突然想，如果把他们完全视为私有，那是愚蠢的。太阳下山之前，国王的屋子里，成了闲聊的场地。他近距离地看着大臣们，观察他们胸中聚集的恐惧迹象。可是没看出什么，他的情绪舒缓了许多。

“帝国的权威，天堂的儿子，我们的国王和父亲，”第一大臣开始说道，“我收到金国卫王的信。”他没有自己靠前，而是把卷轴递给走来的仆人手中。年轻人跪下，伸出双手，递上卷轴，莱清看清那是卫王的私人卷轴。莱清掩饰着胸中的期待，接过来，打开了大的封条。

很快就读完了信息，尽管莱清控制了情绪，还是皱起眉头。他感觉到屋子里大家想知道信息的渴望，他的平静，由大声的朗读声打破。

“当我们的敌人互相攻击时，是有利于我们的。我们哪里有危险？杀死这些侵略者，金国会为你们复仇。”

大臣们在思索消息的意思，屋子里绝对地安静。他们中的一两个人脸已经苍白，明显地乱了方寸。可以毫不夸张地说，更糟糕的是，新的国王已经把他们描述为敌人，不会再像他父亲那样把他当作联盟。在这几句简单的词句中，很有可能他们已经看到了西夏王国的结束。

“我们的军队准备好了吗?”莱清轻声说道，打破了沉默。

第一大臣深深地鞠了一躬，掩饰着内心的恐惧，回答。他不能让自己告诉国王作战的士兵们准备的是多么贫乏。几代的和平，使得他们更适于从妓女那里寻求满足感，而不是训练军事技能。

“军营里是满的，大王。由皇室的护卫队带领，他们将把这些野蛮的动物送回沙漠。”

莱清静静地坐在那里，知道这里没有一个人敢打断他的思绪。

“如果我的护卫去平原上，谁来保护城市的安全?”最后他说。“农民？不，我已经保护供养了义勇军数年。现在是回报我的时候了。”他没有理会第一大臣绷紧的表情。尽管第一大臣严格执行城市的章程，但是他仅仅是堂兄弟，没有权利阻止皇上最初的想法。

“传话给将军们，我将计划进攻，”莱清说，“好像谈话和信件的时代已经过去。我会考虑……卫王的话，我的回应就是，什么时候我们开始最近的一次进攻。”

大臣们备了案，僵硬的举止，显得很紧张。皇上的平静是三个世纪以来没有过的，这里没有一个人能够记得战争的恐怖。

“这个地方非常好，”合赤温眺望着西夏的草原说。身后的山峦隐约可见，他的目光掠过绿色和金色的田野，正在成长的麦穗苍翠繁茂。近三个月以来，部落人民以不可想象的速度踏平了这片土地，骑马走过了一个又一个的村庄，几乎不做停留。在消息传出之前，三个大镇已经沦陷，小皇帝的人民们开始逃避侵略者。起初，族人们还抓罪犯，但是当他们关了四万人时，成吉思汗越来越厌烦他们悲叹的声音。他的军队养不起这么多人，也不会把他们留在身后，尽管这些悲惨的农民们看起来没有什么威胁。他花了整整一天的时间下达命令，进行了大屠杀。尸体都在太阳底下腐烂，成吉思汗只参观了一次成堆的尸体，为的是看命令是否被执行。之后，他再也没有想过他们。

只有女人们留下来，活着等待宠幸，合赤温在那天早晨找到了两个少有的美女。她们在蒙古包里等他，合赤温的思想徘徊在那里，而不是去想下一次攻击。他摇摇头让自己清醒。

"农民们根本不像是打仗的，这些运河用来洗马倒是很好，"他一边走，一边偷看了一眼他的兄长。

成吉思汗坐在他的蒙古包旁边的一堆马鞍上，双手撑着下巴。整个部族的情绪很高昂，几个小男孩在往地上插桦树枝。术赤和察合台对部族的男孩们来讲是危险的伙伴，总是领导他们陷入麻烦和混战，最后的结果就是分别遭到蒙古包里女人们的打骂。

成吉思汗叹气，舔着嘴唇想问题。

"我们就像熊用手掌打自己的宝贝，合赤温，但是他们自己会成长起来。巴尔出克告诉我说西夏的商人在鼓吹常备军的庞大。我们还没有见过他们。"

合赤温耸耸肩，一点也不担心。

"也许。这里仍然是他们伟大的城市。他们很有可能藏在墙后面。我们可以饿死他们，或者攻破他们耳边的城墙。"

成吉思汗对他的弟弟皱起了眉头。

"不是那么容易的，合赤温。我期待合撒儿的勇猛。我提醒你小心说话，尤其当感觉到战士们自满的时候。在这块领土上我们还没有打过一场战役，我不想这些人在战争来临的时候变得又胖又慢。带他们到训练场上，将那些懒惰的人都烧死。你们也一样。"

合赤温被指责得脸颊通红。

"听您的，哥，"他说，弯下了头。他看见成吉思汗正在看着他的儿子们骑上毛发蓬松的马儿。这是从欧克昏乌惕部学来的有技巧的游戏，当术赤和察合台准备好要飞奔过土地上插的木棍时，成吉思汗的心思随他们而去。

术赤快马加鞭，沿着线赛跑，尽可能低地弯着身子。成吉思汗和合赤温专注地看着，术赤的箭在弦上，急速而出，薄薄的箭头穿过了细长的木棍。漂亮的一箭，就在这个时候，术赤垂下左手捡起了掉在地上的木片，高高举起回头向同伴们得意洋洋地炫耀。伙伴们都在欢呼,察合台不服气地哼着鼻子,也开始跑起来。

"你的儿子会成为一个优秀的战士,"合赤温低声说道。成吉思汗听后得意地一笑,合赤温没有看他,心中对兄长的表情早已有数。

"他们能撤退到那五人高的墙后面,"成吉思汗坚定地说,"他们会嘲笑我们在草原上徘徊。他们的国王怎么会在意几百个村庄?我们只是小小地刺激了他一下,银川城还安全地坐落在那里,他还安稳地住在里面。"

合赤温没有回答,这时察合台骑过竞赛线,他的箭射断了木棍,但是他挥了几次手都没有捡起木棍,最后木棍倒在地上。术赤嘲笑他的弟弟,合赤温看到察合台生气地黑着脸。他们当然知道父王在看着他们。

合赤温背后,成吉思汗做了决定,加快了脚步。

"叫醒所有的人,准备进军。我倒要看看这座被侦察兵如此描述的石头城,不管怎样,其他地方总是有可以进去的路。"他没有在兄弟面前表现出困扰自己的担忧。他从来没有见过像侦察兵描述的被高墙围住的城市。他希望看见它的时候,可以找到突破口,不愿看见自己的军队对着石头做无用的冲撞。

合赤温留下来传达命令,他看见察合台对他的兄长说了些什么,术赤从马上一跃而下,两个人赤脚赤膊地同时摔倒在地上,很是狼狈。合赤温走过他们,露齿而笑,不由得想起了他自己的童年。

他们在山那边发现的土地肥沃而又富有。或许他们会为得到这块土地而战,但是他不能够估计这支从家乡不远万里来到此处的军队的武力。当自己还是个小孩的时候,他曾撬起半山腰上的一块巨大的石头,看着它滚落的速度。起初,有点慢,但是一会儿,速度就快得无法停下来。

深红色是西夏战争的颜色。国王的士兵穿着的盔甲都被染成鲜艳的红色,莱清会见将军们的房子还没有装饰,也期望着墙壁都漆上同样的颜色。一张桌子填充了空荡荡的房子,两个人站在桌子周围低头盯着用铅块支撑的地图。金国最初的会议计划是在红墙里举行;这是一个保留和赢得王国的地方,历史悠久。奇岩将军的漆上红色的盔甲和这个房子相互辉映,他几乎消失在墙里。莱清穿着黑色丝绸的裤子和金色的外衣。

将军的头发花白,威严高大。在这个古老的房屋里,他能感觉到西夏的历史厚重地悬在空气中,正如他所能承受的责任一样沉重。

他拿着一只黑蓝色墨水的象牙笔在地图上画线。

"他们的营帐在这里,皇上,离进入王宫处不远。他们向四面八方一百里内派了骑兵。"

"一个人不能一天内骑得太快,所以他们必须晚上扎营,"莱清低声说,"或许我们能够在那里攻打他们。"

将军轻轻摇着头,不愿意公开反驳他的国王。

“皇上,他们不休息,也不停下来吃东西。我们的侦查员说他们骑得很远,从日出到日落。当他们抓到囚犯时,会走得慢一些,赶着囚犯们走在队伍的前面。他们没有步兵,营帐里也没有带供给。”

莱清微微皱了一下眉,这样的批评足以使将军吓得出汗。

“将军,他们的营帐不重要。集合军队,必须打败这些造成这么多破坏的骑兵。我已经听到农民的死尸堆得有山高。谁来收集农作物?即使这些侵略者今天放过我们,整个城市也会饿死的。”

奇岩将军掩饰着脸上的表情,而没有敢生气。

“我们的军队需要时间整顿和准备战场。由皇室的护卫带领,我们可以获得那些被铁蹄践踏过的土地。如果纪律严明,我们能够征服他们。”

“我更喜欢让我的义勇军去带领金国的士兵,”莱清好像在对自己说。

将军清了清嗓子,知道这是一个敏感的话题。

“大王,所有的军队更需要您的护卫们,义勇军比拿着武器的农民好一点点而已。他们不能独立作战。”

莱清给将军一个白眼。

“我父王训练了四万士兵来守卫银川的城墙。小时候,我看着红色的队伍在他们诞生的那一天在城市里游行,没有尽头,”他生气地皱着脸,“我已经听信蠢人的话,计算了我们会面临的如此多的危险所需要的花费。我的护卫队仅有两万,你想让我派他们出去?那么谁来守卫城市?谁来组成绞杀的队伍坚守城市?一旦我的护卫们都丢掉了性命,你认为农民和商人对我们还有什么用吗?只会是骚乱和着火。计划不需要他们来赢得胜利,将军。没有其他办法。”

奇岩将军是皇叔的儿子,提升很容易。然而他还是有足够的勇气去面对莱清的不赞成。

“如果你给我一万护卫队,他们就能稳住其他的。他们将成为敌人不能攻破的核心。”

“一万太多,”莱清喃喃低语。

奇岩将军咽了咽口水。

“皇上,没有骑兵,我胜不了。只有五万护卫队加上三万骑兵,我或许还有机会。如果你不派兵给我,你应该现在就裁决我。”

莱清从地图上抬起双眼,看到将军的目光很坚定。当看到将军的脸颊上滴下汗珠时,他笑了。

“很好。给你最好的军队,而且还能很好地防卫城市,这两者之间是一个平衡。带一千弓弩手,两千骑兵,两千多矛手。他们可以成为领导其他人对抗敌军的核心力量。”

奇岩将军闭上眼睛很快地表示了沉默的谢意。莱清转身又看向地图，没有再注意将军的表情。

“你可能会用尽储藏的盔甲。义勇军不是红色的护卫队，但是看起来会像他们，这将给他们勇气。毫无疑问，那将减轻暴力者的厌倦，将兵舍粉刷成白色。将军，不要让我失望。”

“不会的，国王。”

成吉思汗骑马走在队伍的最前面，一支巨大的由骑士们组成的队伍穿越西夏的草原。他们到达运河后，队伍四散开来，人们都竞相过河，跨过掉在黑水的人，呼喊着笑他们，飞快地骑去救他们。

在成吉思汗下令休息几小时之前，银川城还在地平线里模糊。号角吹起来，传遍队伍，人们停了下来，命令就像带着翅膀一般传下去，警示人们。一个敌对的国家，人们不会意外地被袭击。

远处的城市隐约可见。即使在几公里之外，看起来也是一个巨大的建筑，它绝对的规模令人震惊。成吉思汗穿过薄雾，看那午后的阳光。建筑上的石头是灰黑色的，他能看见城墙里面的塔柱，虽然不能猜出什么用途，但是成吉思汗也不愿意在战士们面前显露自己的敬畏。

他环视一圈，发现在这块平坦的土地上，战士们不好埋伏。麦田里可以藏化装的士兵，但是他的马在远处就可以暴露目标。这里倒是再安全不过的扎营之地，他决定在此扎营，一边下达命令，一边下马。

身后，族人们开始有规律地忙起来。蒙古包捆在一起，每家立起一个。他们的村庄、镇子、城市从马车上如春笋般出现，咩咩叫的畜群也出现了。不多久，成吉思汗自己的马车就出现了，油煎的羊肉味儿在空气中四处弥散。

阿尔斯兰和他的儿子者勒蔑沿着队伍行走，在他们眼皮子底下，整个部落的战士们高高站着，小声谈论着。成吉思汗批准他们面见，笑呵呵地看着他们走来。

“我从没有见过这样平坦的土地，”阿尔斯兰说，“如果我们受打击，这里既没有地方防守，也没有地方撤退。我们完全暴露在这里。”

他的儿子者勒蔑抬头听着，但没说什么。阿尔斯兰的年纪比其他将军大两倍，他小心谨慎又有智慧。尽管他的技能受人尊敬，他的脾气很让人害怕，但是他不会是部落里的一个火把。

“阿尔斯兰，我们不会后退，至少在这里不会，”成吉思汗拍着他的肩膀说，“我们要使他们从那个城市里出来，要是他们不会出来，我将建一个到达他们墙上的斜坡，然后攻进去。那将是一场好戏，你说对吗？”

阿尔斯兰的笑容很勉强。他曾到达过靠近银川的地方，如果离得太近，就会有很多箭射向他们。

“大王,那就像一座山。当你骑近的时候就会看到。每一个角都有一个塔,墙上有很多裂口,弓箭手们探出脸看着你走过。很难攻击到他们,但是他们却很容易射到我们。”

成吉思汗不再幽默。

“做决定之前首先我要去看看。这座城市不在我们面前倒下,我就要让他们活活饿死。”

者勒蔑点头同意这个主意。他和他的父亲并马而立,很近地感受身后城市投射的影子。对于一个习惯于住在宽敞的地方的人,他看到这些人堆砌的蚂蚁城,感到很愤怒。这种建城的想法冒犯了他。

“大王,运河通向城市,”者勒蔑说,“尽管隧道被铁块挡上。我听说他们将人和动物的粪便冲走。这里有可能就是一个攻破点。”

成吉思汗的眼前一亮。他骑了一天的战马,有些累了。现在,他趁着吃饭和休息的时间要计划明天的攻打战略。

“我们会找到一个方法,”他应允道。

第七章

没有位置标记,成吉思汗旗下的年轻战士们日夜兼程,靠近城市一点,就多一点恐惧,这是对他们勇气的考验。箭不断地从头上飞过,最勇敢的战士急速跑到墙下,他们的喊声在田野中回荡,然而只有一名西夏的射手三天里维持着完全的进攻。即使在那种情况下,部落人民回到马鞍上,扫除一切障碍,拔出射在盔甲上的箭,蔑视般的将其插向土地。

成吉思汗和他的将军们以及指挥官们也靠近了城市。眼前看见的没有给他找到突破口的灵感。通入城市的运河被铁坝阻挡,铁坝和人的前臂一样厚,深深地陷入石头中。他想,或者他们可以打出一个通道进去,尽管对于一个草原上的男人来讲,阴暗潮湿而又凹凸不平的地下隧道是那么的不舒服。

夜幕降临,兄弟们和将军们在大帐篷里一边吃东西一边讨论问题。成吉思汗的情绪再一次蒙上黑色的阴影,但是阿尔斯兰从他一开始打天下就了解他,所以也就直言不讳。

“用我们之前在要塞处利用的木制防护板,在它的保护下,可以派人用铁锤砸开运河的通道,时间可能会很长,”阿尔斯兰一边咀嚼食物一边说,“我不喜欢墙上那些建筑物的样子。我简直不敢相信那弓可以这么大。如果是真的,一定可以射一人长的箭。谁知道它们的破坏力有多强?”

“我们不能在这里坐以待毙,不然他们就会向同盟们送信,”合赤温低声说,“我们也不能像过客一样走过,让他们的军队在背后袭击我们。我们必须深入到他们的城市,否则我们就放弃已经赢得的所有胜利,现在返回沙漠。”

成吉思汗扫了一眼他年轻的弟弟,表情冷峻。

“那种事不会发生,”他出乎想象地自信,“我们拥有他们的粮食。在人们互相残杀之前,这个城市还能维持多久?时间有利于我们这一边。”

“我想我们还没有伤害到他们,”合赤温回答。“我们都知道,他们靠运河取水,整个城市依赖着谷物和腌肉,”他看到成吉思汗对自己的想法皱眉,但是仍继续说,“我们可以在这里待几年等待,但是谁知道会有多少军队正在准备要支援他们?到他们饿死的时候,我们会面对金国和西夏两国的夹击。”

“那么给我一个答案!”成吉思汗大声说道,“维吾尔学者们告诉我,金国土地上的所有城市都和这个一样,甚至比想象中更大。我确信,既然城市是由人建造的,那么就可以被人摧毁。告诉我怎么办?”

“我们可以在运河的水里投毒,”合撒儿说着,手里的刀又够另一块肉。在突然的安静中刀刺入肉里,他看看周围其他的人。

“什么? 这里不是我们的土地。”

“这是一件邪恶的事,”合赤温斥责他的弟弟,然后对大家说,“那么,到时候我们喝什么?”

合撒儿耸耸肩,“我们可以喝源头干净的水。”

成吉思汗听后,考虑着。

“我们需要逼他们出来,”他说,“干净的水不可以投毒,但是我们可以截断运河,让整个城市缺水。让我们看看,几代人的工作被破坏后,他们将会在草原上与我们对战。”

“我来监督这件事,”者勒蔑说。

成吉思汗对他点头。“合撒儿,你也是。你们派一百人打通通向城市的水坝。”

“保护这一百人意味着要拆散更多的马车,族人们可能会有怨言,”合撒儿说。

成吉思汗哼着鼻子。

“只要我们进入那个该遭诅咒的城市,我就会建造更多的马车。到时候他们就会感谢我们。”

蒙古包里的所有人都听到疾驰的马蹄声越来越近。成吉思汗拿着一块肥羊肉的手停在了半空中。外面的台阶上出现了嘈杂声,他抬起头,蒙古包的门打开了。

“可汗,他们正准备出来。”

“在黑暗中?”成吉思汗怀疑地问道。

“没有月亮,但是可汗,我离得很近,足以听到他们谈话。他们像鸟儿一样喋喋不休地说,比孩子们在一起产生的喧哗声还要大。”

成吉思汗把手中的肉扔在蒙古包中央的大盘子里。

“兄弟们,回去让战士们做准备。”他的目光扫视一周,从阿尔斯兰到者勒蔑,从坐在一起的父王到儿子。

“阿尔斯兰,你带五千人保护族人们。剩下的人跟着我。”他满怀希望地一笑,他们都作出了回应。

“合赤温,不需要几年,一天也不需要。准备最快的战马。黎明来临时,我要知道他们在做什么。到时候听我的号令。”

南方的这个时候,秋季仍然很热,没有收割的麦穗都开始下垂,腐烂在田地里。蒙古的侦察兵叫喊着,向从安全的银川城里出来的红色军队发出挑战,而其他人回来向成吉思汗汇报细节。他们三人一组进入大帐,将观察到的一一上报。

成吉思汗来来回回地踱着步,听每个人描述他们所见到的场景。

"我不喜欢这种使用篮子的事,"他对合赤温说。"他们在这块土地上播撒什么东西?"他听说成百人一起走在银川的主人前面。每个人的肩膀上都扛着一个篮子,后面人的手臂搭在前面人的肩上,都在不断地挥臂。

成吉思汗召唤维吾尔部落的可汗来解释这种神秘。巴尔出克走近侦察兵向他们发问,想要知道他们所能回忆起的每一个细节信息。

"可汗,可能他们想用此来放慢我们的战马,"最后他说,"里面是锋利的石块或者铁片。他们将这些东西洒在军队外面很宽的地带,没有通路可以穿越。如果他们在里面引诱我们进去,那他们则希望我们的攻击队伍都摔倒在地上。"

成吉思汗拍拍他的肩。

"不管是什么东西,我不会让他们选择战场,"他说,"巴尔出克,你也会得到想要的卷轴。"他扫视一圈,周围都是他最信任的人,脸上都闪着光。他们中没有人真正知道将要面对的敌人是什么样的。在要塞中屠杀,进入西夏的土地,和列队攻打国王自己的城市是没有丝毫关系的。想到最后站在族人们的敌军面前,他能感觉到自己的心跳加快。在这么长时间的准备之后,他们怎么能失败?阔阔出说他们的星星预示着族人们会有一个新的命运。在萨满的照料下,成吉思汗以最古老的萨满的名义向天父祭献了一头白色的山羊。长生天不会拒绝他们。他们已经弱小了很长时间,一直附着在金国金色的城市下,如今,他们强大了,他要看着这些城市倒下。

将军们纹丝不动地站在那里,阔阔出从小壶中蘸了水泼撒到他们的脸上。互相看的时候,已认不清对方是谁。他们只看到彼此的脸上和眼睛里都写着残忍而又可怕的战争。

萨满把成吉思汗留在最后一个,拉了一根红色的线,从可汗的额头绕到眼睛,再绕之嘴巴的周围。

"大王,钢铁不会碰到你,石头不会砸伤你。你是一匹狼,天父在看着你呐。"

成吉思汗凝视前方,眼睛都不眨一下,热的血喷到他的皮肤上。最后,他点点头,离开了蒙古包,骑上战马,冲过战士们在四周捆绑的线。他能看到那座城市就在不远处,前面,模糊的视线里,一群红色的人在等待着看他的势气挫败。他向左右看的同时,举起手臂。

战鼓响起,一百多个没有武装的少年开始擂鼓。人人整装待发,个个都进入了作战状态。成吉思汗摸着父王留给他的幸运之剑,感觉到了自己的力量。他挥下手臂，与此同时，所有人喊声如雷，跨过西夏的草原，冲向银川。

“他们来了，皇上，”莱清的第一大臣兴奋地说。国王的塔提供了有利的点，从城里可以找到看草原的最好视野，莱清没有反对他的私人议员出现。

穿着红漆盔甲的战士们，在城市前面的土地上就像是四溅开来的鲜血。莱清可以看到远处头发花白的奇岩将军在巡视防线。队伍集合起来，长矛在晨光中闪着光芒，忠于自己的护卫队们正在指挥，他们是西夏中最好的骑士，他不为他们承担此项任务而后悔。

当他的国土遭到践踏，藏在城市里的他，已经受到了深深的伤害。看见面对侵略者的军队，他的精神有点分散。奇岩是一位可靠的思想家，一位值得信赖的人。确实在他掌权军队之后没有见过战争，但是莱清重新审视了自己的计划，觉得没有什么差错。国王一边等待，一边喝着白酒，沉醉在眼前的敌人被打败的想象里。胜利的消息会传到卫王那里，他会尝到苦头。如果金国来支援他们，莱清将永远负债。狡猾的卫王知道在交易中什么时候该放弃好处和权利，莱清沉醉在他的思想里。他会留心让金国知道战争的所有细节。

奇岩将军看着敌人前进中卷起的尘土。他意识到，没有农民灌溉他们的农作物，土地都变得干涸。侵略者的侦察兵杀了那些跃跃欲试的人，明显是在娱乐和放年轻人的血。奇岩想，今天这一切都该结束。

他的命令被居高点上的战士传达，微风中摆动旗帜，所有的人都能看见。他上下扫视了所有的队伍，黑色的线混杂着红色的三角旗，那将意味着他们能够拿下这块土地。在军队之外，撒满了成千上万个铁钉，都藏在草丛中。奇岩耐心地等待着部落人民前来攻击他们。那将是一场大屠杀，到那时候，蒙古人会茫然无措，他会举起旗帜，向他们发起最近的进攻。

皇家骑兵的手中握剑，看着他们精良的战马在兴奋地打着响鼻，刨着地上的土，他满意地点着头。国王的长矛护卫队坚定地站在队伍中间，身披红色战袍，像鱼鳞一般。他们冷峻的脸稳住军心，尘土越来越大，所有人都感觉到脚下的大地在战栗。奇岩看到其中一个旗帜快要倒下，派了一名士兵去扶好旗子的垫木。西夏的战士们都紧张起来，从脸上就可以看出来。当他们看到敌军的战线歪曲时，或许可以得到一些激励。奇岩的膀胱开始鼓胀，随着呼吸慢慢失禁，他知道敌军冲过来时，他不能下马与之战斗。在队伍里，很多人都吓得开始往地上撒尿。

巨浪般疾驰而来的战马嘶鸣声如雷，他只有大声呼喊着下达命令。护卫队指挥官沿着战线散开，他们依命令而站，等待着。

“只要更长一点，”他低声说。看见敌人们一个个冲杀过来，数量如此之多，他的心不由得紧张起来。他能感觉到背后城民们的目光在看着他，他知道国王和所有男人女人们一定在墙上寻找缝隙正看着他。银川靠他们而存活，他们不能退缩。

副将站在旁边准备传达奇岩的命令。

“将军,这将是一场伟大的胜利,”他说。奇岩可以听出他声音中的颤抖,他在极力强迫自己从敌军那里转移注意力。

“国王在看着我们,所有人都不能死,他们知道国王在看着吗?”

“将军,我已经确认过了。他们……”他瞪大了眼睛,奇岩正谩骂着,他看到敌军的战线冲过了草原。

他们中间,上百匹战马飞奔而来,骑士的手中像是拿着弓箭一样的柱子。他们接近了藏着铁钉的的草丛,奇岩不再多想。他犹豫着,不能确定计划有没有影响到敌军。头上的汗从发梢留下来,他拔出剑握在手中做好准备。

“靠近这里了……”他低声说。他的骑兵们都弯腰躲在马背上,他们的脸在风中绷得紧紧的。敌军冲过他建造的防线,瞬时,奇岩想到他们直接闯入了铁钉。接着一阵轰隆声,第一匹战马尖叫着翻到在地上。当铁钉扎入柔软的脚掌中,更多的战马倒下,上面的人都被摔死。细的柱子在摇摆,奇岩感到一阵狂喜。疾驰的战线开始动摇,随后大批的战士拉紧了缰绳。几乎所有被铁钉扎到的人不是跛,就是死,红色战队里响起一片欢呼声。

奇岩看到长矛上的旗帜高昂地立起,他兴奋地握紧左拳。让他们走过来,看看他们还有什么!

在尖叫的人们和战马那边,大部分敌军失去了队形,在原地打转,他们看着自己的兄弟们死去,丧失了动力。正如奇岩所见,没有经受过训练的部落人开始恐慌。他们没有野地攻击的战略,他们已经失败。没有警示,上百人转身跑回他们自己的战线。溃败的士兵急速四散开来,蒙古指挥官向逃跑的人们胡乱大喊着命令,他们用剑攻击着身边穿过的人们。奇岩身后,银川人民为所看到的一切高声欢呼。

奇岩坐在马鞍上巡视。前排的战士们半跪着,紧张得像一群扎着皮带的狗。看见他们的血液中升起的欲望,他知道必须要有所控制。

“站起来!”他怒吼道,“指挥官,看看你们的人。让他们站起来!”他们已经站不起来。另一队人冲破了最后的束缚,大叫着的红色队伍汹涌而去,他们崭新的盔甲闪着光芒。空气中满是尘土。只有国王的护卫队坚守阵地,就在那个时候,带翅的骑兵和其他人向前冲去,否则他们会使自己陷入弱势。奇岩拼命地、一遍又一遍地喊叫,他的指挥官们冲上战线,试图将军队挡回来。那是不可能的。他们已经看着敌人在城市的阴影下骑马徘徊了近两个月。这是让他们流血的最后机会。当到达铁钉的界限处时,义勇军蔑视地叫喊着。这里对人没有危险,他们迅速地穿过,杀死那些还活着的战士,一次次地刺向尸体,直到成为草地上的一块块血肉。

奇岩尽可能地用自己的战马挡住人们，愤怒的信号喇叭吹起，召唤他们撤退，但是那些人除了敌人和正在看着他们的国王之外，看不见也听不见其它东西。他们召唤不回来。

马背上的奇岩看见在他奔跑的队伍前面，部落里发生了突然的变化。眼前，溃败的士兵消失了，完美的新的蒙古战线形成了，惩罚是可怕的。西夏的深红色队伍已跨过他们晚上挖的陷阱和深坑的半米之外，他们仍在向前冲去，为的是杀死更多的人，将敌人们赶出他们的城市。没有任何预知，他们在裸露的土地上面临一个自信的骑兵队伍。成吉思汗给了一个简单的命令，整个主力快步前移。蒙古战士在马鞍上弓着背拉着皮质的缰绳，躲着射向臀部或背部的长箭。他们用膝盖引导着战马前进，骑的过程中箭掉落在周围。随着成吉思汗又一声令下，他们带着战线慢跑，然后即刻间全速疾驰，箭拿至他们的脸部，准备第一次齐射。

在露天中被抓住，恐惧扫过了大规模的红色队伍。西夏的战线缩小，后方的一些人仍在无知地欢呼，这时，蒙古军队已经扫进。奇岩拼命地吼着发令，想要增加队伍之间的空地，但是只有国王的护卫队响应。当他们第二次面对大规模的攻击队伍，义勇军聚得更紧，惊恐而又混乱。

两万枝箭嗡嗡地冲向红色战线，射向他们的膝盖。他们不能回射如此有破坏力的箭。他们的弓弩手只能盲目地射向敌军，和自己的同伴们混杂在一起。蒙古人每分钟射十次，准确性非常高。红色的盔甲挡了很多箭，但是当他们站起来大叫时，会一次又一次地被射到直到倒下。蒙古人开始了近距离的杀戮，奇岩冲进了血色战线中国王的长矛手当中，不顾一切地想控制他们。不管怎样，他没有受伤。

身穿红色盔甲的国王护卫队和义勇军看起来没什么区别。当奇岩发号施令时，一些义勇军冲回自己的队伍，在叫喊着的蒙古骑兵追逐下跌倒。护卫队没跑，奇岩下令他们拿起长矛，杀向战线。那些部落人看见，并不像其他人那样恐慌。长矛只要举起一个角度，就可以把一个进攻的人砍成两半，蒙古骑士在急速穿过的时候都被长矛刺倒在地。奇岩感觉到了希望，这一天他还能补救。

护卫队骑兵冲出去防卫移动的敌军。当义勇军被粉碎，和奇岩留在一起的只有几千国王的训练队和几百零散的士兵。蒙古人好像很有兴趣地攻击西夏骑兵。不管什么时候，护卫队骑兵一旦尝试进攻，部落人就会快速地拿矛刺向他们，用弓将他们挑下来。野蛮的人们将剑刺向护卫队，像刺昆虫一样。尽管骑兵训练有素，曾下马像步兵一样在露天的田地里战斗，但是他们无法对抗来自各个方向的攻击，从城市被抓走，这是一场大残杀。

长矛战士在第一次攻击中幸存，他们对抗蒙古战马。当国王的骑兵被粉碎四散,这些驻足而战的人都被刺穿。长矛战士不容易转身面对敌军,每次他们尝试转身时,都会太慢。奇岩无望地大喊着下令,但是蒙古人包围了他们,暴风雨般的刀剑将他们砍成碎片,他没有办法将他们召唤到自己身边。每个死去的人都身负数枝箭,或者在疾驰中被剑从马鞍上砍下来。长矛断了,被踩踏成片。那些还活着的人想要跑回城墙的阴影下,那里会有弓箭手保护他们。几乎所有的人都倒下。

大门紧闭。当奇岩向身后的城市看去时,他羞愧得面红耳赤。国王可能正在恐惧地看着。军队乱七八糟,处处是废墟。只有少数受伤的疲惫的人回到了城墙边。不管怎样,奇岩仍然留在马鞍上,清楚地意识到国王盯着自己的目光。他痛苦地举起剑,慢跑向蒙古防线,直到他们认出他。

当他靠近他们时,一箭接着一箭地射向他红色的盔甲。在他到达战线之前,一个年轻士兵冲出来与他相抗。奇岩举起剑,大喊一声,但是士兵躲过了他的剑,在将军的右臂上深深地砍下一刀。奇岩在马鞍上摇晃着,他的战马开始慢慢走。他听见士兵又杀了回来,但是手臂上悬着肌肉,他再也不能举起手中的剑。鲜血从他的大腿上急流而下,他抬头看了一会儿,没有感觉到头部被重重的一击,从此结束了令他自己羞愧的生命。

成吉思汗胜利地骑马穿过像山一样堆砌的红色尸体,他们的盔甲像闪着光的甲虫尸体。他右手中的长矛上挑着西夏将军的头颅,白色的胡须在微风中撕扯。血顺着杆子流到他的手上,凝结在那里,将他的手指粘在一起。他的骑兵没有去追逐那些从长矛下逃跑的士兵。他派战士将他们的马步行牵回来。这件事做起来比较慢,或许共有上千敌军能够靠近那座被弓箭手覆盖的城市。成吉思汗嘲笑那些狼狈地站在银川城下的人。大门仍然紧闭,他们只能无望地盯着他的战士们在尸体中间来回穿行,互相说笑。

到达草地时,成吉思汗下马,将血染的长矛靠在战马厚厚的侧腹上。他弯下腰,捡起一个长钉,仔细地观察。那是由四个钉子焊接在一起的简单的东西,所以不论怎么放,都有一个钉子冲上。如果被放在防御位置,可以放倒大片的军队,但是,防卫者不是很了解他们的战士。他拥有训练有素的战士,他们在一个比西夏安宁的山谷更要艰苦的地方受过训练。

在成吉思汗走过的路上,可以看到破碎的铁片和坏掉的盔甲。他感兴趣地检查了其中的一片,观察这个漆着红色的铁片是怎么从边缘削成碎薄片的。西夏的有些士兵仗打得很好,但是蒙古的弓也能把他们打成这样。这是未来的一个好征兆,最后确认了成吉思汗带着他们来到了一个对的地方。大家都知道,他们敬畏地看着可汗。他带领他们穿越了沙漠,给贫乏的敌人们漂亮的一击。这是非常美好的一天。

他的目光落在十个身穿缝制着维吾尔蓝色标志长袍的人身上，他们在尸体中间行走。其中一人拿着一个袋子，其他人用刀在尸体上快速拉着什么东西。

“你们在干什么?”他冲他们喊道。当看见有人和他们讲话，他们傲慢地站起来。

“维吾尔部落的巴尔出克说你想知道尸体的数目，”其中一人回答道，“我们正在割耳朵准备等一下穿起来。”

成吉思汗眨着眼睛，环视周围，附近有很多尸体的耳朵上都有一块红色的伤口。袋子已经膨胀起来。

“你们应该感谢巴尔出克沾我的光，”他说，接着声音传开了去。几个人紧张地交换了眼神，成吉思汗三步跨过尸体，惊起了一堆嗡嗡的苍蝇在他周围的空中乱飞。

“这里有一个人一个耳朵也没有，”成吉思汗说。维吾尔战士赶快跑过去，看到没有耳朵的士兵，拿着袋子的战士开始咒骂自己的同伴。

“一群废物！如果你们割下两只耳朵，我们怎么能确保准确的数目?”

成吉思汗看着他们的脸孔，突然发出笑声，返回到他的战马身边。

他一直笑着，拿起长矛，将手中一堆黑色的钉子扔到草丛中。他举着那恐怖的战利品，

漫步走向城墙，判断西夏的弓箭手们哪里能够攻破。

看清了城墙的全貌，他用力将长矛插入土地中，站回原地，向上盯着看。如他所料，厚厚的箭直射向他，但是射程太远，他没有退缩。相反地，他拔出父亲的剑，举起指向他们，这时他身后的军队欢呼喊叫起来。

成吉思汗的形象再一次变得残忍可怕。他血染了新的民族。他已经向人们展示即使对抗金兵也能够胜利。然而，他还没有找到进城的通路，那座城市在嘲弄地向他炫耀着自己的力量。他慢慢走向兄弟们聚集的地方。成吉思汗向他们点头。

“开凿运河，”他说。

第八章

所有身体强壮的人一起用石块和铁锤工作,也耗费了整整六天才减少了围绕银川的运河碎石。起初,成吉思汗狂喜地监督破坏工程,希望河流可以淹没城市。

洪水急速地流过草原,他感到不安,直到战士们脚踝深陷,将要完成最后的破坏工程。闷热的天气,使得山峰上大量融化的雪水都流下来,他无法确定这些水将流向哪里,之前没有形成流向城市和庄稼的河道。

第三天的正午时分,被水浸过的柔软的土地变成了淤泥,庄稼全部被洪水淹没,水流仍然在上涨。成吉思汗看到将军们脸上的愧疚感,他们都意识到这个错误。刚刚开始,小动物们在逃脱洪水时从远处冲下来,打猎成了极好的娱乐项目。上百只野兔被射,他们将这些湿毛皮的兔子扎成一捆带回营帐,但是后来,蒙古包也陷入了被毁坏的危机。在大水淹没整个草原之前,成吉思汗被迫将大营迁移到几里以外的北部。

到了晚上,在被破坏的运河上部,他们到达了一个土质仍然坚硬的地方。远处,银川城变成了一个黑点,中间,形成一个新的湖,深度不到一脚,但是夕阳下,几里之外都闪着金色的光芒。

成吉思汗坐在蒙古包的台阶上,合撒儿路过,面容小心谨慎。再没有人敢对这位领导者多说什么。

合撒儿追随着兄长愤怒的目光,朝宽阔的水域看去。

“这是一个很有价值的教训,”合撒儿低声说,“我们是不是应该派警卫观察是否有敌人游向我们?”

成吉思汗愠怒地看一眼他的弟弟。他们都看见部落的小孩们在水边上嬉戏,互相扔着黑色的臭淤泥。术赤和察合台像往常一样在他们中间,为西夏草原上新的容貌而开心不已。

“水会渗入地里面,”成吉思汗皱着眉回答。

合撒儿耸耸肩。

“如果我们转移一部分水,会像你说的那样。我想以后对骑兵们来讲,土壤会太软。我们之前都赞成的开凿运河或许不是最好的计划。”

成吉思汗转身用一种奇怪的表情看着他的弟弟,站起来,突然大笑一声。

“我们得到了教训,兄弟。如此多的东西,对我们都很新鲜。下一次,不会再破坏运河。这下你满意了吧?”

“嗯,”合撒儿高兴地回答,“我原以为我的兄长不会犯错。这是愉快的一天。”

“我为你感到开心,”成吉思汗说。两个人看到水边的孩子们又开始打闹。察合台向自己的哥哥撞上去,两个人在淤泥浅滩处扑打,先是一个人占上风,一会又变成另一个。

“沙漠上我们遭受不了攻击,现在一个新湖挡在中间,没有军队能够到我们这里。今晚设宴,庆祝我们的胜利。”成吉思汗说。

合撒儿点头,露齿而笑。

“哥,这是个好主意。”

莱清抓着镀金椅子的扶手,凝视着被淹的草原。城里的仓库中有咸肉和谷物。,但是随着农作物被洪水腐烂,再没有更多的粮食。他反复地思考这个问题,最终感到绝望。尽管他们还不知道,很多人都会在城里饿死。冬天一旦来临,他剩余的这些护卫队都会被饥饿的人们攻击,银川将因内乱而毁灭。

视线能触及的地方,大水蔓延到山上。城后以南,还有田地和村镇是侵略者和洪水没有到达过的地方,但是那远不够养活西夏的人民。他想到这些地方的义勇军,如果能将这些村镇最后的男人们都号召起来,又能聚集成另一支军队,但是一旦开始闹饥荒,他会失去对各个省的控制。不由得令人发怒,但是他找不出其他解决麻烦的办法。

他叹着气,召唤第一大臣前来面见。

“父王总是告诉我要保证农民的供养,”莱清大声说,“那个时候,我不能理解它的重要性。每个冬天饿死一些人有什么关系?难道那不是在显示上帝的不开心?”

第一大臣严肃地点头。

“皇上,不经历苦难,人民不会去工作。一旦他们看到懒惰的后果,就会在阳光下苦干以养活自己和家人。这是上苍规划世界的路数,我们不能控制他们的意志。”

“但是现在,他们都会遭受饥饿,”莱清愠怒道,对这个人慵懒的声音感到厌烦,“不仅仅是一个例子或是道德教训,半数人民会为食物而争吵,甚至会在街道上打起来。”

“皇上,可能会像你所说,”大臣回答,说一些不相关的话,“很多人会死,但是王国仍在。来年,农作物会重新长起,能养活农民还能有充裕。挨过这个冬天的人们又会长得胖起来,他们还会感谢您。”

莱清找不到用来争论的词句。他从宫殿的塔上向下望去,看着那些街道上的群众。最底层的乞丐们听说从山上流下的水里还剩有庄稼。虽然不是很饿,但是他们不得不考虑寒冷的几个月,那里已经开始骚乱。护卫队们无情地执行命令,挑选了动荡局面中明显扰乱的几百人抓起来。人民开始知道害怕国王,但是,事实上,皇上更怕他们。

“还有拯救的余地吗?”最后他问道。或许这是他的奢望,但是他想他能闻到微风中垂死的植物散发出的富足气味。

第一大臣考虑着,在城市大事件的记事单上浏览着,好像能从那里得到灵感似的。

“皇上,如果今天侵略者能离开,我们肯定能救捞一些坚硬的谷物。将种子播撒在浸满水的田地里,可以等待下一次收割。运河可以重建,或者我们能将水流引至草原的周围。或许可以保留并重建十倍大的田地。”

“但是侵略者不会离开,”莱清继续说。他用拳头重击着椅子的扶手。

“他们已经打败了我们,像虱子一样散发着臭味的部落人民已经杀入了西夏的心脏,我将坐在这里,在腐烂小麦的臭味中治理国家。”

第一大臣低着头听皇上说,惊恐地讲话。他的两个同事已经在那天早晨由于冒犯了国王而受到处罚。他不想和他们一样。

国王抬起手拍着自己的后背。

“已经别无选择。如果我能将南方各个村镇的义勇军编制成军队,其数量与之前败给敌人的战士相当。如果没有国家的战士保他们安宁,这些村镇还能抵抗多久?像北部一样失去南部后,整个城市就会沦陷。”他咒骂着,大臣的脸苍白。

“我不会坐等农民们骚乱,否则腐烂的味道会充斥城市中的每个屋子。派信使去联络这些人民的领导。告诉他,我会派一个议员,去讨论他对我的人民的要求。”

“皇上,他们比野狗好不到哪里去,”大臣仓促地说,“不能和他们谈判。”

莱清看他的眼睛里充满狂怒。

“送他们走。我不能再看这些野狗破坏这支军队。事实是,他们根本不可能从我手里夺走城市。或许我可以贿赂,使他离开。”

大臣为这种任务而深感羞愧,面红耳赤,但是他还是跪在地上,朝冰冷的木板磕头。

夜幕降临,整个部落载歌载舞,喝酒庆祝。讲故事者忙着讲战争的故事和成吉思汗怎样将敌军拉过他们的铁铃。滑稽的诗人逗得孩子们格格地笑,灯火消退之前,有很多摔跤和射箭比赛,冠军头上带着草编的花环,醉得不省人事。

成吉思汗和他的将军们主持着庆祝晚会。成吉思汗祝福了十几对新婚佳人,他给优秀的战士奖励了武器和自己畜群里的战马。蒙古包里捆着从镇里抓获的女人,尽管不是所有的妻子都欢迎新人。女人们之间的打斗不止一次地最后以流血结束,每次,都是强壮的蒙古女人战胜她们丈夫的俘获者。傍晚之前,合赤温被召到三个不同杀戮的刑场,青稞酒下肚,愤怒在血管中闪烁。他已经下令将两个男人和一个女人绑在一起杀死,鲜血四溅。他不在意谁被杀死,但是他不愿看到暴力和色欲放荡充斥整个部落。也许是因为他的铁手,整个部落的情绪就好像被星光照亮,尽管一些人失去了草原上的家,但是他们还是自豪地仰慕他们的领导者。

蒙古包旁边,成吉思汗面见将军们,这里是他的家,不比其他族人的蒙古包大,也没有那么华丽。当他为摔跤呐喊助威时,大营的周围点起了火把,他的妻子孛儿帖和他的四个儿子坐在一起,一边吃东西一边低声说着话。随着黄昏来临,术赤和察合台在宴会和娱乐的喧闹中玩耍,找不到他们回来睡觉,孛儿帖不得不派三个战士去蒙古包中搜寻他们,最后他们是挣扎着被带回来的。两个男孩在小帐篷里互相看着对方,这时孛儿帖对窝阔台唱起了摇篮曲,小拖雷已经睡着了。这是令他们疯狂的一天,但是在两个年轻的男孩在毯子里进入梦乡之前,这一天显得太短暂了。

孛儿帖转身向着术赤,生气地皱起了眉头。

"小家伙,你没有吃东西,"她对他说。他轻轻呼吸着,没有回答,孛儿帖斜着身子靠向了他。

"从你的呼吸中闻到的不会是青稞酒吧?"她询问道。术赤立刻变了样子,蜷起膝盖想挡住什么。

"可能是,"察合台高兴地看着哥哥紧张的样子。"有人给他一杯,他在草地上吐了呢。"

"让你的嘴巴保持安静!"术赤大喊,坐了起来。孛儿帖用手臂抓住了他,他的力量对付小孩子很容易。察合台笑着,感到很满足。

"今天早晨他弄坏了自己的弓,所以他很痛苦,"术赤生气地说,在母亲的怀里挣扎,"放开我!"

孛儿帖打了术赤一巴掌,把他按倒在毯子上。这一巴掌不重,但是他震惊地用手捂着脸颊。

"我听说你们整日地争吵,"她生气地说。"什么时候你们才能意识到不能在族人们的眼皮下像傀儡一样打斗?你不能。你认为那样会让父王开心吗?如果我告诉他,你们都……"

"别告诉他,"术赤迅速说,脸上无比担心。

孛儿帖立刻温和起来,"如果你们乖乖听话,我就不告诉他。你们不会简单地从父王那里继承到什么东西，因为你们是他的儿子。阿尔斯兰和他有血缘关系吗？者勒蔑呢？如果你们适合做领导者，他就会选择你们，但是不要期望他会帮助你们超过那些优秀的人。”

两个孩子专心地听着，她意识到之前不应该以这种方式和他们讲这些。看到他们字字在意，有点惊奇的她想，在他们分心之前应该再说点什么。

“边吃边听，”她说，让她高兴的是，两个男孩子拿起盘中的肉块，狼吞虎咽地吃起来，尽管肉已经放很长时间有点凉了。他们的眼睛没有离开母亲，等着她继续说。

“我原以为你们的父王至少现在已经把这些解释给你们听，”他低声说，“如果他是一个小部落的可汗，或许他的长子会继承他的剑，他的战马和他的奴隶。曾经他从你们的祖父也速该那里继承了这些，尽管他的哥哥别克帖是最大的。”

“别克帖发生什么事了？”术赤问道。

“父王和合赤温杀死了他，”察合台有声有色地说，术赤惊讶地瞪大了眼睛，孛儿帖心里一紧。

“真的？”

他的母亲叹口气。

“那是很久以前的故事。我不知道察合台从哪里听说的，但是应该比听篝火边的闲言碎语了解更详细的情况。”

察合台兴致勃勃地冲身后的术赤点点头，笑他哥哥不适的反应。孛儿帖生气地瞪了他一眼，在他僵硬之前抓住了他。

“你们的父王不是山里那些小的可汗，”她说，“他的手里有数不清的部落。你们希望他把这些部落传给一个弱者吗？”她转向察合台，“或者是一个愚蠢的人？”她摇摇头，“他不会。他有年轻的兄弟，而他们又会有很多儿子。如果他对长大后的你们不满意，下一个可汗会来自他们中间。”

术赤低下头，仔细想着这些话。

“我的弓箭比其他人都好，”他低语着，“我的战马慢只是因为他还小。一旦我有成年的马，就会更快。”

察合台哼着鼻子。

“我没有谈到战争的技能，”孛儿帖说，有点怒了，“我已经看出来，你们两个都会成为优秀的战士。”听到母亲少有的赞美，他们开始整理自己的装容，她继续说道。

“你们的父王会考察你们是否能够领导别人，思维是否很快。你们看到他提升速不台让他指挥一百人的方式了吗？如果没有那次死亡生死线，他就会不为人知，但是你的父王对他的思想和他的能力抱有期望。他在接受考验，但是在他完全成人之前不能成为一个将军。他可能在战争中可以领导上千,甚至上万战士。你们能做到同样的事吗?"

"为什么不能?"察合台立即说。

孛儿帖转向他。

"当你们和你们的朋友们一起玩耍时,你是那个其他人都关注的人吗?他们都顺从你的思想吗?还是你服从其他人?现在好好想想,是不是有很多人因为你们的父王而奉承你们。想想那些你所期待的。他们听吗?"

察合台抿着嘴唇想,他耸耸肩。

"有些人是。他们都是孩子。"

"你整日花费时间和哥哥打架,他们为什么要服从你?"她拍拍儿子,说道。

小男孩看起来有些不满,在一个自己的思想里挣扎着。他蔑视地抬起下巴。

"他们也不服从术赤。他以为他们应该服从,但是他们从不。"

孛儿帖听到他这样说,胸部一阵冷冷的感觉。

"真的吗,我的儿子?"她温和地说,"为什么他们不服从你哥哥呢?"

察合台撇过头,孛儿帖伸出手,费力地用双臂将他抱住。他没有哭出声,但是眼泪已经在眼眶中打转。

"察合台,我们之间有什么秘密吗?"孛儿帖问道,她的声音沙哑,"为什么他们绝不会服从术赤?"

"因为他是塔塔儿的私生子!"察合台大喊。这一次,孛儿帖落在儿子身上的巴掌绝不轻。这一巴掌下去,察合台的头扭向一边,躺卧在了床上,茫然无措。血从鼻子中流出,他开始震惊地恸哭。

术赤在孛儿帖身后轻声说。

"他一直都和他们这么说,"他说。声音低沉愤怒而又绝望,孛儿帖看到他眼中闪烁的泪花,一直以来,他在承受着什么样的痛苦啊。察合台的哭声吵醒了两个年幼的弟弟,他们也开始哭泣,不了解发生什么事,只是受到蒙古包中气氛的影响。

孛儿帖伸手将术赤揽在怀里。

"你不能想着像你弟弟愚蠢的说法一样,"她在他的发梢间低声地说。她拉过术赤看着他的眼睛,想要让他理解。"有些话能成为一个残酷的负担压在人身上,除非你学会忽略他们。你必须比其他人做得更好,来赢得父王的肯定。你现在知道怎么做。"

"那么是真的吗?"他目光看着别处,低声问道。当母亲考虑怎样回答时,他的后背变得僵硬,开始失声哭泣。

"你的父王和我在一个冬天的草原上有了你,那里离塔塔儿部落数百里远。

我是落在了他们手里一段时间,他……杀了那些抓我的人,但你是他和我的儿子。你是他的第一个孩子。"

"但是我的眼睛和父王不一样,"他说。

孛儿帖骂道。

"别克帖年轻的时候就是这样的。他是也速该的儿子,但是他的眼睛和你一样都是黑色。没有人敢怀疑他的血统。不要去想那些,术赤。你是也速该的孙子,也是成吉思汗的儿子。有一天,你会成为一位可汗。"

察合台吸着鼻子,用手擦着鼻血,术赤表情痛苦,躺回母亲的怀抱,看着她。明显地,他鼓起勇气,深吸一口气。他的声音颤抖着,在自己的弟弟面前有点丢脸。

"他杀了他的哥哥,"他说,"我看见他看我的眼神。他到底爱我吗?"

孛儿帖将小男孩按在自己的胸脯上,他可以感觉到她的心跳。

"他当然爱你。我的儿子,你要让他视你为他的继承人。你会成为他的骄傲。"

第九章

用泥土和碎石转移运河流向，动用了五千战士，比曾经破坏得更长。成吉思汗看到洪水不断上升到威胁新营帐的高度，下达了命令。当工程开始进行，水向东和向西形成了新的湖，但是最后通向银川的路却在阳光的照射下变干。地上厚厚地铺着泥泞的植物，云集的咬人飞蝇使整个部落发怒。他们马儿的膝盖都陷入粘泥中，侦察兵的工作遇到了困难，整个蒙古包中增添了几分令人窒息的感觉。每天晚上，部落之间都有很多争吵和打斗，合赤温竭力抵押以保和平。

有消息说，那些厌倦了娱乐活动的人们欢迎八位辛苦穿越泥泞草原的骑士。他们不曾穿越沙漠，想在一个地方停留。甚至连孩子们都对洪水失去了兴趣，很多人因为喝了不流动的水而生病。

成吉思汗看着西夏的骑兵们在淤泥中挣扎。他已经号令了五千战士在干土地上迎战，安排他们刚好站在淤泥的边缘，这样敌军就没有位置休息。西夏的战马从凝结的土壤中拉出每一条腿，已经耗尽了力气，骑兵们险些要摔下来，很难再去保持他们的尊严。

让成吉思汗无比开心的是，他们中的一个因为战马一只脚陷入洞里而从马鞍上滑落下来。部落人嘲笑地叫嚣着，他野蛮地猛拉缰绳，重新骑上马背，全身被污泥浸透。成吉思汗看了一眼站在旁边的巴尔出克，注意到他满足的表情。他在那里做口译，但是阔阔出和帖木格也站在那里听国王的信使在说什么。两个人已经开始学习金国的语言，成吉思汗认为那是不合适的做法。萨满和成吉思汗年幼的弟弟能够有机会试试他们新发现的知识，两人明显很兴奋。

成吉思汗举起大手掌，骑兵勒住了马的缰绳。他们离得很近，可以听到对方说话，尽管他们看起来没有武装，但也不是一个可信任的人。如果他是西夏国王，就肯定会考虑借此机会暗杀。他的身后，部落人民静静地看着，他们的手里已经准备好弯弓。

“你们失败了吗？”成吉思汗对他们大喊。他看到他们扫视着蒙古战士，一个士兵身穿漂亮的盔甲，那是由鱼鳞般的铁片做成的。成吉思汗点点头，知道这个人会对大家讲话，果不其然。

“西夏国王派我带信给你们，”士兵回答。令帖木格和阔阔出失望的是，他说的话是标准的部落语言。

成吉思汗疑惑地看着巴尔出克，维吾尔可汗低声对他私语，只是动着嘴唇。

“我以前在贸易的时候见过他。他是中级指挥官，很傲慢。”

“看起来像，穿着很好的盔甲，”成吉思汗回答，提起声音冲士兵们说。

“如果有话对我讲，就请下马吧，”他喊道。骑士们交换了一下眼神，当他们跳到深深的淤泥中时，成吉思汗忍住了笑。他们紧紧抓住几乎不动，那脸上的表情激起了他的情绪。

“你们的国王说什么？”成吉思汗继续说，盯着指挥官。淤泥毁坏了他漂亮的靴子，脸气得通红，他控制了一下情绪然后说。

“它让你在银川城下面见他，暂时休战。你在那里的时候，他用荣誉保证不会攻击你。”

“他还有什么要对我说的？”成吉思汗又开始说，好像没想得到什么回答。

指挥官的脸更红了。

“如果我了解他的想法，就不会有这样的会面，”他断然说。那些跟随他的士兵紧张地看着蒙古的战士们拿着弓等待。他们已经领教过那些武器的精准厉害，他们用眼神恳求说话的人不要有任何攻击以免挑起事端。

成吉思汗笑了。

“你叫什么名字，生气的人？”

“郝撒，我是银川的校尉。你们可以称呼我为可汗，或许，高级指挥官。”

“我不会称你为可汗，”成吉思汗回答，“但是我的大营欢迎你，郝撒。送这些羊回家去，我欢迎你来到我的蒙古包，和你一起分享茶水和盐巴。”

郝撒转向他的同伴，又猛转头看着远处的城市。其中一个人说了一串听不懂的话，阔阔出和帖木格听着都皱起了眉。郝撒向他的同伴耸耸肩，成吉思汗看着其它七个人骑上马，返回城市中。

“那些马很漂亮，”巴尔出克在他的肩膀边上说，成吉思汗看看这个维吾尔的可汗。他点点头，与站在战士们中间的阿尔斯兰的眼神相遇。成吉思汗的两只手指往回一拉，示意撤退，部队像蛇一样移动。

一会儿，上百只箭穿过空气射向七个骑士，他们齐刷刷地从马鞍上滚落。其中一匹马被杀死，成吉思汗听到阿尔斯兰在训斥那个不幸运的士兵失职。成吉思汗看着，阿尔斯兰夺过那个战士的弓，用刀砍断了上面的线，然后又还给战士。战士谦卑地低着头接过弓。

尸体静静地躺在草原上，脸都陷进了淤泥。在这样的土地上，马儿都不容易冲出去。没有骑兵驱策，他们无精打采地站着，回头看着部落人民。其中两匹马用鼻子擦着他们认识的尸体，闻到血腥味显得很紧张。

郝撒愤怒地凝视着，成吉思汗转身与他相对。

“它们都是好马，”成吉思汗说，看到士兵的表情没有变化，可汗耸耸肩，“话语并不重。所以只要你们当中的一个人带回我的回答就可以。”

郝撒被带回大帐，奉上了咸茶水。成吉思汗还在后面看着那些捕获的马儿们被带回。

“我要先来选择，”他对巴尔出克说。维吾尔可汗点头，抬起眼看了一会儿。第一选择会让成吉思汗得到最好的，但是他们都是好马，所以仍然值得拥有。

尽管在季末，西夏山谷中的太阳还是很热，在成吉思汗向城市进发的时候，大地被烘烤得结了薄薄的硬皮。国王只要求他带三个同伴，但是他带来五千骑兵。当他靠近能看见城市前面竖立起的大帐篷的细节时，成吉思汗格外地小心。国王会要求他什么呢？

他不情愿地将护卫队留在身后，尽管知道如果他发出信号合撒儿就会支援。他考虑过在他们谈话时给国王出其不意的袭击，但是莱清也不是一个笨蛋。桃色的遮阳棚就立在靠近城墙的地方。大量的弓箭手举着一人长的铁头箭，具有瞬间的破坏力，确保成吉思汗不会存活。国王在墙外容易受伤，但是对方也如此。

成吉思汗挺直地坐在马背上，和阿尔斯兰，合赤温以及维吾尔人巴尔出克一起骑过来。他们都全副武装，特别地带了一把刀，藏在盔甲下面，以防国王坚持要卸下他们的剑。

当看见桃色帐篷的细节时，成吉思汗试图放松他冷酷的表情，他喜欢这种颜色，很想知道从哪里能找到那么宽质量又好的丝绸。他咬着牙在想草原上看见的这座不可触及的城市。如果能找到一个入口，他就不需要来这里面见西夏的国王。想到金国的每一个城市据说都这样受到保护，他很懊恼，因为他还没有找到对抗防御的突破口。

四个人无声地骑入凉快的桃色遮蔽处后，从马上下来。大帐篷挡住了他们看墙上弓箭手的视线，成吉思汗放松了自己，冷酷而又安静地站在国王护卫队的前面。

无疑，他们是经过了精挑细选，他想，盯着他们。已经有人想到会议的困难。进入大帐篷的通道很宽，因此他进去的时候没有看见要抓他的伏兵。相反地，他们回视聚集在远处的像雕像一样的骑兵。

尽管里面有很多椅子，但是大帐篷里只有一个人，成吉思汗冲他点头。

“你们的国王在哪里，郝撒？难道对他来讲，还太早？”

“他来了，我的大王可汗。国王不会先到。”

成吉思汗挑起眉头考虑着进行攻击。

“或许我应该离开。毕竟，不是我要求他来见我。”

郝撒的脸红了,成吉思汗笑了。这个人很容易生气,但是他发现自己因为易生气的个性有点喜欢他。他还没来及回应,城墙上的号角响了起来,四个蒙古人同时握住了剑。郝撒举起了一只手。

“国王保证过和平,我的可汗大王。号角是告诉我们他正在出城。”

“出去看他过来,”成吉思汗对阿尔斯兰说,“告诉我有多少骑兵和他一起来。”他尽量放松绷紧的肌肉。他之前见过很多可汗,并在他们的蒙古包里将他们杀死。他告诉自己,这次没有什么不同,但是郝撒的样子还是让他感觉到有所畏惧。成吉思汗笑自己的愚蠢,意识到这里离自己的家是那么的遥远。所有的事情与他记忆中的草原相比都是新鲜而又不同的,但是那个早晨他没有机会选择站在其他地方。

阿尔斯兰很快回来。

“他在担架中,由一些奴隶抬过来。看起来和朝廷使用的很像。”

“有多少奴隶?”成吉思汗皱着眉问道。他应该多带些人来,脸上已经显出一些愤怒。

“可汗,他们都是太监。八个人,但都不是战士。他们像畜牲一样抬重物,禁止携带武器。”

成吉思汗思索着。如果他在国王到来之前离开,那些城里的人们会相信他丧失了勇气。或许他自己的战士也会这样想。他使自己平静下来。郝撒的腰带上配着一把长刀,两个护卫也穿着很好的盔甲。他衡量着危险,然后解散了他们。有时候,一个人可能会对将要发生的事作出过多的担忧。他轻轻地笑着,使得郝撒奇怪地看他,然后他坐下来等待国王到来。

当他们到达丝绸大帐篷之后,负重的奴隶们将珍贵的重载扛在腰部位置。从里面,成吉思汗和他的三个伙伴有兴趣地看着他们将轿子放在地上。其中六个人静静地站着,而另外两个人在淤泥上铺开一块长长的黑色丝绸。令成吉思汗惊奇的是,他们从腰间佩带中拿出一根木管,开始演奏起了精妙的音乐,这时帘子被拉开。微风中听到音乐,有种奇妙的安宁,成吉思汗感觉自己在莱清走出来的时候已经着迷了。

国王是一个骨骼瘦小的人,尽管他穿了很漂亮的盔甲来充实他的骨架。盔甲上的鳞片被打磨得很光滑,光辉闪闪,因此他在阳光照射下闪着光芒。在他的臀部,佩戴着一把剑,刀把上用宝石装饰,成吉思汗想知道他生气的时候是否会拔剑。音乐在他出现的同时如巨浪般增大,成吉思汗发现自己很喜欢这种表演。

西夏的国王冲两个护卫点头,他们从帐篷中跨出,站在国王的两边。之后,国王迈了几步就进入大帐篷。成吉思汗和他的同伴都站起来欢迎他。

“可汗大王,”莱清向前倾着头说。口音奇怪,他说出的词语像是死记硬背记住的。

“皇上,”成吉思汗回应。他用巴尔出克教给他的西夏语说。让他高兴的是,他看到国王的眼里闪烁着很感兴趣的光。就在那一瞬,成吉思汗多么希望他的父王还活着,可以看见他在异国的土地上会见国王。

两个护卫站在合赤温和阿尔斯兰的对面,留意这些人是否会制造麻烦。在他们的领地,两位将军平静地看着他们。他们只是会议中的旁观者,但是没有人会被意外地抓起来。如果国王计划了他们的死,他也不会幸存。

阿尔斯兰皱起眉,突然冒出一个想法。之前没有人见过国王。如果他是一个冒名顶替者,银川城里的军队可以从墙上将大帐篷踏平,只是失去一些忠诚的人。他盯着郝撒,看他是否有不正常的紧张,但是没有表现出即将发生破坏的任何迹象。

莱清开始用自己人民的语言讲话,他的声音坚定,好像希望人人都适应他的权力。他使成吉思汗专注地盯着自己,好像没有人在眨眼。当国王结束了讲话,郝撒清了清嗓子,开始认真地翻译国王的话。

“为什么维吾尔部落的人要破坏西夏的土地?难道我们没有公平地对待你们吗?”

巴尔出克的嗓子里发出声音,但是国王的目光始终没有离开成吉思汗。

“皇上,我是所有部落的可汗,”成吉思汗回答,“维吾尔部落是他们中的一员。因为我们有力量统治。为什么不能呢?”

听到的郝撒翻译,国王的眉头皱了起来。他的回答是试探,没有显出他生气的意思。

“你准备在我城市的外面待到世界末日吗?那是不允许的,可汗王。你的人民在战争中不做交易吗?”

成吉思汗向前探着身子,他的兴趣大增。

“我不会和金国做交易,皇上。你的人民是和土地一样老的敌人,我要看着你的城市变成废墟。你的土地都是我的,只要我乐意,我就要拥有足够长足够宽的土地。”

成吉思汗耐心地等着郝撒将话传达给他的国王。帐篷里所有的人都能看见莱清听到这些话突然生气。他直接站起来,声音变得更清楚。成吉思汗小心谨慎,等着郝撒说话。结果,巴尔出克开始翻译。

“他说他的人民不是金国的民族,”巴尔出克说,“如果他们是你的敌人,为什么你要停滞在西夏的山谷中?伟大的金国城市在北部和东部。”巴尔出克点点头,国王又开始说。

“我想他们不再是从前的友邦,我的可汗王。如果你对金国的城市发起战争,这个国王不会不高兴。"

成吉思汗抿起嘴唇陷入了沉思。

"为什么我要在身后留一个敌人呢?"他说。

莱清理解了之后接着说。郝撒听着脸色变得苍白,但是在巴尔出克翻译之前他开始讲。

"是留一个盟友,可汗王。如果你真正的敌人是金国,只要我们一起做朋友,我们会一直向你的部落进献贡品。"郝撒紧张地咽下了口水。"我的国王提供丝绸,猎鹰,珍贵的石头,物资和盔甲。"他做了一个深呼吸。"骆驼,马匹,衣服,茶叶和一千铜币以及银币,每年都支付一次。他把这种供资当作是一种联盟,他不认为这能看做是一个敌人。"

莱清又开始不耐烦地说,郝撒听着。国王讲话的时候,他变得平稳了,也敢插话问问题。莱清用手做了一个大手势,郝撒低下了头,清楚地打断了他。

"另外,我的国王把他的女儿查喀孩献给你,让她做你的妻子。"

成吉思汗眨着眼,考虑着。他猜想这个女孩是不是太丑,西夏人都不愿和他结婚。慷慨会取悦部落人民,能够阻止小可汗们的密谋。对部落来讲进贡不是新鲜事,尽管他们没有要求一个真正富有的敌人这么做。他更愿意看见石城夷为平地,但是没有人能够提出一个可行的建议。成吉思汗耸耸肩。如果他再想不出怎么办,就可能回去。到那时,和平会真正到来。山羊可以挤出很多次奶,但是只能杀一次。得到最好的交易才是最好的选择。

"告诉你的主人,我们接受他的慷慨,"他冷漠地说,"如果能再加两千精兵,他们全副武装,战马精良,在月亮升起前我们就会离开这个山谷。我的人会在穿越沙漠时将途径的要塞拆除。同盟者之间不应该有城墙相隔。"

郝撒开始翻译的时候,成吉思汗想起巴尔出克对西夏的图书馆感兴趣。郝撒停下听成吉思汗开始滔滔不绝地说。

"我的人民中有一些学者,"成吉思汗说,"他们希望有机会读到西夏写的书卷。"正当郝撒准备张口时,他又继续说,"但不是哲学。战士对政治事件科目比较感兴趣,如果你有的话。"

在郝撒尽力重复他听到的话时,莱清的表情复杂。会议像是接近尾声,莱清没有讨价还价。由于这一点,成吉思汗看出了他的绝望。他决定碰运气,准备翻身。

"如果打算攻入金国的城市,我需要破坏城墙的武器。请求你的国王如果他可以提供其余的。"

郝撒紧张地说着,感觉到莱清的怒火。他不情愿地摇头。

"我的国王说那样做是愚蠢的,"郝撒说,不敢正视成吉思汗的眼睛。

“是，如果他那样做的话，成吉思汗笑着说，“大地已经干了，你们可以将礼物载到新的马车上，因为长途旅行所以要用好轮轴。你可以告诉你的国王，我很满意他的贡品。我也会把满足感带给金国看。”

郝撒翻译着，莱清的脸上却没有丝毫满意的表情。所有的人站起来，成吉思汗和他的同伴们先行离开，留下莱清和郝撒还有护卫们。他们看着蒙古的将军们骑上马离开。

郝撒想自己应该保持沉默，但是他还有一个问题不得不问。

“皇上，我们没有把战争带给金国吧？”

莱清冷冷地瞪了他的指挥官一眼。

“燕京在千里之外，由高山和要塞保卫，那使银川看起来像个省镇。我们不会影响到他们的城市。”尽管国王的表情如石，但是他的嘴微微地颤动着。“而且，我们的敌人互相攻击的时候，我们是占优势的。我们的危险在哪里？”

郝撒没有出席过大臣们的会议，他不理解国王说的话。

整个部落处处喜气洋洋。虽然没有攻打下坐落在远处的石城，但是只有战士们抱怨，他们的家人却为成吉思汗赢得的丝绸和战利品而无比激动。和国王的会议结束之后已经过去了一个月，城里的马车已经到了这里。羊群中青壮的骆驼在打着响鼻，赶着身上的蚊蝇。巴尔出克和帖木格还有阔阔出躲在帐篷里译解西夏人民古怪的文字。莱清给了他们有关金国的书卷，但那些书都令人费解。

冬天还是来了，山谷中还没有明显的冬的足迹。合撒儿和合赤温开始训练莱清给他们的战士。西夏的士兵抗议丢掉了他们的好马，但是这些畜牲让这些骑技还不及蒙古孩子们的人骑，顶多是更大的浪费。所以，把畜群中备用的马给了他们。几周很快就过去，天气转凉，他们学会了怎样应付坏天气和战争中倔强的畜牲。军队整装待发，但是成吉思汗还在焦急地等待莱清送来贡品和他的女儿。他不知道孛儿帖得知这个消息会怎样，但希望西夏公主至少应该很迷人。

在一个新的月初，她被抬了过来，那担架很像他父王在上次会议时用的。上百护卫队在她周围列队而站。看着那些原以为很不错的马，成吉思汗只想发笑。莱清不打算再丢掉这些马匹，尽管是护送他自己的女儿。

担架放在离成吉思汗几步远的地上，他全副盔甲，父亲的剑挂在臀部，他摸着能带来好运的剑柄，忍着不耐烦的心情。可以看出来，城里的士兵都在为送公主给他而气愤，他却着实为他们的挫败样而开心。如他所要求的，郝撒也跟着他们一起出城。他还是一副成吉思汗赞赏的冷酷表情，让人猜不透内心在想什么。

很多战士聚集在一起，来鉴证他们最后的胜利品，当国王的女儿从轿子中走出来，赞美的声音唏嘘一片。她身穿一件镶着金边的白色丝绸，阳光下闪闪发光，发髻由银叉高高盘起，成吉思汗看着她完美无瑕的肌肤长出一口气。和蒙古的女人们相比,她就像牛群中的白鸽,当然他不能大声那样说。当她走近他的时候,她的眼睛像是一汪绝望的池水。她没有看他,两手交叉在胸前低头优雅地向他行礼。

成吉思汗感觉到她父王的士兵们升起的怒火,但是他不去理会。如果他们动一下,就会在拔刀之前被他弓箭手们杀死。

"欢迎来到我的蒙古大帐,查喀孩,"他温柔地说。郝撒低声翻译着,像是在私语。成吉思汗走下来双手扶着她的肩,她抬起头,脸上干净无瑕。她不像成吉思汗想象中那样和他的女人们一样有蛮力,身上的香水味扑鼻而来,成吉思汗都有点昏厥了。

"你是你父王给我的最有价值的礼物,"他说,尽管她不明白,他在所有战士们面前给了他极高的荣誉。郝撒开始翻译,成吉思汗很有礼貌地安静地听着。

他伸出黝黑的手,抬起她的下巴,惊异于皮肤的差别,可以看出她的恐惧,还有一丝对抚摸自己的粗糙的皮肤的厌恶。

"女孩,我做了一笔很好的交易。你会给我生一堆好孩子,"他说。虽然他们不能成为他的继承人,但是他发现自己已经对她着迷。他想到不能让她和孛儿帖以及儿子们住在一起。这么容易碎的女孩不会存活下来的。他将单独为她和她将要有的孩子们建造一个蒙古包。

他突然意识到自己已经静静地站了很长时间,部落的人们都越来越感兴趣地在看着他的反应。一些战士们无聊地笑着,朋友们之间都在窃窃私语。成吉思汗抬头看到和郝撒站在一起的指挥官,两个人都气得脸发白,成吉思汗示意让他们返城,郝撒和其他人一样迅速转身,这时指挥官向他下达了命令,郝撒惊讶地张大了嘴。

"郝撒,你要留下来,"成吉思汗对他说,高兴地看着他惊讶的样子,"你的国王让你在我这里待一年。"

郝撒明白后,嘴唇紧闭,他痛苦的眼神看着其他护送人员起驾回城,只有他和正在发抖的公主留下来送给这些狼群。

成吉思汗转脸迎着东风,呼吸着空气,想象那地平线意外的金国。他们有着难以攻破的城墙,这次他不会再愚昧地让人们冒险。

"你为什么要我来?"郝撒很快地说,打破了沉默,成吉思汗像是没有听见。

"或许我们可以让你变成一个战士,"成吉思汗拍着腿,好像发现这个想法比较搞笑。郝撒冷冷地盯着他,成吉思汗耸耸肩。

"你可以试试看。"

部落准备动身,大营中吵吵嚷嚷,混杂着蒙古包拆卸的声音。午夜,只有成吉思汗的蒙古包还在大马车上,里面的油灯照亮了黑暗,人们都裹着毯子和皮衣睡在星辰下。

成吉思汗站在一个低桌前,看着地图。地图画在厚纸上,郝撒看出那是从莱清收藏的资料匆忙复制过来的。谨慎的西夏国王在地图上盖上了他的印章,以防落入金国的卫王手里。甚至连字母都是金国语言,做得很细致。

成吉思汗仔细地研究着地图,想象着实际金国的防线和城市。这是他第一次见到的真正的地图,尽管郝撒在场,他也没有遮掩自己经验不足。

他黑色的指头指着延伸到北方的一条蓝线。

“这就是侦查员所说的大河,”他说,疑惑地抬起眼看着郝撒。

“黄河,”郝撒回答,“黄色的河。”然后停下,他不想在蒙古将军们中喋喋不休。大帐中有阿尔斯兰,合撒儿,合赤温还有他不知道的人。当成吉思汗介绍他的时候,郝撒退在了阔阔出身后。萨满记得他是银川一个精神错乱的乞丐,对他笑了一下,郝撒轻出一口气。

在场的人都看着成吉思汗的手沿着黄河指向更远的东北方,直到一个黑点处,停下轻轻敲打。

“这个城市在金国土地的边缘上,”成吉思汗说,再一次看向郝撒以得到确认,他不情愿地点头。

“包头,”阔阔出读着黑点下面的描述说。郝撒没有看萨满,成吉思汗看到他的眼神,笑了。

“这些到北部的标记,它们是什么?”成吉思汗问。

“那是外城墙的一部分,”郝撒回答。

成吉思汗很迷惑,眉头紧锁。

“我听说过。金国人在那后面躲避我,对吗?”

郝撒压制着愤怒。

“不是。没有一座墙是因为你而建的,只是将金国划分开。你已经穿过了两个中较弱的一个。你不会通过里面围着燕京的城墙。从未有人做到过。”成吉思汗咧着嘴笑了一下,又转回身研究地图。郝撒怒视着他,这个可汗太容易自信。

在他是个小男孩的时候,郝撒就和他的父亲在黄河上旅行。老人曾指给他看金国的城墙,那个时候,墙上还有洞,部分都风化成了碎石。几十年来都没有翻修过。

成吉思汗用手指在羊皮纸上画了一条线,郝撒知道安宁的金国早已忽略了这些。他控制着紧张,尤其是部落族人已经在后面觊觎这块土地。西夏是已经成了一个薄弱点,部落向南涌去。看着成吉思汗,一阵羞愧涌上心头,想知道他在做什么计划。

“你准备攻打包头吗?”郝撒脱口而出。

成吉思汗摇摇头。

“攻打它，让我站在门外嚎叫吗？不。我准备回到肯特山脉的家。我要像童年一样在山中骑马，放飞我的雄鹰，还要和你们国王的女儿成婚。”他凶猛的表情随着思绪渐渐放松，“我的儿子们应该了解生我养我的地方，他们将在那里茁壮成长。”

郝撒迷惑地看着他。

“那你为什么谈起包头？我为什么要在这里？”

“郝撒，我说过了，是我准备回家。你不用。这个城市太遥远，不用害怕我的军队。他们可以打开大门，商人们可以随意出入。”郝撒看到阿尔斯兰和合撒儿都在笑他，他努力使自己集中注意力。

成吉思汗拍着他的肩膀说。

“像包头这样的古城肯定有建造者和交易的主人，不是吗？那些人肯定知道防御的方方面面。”

郝撒没有回答，成吉思汗轻拍着自己。

“你的国王不能把他们交给我，但是你能找到他在哪里，郝撒。你和合撒儿还有我的弟弟帖木格到包头走一趟。三个人可以进到军队进不去的地方。你们可以询问直到找到这些建造城墙的聪明人。把他们给我带来。”

所有的人都笑了，看着郝撒震惊的表情。

“否则我现在就能杀了你，找你的国王要另外一个人，”成吉思汗柔声说道，“在生与死之间，人们总是只能有一个选择。从他那里可以得到任何东西，但我不希望是那样。”

郝撒想起他的同伴们为了战马是怎样死的，他不怀疑自己的生命悬在一字之间。

“按照国王的命令，我将服从于你，”最后他说。

成吉思汗哼了一声，又转身看地图。

“那就说说包头和它的城墙吧。把你听到和看到的都告诉我。”

黎明破晓时，大营里格外安静，可汗蒙古包里的灯光还在闪着金色的光芒。那些躺在冰冷草地上的人们可以听到琐碎的声音，就好像很远的地方，有战鼓声响起。

第十章

到了一个黑色的河畔,三个人从马上下来,马儿们开始饮水。大而圆的月亮挂在山间,散发出灰色的光芒,照亮了一大片水域。明亮的月光下,他们盯着远处抛锚的船只在黑夜里摇曳着发出辗轧声,身后投下了影子。

合撒儿从自己的马鞍下拿出一个亚麻布袋。一天的旅途已经将里面的肉压软,他伸手进去,拿出一块肉放在嘴里。那肉闻起来有点腐臭,但是他很饿了,一边懒散地咀嚼一边看着他的同伴。帖木格轻轻摇摆着站在他哥哥旁边,他已经很累,眼睛快要阖上,他很渴望睡一觉。

“夜晚船夫们都从岸边离开,”郝撒说,“他们要提防黑夜里的强盗,而且他们可能已经听说你们的军队已经到了西边。我们应该找一个地方睡觉,明天继续赶路。”

“我还是不明白你为什么要走水路到包头,”合撒儿说。郝撒忍住怒火。自从离开部落,他已经解释了六七遍,但是蒙古战士依附战马的习惯的确很难克服。

“我们不能引起别人注意,要像商人或朝圣者一样进入包头,”他用平静的声音回答。“商人们不会骑马进去,像金国的贵族和朝圣者们都不会有马匹。”

“难以理解,”合撒儿倔强地说,“如果我看到的地图是精确的,我们能用几天就穿过河腰到达那里。”

“那样的话,我们会被田地里的农民和马路上的行人注意,”郝撒生气地说。他感觉到合撒儿对自己的口气很生气,但是他还是忍耐着自己无休止的抱怨,“我想你的哥哥也不乐意我们骑着马在这暴露的土地上穿越一千里。”

合撒儿不服气地哼着鼻子,帖木格却说话了。

“哥,他是对的。这条河可以带我们去北部的包头,我们可以混在很多旅行者中。我也不希望我们在路上打架,引起金国士兵的怀疑。”

合撒儿无话可说。起初,他还很兴奋地想着可以在金人中间磨练一下,但是帖木格骑马时紧紧地贴着马背,像个老女人,根本就不适合做战士。郝撒好多了,但是离开成吉思汗后,他对这个任务的愤怒已经使他成为一个脾气暴躁的伙伴。帖木格和郝撒用鸟语聊天时,合撒儿不能参与进去,情况变得更糟。他请求郝撒教他咒骂和侮辱的语言,但是他根本不理会,只是瞪他一眼。整个行程远不是一个冒险,而成了一个争吵的竞赛,他希望这一切赶快结束。他的思绪随着黑暗中朦胧的船只慢慢地漂向远方,甚至更远。

“今晚我们可以让马游过河,然后……”他开始说。

郝撒长呼一口气。

“你会被冲走的!”他怒说。“这是黄河,河的两岸宽数里,这里只是窄小的一点。那不是你们蒙古的小河流。这里没有渡口,等到石嘴山的时候,我们的事迹可以被传颂了。合撒儿,金人不是蠢货。他们的疆界有很多侦探。三个骑马的人让他们如此好奇,又怎么会不理会.”

合撒儿很不服气,粗鲁地拿了一块老羊肉塞到嘴里,咽下去。

“河不会有那么宽,”他说,“我可以将箭射到岸那边。”

“你不能,”郝撒立即说,当合撒儿去拿弓的时候,他紧握拳头,“而且黑暗里,我们也看不见。”

“那我明天早晨再示范给你看,”合撒儿反驳道。

“那对我们来说有什么用呢?”郝撒说,“你以为船夫们不会看见一个蒙古箭手从河上射一支箭过去?你哥哥为什么要派你来做这件事情?”

合撒儿放下了抓弓的手。月光下,他转身背对郝撒。事实上,他也知道,但是他就是不愿向郝撒或者是他那爱好学习的弟弟承认。

“为了保护帖木格,”他说,“他来这里学习金国语言,一旦我们到了城里,监督你是否会背叛我们。在这里只有你最能说,今天已经证明很多次。如果我们被金兵袭击,到时候我的弓会比你的嘴更管用。”

郝撒叹气。他不想岔开这个话题,但是他控制了自己的脾气,因为有点累了。

“你必须把弓留在这里。在天亮之前可以把它埋在河中的淤泥里。”

合撒儿气得无话可说。在他发怒之前,帖木格将手放在他的肩上,平静他的心情,感觉到他在颤抖。

“哥,他了解这些人,而且这么长时间来他都对我们守信。我们必须过河,你的弓会引起别人的怀疑。我们有铜币和银币,可以在路上买东西,所以到了包头我们能交易到想要的东西。商人不应该带着蒙古的弓。”

“我们可以假装要卖掉它,”合撒儿回答。黑暗中,他腾出手放在系在马鞍上的武器,好像摸着它会让自己舒服一些。“我可以放走马,是的,但是我不会丢掉我的弓,不会因为这次秘密的河上旅行就那么干。别在这件事上试探我,不管你们说什么,我的答案都一样。”

郝撒又开始和他争吵,帖木格摇摇头,他已经厌烦了他俩。

“郝撒,随他便吧,”他说,“我们可以把弓藏在衣服里,那样别人就不会注意到。”他把手从合撒儿肩上拿开,去抚摸他的马身上被马鞍和缰绳勒出的印痕。他又在想为什么成吉思汗会选择让他和两个战士一起承担这件任务。大营里还有其他人懂金语，他们中维吾尔部落的巴尔出克就是。或许他太老了，帖木格想。他一边叹气一边解开了马身上的缰绳。他了解自己的哥哥，帖木格猜想成吉思汗还希望能让自己成为一名战士吧。阔阔出教给他不同的生活方式，他希望在睡觉前神可以帮助他想清楚这些问题。

他把马放入了河边黑暗的树林中，帖木格还能听见他的同伴们在尖锐的争吵着。他很想知道这次去包头的旅行中他们是否都能存活，他想办法排除紧张的声音，重复着阔阔出教给他能使自己平静的咒语，虽然没起作用，但是在他等待的时候，睡意却悄悄袭来。

早晨，郝撒抬起胳膊向另一只迎着风去向上游的船招手。尽管皮质钱包里的硬币在叮咚作响，已经九次没有人理会他们了。当最后一只船划向他们的时候，三个人都放松地喘口气。甲板上，六张黝黑的脸朝他们这边疑惑地观望着。

“别和他们讲话，”郝撒低声对帖木格说，他们站在淤泥里，等待船靠近。他和两个兄弟将简单的长袍绑在腰间，这样在船员们看来就不会太奇怪。他很好奇地盯着船，从来没有在白天见过这么大的船。船帆有船身长那么高，从头至尾可能有四十步长。他不知道船怎么靠近，他们才能上到那小甲板上。

“船帆看起来像鸟儿的翅膀。我可以看见它的骨头，”他说。

郝撒突然转向他。

“如果他们问起，我会说你是哑巴，合撒儿。你不可以和他们任何人讲话。知道吗？”

合撒儿不高兴地看着这个西夏士兵。

“你是想让我这几天都闭上嘴吗？我告诉你，这一切结束后，你和我要到一个安静的地方……”

“安静！”帖木格说。“他们已经靠近，能听见你们讲话。”合撒儿不再说下去，他盯着郝撒很长时间，看上去不太妙。

船靠近岸边，郝撒没有等他的同伴，跨进浅滩，向水里走去。他没有理会合撒儿在身后低声咒骂，差点被他用力挥过的拳头砸倒。

船主是一个矮小、精干的男人，额头上绑着一圈红布，用来阻挡汗流入眼睛。除了腰上缠着一块布以外，他全身赤裸，两把刀在他裸露的大腿上来回撞击。郝撒被一个船员拉进去，他考虑他们会不会是沿河突袭村庄的海盗，但是现在疑虑已经太晚了。

“你们有钱付吗？”船主问道，伸出手背在郝撒的胸脯上拍了一下。合撒儿和帖木格也被拖进船里，郝撒把三块热铜币放在伸出的手掌里。小男人仔细地检查了每一块铜币，把他们串在腰带的绳子上。

“我叫陈义,”他说,看着合撒儿在那里板直身子。这个蒙古人比船上最大的船员还要高出一头,他眉头紧锁,好像被冒犯了一样。郝撒清了清嗓门,陈义瞥了他一眼,昂头转向另外一边。

“我们要去远处的石嘴山,”陈义说。郝撒摇着头拿出更多的铜币。听见金属的响声,陈义紧紧地盯着看。

“再加三块,带我们去包头,”郝撒拿着硬币说。

船长迅速收下,熟练地把他们串在腰间的线上。

“多三块就想去很远的上游,”他说。

郝撒尽力压住怒火。他付的钱去城里绰绰有余。如果他决定等下一艘船的话,他怀疑这个男的会不会还给他钱。

“已经够多了,”他坚定地说。

陈义的目光落在郝撒藏钱的腰带下面,耸耸肩。

“再加三块,否则我把你们扔回去,”他说。

郝撒一动不动地站着,谈话继续的时候,他感觉到合撒儿的怒火翻腾。郝撒肯定说不定什么时候,他会突然发问。

“我想知道,你们下辈子想在哪里找到自己?”郝撒低声说。让他意外的是,陈义却满不在乎地耸着肩。郝撒叹息地摇头。他可能习惯了在军队里,那里他的权力不会受到挑战。这里只有陈义能自信地坐在肮脏船里的碎布上。郝撒瞪着双眼,将硬币递给他。

“乞丐是到不了包头的,”陈义高兴地说。“现在待在别的地方,不要妨碍我的人在水上工作。”他指着船尾靠着舵的一堆谷物袋子,郝撒看见合撒儿没有经过允许就坐在了那上面。

陈义向合撒儿和帖木格投去怀疑的目光,但是他腰间线上的铜币在叮咚作响,所以没多说什么。他喊着号子,让船员们从风中转过船帆,开始向北方目的地启航。船上堆了很多东西,显得很拥挤,而且没有船舱。郝撒猜想船员们晚上就在甲板上休息。他正准备放松,就看见合撒儿跨上船帆冲着河水非常放松地小便。郝撒抬起眼看向天堂,那飞溅的水声一直不断。

两个船员指着合撒儿,开着淫秽的玩笑,嘲骂着互相拍着背。合撒儿红了脸,郝撒迅速站在这个战士和船员之间,递给他一个眼神以示警告。船员们看他们交换眼神,大笑起来,这时陈义喊了命令,他们赶紧跑到船头抛出了船帆。

“卑鄙小人,”合撒儿在他们身后骂道。陈义站在中间指挥船帆升过头顶,他听到了骂声。郝撒看到船主跨步走来心立刻沉了下去。

“他刚才说什么?”陈义问道。

郝撒很快说,“他是回教徒。他不说文明语。谁能理解这样的人的方式呢?”

“他不像回教徒，”陈义回答，“他的胡子在哪里?”郝撒感觉到船员们都在看着，这次人人腾出手放在刀把上。

“商人们都有秘密，”郝撒在陈义的凝视下说，“我只要和他交易钱财，何必去在乎他们的胡须呢? 银币有它们自己的语言，不是吗?”

“也是，”陈义说，很想知道这个战士的口袋里到底有多少银币。不管这三个人怎么强调，他们都不会是商人。陈义把肮脏的拇指指向合撒儿。

“他是个傻瓜吗，这么相信你? 你没有准备哪天晚上用匕首割破他的喉咙把他放翻吗?”让合撒儿不舒服的是，这个小男人用他的指头在自己的喉咙上划了一下，合撒儿很有兴致地看着他的动作。帖木格也皱起眉头，郝撒不知道在这么快的交流中他听懂了多少。

“一旦我立下誓言，就不会背叛别人，”郝撒快速回答了船主，既说给帖木格听，也说给别人听，“尽管他确实是一个笨蛋，但他是一个有很好技能的打手。小心点，别侮辱他，否则我也拉不住他。”

陈义又昂起头，习惯性的动作。他不相信这些待到甲板上的人，那个又高又傻的人好像要被怒火燃烧。最后他耸耸肩。大家都睡的话，如果他们惹出麻烦，他会在醒之前将他们扔出去，这又不是第一次拉客。他指指那一堆袋子，转身离开。郝撒从谈话中放松，去船尾和其余两个人待在一起。他努力化险为夷。

合撒儿看来没有道歉的意思。

“你和他说了什么?”他问。

郝撒做了一个深呼吸。

“我告诉他你是来自千里之外的旅行者。我原以为他从没听说过伊斯兰教的信仰者，但是以前他至少见过一个。他以为我在撒谎。但是没问太多问题。当然，还解释了你为什么不会说金语。”

合撒儿满意地长出一口气。

“那么我就不是哑巴了，”他高兴地说，“我不认为我能一直不说话。”他靠到身后的袋子上，把帖木格挤过去，给自己找了一个舒服的位置。船向上游飘去，合撒儿闭上眼睛，郝撒以为他睡着了。

“他为什么要用手指在他的喉咙上划一下?”合撒儿闭着眼睛问道。

“他想知道我是否要杀了你，把你扔出甲板，”郝撒生气地说，“我也这么想。”

合撒儿哧哧地笑了出来。

“我开始有点喜欢那个小个子男人，”他懒洋洋地说，“我很高兴能够坐船。”

大帐笼罩在山脉的影子里，成吉思汗穿过其中，在他是个小男孩的时候，就已经知道了这些山脉。夜里下了雪，他深深吸了一口寒冷的空气，喜欢那种填满肺部的感觉。他能听见母马求偶的嘶叫声，远处，有人在为孩子轻唱着摇篮曲。他周围的族人们，都在一片祥和之中，他的情绪也变得轻快起来。很容易想起父王活着的日子，他和他的兄弟们那时候还不懵世事。当那块土地呈现在眼前时，黑暗中的他摇摇头。草木的海洋比他认为的要大得多，他渴望了解新鲜的事情，甚至是金国的城市。他还年轻力壮，统治着一个巨大的精良军队，足以得到他想要的东西。当他走到为第二个妻子查喀孩建造的蒙古包前时，他笑了。他的父王对他的母亲很满足，这是事实，但是也速该曾是一个小部落的可汗，没有人进贡给他漂亮的女人。

成吉思汗进入的时候闪避着头，以防撞倒。查喀孩在等着他，她的眼睛又黑又大，在灯光下闪烁。她站起来请安，成吉思汗什么也没说。他不知道她是怎么得到两个自己国家的女子来服侍她。可能她们是他的战士们抓来的，她和他们做了交易，买下了她们。在他们走出蒙古包的时候，成吉思汗闻到她们身上的香水，其中一个在他裸露的手臂上披上了丝绸，他微微地有些颤抖。听到她们私语的声音渐渐消失在远处，只剩下他自己。

查喀孩抬着头骄傲地站在他面前。和部落人民相处的前几周很困难，但是他能感觉到她忽闪的大眼睛里渴望学到部落的语言。她像他所期望的公主那样走路，她的目光总是能激起他的欲火。这是一件奇怪的事，但是她完美的一举一动无不尽显她的美丽。

他的目光扫视着她的周身，公主笑着，知道她已经赢得了他所有的注意力。乘机，她低着头跪在了他面前，然后抬起头看他是否还在看着自己幽默的表演。他笑了，伸出手抱起她将其扔到空中，落在了床上。

他用手抱着她的头，不断地亲吻着她，手指埋在了她黑色的头发里。她不断地呻吟着，成吉思汗感觉到她的手在轻轻地抚摸自己的大腿和腰部，这让他无比兴奋。夜很暖和，他静静地等待她解开自己丝绸的束身衣，露出了白色的平坦的腹部，丝绸用带子系着，她穿着像男人一样的裤子。当他亲吻她的乳房时，她微微地喘着气。其它的衣服即刻间滑落，他们周围，营帐里的人都在昏昏睡去的时候，他得到了西夏的公主，她的尖叫声在黑暗里传得很远很远。

第十一章

陈义的船到达黄河西岸的石嘴山用了一周的时间。天气变得灰暗阴冷,黑色的水中沉积了很多淤泥,正如其名,他们在船尾微微地蜷缩。一群海豚和他们一起待了一段时间,合撒儿激动地用桨袭击了一只后,它们很快就消失了。郝撒对小船主形成了一定的认识,他怀疑船上装满了偷税的货物,甚至是能为物主带来高回报的奢侈品。没有机会验证自己的猜疑,因为船员们一刻不离地盯着乘客们。他们好像受雇于一个很有钱的商人,不应该搭载乘客,拿货物冒险。郝撒判断陈义是一个很有经验的人,他比那些皇帝的收税官员更了解这条河的情况。他们不止一次地偏离主航道从支流行驶,反而绕得更快,回到那里。这种事发生很多次,最后一次,郝撒看见一个官员的驳船投下了暗影,就跟在他们后面。这种战略适合他的需要,他没有抱怨损失的时间。他睡觉时,刀就放在袖子旁边,一会儿,他被细小的声音吵醒。

合撒儿大声地喘着粗气。让郝撒愤怒的是,船员好像很喜欢他,已经教给他一些可能在码头之外的青楼里用得着的语言。当看见合撒儿和三个比较健壮的船员摔跤时,郝撒压住了怒气,合撒儿赢得了一杯浓烈的米酒,之前他是不愿意喝的。

三个人中,只有帖木格好像没有从平和的旅途中得到快乐。尽管河水很少波涛汹涌,他在第二天早晨就靠着栏杆呕吐了,引来船员们的嘲笑的叫嚣。蚊群晚上发现了他,所以每天早晨他的脚踝上都有很多红色的肿包。他带着紧绷的极不赞成的表情看着合撒儿欢呼的友情,但是没尝试要加入,尽管他很渴望能学语言。郝撒只是希望旅程能快点结束,但是石嘴山仅仅只是一个停靠点,为了补充他们的供给。

在城市进入视线之前,河里开始变得拥挤,很多小船从各个岸来到这里,他们带来了千里以外的闲言碎语和新闻。陈义没有找任何人出来,但他将船捆绑在岸边的一个木桩上,一艘接一艘的船过来找他交流。郝撒看出这个小个子男人在河上很有名。一些问题是问及乘客的,郝撒忍耐着他们的凝视。无疑在他们看见包头之前,他们的描述会沿河竞相传播开去。他开始考虑整个的事情都是注定的,合撒儿站在船头向那些船长骂着污秽的带有侮辱性的话,那根本不管用。要是换成别的环境，他会得到一顿饱揍，甚至刀已经架在他的喉咙上了，但是陈义笑着大吼，合撒儿的表情看起来没有攻击性。他们用更糟糕的话回答，日落之前，合撒儿用两个硬币换了新鲜的水果和鱼。郝撒安静地怒目而视，他想睡觉的时候，用拳头在谷物袋子上捶打出一个可以当枕头的坑。

帖木格从梦中惊醒，有什么东西撞击到了船沿上。夜里的空气厚重，有很多昆虫在飞，他睡意重重。他懒洋洋地被激起，喊着问郝撒。没有回答，这时帖木格抬起头，他看见郝撒和他的哥哥已经醒了，向黑夜中看去。

“发生什么事了?”帖木格问道。他能听到吱吱嘎嘎的声音，和活动的模糊声音，但是月亮还没有升起，他意识到自己只睡了一小会儿。

一束光突然照射过来，一个船员挪开了船头上一个小小的石油灯的遮板。帖木格看到那人的手臂被照成金色，然后夜里爆发了呼喊声和混乱声。合撒儿和郝撒消失在黑暗中，帖木格挣扎着站起来，害怕地定在那里。黑色的人影跨过船沿，冲上了船。他摸着自己的刀，弓下背藏在袋子后面，这样他们就不会发现他。

附近，不时地传来疼痛的哭喊声，帖木格大声咒骂，相信他们已经被皇家士兵发现。他听见陈义喊着命令，周围都是咕噜声，在完全的黑暗里，人们互相扭打在一起，大声地喘息着。他紧张地瞪大了眼睛，看见金色的灯在风里摇曳，他的视线里留下一点微光。没有在河水中发出嘶嘶声，他听到它撞在了木头上。石油溢出，在灯光中炸开了花，帖木格害怕地喘着气。

滚落的灯已经掉在了第二只船的甲板上，人都从上面跳跃过去，使得它不停地摇摆。和陈义及他的船员们一样，袭击者除了在腰间缠着一块布之外，什么都没穿。他们拿着和前臂一样长的刀，打架的时候发出凶残的声音，帖木格看到流着汗的身体绞在一起，一些人身上挂着深深的伤口，不停地留着鲜血。

在他惊恐地看着时，帖木格听到了一声巨响，两个弯曲的船头撞在了一起。他转身看见合撒儿稳稳地站在船头，一支接一支地射箭。每一箭都将一个目标射入河水里，这时合撒儿躲闪着投过去的刀。帖木格战栗着，一个死人面对着他跌倒，箭羽撞进他的胸部，箭头从死人背部突出。

即使那样，如果火焰没有开始在袭击者的船上蔓延，他们是不会被压倒的。帖木格看到他们跳入船槽中，抓起皮制的水桶。在他们熄灭大火前，合撒儿的箭已经射入了大部分人的身体里。

陈义将绑住两只船的粗绳据断，用身体顶着木栏杆将另一只船推开。那只不受控制的船飘向了深水中，帖木格看见人们在奋力灭着熊熊烈火，但是已经太晚，远处，他们都噗嗵跳进水中寻求安全。

当水流淹没了燃烧的船之后，大火中的咳嗽声、吵嚷声随之变小。那火光还在黑暗中跳跃，势头比船帆还高。最后帖木格挺着胸脯站了起来。看见有人走近,他跳了起来,但那是郝撒,身上满是烟灰和鲜血。

“你受伤了吗?”郝撒问。

帖木格摇头,这才发现他的同伴由于凝视太久火光,黑暗中已经失明了。

“我很好,”帖木格轻声说,“他们是谁?”

“可能是河盗,不知道陈义在船舱里装了什么东西。一帮罪犯。”听到陈义的叫声,他突然安静下来,船帆再次在风中改变了方向。他们开始离开石嘴山码头,向河道深处进发,帖木格听到了水激起的浪花翻滚声。在陈义的指挥下,船员们都变得安静,他们划破河水向前移动。

月亮好像用了很久时间才慢慢升起,但是它还是半圆,河床在其照耀下泛着银光,幸存的船员们也在甲板上投下了身影。打斗中,陈义的两个人被杀,帖木格看到他们从船尾扔进河里,没有任何仪式。

陈义和合撒儿监督完工作后一起走回来,他冲帖木格点头,在时隐时现的灯光中表情有点不太真实。帖木格看见他转身回到船帆旁边自己的位置上,但是他停住脚步,很明显在做什么决定。他站在合撒儿的影子前,抬头凝视着他。

“你们的这位商人不是伊斯兰信仰者,”陈义对郝撒说,“回教徒不断地祈祷,我却从没见他跪在地上过。”

郝撒紧张地等待小个子男人继续说。

“但是他擅长打架,像你说的一样。我可以当作白天或黑夜什么都看不见,你明白吗?”

“明白,”郝撒回答。陈义伸出手在合撒儿的肩膀上拍了拍。他用喉咙模仿着弓的声音,非常满意地发出嗖嗖的声音。

“他们是谁?”郝撒轻声问道。

陈义不说话了,考虑着怎样回答。

“一群蠢货,现在是死掉的蠢货。这不是你关注的事。”

“那决定我们到达包头之前会不会再受到攻击,”郝撒说。

“没有人知道自己的命运,士兵商人,但是我不这样认为。他们得到了从我们这里偷盗的机会,但是他们没有抓住。他们不可能第二次赶上我们。”他又模仿起合撒儿弓箭的声音,然后笑了。

“船舱里有他们想要的什么东西?”帖木格突然说。他很小心地组织了语言,但陈义听到奇怪的声音看起来还是很惊讶。帖木格准备再重复一遍的时候,小男人回答道。

“他们很好奇,现在都死了。你也很好奇吗?”

帖木格听懂了,黑暗中红了脸,还好看不见。

“不,我不会,”他摇着头说,然后看向了远方。

“你很幸运，有朋友帮你打架，”陈义说，“我们受攻击的时候，没看见你动。”说得帖木格紧锁眉头，他却哧哧地笑着。帖木格可以理解那种不用语言的轻蔑口气，陈义没等他回答就转向合撒儿，用胳膊揽住了他的兄弟。

“你。妓女的毛毯，”他说，“想喝一杯吗？”帖木格可以看到他哥哥露出的大白牙，当他意识到这些污秽精神的话语。陈义带着合撒儿去船头庆祝胜利。郝撒和帖木格站在一起，还有点紧张。

“我们来这里不是为了和河贼打架，”帖木格说，“只有刀剑，能做什么用？”

“睡觉吧，如果你可以的话，”郝撒粗鲁地说，“我认为近几日我们不会再被滞留。”

山里的冬天，风景异常美丽。成吉思汗和妻儿们骑马到了他小时候玩耍的河边，那里远离部落大营。术赤和察合台骑着他们自己的马，孛儿帖和窝阔台还有拖雷高高地坐在马鞍上走在他们后面。

离开了部落之后，成吉思汗感到情绪放松了很多。他了解马蹄下的这块土地，从沙漠中第一次回到这里时，他曾惊讶于一股自己的那种激动和兴奋。这里的山上留下了他曾经的足迹，脚下这块童年时奔跑过的草地使他热泪盈眶，他很快地眨眼拭去泪水。

在他年幼的时候，来这里旅行总是充满危险。游荡的人和盗贼们沿着河流在山里到处闲逛。也许这里还有少数人没有加入他的南下之行，但是他脚后的营地里已经有一个民族，山里再也没有成群的游客和牧民。

他笑着从马上下来，赞赏地看着术赤和察合台一起穿过灌木丛，勒紧了马儿的缰绳。水流湍急，附近险峻的山脚下有一片浅滩。从山峰上下来的参差不齐的冰片在河水里翻滚。成吉思汗顺着斜坡看上去，想起他的父亲曾经怎样爬上了红山去抓雄鹰。也速该曾带他来过同样的地方，成吉思汗当时没有看出父王有多兴奋，也许他掩饰了自己的情绪。他决定也不让自己的儿子们看见他的愉悦之情，他知道，回去的路上，还会有美丽的树林和山谷。

孛儿帖没有笑，她把两个年幼儿子放在地上，自己也从马上下来。自从成吉思汗娶了西夏公主后，孛儿帖和他之间就很少说话，成吉思汗知道，她一定听说他每夜都去西夏公主的蒙古包。她没有提起过这些，以后也会缄口不提。看见她站在河边的树荫下伸手撩着水，成吉思汗情不自禁地拿她和查喀孩比较。孛儿帖高大，结实强壮，而西夏公主柔软，滑嫩。他叹着气，只要恰到好处的抚摸，谁都可以激起他的欲望，但他好像只想要一个。他已经和新婚的妻子度过了很多夜晚，留着孛儿帖孤单地独守空房。也许正因为那样，他才安排了这次没有士兵和族人们参与的旅行，那些人的眼睛总是盯着他们，造出很多像春雨般的闲言碎语。

他的目光落在了术赤和察合台身上，他俩跑到河沿边，看着哗哗的流水。不管他和他们的母亲之间相隔了什么，他也会用心将这些孩子抚养成人，也允许他们的母亲这么做。他又想起诃额仑对弟弟帖木格的影响，那种影响使帖木格变得弱小。

他站在两个较大的儿子身后，想到进入冰冻的水里不禁有点颤抖。回想起在这个地方躲避敌人的日子，那时他的身体已经麻木动弹不了，像是已经失去了生命。然而他活下来了，最后长得更加强壮。

“把他们两个也带过来，”他对孛儿帖喊道，“他们也应该听听，即使他们还小，不能下水。”术赤和察合台担忧地互望了一下，确定了他们此行的目的。要跳进冰冻的河水里，两个人都没觉着轻松。术赤还是用以前那种干脆、充满疑问的眼神抬头看着父王。不管怎样，这让成吉思汗的怒火升起，他转移了目光，这时孛儿帖带着拖雷和窝阔台站在了岸边。

孛儿帖看了成吉思汗一眼，然后走开，靠着马匹坐了下来。她还是看着，但不希望孩子们转身向她求助。他们必须独立地接受考验，让成吉思汗看看他们的长处和弱点。成吉思汗看到他周围紧张的孩子们，有点责备自己不应该耗费时间在他们身上。有多长时间，他没有勇敢地面对孛儿帖不赞成的眼神，多和孩子们玩玩？他记得自己父王的爱，但是孩子们怎样能记得自己？他压制了自己的这些想法，想起很久以前也速该在同样的地方所说的话。

“你们听说过冰冷的面孔，”他对孩子们说，“战士们的脸上不能给你们的敌人任何信息。那都来自于一种力量，这种力量对肌肉没有用，和你弓箭射得如何好也无关。那是自尊的心，意味着你们必须蔑视死亡。这比简单地掩饰要神秘更多。学习让他带给你们平静，这样你们就可以战胜恐惧和肉体。”

迅速地，他解开长袍上的腰带，脱下裤子和长靴，全身赤裸地站在河边。他的身体上有很多遗留的伤疤，胸部明显比黝黑的胳膊和腿要白很多。站在孩子们面前没有丝毫的尴尬，接着他走进了冰冻的激流中，碰到冰冷的水，他感觉到阴囊明显收紧。

当他把自己没入水中，他的肺变得更强壮，因为每一次呼吸都是一种挣扎。他面无表情，孩子们也面无表情地看着父王把头放在水里，然后仰躺在水中，他的手抓着河床上的石块，身体半漂浮在水面上。

四个孩子入迷地看着这一切。他们的父王好像在冰水中完全放松，父王的脸还像以前那样平静。只有他的眼睛流露着凶猛之光，他们都不敢被父王盯很长时间。

术赤和察合台交换了一下眼神，互相看着对方。术赤耸耸肩，不自觉地脱去衣服，大步走进水里，跳进水面以下。成吉思汗看见他冷得发抖，但是肌肉发达的男孩回头挑战地看着察合台，等待着。他几乎没注意父亲，或者说没在意父王给他们上的这一课。

察合台轻蔑地哼了一声，解开自己的衣服。六岁的窝阔台比其他孩子还小很多，他也开始往前走，成吉思汗看见他们的母亲站起来叫他离远点。

“孛儿帖，叫他进来，”他说。他会看着三个孩子不被淹到，尽管他没有说出来。孛儿帖非常紧张担忧地看着窝阔台在察合台之后也跳进水里。只留下拖雷悲惨地站在岸边。他非常不情愿地也把袍子脱去。成吉思汗笑了，对他的精神感到满意。在孛儿帖插嘴之前他就说。

“拖雷，你不要进来。明年可以，这次不行。站在那里听着。”

小男孩明显放松了下来，他重新再系上衣服，在腰间打了一个结。他回应了父王的微笑，成吉思汗冲他使了一个眼色，又把拖雷逗乐了。

术赤在水边选择了一个地方，那里的水很平静。他的头几乎没入水中，看了一眼父王，简单地和他做了交流，他已经学会了怎样控制呼吸。他的下颌与牙齿不断地碰撞打架，眼睛瞪得又大又黑。之前，成吉思汗无数次地问自己是否是这个孩子的父亲。有时候，界限很紧张，术赤在变得高大和强壮，但是成吉思汗还在想他是不是塔塔儿强奸者的后裔，他曾为了复仇生吃了那个人的心。对他来讲，很难去爱这个黑眼睛的脸孔，因为他自己是苍狼般黄色的眼睛。

察合台明显是他的儿子，所以对他很是疼爱。他把自己浸入水里，双眼冷得发白，成吉思汗抱着他，以防冻坏。他强迫自己慢慢地做深呼吸。

“在这么冰冷的水里，一个孩子在六七百下心跳之后可以睡着，甚至一个成年男子在不多久之后就能失去意识。你的身体上手和脚先开始死去。你会感觉它们渐渐失去知觉，不能动弹。你的思维开始变慢，如果你待的时间太长，你将没有力气，也没有想要爬出来的意志力。”他稍停了一会，看着他们。术赤的嘴唇变成了蓝色，他还是没有出声。察合台在和寒冷抗争，他的四肢蜷在水里。成吉思汗看见身边最近的窝阔台试着学自己的哥哥。这种影响对他太大，成吉思汗听到他的牙齿在咔咔作响。他不能让他们在水里待太久，想把窝阔台送回岸边。不，他的父王没有这么做，尽管小帖木格最后昏厥过去差点淹死。

“别把你们感受到的表现出来，”他对他们说，“让我看到你们冰冷的脸，这张脸以后要面对那些辱骂你们的敌人。记住，他们非常害怕。如果你们不曾希望自己只是满世界战士中的一个懦夫，要知道他们也是这么想，不做最后的人。知道了这些，你们就要藏起你们的恐惧，用眼神吓退他们。”三个孩子尽力清除脸上的恐惧和痛苦，河岸上，小拖雷非常专注地模仿他们。

“用鼻子轻柔地呼吸，让心变得舒缓。你们的肉体是一个弱小东西，但是你们不用去听它求救的呼喊。我曾见到一个男人用刀割自己的肉，但是没有流血。让那种力量来到你们身边，然后呼吸。放开自己，什么都别展示给我。”

术赤立刻领会到，他的呼吸变得又慢又长，完美地模仿着他的父王。成吉思汗没有理他，看着察合台努力控制自己。最后他做到了，成吉思汗知道是时候结束这一切，否则孩子会在水里淹死。

"在你的照料下，你的身体会像其他任何一种动物，"他告诉他们，"它会大声地要求食物、水、热量和减轻疼痛。找到冰冷的脸，你们就能够关闭他呼叫的声音。"

三个孩子已经失去了知觉，成吉思汗觉得带他们出去是时候了。他想先把最虚弱的孩子举到岸上，他站起来抱起了第一个。术赤和他一起站了起来，皮肤下的血液使他的身体发红。小男孩的眼睛一直没有离开父王，成吉思汗的手碰到察合台的胳膊时，他不想被举起来，因为术赤已经自己上了岸。

察合台睡意浓浓，他的眼睛想玻璃一样。他看术赤正站着，他也紧闭着嘴挣扎着要起来，但又滑到了柔软的淤泥里。成吉思汗能感觉到两个孩子之间的敌意，又情不自禁地想起了别克帖——很多年前被他杀死的哥哥。

窝阔台自己已经站不起来了，父王强壮的胳膊抱着他放在岸上晒着阳光。成吉思汗从水里站起来，身体上还挂着水珠，感觉到生命又以一股急速的力量回到了他的身体。术赤和察合台和他站在一起，喘着气，他们的手脚渐渐恢复了知觉。他们感觉到父王平静地看着他们，两个男孩领会后，又开始试着控制自己的身体。手在不停地发抖，但是阳光下他们笔直地站着，在父王的目光下，下颌发抖，不敢说话。

"那杀了你们吗？"成吉思汗问他们。也速该曾经也问了同样的问题，当时合撒儿说"差一点"，把也速该逗乐了。他自己的儿子没说什么，他发现自己不能在他们之间建立起友谊，那个时候，他是多么喜欢也速该啊。他发誓要花更多的时间和孩子们在一起。西夏公主像他血液里的一团火，但是他必须试着忽略她的召唤，在这些孩子们正在成长的时候。

"你们的身体不能控制你们，"他说，既对自己说也对孩子们说。"如果不了解人的身体结构，就像是一个愚蠢的畜牲。只不过你们可以坐马车。你们可以用意志力和鼻子里的呼吸控制身体，当身体召唤让你渴望变成一条狗的时候。一旦你们在战场上被箭射中，疼痛就会袭来，你们必须在倒下之前让疼痛离开身体，这样，你们就可以向敌人还击，让他们去死。"他抬头看着山腰，那些无忧无虑的日子的记忆太遥远了，他几乎不能再回想起。

"现在，往你们的嘴里灌满水，跑到那个山顶，然后再回来。你们回来的时候，要吐出水来以证明自己正确地呼吸了。不论谁是第一名，他都可以吃东西，其他人就要挨饿了。"

这不是一个公平的考验。术赤的年龄大一点，在这样的年龄段，大一岁都会不同。成吉思汗看见孩子们交换着眼神衡量这种不平等,一点都不在意。别克帖以前也大一点,但是成吉思汗却把他落在山上喘气。他希望察合台能和他一样。

察合台在没有示意的情况下就跑向水边,祈祷着将脸贴到水面上,然后喝了满满一嘴的水。窝阔台紧跟其后。成吉思汗想起那时候水在嘴巴里是怎么变热变重的。他还能在记忆里感受到这些。

术赤没有动,成吉思汗转身疑惑地看着他。

“你为什么不跟着去?”他问。

术赤耸耸肩。

“我不能打败他们,”他说,“我知道我已经打败了他们。”

成吉思汗凝视着他,他却不能领会到自己蔑视的目光。也速该的儿子们没有一人拒绝任务。小时候的成吉思汗得到了让别克帖蒙羞的机会。他不能理解术赤,只感觉自己的怒火上升。他的其它儿子已经准备好冲上远处那座小山。

“你怕了,”成吉思汗低声说,尽管他还在猜测。

“没有,”术赤冷冷地回答,去抓自己的衣服。“如果我打败了他们,你会更爱我一些吗?”第一次,情绪激动的他声音颤抖着,“我想你不会。”

成吉思汗惊讶地看着幼小的男孩。也速该的儿子们没有一个敢和他用这样的方式讲话。他的父王会怎么回答呢?记忆中也速该的手该揍他一顿。他的父王不允许那样。过了一会儿,他准备管管这个男孩,但是当他看见术赤正期待如此的时候,突然为殴打紧张了一下。这种冲动瞬间平息了下去。

“你会让我骄傲,”成吉思汗对他说。

术赤摇晃了一下,但不是因为寒冷。

“那今天,我会跑,”他说。他的父亲没有理解,术赤喝了一口水,开始出发,跨过了弟弟们身后凹凸不平的土地,跑得非常快。

当周围又安静下来,成吉思汗带着小拖雷走到孛儿帖待的马旁边。她面无表情,也不看他。

“我会多花些时间和他们在一起,”他对她说,仍然想要了解术赤身上发生了什么。

她抬起头看了他一会儿,当看出他的困惑时开始变得柔和起来。

“他在这个世界上不图什么,只希望得到你的承认,”她说。

成吉思汗生气地谩骂。

“我当然承认他。什么时候我没有呢?”

孛儿帖站起来面对他。

“什么时候你用双臂抱过他?什么时候你告诉过他,你是多么为他感到骄傲?你以为他没有听说其他孩子的窃窃私语吗?什么时候你让那些愚蠢的家伙安静一些?”

“我不想让他变得柔和,”他不安地说。他不知道这些都已经如此明显,过了一会儿,他才意识到自己给了术赤一个怎样艰难的生活啊。他摇了摇头,让自己清醒一点。他自己的生活已经很艰难,他不能逼迫自己去爱这个孩子。一年年过去了,这个黑眼珠的孩子越来越不像他。

孛儿帖的笑声打断了他的思绪。这不是一个愉快的声音。

“最痛苦的事情就是他这么明显地像你的儿子,比其他孩子都更像,而你却看不到。他想要在自己的父亲面前站起来的意志力,你都看不见。”她一巴掌打向草地。“如果察合台也这样做,你肯定会笑着对我说,这个孩子有他祖父的勇气。”

“够了,”他平静地说,腻烦她的批评和声音。这一天已经破坏了,对他想起那个时候和父亲以及兄弟们来到这块土地上感受到的欢笑和胜利都是一种嘲弄。

孛儿帖看着他生气的表情。

“如果他在山上打败了察合台,你会有什么反应呢?”她说。

他咒骂着,情绪已经变得像牛奶一样酸。他没想过术赤还会赢,他也知道,如果他确实赢了,他也不会当着孛儿帖的面拥抱他。他的思绪有点混乱,一点也不轻松,他根本就不知道他会作何反应。

帖木格听到合撒儿激烈表达的呼噜声。他的哥哥在攻击中的表现已经赢得了船员们极大的友好。那个令人恐惧的黑夜之后的几天里,陈义把这几位蒙古战士都当成了自己人。合撒儿学了很多他们的语言,晚上与他们一起分享精神食粮和大米以及鱼虾。郝撒看起来和船主很热火,但是帖木格被坚决地排斥在外面。看见合撒儿和其他人像动物一样逗乐,他也不惊奇。他无法理解,帖木格希望合撒儿意识到他只是一个来保护弟弟的弓箭手而已。至少成吉思汗知道帖木格会对自己多么有用。

在他们离开准备去黄河的那个晚上,成吉思汗曾召唤帖木格,叮嘱他要记住包头城墙的每一个细节,以及防御设施的每一部分。如果他们回去的时候没有带回建造城市的石匠,那些资料会对攻打金国非常有用。成吉思汗相信帖木格的记忆力和聪慧,而这些都是合撒儿所缺少的。帖木格正在回忆挫败时的紧急状况,这时他们经过一艘有两个女船员的船,合撒儿冲她们炫耀银币,邀请她们过来。

船上没有隐私,帖木格只能盯着水看,而不是看那两个年轻的女人脱去衣服像水獭一样游过来,她们上甲板时浑身发抖,身上的水珠在阳光下闪光。陈义将一铁锚扔入深水中,这样当船员们和她们完事之后,两个女人才能游回去。

当两个女人中的第二个开始尖叫时,帖木格闭上了眼睛。她长得小巧可人,年轻貌美,非常迷人,但是他在接合撒儿的银币时没有向他的方向看过来。她尖、叫只是因为合撒儿把银币扔到她手心时,银币滚落在了地上,在一旁观看的其他船员笑了起来,她把合撒儿推开,跪在地上用手去抓那些银币。帖木格从眼角看见合撒儿趁机占了女孩的便宜,逗得女孩格格地笑,帖木格低声咒骂了几句。他们延迟了计划,成吉思汗会怎么想?成吉思汗反复强调,交给他们的任务对部落人民异常重要。如果不知道怎么进入金国的城市,就永远也打败不了皇家士兵。又要等合撒儿玩完,帖木格很愤怒。这一天又这样浪费了,他知道如果说什么,哥哥都会在船员们面前叱责他。帖木格感到无比的羞辱。他没有忘记为什么来到这里,,即使合撒儿忘记。

天开始变黑的时候,孛儿帖看见术赤带着他筋疲力尽的两个弟弟穿过河回来。他站在母亲面前的时候,赤裸的脚还在流血,胸部一起一伏。小男孩没有找到他的父王,孛儿帖的心都碎了。看见父王不在那里,他异常地失望,将满嘴的水吐了出来,大声地喘气,打破了夜晚的静默。

"你的父王被唤回大营,"孛儿帖撒谎。术赤不相信她。她看见孩子脸上的痛苦,掩饰着对丈夫的沮丧和吵架的挫败感。

"他一定去找他的新妻子,那个外国人,"术赤突然说。孛儿帖紧闭着嘴没回答。那样的话,她也就失去了这个和自己结婚的男人。看着最大的儿子不知所措地站在自己面前,受到伤害,她恨成吉思汗因为自私而瞎了眼。如果找不到他,她就决定到西夏女人的帐篷去。他可以对自己的妻子置之不理,但是他一定要关心他的儿子们,她会利用这一点带他回来。

察合台和窝阔台在黑暗中磕磕绊绊地跑回来,他们说话的时候都喷出了水。父王没有看到,他们的胜利也是一场空虚,每个人都很失落。

"我会告诉他你们怎么跑回来的,"孛儿帖说着,眼里闪烁着泪花。

这对他们来讲远远不够,骑马回家的路上,受伤的他们一直保持沉默。

第十二章

郝撒告诉两兄弟,从繁忙的保持供给的港口到包头是一段艰苦的跋涉。包头在北方金国和西夏王国之间是最后一个贸易码头,河上到处都是船,他们希望路能通向海洋。自从他们丢弃马之后,已经过了三个星期,至少,帖木格对时间的漫长,潮湿的水雾,还有米和虾都有点腻烦。陈义和船员们都喝河里的水,合撒儿好像有一个铁胃,但是三天以来,帖木格的肠子越来越空,他吐得一塌糊涂,只剩下痛苦,衣服上尽是污秽。之前他从来没有见过也没有吃过鱼,他一点都不信任河里这些带着银色鳞片的东西。船员们都很喜欢鱼,他们用细线把鱼拉到甲板上,然后将头一个个串起来,还在挣扎的鱼被猛摔在地上。他们泊船的时候,帖木格在洗衣服,但是胃还在翻腾,不住地打嗝。

黄河在山脉间蜿蜒,可以看见越来越多的鸟在船只和商人留下来的肉渣附近盘旋。帖木格和合撒儿看到如此多的人感到异常震惊,卸载和装运货物的船边,人尤其多。尽管陈义转动着船帆好像找到了穿过的路,很多船夫还是撑着杆子挡住了其他船。混乱而又吵闹,上百个商人吼叫着,在竞相用新鲜的鱼换被水浸湿的衣服,它们还能用来当粗布衣服穿。空气中弥散着奇怪的气味,陈义在他的竞争对手之间穿梭,寻找着晚上可以泊船的地方。

在这块水域上,陈义好像非常出名,帖木格用小眼睛看着一个又一个的朋友和他打招呼。尽管船员们把合撒儿当作他们中的一员已经成为事实,帖木格还是不相信这个矮个子船主。他很赞成郝撒,船舱里肯定装满了走私品,但是船主躲过了皇家士兵的搜查,可能还会得到另外的收入。留在甲板上不知安全与否,使得三个人备受折磨。

夜幕降临之前,到达河的港口绝非偶然。陈义故意在河的弯道里走,帖木格让他最好抓紧时间,但是陈义不去理会。他要掌握的是,船舱能在黑暗里卸载,这个时候,收关税的人和士兵都会放松警惕。

帖木格低声咒骂,他才不在乎陈义的问题。他的任务是尽可能快地到达码头,然后赶去城里。郝撒说好在路上走只用几小时的时间,但是周围的声音和目光都让帖木格紧张,他想马上离开。当他们找到可以泊船的地方时,船员们都兴奋起来,等着轮到他们到摇晃的码头。

河的港口看起来没什么特别,很少的一些木屋互相支撑依靠在一起。这个地方很脏,只是用来贸易,一点都不舒服,帖木格不介意那些,他看见两个武装很好的士兵紧紧地盯着他们卸载的所有东西,帖木格不想引起他们的注意。

他听见陈义压低声音和船员们讲话,明显地在下达命令,他们灵巧地闪避着以防撞到头。又耽搁了一天,帖木格尽量让自己不要发怒。他和他的同伴们很快就会离开黄河和这个他无法理解的奇怪的小世界。他想知道在船市上是否能买到手抄的图解,但是他没有看到这种交易,他对雕刻的塑像和银锭都不感兴趣。在陈义走到船尾和他的乘客们说话的时候,帖木格的情绪低沉。

"我们必须在这里等,直到码头上有空位,"他说。"在午夜之前你们就可以上路,或者晚几个小时。"令帖木格恼怒的是,矮个子男人还对合撒儿点头。

"如果你吃的不是这么多,我会让你做船员,然后带你走,"他说。合撒儿没有听明白,但是他相应地拍了拍陈义的肩膀。他没有耐心再继续待下去,因为乘客们的情绪不太好。

"如果你愿意,我可以让你乘坐我的马车进城。那样很值得。"他说。

帖木格看见船主紧紧地盯着他们。他不知道去包头的行程容易还是艰难,但是他怀疑,作为一个商人他是不能拒绝马车的帮助的。他想走更远,但陈义怀疑地盯着自己,还是很不舒服,但是他挤出一个笑容回答他。

"我们可以跟你走,"他说,"除非你很快地卸下货物。"

陈义耸耸肩。

"这里有朋友帮助我,不会花太长时间。我想你们应该对商人有耐心才对。"他一边笑一边说,但眼睛还是死死地盯着他们,仔细地打量着。帖木格很欣慰合撒儿没有听懂。他的哥哥比地图容易读多了。

"过会儿我们会做决定,"帖木格说,转身离开,以让陈义知道他的满不在乎。陈义该离开了,但是合撒儿指着码头上的士兵们。

"向他问问这是些什么人,"他对郝撒说,"我们想要通过他们,我想他也和我们一样。问问他准备怎么卸载货物,不让他们注意到。"

郝撒犹豫着,不想让陈义知道他们怀疑他的货物不合法或者偷税。他不知道陈义会作何反应。在他说话之前,合撒儿开始说。

"陈义,"他说着,又指向那些士兵。

船主走过来按下合撒儿的胳膊,以免动作被人看见。

"码头上有我的朋友,"他说,"不会有事的。包头是我的城市,是生我的地方,明白吗?"

郝撒翻译后,合撒儿点点头。

"弟弟,我们应该看着他,"他对帖木格说。"他卸货的时候不会背叛我们,不管怎样，这几周以来，我们坐在他的船上，他很照顾我们。”

“合撒儿，谢谢你的好奇，”帖木格尖酸地回答，“我知道该做什么。我们会让他帮助进城，跟着他进入城墙里面。然后，我们要找到石匠，带他们回去。”

他讲话的时候，知道陈义听不明白，但仍有一种不祥的预感。找到石匠是当时在西夏王国不能预计的计划之一。没有人知道找到他们是不是容易，也没有人知道城市里会有什么危险。即使他们成功了，帖木格也不能确信他能将这些不情愿的罪犯带出去，他们的叫喊肯定会招来一批士兵。他想到成吉思汗给了他们钱财，用来打通道路。

“陈义，你会回到黄河吗？”他说。“我们在城里不会待太久。”

让他失望的是，陈义摇着头。

“我已经到家了，我还有很多事必须做。几个月以内我是不会再离开了。”

帖木格想起他们当初付了很多路费给他，而陈义才勉强带他们走了这么点路。

“所以你总是来这里吗？”他很快地说。

陈义对他一笑。

“穷人是不能到包头的，”他轻笑着回答。帖木格一直看着他，直到他走回船员们中间。

“我不相信他，”合撒儿低语，“他从不担心码头上的士兵。他冒险装载着有价值的东西，包头每一个船夫都认识他。我根本不喜欢这样。”

“我们会准备好，”帖木格说，尽管那些言语已经伤害到了他。码头和黄河上的人都是敌人，他希望通过的时候，不被他们注意。成吉思汗寄希望于他们，但是现在看来，他下达了一个艰巨的任务。

月亮像银盘一样挂在空中，在水面上洒落一层薄纱。帖木格想知道陈义是否已经很小心地计划了他们的行程。起初，陈义在黑夜里困难地扯着绳索靠到河岸边，然后派两个船员操纵船桨将船尾也靠到岸边。在它前后发出嗖嗖声的时候，陈义亲自撑着一个长杆进入了码头。当他把木桨扔到木板上时，吵醒了那些睡着的人，黑暗中，开始喧哗起来。帖木格在想，月亮在他们进码头的时候也跟了过来，陈义劳动之后，出了一身汗。

尽管一些木房子里的灯光在窗户上闪烁着，码头还是很黑，他们可以听到里面传出来的笑声。陈义借着那里射出来的黄光找自己在码头上的位置，他第一个注意到了木桩，把手里的绳索系在上面。他没有指挥，但是船员们无声地拆卸了船帆。木头扔进船舱，发出低沉的声音。

帖木格到陆地上，长长地、放松地呼出一口气，他感觉自己的脉搏加速跳动。黑暗中，可以隐约看见一些人，他们或闲逛，或睡觉。帖木格眯起眼睛看他们，猜想他们是乞丐、妓女还是告密者。他看见士兵们做好准备检查夜里的卸货。帖木格担心这些武装的人突然喊一声或突然冲过来，都有可能结束他们这么远的行程。他们已经到了成吉思汗想要到的城市，至少到了水岸边最接近的地方。也许会因为他们离目标很近，所以他担心一切都会瞬间消失，他看见其他人和他一样跳到了厚木板上。郝撒伸手抓住了他的胳膊，稳住了他，合撒儿已经消失在黑暗里。

帖木格只想离开船和那些船员，但是他还在担心陈义会背叛他们。如果船主知道合撒儿带着蒙古弓箭的意义，那他们将会陷入麻烦。在陌生的土地上，即使有郝撒的帮助，他们也很难逃过追捕，尤其是有人知道他们朝包头进发。

黑暗里，一声巨响，吓得帖木格迅速拿起刀。看见两辆马车过来，帖木格才努力放松下来，拉车的骡子呼出的气在冷空气中变成雾。驾车人跳下来，和陈义讲话，声音低沉，其中一个笑着，他们开始卸载货物。帖木格情不自禁地睁大眼睛看从上面卸下什么东西，但是看不太清。他们拿的东西很重，因为在举起的时候发出很大的声音。帖木格和郝撒看到他们走，高度好奇起来，合撒儿肩上背着一堆东西，穿破黑暗说道。

"丝绸，"他对帖木格唏嘘道，"我感觉到圆的转轴。"他们听着他咕哝着，把举着的东西放进最近的马车里，然后走回来。

"如果那些东西都是这样的，我们偷运进城的就是丝绸，"他低声说道。

郝撒紧闭着嘴。

"质量这么好？那肯定是从开封或燕京来的。这样的货物非常有价值，却只有这么几个船员保护它。"

"有多少价值?"合撒儿问，他的声音很大，吓了帖木格一跳。

"上千黄金，"郝撒回答。"足够买一辆这样的船，和一座皇宫住进去。这个陈义不是一个小商人或盗贼。他能安排这些东西过河，不仅仅要防范河上的盗贼偷窃。如果我们不在船上的话，那次他就失去了所有的这些东西。"他想了一会儿继续说道。

如果船舱是满的，只能是为帝国进货。所以付不付关税根本没关系。在售出之前肯定会严加看管的。把它从千里之外运到这里，可能也只是整个行程的第一站，最终的目的地还没到。

"那有什么关系?"合撒儿问，"我们还是需要进城，他只是提供我们一辆马车带我们一下。"

郝撒吸口气，藏住自己的愤怒。

"如果有人在找丝绸，我们跟着他会成为更明显的目标，还不如单独行动。你明白吗？我们不能和这些东西一起进包头，那是太糟糕的事。如果守城的护卫搜查马车,我们会被抓起来,还会被审问都知道什么。"

帖木格听到这些想法,心紧张了起来。他正准备叫他们一起离开码头的时候,陈义出现在他的肩膀旁边。他拿着一盏灯,微弱的灯光下可以看见他的脸,他的表情紧张,脸上不住地流汗。

"你们都上来,"他说。帖木格张口想拒绝的时候,船员们已经放弃了那条船。他们拿着刀站好,帖木格找不到话来缓解恐惧。很明显,乘客们不会轻易放行,除非他们看清之后。他骂合撒儿不应该帮助他们扛布轴。这样他更是怀疑。

陈义不满地对他点头。

"别想着黑夜里自己进城,"他说,"我不允许。"

帖木格颤了一下,自己爬上了马车。他看着船员们向合撒儿挥手,让他第二个上车,叫他从帖木格旁边爬上去。帖木格感觉到陈义要把他们分开。他可能再也见不到包头了,他们会割破他的喉咙,再把他扔到马路上。还好他们自己有武器。合撒儿的衣服里藏着弓箭,帖木格有小刀,尽管他知道这把小刀打架时不管什么用。

马车停在那里,这时码头上的建筑里传来一声哨响。陈义轻轻跳下去,回了一声口哨。帖木格紧张好奇地看到一个黑影向他们走来。那是一个士兵,或者是很像士兵的其他人。他压低声音讲话,帖木格努力听他们在说什么。陈义递过去一个很沉的布袋子,士兵掂着分量开心地笑了。

"我知道你的家人,岩。我知道你住的村庄,你了解吗?"陈义说着,那个男人呆了,理解了这是威胁。他没有回应。

"你已经老了,就别做码头护卫了,"陈义和他说。"你的手里有足够的钱养老,可以有个小居所,带着你的妻儿。你该离开这个码头了。"

男人点点头,把袋子放进胸前的衣服里。

"岩,如果我被抓到。不管你跑到哪里,我都会有朋友把你找到。"

男人又点点头,突然一停。他很明显害怕了,帖木格再次特别想知道陈义是什么人,如果这是他真正的名字的话。没有被偷盗的帝国丝绸,怎么能信任一个简单的船主呢?

士兵走回建筑,很快地带着钱财消失在建筑群里。陈义爬上马车,驾车人清了清嗓子,冲马喊了一声,他们就出发了。帖木格用手去摸丝绸,想找到光滑的感觉,但是他只摸到了粗粗的绳子和粗布。丝绸被包起来,帖木格只想陈义贿赂的人等在包头。他能力有限,不能控制被牵连到这些事中去。那样的话他就没有机会再仔细研究城墙,也不会再看到肯特山。他用阔阔出教的方法,开始向神灵祈祷,希望他们能保佑自己安全度过这些日子。

其中一个船员在身后将船拽入河中,他自己一个人有点费力,帖木格猜想船会在官员门看不见的地方沉到水里。陈义不是一个会犯错的人，帖木格很想知道他到底是敌人还是朋友。

郝撒估计去包头的方向应该是正确的，帖木格判断。城市环河八英里——大概是金国计算的二十五里。路是一条铺着平板石头的好路，所以商人们从河边出发会很省时间。东方破晓，帖木格伸长脖子从昏暗中看去，城墙投下的阴影越来越近了。不管发生什么，马车的检查会不会结束自己的生命，或者能否平安地进入包头，等一会儿就会知道。他感觉到紧张的汗从腋窝顺着皮肤流下来。和最近的危险不同的是，他从来都没有到过石头城。他无法想象自己进入一个有着大量陌生人的蚂蚁山。想到这里，他觉得自己呼吸困难，已经开始害怕。感觉离自己国家的族人们很遥远。帖木格靠在哥哥黑色的身影下，嘴唇几乎碰到他的耳朵，所以他几乎没听到讲话。

“如果我们在门口被发现，或者说丝绸被发现，我们一定要跑，在城里找一个藏身之处。”

合撒儿瞥了一眼马车前面的陈义。

“希望什么都不发生。那样的话我们会找不到对方，我想这里应该有很多朋友，而不是简单的走私者。”

陈义转身看他们的时候，帖木格向后靠到了粗制的袋子上。明亮的光线下，陈义的目光中闪现着智慧，帖木格从他头顶看过去，城墙掠入眼帘，他越发紧张了。

路上，他们不再孤单。黎明的光照在马车上和前面的大门上。很多人显然在这里等了一晚上要进去。陈义在他们混乱的时候，越过他们，对那些打着哈欠从队伍里漏出去的人置之不理。灰色的土地一直延伸到远方，收获的大米都运进城里进行买卖。包头在他们头顶隐约可见，帖木格一次又一次地抬头看那灰色的石块。

城市的大门是由大量的木头和铁建成，或许是为了给旅行者留下印象。在每一边，可以看到高出大门一半的塔，塔之间有站台，士兵们都在那里，帖木格知道他们肯定清清楚楚地看见下面通过的所有人和东西。看见他们拿着石弓，他的心紧张起来。

大门打开，很多士兵将其推开，拿一个木梁挡在中间。士兵们站在自己的位置上，开始新一天的准备，最近的一辆马车没有动。陈义的车夫轻轻拽着缰绳，拉着骡子。他们一点也不忧虑，帖木格不是，他努力想起孩提时期父王给他们兄弟的冰冷的脸。那样的话，士兵们就看不见他在寒冷的早晨流汗，他用袖子擦着额头上的汗。

他们身后，其他的商人跟上来，勒住了马，对路边的人热情地打着招呼。马车排的队伍开始缓缓进城，帖木格看见士兵拦住三分之一马车，仔细盘问着车夫。木梁在第一辆马车通过的时候升起来，再也没有放下来过。帖木格开始默默地念着阔阔出教给自己的咒语，以使自己变得舒服一点。风儿在歌唱，大地就在脚下，山峦的灵魂，链锁正在打开。

太阳从地平线上升起，这时陈义的马车到了大门口。帖木格仔细观察了检查的模式，他想前面的商人已经被检查通过，那他们就不会被检查了。心里越发地恐惧，他看见士兵们抬头在看陈义面无表情的马夫。当其他士兵好像睡意浓浓的时候，其中一个特别警觉的人走近了他们。

“你在包头做什么生意?”士兵问道。他杂乱无章地回答。帖木格心跳加速，陈义从护卫的头顶向城里望去。在大门那边有一块敞开的地方，迎着第一缕晨光，早市已经开始喧闹。陈义用力一点头，突然市场陷入了混乱，使得一多半士兵都转头看去。

一帮小孩从街区的各个角落跑出来，大叫着逃避摊贩们的追赶。帖木格惊奇地看见不止一个地方升起了缕缕烟雾，士兵咒骂着向他的同伴们下命令。摊贩们查看，许多雨篷都倒塌了，很多被踢翻在地。“贼”的喊声不断，到处混乱一片。

门口的护卫拍了一下陈义的马车，不清楚这个命令是走是停。和其他五个人一起，他跑过去控制骚乱。帖木格斗胆抬头看了一眼，但是桥上的弓弩躲不过他的视线。他希望他们也转移了注意力，前面，陈义的车夫清了清嗓子，赶着马车进入城里。

火势在小区内蔓延，一个个摊贩都被困住，售卖者的哭喊声到处都是。帖木格看着那些奔跑的士兵，但是孩子们跑得更快，他们已经消失在巷子里，一些人拿走了偷盗的商品。

陈义没有看混乱的街道，两辆马车离开街区到了一个安静的马路上。身后的声音慢慢减小，帖木格靠在袋子上，额头上渗出更多的汗。

他知道，那不是一个巧合。陈义给了一个信号。他再一次审视这个在河上遇到的人。他的手里有这么贵重的货物，或许他根本就不在乎几块硬币，也许他只是想多一些人来守护那些货物。

车轮碾过了好几条路，在房子之间的小道上转来转去。帖木格和合撒儿被楼群压得喘不过气来，拥挤的建筑透不过阳光。有好几次，其他的马车都给他们的马车让道，太阳升起的时候，街道上的人越来越多，帖木格和合撒儿都不敢相信有这么多的人。帖木格看见很多商店里在卖瓷碗装着的热食物。他几乎不想着去找食物，不管什么时候饿着，只有找到肉的时候才会笑。赶早工作的人都围着交易者，吃着手里的食物，用衣服擦着嘴，然后走到拥挤的人群中。很多人都拿着用线和金属丝串起来的铜币。尽管帖木格知道银子的价值，他却从没有见过用铜币交易商品,这些新鲜的东西让他张大了嘴。一些年长的记录员在写着支付的信息,咕咕叫的小鸡也被抓来卖,有人提着鸡的两只腿把他们放在石头上杀。染布坊的工人们的手都是蓝色或者绿色,乞丐和商人都带着抵御疾病的护身符。每一个街道都很拥挤,充斥着很大的声音,让帖木格惊讶的是,他喜欢这些东西。

"好棒,"他低声说。

合撒儿看了他一眼。

"这里人太多,而且城市很臭,"他回答。帖木格生气地转移目光,他这愚蠢的哥哥没有看到这个地方有什么意思。一段时间后,他几乎忘了刚才的恐惧。他还是有点希望有喊声出现,好像大门的护卫应该跟着他们来到包头的迷宫里。事实上没有,当他们离城墙越来越远的时候,他看到了陈义的放松,现在他们已经消失在城市的心脏处。

第十三章

两辆马车在石头街道上隆隆地响,最后到了一个坚固的铁门边,他们出现的时候,大门迅速打开。马车进门后,大门在身后关上。帖木格紧闭着嘴回头看见木梁架在了门锁上,挡住了外面路人的视线。

喧嚣的人声和拥挤的人群之后,他们从压抑中得到了一种解脱。复杂的城市还是难以一时看透。尽管他很兴奋,这座城市触手可及,反而让他有点渴望宽广的草原,哪怕回去再呼吸一次新鲜的空气也好。他摇摇头清醒清醒,知道自己必须头脑清醒地迎接接下来要发生的任何事。

他们跳下去的时候,摇晃的马车嘎吱作响,陈义对周围的人下着命令。帖木格跳下来和合撒儿一起,他又像之前一样非常紧张。陈义几乎没有再去关注他的乘客,一群人从房子里跑出来,每人在肩上扛了一卷丝绸。没多久珍贵的货物就被运进房屋里,帖木格又开始想陈义在城里拥有的关系网。

家中铺设的庭院正体现了他是一个有钱人,帖木格想。他们穿越的时候蹒跚而走,这里可能还藏着其他人。楼层的各个面都是红色的屋檐,正对大门的第二层上还有四个弯角。与寒酸的蒙古包相比,他有点嫉妒和羡慕。草原上的人们怎么会知道还有如此奢华的东西?

红色的屋檐从各个方向伸出墙外,形成了一个走廊。处处都是带武器的人,帖木格突然意识到只要陈义想,他们随时可能成为囚徒。从这个地方逃出去,不是一件容易的事。

马车清空后,就被马夫带走,帖木格和郝撒还有合撒儿站在一起,被陌生的眼光盯得浑身不自在。他注意到合撒儿的手在衣服里握着他的弓箭。

"我们不能杀出去,"他对合撒儿说。

"我看没有人会打开门让我们出去,"合撒儿低声反驳他。

陈义已经消失在房子里,三个人看到他回来之后松了一口气。他穿着一件黑色的长袍和一双皮靴。帖木格看到他的臀部挂着一把弯刀,重量刚好合适。

"这是我的家,我的房子。"陈义说,帖木格听后很惊讶。"欢迎你们来到这里。你们想和我一起用餐吗?"

"我们在城里还有事,"郝撒说,指向大门。

陈义皱起眉头。那个礼貌而又友善的船主不见了。他好像完全换了一个人，表情恐怖，站在那里向后拍了拍手。

“我必须坚持。我们还有许多事情要商讨呢。”没等他们回答，他就大步跨进屋里，他们跟在后面。帖木格从他肩膀上看过去，到了走廊的阴影下。想到头顶瓷砖的重量，他有点害怕。郝撒一点也没觉着有问题，但是帖木格就在想象着很多大梁掉下来，会砸伤他们。他低声念着阔阔出的咒语，以求心绪平静。

穿过青铜色的刻着各种装饰的木门，他们到了客厅。帖木格看着铁片上刻着各种形状的蝙蝠，很想知道它们有什么意义。还没来得及评论，他们就进入了一个挂着稀有饰品的屋子。合撒儿放下了冰冷的脸，看着没多惊奇，但是合撒儿却张大了嘴巴感慨陈义的富有。对于一个生在蒙古包的人来讲，简直难以想象。空气里弥漫着一种奇怪的味道，但是对在风里和山里成长起来的人，就有一种腐烂味儿。帖木格抬头看屋里，还在担心房顶的木头会掉下来砸到他。合撒儿看起来很不舒服，默默地抠着自己的手指头。

乌木的屏风和长凳椅子摆在一起，阳光透过上面的丝绸照射到屋子里。所有的东西看起来都是由高价的光泽极好的木头做成，看起来很养眼。屋内立着很长的圆柱，顶着大梁。地板由上千部分组成，染的颜色几乎闪着光亮。穿过城里的第五大街，这间屋子干净而又受欢迎，金色的木头使得屋子很温暖。帖木格看见陈义在门口换上了一双干净的靴子。接着，他也回去换了一双。当他脱掉靴子的时候，走过来一个仆人，跪在地上帮他换了一双干净的白靴。

帖木格看见远处的墙边有一个雕刻的桌子，桌子上面的很多碟子里升起了断断续续的白烟。他不知道这样的装饰有什么意义，但是陈义向小的供桌鞠躬，低声祈福，感谢自己的平安归来。

“你住的地方很漂亮，”帖木格小心地说，用了合适的嗓音。陈义倾了一下头，他们都知道那是想要得到解释的一个习惯。

“你是一个慷慨的人，”他说。“我年轻时候快乐的时光就是在黄河上运货。那时候我什么都没有，但是生活很简单。”

“你有这么多的财富，现在是什么样子呢？”郝撒问。

陈义冲他点点头没有回答。

“吃饭之前，你们应该洗洗，”他说，“我们身上还有河水的味道。”他冲他们做了一个跟上来的手势，他们交换了眼神，被他带到了另一个庭院。帖木格和合撒儿穿过庭院的时候整理了一下碎片，将一个大梁留在身后，然后他们到了一个阳光照耀的地方。他们听到了哗哗的水声，合撒儿走到池塘边，里边的金鱼被他的投在水中的影子吓得四散而逃。陈义没注意到他们停下脚步，但当他转身向后望时，合撒儿开心地笑着，开始脱衣服。

“你会杀死我的鱼!”他说。“往前走,那里可以让你洗浴。”

合撒儿生气地耸耸肩,将长袍猛拉到肩膀上。他被帖木格和郝撒拖着,完全不理会西夏士兵的嘲笑。

在第二个庭院的尽头,他们看见一个敞开的门里溢出了水蒸气。陈义招呼他们进去。

“像我这样做,”他说,“尽情享受吧。”

他很快脱去了衣服,露出了伤疤和坚硬的骨骼,这些在船上他们已经知道。帖木格看见地面上有两个水池,其中一个徐徐冒着热气,他准备进那个里头,但是陈义摇头,两个仆人过来,陈义抬起了胳膊。令帖木格惊讶的是,他们直接用水桶将水浇到他们的主人身上,他们将布裹在手上,然后用力搓,直到陈义的身子变得光滑又洁白。接着又往他身上浇了水,这个时候,陈义才跨入池子里,开心地笑着。

帖木格紧张地脱下长袍扔在地上。他身上要多脏有多脏,可是他不喜欢让陌生人给自己擦洗。当木桶的水浇在他的头上时,他闭上了眼睛,接着忍受他们用粗糙的手使劲搓自己的身子,他前后摇摆着。最后一桶水是冰冷的,他倒抽一口气。

帖木格格格地笑着跨进了热水池里。他找了一块水下的石头坐下来,感觉背部的肌肉和大腿都放松,非常开心地笑了。那种感觉是细腻的。这才是真正的生活！他之后,合撒儿在仆人们上前准备帮他脱衣服的时候,抡了一巴掌上去,大家都愣住了,接着其中一个人又试着走上前去,结果防不胜防,合撒儿给他头上一拳,他摔倒在坚硬的磁砖地上。

陈义冲那些笑的人吼了一声,他喊出命令,那些奴隶们都站回去。摔倒在地上的那个人也小心地站起来,低着头,合撒儿自己拿起一块布擦着身子,直到把碎布擦得很黑,他抬起一只腿站在边缘靠着墙壁的石头上,然后擦洗自己的生殖器,帖木格躲避了看他的视线。最后他把一桶水浇到自己的头上,结束了整个过程,他一直愤愤地瞪着那个被自己袭击的人。

合撒儿把桶放回原处,又在咕哝着什么,惹得那个仆人很生气地咬紧牙关。郝撒有点焦躁地忍受着洗刷的过程,然后他们一起进入水中,在他把自己没入水中的时候,合撒儿用两种语言咒骂着。

有一段时间,四个人都没说话,陈义站起身又钻进水里,其他人都默默地学他的动作,几次之后大家都累了。在第二个池子里,合撒儿在冷水里唏嘘着,将头没入水中,然后探出头来大喊一声,好像新的力量充满了他的身体。蒙古人从来都不了解热水的感觉,但是浸没在冷水里不比家乡的河水感觉差。帖木格在离开的时候回头看着蒸汽浴池,觉得很渴望,但是不会再回去了。

他们洗浴好后，陈义出来，仆人们帮他擦干了身子，合撒儿和帖木格没继续逗留，也在他后面爬了出来，合撒儿像一条海滩上的鱼吹着气。两个仆人没有再敢靠近合撒儿，只递给他一块大大的粗糙的布，让他把身上擦干。他用力地擦完，身上留下了新的印记，他用身子把自己的头发朝后绑成一股。

帖木格看着自己脏的袍子，觉得很抱歉，正准备去拿时，陈义拍了拍手，仆人们送来了新的衣服给他。丢掉渔船的腥气是一件让人开心的事，帖木格这么想，用手抚摸着柔软的衣料。在回去吃饭的路上，他能猜到陈义对他们的想法是什么。

食物美味极了，尽管合撒儿和帖木格看着盘子里的羊肉没什么感觉。

“这是什么?”合撒儿夹起一块白色的肉问道。

“姜做的蛇肉，”陈义回答。他指着另一只碗说，“我确定，你们应该知道狗肉。”

合撒儿点点头。

“那是个生活艰苦的时期，”他回答，把手指伸到汤里去找另一块肉。没有表现出讨厌的意思，陈义拿起一双筷子，给蒙古人展示怎么用它夹一块食物。只有郝撒做得很好，当合撒儿和帖木格把米饭和肉都洒在衣服上的时候，陈义的脸微微有点红。他又一次不厌其烦地教他们，这次他夹着肉放到了两个蒙古人面前的盘子里，这样他们就可以用手指抓着吃。

合撒儿控制自己的怒气。他已经被洗干净，浸泡过水，还得到了新衣服。周围都是新鲜的事情，他不能理解，所以气总是不打一处来。他放弃用奇怪的筷子，将他们直直地插入碗里的米饭中，陈义低声格格地笑，快速地把那些东西挪开。

“留着他们是一种侮辱，”陈义说，“但是不可能不知道。”合撒儿找了一个容易抓的盘子，高兴地吃起来。

“这才好一些嘛，”他说，嘴在不停地咀嚼。

帖木格学习陈义的样子，结果还没吃到，煎的肉就掉进了盐水里。当肉丸子都吃了之后，合撒儿又拿了两个橘子。剥开皮之后，用大拇指抠出一块，然后放进嘴里。他和他的弟弟都在等陈义说话，看起来有点迫不及待。

大家都吃完了以后，陈义看到合撒儿在剥橘子，把筷子放在桌子上，没说什么，仆人们过来把肉都收走。又剩下他们几个人的时候，他靠在躺椅上。他的眼睛明亮起来，聚集了几分锐利，又像从前的船主一样。

“你们为什么要来包头?”他问帖木格。

“贸易，”帖木格很快答道。“我们是商人。”

陈义摇摇头。

“商人不会拿着蒙古的弓箭，也不会有你哥哥那样的好射术。你们是那种人。

你们为什么要来到帝王的土地上?”

帖木格尽力想答案的时候咽了咽口水。陈义早就知道了,没有赶他们走,但是他不能相信这个人,尤其是有这么多陌生和混乱的事情发生。

“我们是伟大可汗的部落人,是的,”他说,“但是我们决定打开我们之间的贸易。”

“我就是一个商人,把你们的货物提供给我。”陈义回答。他的脸上什么都没表现出来,但是帖木格能感觉到这个人的小心翼翼。

“郝撒问过你是谁,为什么会有这么多的财富?”帖木格委婉地说,选择着语言,“你有这个房子和很多仆人,但是你在水上是一个走私者,你贿赂护卫,在城门上策划转移士兵们的注意力。你到底是谁,我们为什么应该相信你?”

陈义的目光冷峻,他在审视着帖木格。

“想到你们在他的城市里徘徊就不舒服的那个人就是我。你们还有多长时间会被帝国的士兵抓住?在你们告诉他们所见到的一切之后,你们还能活多久?”

他等着帖木格给他的哥哥翻译。

“告诉他,如果我们被杀,或者被抓去做囚犯,包头就会被烧成灰烬,”合撒儿说,把另一个橘子掰成两半,吃了一半。“成吉思汗明年回来找我们。他知道我们在哪里,这个矮个子男人会看见他珍贵的房子在火焰中燃烧。告诉他。”

“哥,你最好安静点,不然我们会在这里丢掉性命的。”

“让他讲,”陈义说,“如果你们被杀,我的城市怎么被烧?”

帖木格吓了一跳,陈义在讲部落的语言。他的嗓音沙哑,但是他们都听得清清楚楚。他愣住了,原来陈义在来包头的几个星期里,听到了他们的所有谈话。

“你怎么懂我们的语言?”他问道,暂时忘了恐惧。

陈义笑了,他的高嗓音对桌子边的人没什么影响。

“你觉得你是第一个来到金国土地上的人吗?维吾尔人在丝绸之路上走过。有一些人留了下来。”他拍拍手,这时另一个人走进了屋里。他很干净,和他们一样,穿着一件简单的金国长袍,但是他的脸是蒙古人,他宽宽的肩膀明显扛过弓箭。合撒儿站起来和他打招呼,握住他的手,用拳头击打他的后背。陌生人对这种欢迎很高兴。

“在这座城市里看见一张真实的熟悉的脸,简直太好了,”合撒儿说。

这个人好像几乎没有听见他说的话。

“对我来说也是,”他说,看了陈义一眼,“草原上还好吗?我已经很多年不在家乡了。”

“他们还是老样子,”合撒儿回答。突然想到什么,他的手立刻放在臀部的剑上。“这个人是奴隶吗?”

陈义抬起头，困惑地看着他。

“当然。慧山以前是一个商人，但是他和我赌博。”

那个人耸耸肩。

“是真的。我不会一直都是奴隶。再过几年我的债就可以还清。那个时候我就可以回到草原上去找我的妻子。”

“到时候先来找我。我会让你有一个新的开始，”合撒儿允诺到。陈义看着慧山低头鞠躬。合撒儿摆摆手好像这根本没什么，陈义的目光尖锐起来。

“再问一遍，我的城市怎么被烧？”他说。

帖木格正准备回答，陈义用手阻止了他。

“不，我不相信你。你的哥哥以为我听不懂，他会讲真话。让他告诉我所有的事情。”

合撒儿看了一眼帖木格，觉得他那挫败的样子很好笑。他想了一会，也许陈义听了之后会杀了他们，他的手伸向长袍下面藏着刀的地方。

“我们曾经是草原上的苍狼，”合撒儿最后说，“但是我兄长最后统一了所有部落。西夏王国是我们的第一个附庸，还会有更多的人向我们俯首称臣。”郝撒不合时宜地接上他的话，但大家都没有看他。合撒儿盯着陈义的眼睛，坐在那里坚如磐石。

“也许我们今晚会死在这里，但是如果那样的话，我的同胞们就会来到金国，毁灭你们高贵的城市，一个接一个，一块石头接一块石头。”

陈义听着脸已经紧绷起来。他学语言只是想在贸易的时候用一下，他会不甘示弱地讨价还价。

“消息在黄河上会传得很快，”他说，没有理会合撒儿对他的死亡恐吓。“我听说了西夏的战争，你的同胞们没有取得胜利。西夏的国王死了吗？”

“我离开的时候还没有，”合撒儿回答，“他向我们进献了贡品和他的女儿，那是一个很漂亮的女孩，我认为。”

“你没有回答我的问题，除了威胁之外，”陈义提醒他，“你们为什么要来这里，来到我的城市？”

合撒儿注意到陈义特意强调了“我的”。他说话没有技巧，也不会撒让陈义相信的谎。

“我们需要石匠，”他说着，就听到一旁的帖木格长叹一口气，不再理他。“我们需要知道你们城市的秘密。是伟大的可汗派我们来的。包头在地图上只是一个不明显的小黑点。”

“这是我的家，”陈义一边说，一边想着问题。

“你可以保护他，”合撒儿说着，觉得正是时候，“如果我们得到你的帮助，就不会有人去碰包头一下。”

他等着陈义结束思考,脸上的汗滴流了下来。只要陈义喊一声,屋子里就会被武装的人挤满,他确定。成吉思汗的确会破坏这个城市,让其背负血债,但是陈义好像还不相信。他只感觉他们不是在吹牛就是在撒谎。

慧山打破了沉默。他听到谈话脸已经发白,他的嗓音低沉还带着几分崇敬。

“部落已经统一起来了吗?”他说。“维吾尔人也在其中吗?”

一直盯着陈义的合撒儿点点头。

“伟大可汗的旗帜上有蓝色的一支。金国已经压制了我们很长时间,但那已经结束了。兄弟,和我们一起加入战斗吧。”

陈义仔细看着慧山的脸,想知道这个消息给他带来多大的震惊。

“我和你做一笔交易,”他突然说,“不管你们需要什么,我都会提供给你们。带话给你们的可汗,告诉他这里有一个人值得信赖。”

“一个走私者对我们有什么用?”合撒儿问。帖木格在合撒儿继续说话的时候呻吟了一下,“你拿什么来交换城市的命运?”

“如果你们失败,或者你们在撒谎,我什么也不损失。如果你们说的是事实,你们会需要帮手,不是吗?”陈义说,“在这里我有权利。”

“你准备背叛你的国家?你的君王?”合撒儿说。他想试探一下陈义,出乎意料地,这个矮个子男人在地上啐了一口痰。

“这是我的城市。什么事都传到我的耳朵里。那些贵族阶级就想着所有的人都应该像动物一样跑在他们的马车下面,我讨厌他们这样。我已经失去了家人和朋友,士兵杀害了他们,因为不供出我的名字,他们都被绞死。我还在乎什么呢?”

他说着有点激动,合撒儿站起身,面对着他。

“我说到做到,”合撒儿说,“当我们来到这里的时候,就会由你来统治这座城市。”

“你能告诉可汗吗?”陈义说。

“他是我哥哥,我当然能跟他讲,”合撒儿回答。帖木格和郝撒只是在一边看着两个人再次坐下。

“在船上的时候我就知道你是一名战士,”陈义说,“你是一个失败的间谍。”

“我也知道你是一个贼,但是一个很好的贼,”合撒儿回答。陈义笑了,他们两个人紧紧地握住了手。

“很多人会响应我。我会给你们想要的东西,还会保证你们安全回到你们的同胞中间,”陈义说。他坐下来,叫来了酒,帖木格开始说话,他不能理解为什么矮个子男人会相信合撒儿,但这没关系。他们在包头有了帮手。

晚上,合撒儿,郝撒和帖木格被安排在第二个庭院里休息一夜。陈义一天为了逃避追兵,穿过大街小巷,但是他没再多休息一会。他和慧山还有两个护卫坐在一起,低声玩着麻将牌。一直没有说话的慧山手里拿着一张牌敲着桌子。认识陈义差不多有十年了,那个时候,只看见他对权利有着很残忍的渴望。这个小男人已经毁了三个包头土匪的头儿,他告诉合撒儿城里所有的事情都逃不过他的耳朵,并没有言过其实。

慧山掉了一张牌,陈义看见捡了起来。陈义的注意力明显不在牌上,他的思想在别的地方。慧山想要不要加大赌注,这样可以抵清一点债务。最后决定还是不要了,他想起陈义以前也是在玩游戏的时候分心,后来一直在赢。

陈义正准备摸另一张牌,一个护卫喊一声"碰",慧山有点紧张流汗。

护卫把三章配对的牌摆出来,陈义收回了手。

"今晚不打了。你们赢了不少,韩,去看门吧。"

两个护卫站起来鞠躬。他们是被陈义从街道糟糕的平民窟里救回来的,身体强壮,对陈义也很忠诚。慧山留下来,觉得陈义有话要说。

"你在想那些奇怪的人,"慧山一边收桌子上的牌一边说。陈义点头,盯着窗外黑漆漆的夜。晚上很冷,他想知道接下来会发生什么。

"慧山,他们是奇怪的民族。以前我就跟你说过。我带着他们是为了保护我的丝绸,那个时候我的三个船员病了。也许是祖先们指引我那么做。"他叹口气,用手揉了揉困意浓浓的眼睛。"你看到合撒儿在注意护卫们了吗?他的眼睛总是扫来扫去。我想在船上他就一直没有放松警惕,但是你也一样。也许你们的同胞都这样。"

慧山耸耸肩。

"生活本来就是挣扎,主人。佛教不信这些吗?在草原上我的家乡,弱者死得很早。那是生活的法则。"

"我从没有见过箭术那么好的人。在黑暗里摇晃的甲板上,他毫不犹豫地杀死了六个人。你的同胞们箭术都这么好吗?"

慧山手里忙着收牌,将他们放回到皮盒子里。

"我不是,但是比起其他部落来维吾尔人更注重学习和贸易。苍狼以他们的残忍而闻名。"他停了一下,手里忙的活也停了下来。"如果所有的部落被一个人,一个可汗统一起来,那个人一定不简单。"

慧山的手抓住皮盒子,靠了回来。他想喝点什么,让胃舒服一点,但是陈义晚上的时候从来不沾酒。

"当我的同胞们骑马来到城下的时候你会欢迎吗?"慧山轻轻地问。他感觉陈义的目光落在自己身上,但是没有抬头去看他。

"你认为我背叛了我的城市吗?"陈义问他。

慧山抬眼,生气地看着这个他这几年来相信的男人。

“所有的事情都是新的。也许这个新上任的可汗会被帝国的军队打垮,那些喊着要帮助他的人会遭受同样的命运。你不觉得是那样吗?”

陈义咒骂道。

“当然,但是我被别人的脚踩着脖子生活了太久,慧山。这个房子,奴隶们,所有属于我的东西都证明帝国的大臣们都沉迷于懒惰和腐败。我们受他们注意,就像被关在仓库里的老鼠。有时候,他们派人绞死数百人以示惩戒。他们甚至抓了那些对我有用的人或我爱的人。”陈义说着脸像石头一般冰冷,慧山知道他在想自己的儿子,两年前在码头被抓。陈义亲自去悬挂尸体的地方,将其放下来。

“但是没有人知道火是谁烧的,”慧山说,“你已经把火焰引到自己的房子和你的城市。谁知道那怎么结束?”

陈义沉默了。他和慧山都知道应该让三个奇怪的人消失。黄河里总会漂浮着尸体,他们路过的时候,都裸着身子,浮肿发涨。死掉的人不会再回到他身边。然而自从那个早晨,他带回自己儿子柔弱身体之后,心底里埋葬的复仇的渴望此刻又被合撒儿激起。

“让他们来,你的同胞们会用弓箭和战马。我判断他们会有我所不知道的更多的人。你已经为我服务了多少年?”

“九年了,主人,”慧山说。

“你在还债的日子里死心塌地了吗。多少次都想逃跑,回到你的同胞当中?”

“三次,”慧山承认,“我原以为在你发现之前能够跑掉。”

“我知道,”陈义回答,“我知道那个帮助你的船主,他是我的人,你不会跑远的,除非割破自己的喉咙。”

慧山紧锁眉头。

“那么,你在考验我?”

“当然,我不是一个愚蠢的人,慧山。从来都不是。让火焰来到包头吧。在城市被烧毁之后,我还是会活着站在废墟上。烧了那些帝国军官的羽毛,那个时候我就舒服了。最后高兴的人是我。”

陈义站起来,伸了伸胳膊,他的背在安静的屋子里嘎吱作响。

“慧山,你是一个赌徒,这就是你为什么要为我服务这么长时间。我就不是。我把这座城市变成自己的,但不管什么时候那些官员来到街道时我都会低下我的头。我的街道,慧山,但我还是低下头跳进污秽的排水沟,而不是去挡他们的路。”

陈义看向黑暗的夜幕中,目光呆滞。

“现在我要站起来了,慧山,牌可以按他们的愿望随便打。”

第十四章

午夜时分，一场大雨降临在包头城市里。倾盆大雨砸在街道上，在街道上流出了一道道水渠，远处，雷声阵阵。陈义因为天气的变化，心情变得很好，他在给他的人分发武器。连他们门口的乞丐都吓得缩回了头，大雨还在下。这是一个好兆头。

他们跨入了黑色的街道，合撒儿和郝撒盯着他们，看他们是否会再出现。月亮藏在云层里，只有淡淡的光透过云层照在大地上。帖木格高兴地想大水可以把城市的恶臭冲走。但是，好像空气中浑浊的味道更浓，人们身上沾染了湿气的污秽，肺里也吸入了脏的空气，他感觉很恶心。排水沟已经满了，帖木格看见黑色的湿的叫不上名字的东西在里面翻腾，随着水流走。他颤抖着，突然很担心身边人类的压力。陈义不在，他不知道从哪里开始搜寻，这里到处都是房子和商店，四面八方都显得很拥挤。

大门口，又有两个人加入了陈义他们。尽管没有指挥官的威严，十个人站在街道上还是很像一个个战士。陈义下达任务，让他们侦查各个十字路，让两个人随时停下来观察有没有人跟踪。帖木格想自己正在被卷入一场战斗。大雨倾泻而下，他握着陈义以前给他的剑，剑柄已经湿了，希望自己不要被迫牵连进去。他们出发了，快步小跑着离开，他颤抖了一下。大门铿锵一声在他们身后关上，没有人朝后望。

一些街道上，伸出的屋檐下形成了一条干的路。陈义带着他们慢慢地穿过，不想发出声音引起居民们的注意。城市不是到处都是黑暗的，还有人没睡。帖木格从雾气中看见了隐约闪烁的灯光，有些仓库的灯还亮着。尽管陈义很留心，但是帖木格还是感觉有人在盯着他们。

黑暗中，帖木格不知道时间，他还觉得自己在半夜里不停地跑。他们走过的街道没有固定的模式，在每个人周围，有时候街道积满了泥水，都溅到了他们的膝盖上。过了很短的时间，帖木格就开始喘气，黑暗中有人扶着他的胳膊，叫他跟上队伍。他快支撑不住了，有人拽着他的袖子跨过排水沟，脚趾碰到了又软又冰冷的东西。他希望是腐烂的水果而不是其他更糟糕的东西，但是他没有停下。

最前面跑着的人只有一次转身指引陈义从另一个小道走。帖木格希望士兵们能在暖和的兵舍里度过夜晚，而不是在冰冷的地方，像他现在这样已经浑身湿透。

陈义最后在一个城墙边的影子下让大家停下。帖木格看见一个堤岸延伸到黑暗中。在另一边，他知道那个世界，他进城的时候，得到过它的保护。这堵墙以前是西夏国王银川的城墙。成吉思汗的战士们在它面前都叹为观止。它延伸到远处，消失在一个宽的街道上，那里有很多像陈义家的房子。这些房子都没有在平民窟里，所占的地方非常好，旁边有在微风中盛开的花园。这里的街道和包头里的有些不一样。他们在穿过了大街小巷，每个人都分别来自身后不同的大门和城墙。帖木格努力地呼吸。合撒儿扯着他的肩膀，他快要摔倒了，他的哥哥站得很稳健，好像在夜里闲逛一样。

两个人从后面快步跟上来，摇着头。他们没有被跟踪。陈义没停下来休息，低声命令他们赶紧离开，这时他们已经到了最近的大门边。陈义用手撑着膝盖休息的时候，目光落在了帖木格的身上，他走近帖木格说。

“这里会有护卫。他们会叫醒主人，我会和他讲话。别在我的城市里做任何威胁的事情，蒙古人。这么晚看见陌生人，主人会紧张，我不想拿武器说话。”

陈义转身离开，走到大门口的时候，用手脱下了身上的黑色长袍。两个人和他一起，其他人都藏在墙边看不见的地方。合撒儿抓着帖木格的袖子，把他拖在一边，省的别人说他们。

陈义敲大门，当方门打开的时候，一束黄色的灯光照在他脸上。

“告诉你的主人，做帝国生意的人来拜访他，”陈义说，他的声音有点紧张，“如果他睡了，请把他叫醒。”

帖木格没听见回答，但是过了一会儿，大门再次打开，陈义看见了另一个人。

“我不认识你，”那个人清楚地说。

陈义镇定地站着。

“蓝色帮会认识你，廉。今晚，你的债务要清算一下。”

大门快速打开了，但是陈义没有跨过门槛。

“廉，如果里面有弓箭手，那今晚就是你的最后一个晚上。我带了人来，但是街道上很危险。别报警，我们都会相安无事。”

那个看不见的人低声做了回答，他的声音在颤抖。这时陈义转身看着其他人，做了手势让他们跟他进去。

帖木格看见那个从床上被叫醒的人很害怕的样子。廉的肩膀几乎和合撒儿一样宽，但是明显在微微颤抖，陈义跨进他的屋子时，一直低垂着眼睛。

门口只有一个护卫，他的眼睛也不敢看走进的人。帖木格逐渐有了自信，靠着街道的大门关上，他不停地看着周围感兴趣的东西，一下子忘了刚才在黑暗中和雨中奔跑的辛劳,他喜欢这些石匠对主人的奉承。

廉惊吓地站在陈义面前,睡觉时压乱的头发还没来得及理顺。

“我会准备食物和水,”他低声说,但是陈义摇头。

“没必要。找一个能私下里说话的地方。”陈义向庭院的四处看了看。石匠是在帝国的统治制度下兴旺发达起来的。除了修复城墙之外,他还负责三个军营以及帝国区域核心训练基地的建设。虽然他的家简单,但不乏优雅。陈义盯着一个护卫,他站在离门边的一个摁铃很近的地方。

“别想着让你的人把士兵叫到这里来,廉。让他离摁铃远一点,否则我会觉得你在怀疑我所说的话。”

石匠冲士兵点头,他明显退避了一下,重新站到一个靠近主厅的地方。雨越来越大,很大的雨点击打在小庭院的地面上。石匠好像被冷天气冻得清醒一点了。他带着他们进入主屋,灯光下的他,在极力掩饰自己的恐惧。帖木格看到他一遍又一遍地挑着灯芯,其实根本用不着,就好像火光能清楚他的害怕似的。

陈义坐在一条硬的长椅上,等着石匠忙完屋子里的事。合撒儿、郝撒还有帖木格站在一起,专注的观察发生的事。陈义的护卫站在他们主人身后,帖木格看见石匠的眼睛扫过他们,看看有没有什么威胁。

最后,他不能再拖更长时间,坐在了陈义对面,两手压在一起,掩饰自己的颤抖。

“我已经向帮会缴纳了区税,”廉说,“还缺吗?”

“不缺,”陈义回答。他用手将脸上的雨水擦干净,雨水顺着他的手和头发掉落在木质地板上。廉一直看着他。“我来不是和你谈这个的。”

在陈义继续说之前,廉憋不住,又开始说道,“那就是工人?我尽量在用他们,但是有两个你送过来的人不会工作。其他人都抱怨他俩搬不动东西。我准备今早解雇他们,但是如果你想让他们继续留下来的话……”

陈义可能雕刻过大理石,就像他现在能洞穿石匠所想一样。

“他们是朋友们的儿子。让他们留下来,但是那不是我来这里的原因。”

石匠有点坐立不安。

“那我就不知道了,”他说。

“你这里有做过维修城墙工作的人吗?”

“我的儿子,大王。”

陈义坐在那里一动不动,直到石匠抬头看他。

“我不是大王,廉。我是那些需要帮助的人的朋友。”

“是什么都一样,”廉回答,更加紧张。

陈义高兴地点头。

“去叫你的儿子,告诉他,必须接管你的工作,要用一年或两年的时间。我听他的好消息。”

“他是一个好儿子,”廉立即同意,“他会听从父亲的话。”

“聪明,廉。告诉他那段时间你要离开,要去别的地方寻找新的大理石。想怎么撒谎都行,但是别让他怀疑。提醒他,你离开的时候,由他来偿还父亲的债务,如果他想继续做下去,就和他解释清楚他应该给帮会付多少税。我不想亲自再提醒他。”

“好的,”廉说。帖木格看见他在流汗,他的发梢上挂着汗珠。他看见魁梧的石匠鼓足勇气问了一个问题。

“我会按你说的告诉妻子和孩子,但是我能知道真实情况吗?”

陈义耸耸肩,把头昂向另一边。

“廉,那能改变什么吗?”

“不能,大王。很抱歉……”

“没事。你会和我的这些朋友一起出城。他们需要你的经验,廉。带上你的工具,等工作做完了,我会看着给你相应的报酬。”

石匠痛苦地点点头,陈义突然站起来。

“廉,去和你爱的人道个别,然后来我这里。”

石匠独自离开,消失在屋外的黑暗里。留下来的人放松了一点,合撒儿想要把衣服挂起来,找个东西擦擦脸上和头上的雨水。帖木格听到远处孩子的哭泣声,肯定是石匠和他们说了要离开的事。

“如果你不帮我们的话,我不知道我们该做什么,”郝撒对陈义说。

帮主轻笑了一声。

“你们会在我的城市周围徘徊直到被士兵们抓到。也许我还会去观看外来的间谍被刺穿或绞死。上帝是变幻无常的,但是这次,他们站在你们这边。”

“你没有想过要把我们赶出城市吗?”帖木格问。在陈义回答之前,廉回来了。他的眼睛红红的,但是很高大地站在那里,完全没有了刚才的恐惧。他穿着一件厚重的雨衣,肩膀上挎着一个皮袋子,他的手牢牢地抓着,好像这样会舒服一点。

“我带上了工具,”他对陈义说,“我准备好了。”

他们离开了房子,身后,陈义又派了两个人观察那些巡逻的士兵。雨变小了,帖木格透过云层清晰地看见了北极星。陈义没有多做解释,但是他们都顺着城墙往前走,帖木格快步走才能跟得上。

前方的黑暗中,突然传来喊叫的声音,所有的人都停了下来。

“把刀藏起来,别让看见,”陈义低声说。听到马路上的脚步声,帖木格紧张地咽口水。他们在等前面的人回来,但是,却听到了铁蹄沉重的脚步声,陈义敏锐地扫视四周,想找出一条可能的逃跑路线。

六个穿着鳞片盔甲的士兵,由一个头盔上带着翎羽的人带领。看到他们手中拿的弓箭,帖木格更紧张了。陈义的人站在一个没多少机会逃跑的地方。帖木格感觉到喉咙里生出一种酸涩的痛苦,于是想也没想就往后走,合撒儿一把紧紧地把他拽了回来。

“你们的长官呢?”陈义问到。“卢健可以担保我。”他看见士兵们抓着他的人的后颈。那个人挣扎着,但是陈义没有看他。

带着羽毛的长官从其他人中站了出来,用一种特殊的腔调说。

“卢健今天不当班。你们在黑夜里跑来街道上做什么?”

“卢健会解释的,”陈义说,他紧张地添了一下嘴唇。“他说只要说出他的名字,我们就能通过。”

那个指挥官朝后看了一眼那个被抓住脖子的倒霉的人。

“没人和我这么说过。你们跟我们回到军营,再去问他。”

陈义叹口气。

“不。不,我们不会跟你们回去的,”他说。陈义将自己拳头中的刀投出去,射到了指挥官的喉咙,伴随着一声窒息的叫喊,他向后倒了下去。后面的士兵立刻放下手中的弓箭,聚到了一起。有人喊救,这时陈义的人围住了他们,用刀指着他们。

合撒儿拔出剑,刺进了那个叫喊的人肺里。一声尖叫,近处的士兵们又退回来,合撒儿将他撞倒,跳上前去在那个人的前额上就是一拳,然后把他举起来旋转,又重重地扔在地上。其他人抓起弓防御。合撒儿又将一个战士手中的武器击成碎片,然后刺入那人的脖子里。黑暗中,他像风一样在他们中间穿梭,将一个人的膝盖踢碎。那些穿着盔甲的士兵很笨拙,但是合撒儿很快,将周围的敌人一一扫平。他觉得有人从后面抓住了他,顺势一胳膊肘,把敌人狠狠地击飞。

当一个士兵撞到他的时候,帖木格大喊。他疯狂地用剑连击,用尽全身的力量,几乎忘了害怕。别的地方铃声开始响起。当他确认了声音后,感觉自己像丢了魂儿一样,大声尖叫,直到郝撒打了他一巴掌才安静下来。

“起来,结束了,”郝撒咒骂道,都为他感到不好意思。帖木格抓着他的胳膊站起来,看见了合撒儿和周围的死尸。

“你叫这些人士兵,陈义?”合撒儿说。“他们就像病弱的羔羊。”

合撒儿看见有一个人还在挪动,又在他的胸部捅了一剑,陈义站在那里有点眩晕,他几乎无法相信蒙古士兵的动作这么迅速。他自己的护卫需要学习他们的技能,但是合撒儿已经使他们看起来像农民了。他发现自己还是想要保护这个城市里的士兵，尽管他很是痛恨他们。

“这里有六个军营，每个军营里都有五百以上的病羔羊，”他回答，“那已经足够了。”

合撒儿用脚踢了其中的一个尸体。

“我的人会活吃了他们，”他说着，手在锁骨上摸了一下，一手的鲜血，被雨水冲淡的血水，在他的手指间汩汩而流。

“你受伤了，”帖木格说。

“我习惯穿着盔甲战斗，兄弟。我割伤了自己。”合撒儿生气地踢翻了脚边指挥官的盔帽，沿着街边滚去。

陈义的两个人在他们中间躺着，血混合着雨水一直在流。陈义给他们检查，手摸着插在他们胸部的剑。他飞快地思索着，混乱地做着计划。

“这些人都躲不过车轮，”他说，“让他们躺在这里被发现。帝国的军官明早会把他们悬挂起来示众。”

两个死人被胡乱扔在石堆里。帖木格看见其他人满身是伤，阳光下的他们就像一群狗。陈义转身对着他，他的愤怒都挂在脸上。

“现在你安全了，受惊吓的家伙，但是那些士兵会搜城，寻找我们。如果今晚我不送你们出去，你们会在这里一直待到春天。”

帖木格自觉羞耻。所有的人都盯着他，合撒儿却看着别处。陈义把刀插入鞘中，又开始快步小跑，他要带他们到城墙边。奔跑的人在血战中幸存，他们又一次向前进发。

西边的大门比他们从黄河那边穿过的门要小一点。帖木格看见前方的灯光，听见喊叫声，顿觉失望。不管哪个城民摁响了警铃，士兵们都会从兵营里起来，陈义尽力不让他们发现。他走到大门旁边的一个黑色建筑里，敲打着门要进去。帖木格听到里面嘈杂的谈笑声，大门打开了，他们进去后，身后的门很快关上。

“让人到最高的窗户上，”陈义对开门的人说，“让他们责骂看见的人，”他低声咒骂，帖木格没敢和他讲话。看见合撒儿的锁骨上深深的伤口，帖木格感到心痛，他问陈义的人要剪刀和绷带。当帖木格用粗线条在皮肤上缝合时，他的哥哥看着只是偶尔笑笑。血和雨水已经清洗了伤口，他想应该不会生脓。这样做可以让他的心跳平静下来，防止他因为那时受伤而导致窒息。

上面的人在喊骂，他倚着栏杆，声音像刺耳的哨声。

“大门关上，用隔板挡着。我看见有一百多士兵，大部分在移动。还有三十人守着大门。”

“弓箭手呢？”陈义问，抬头看着那个人。

“二十个，或者更多。”

“那我们被困住了。他们会为了找我们进行搜城。”他转向帖木格。

“我不能再帮你。如果我被发现,他们就会杀了我,蓝色帮会就有新的领导人。我必须在这里离开你们。”

石匠廉没有和其他人打架。没有武器,他只能在打架的时候尽快跳到沟槽里然后盯着看。然而就是石匠回答了陈义,他的声音打破了沉默。

“我知道一条路出去,”他说,“如果你们不介意弄脏手。”

“士兵们在街上!”上面的人朝他们喊,“他们在敲门,搜查房屋。”

“快告诉我们,廉。”陈义说,“如果我们被抓,你也逃不掉。”

石匠点头,紧绷着脸。

“我们现在必须走。那个地方离这里不远。”

羊油灯芯燃烧跳跃着,照出晕黄的光线,成吉思汗面前跪着六个人。每个人的手都绑在身后。他们的脸冰冷,好像可汗的恐怖吓不倒他们。成吉思汗站起来走到他们中间。刚刚他从查喀孩的床上被叫起,当看见合赤温在黑暗中叫他的名字时,他生气地起床。

六个人是兄弟,最小的仅仅是刚刚能参军,他们都有自己的妻儿。

“你们每个人都对我立过誓言,”成吉思汗骂道。他越说越生气,为了惩戒其他人,他准备砍了六个人的头。

“你们中的一个人杀了乌梁海的男孩。让他说话,这样就只会有一个人死。他要不说的话,你们所有的人都别想活。”他慢慢拔出父王的剑,他们都听到了拔剑的声音。外面,灯亮了,他感觉到越来越多的人来。他们都是被叫醒,来看裁判的。他不能让他们失望。成吉思汗站在他们中最年轻的人面前,举起了手中的剑,好像没有什么重量似的。

“我能找出他,可汗,”阔阔出在黑暗中轻声地说。兄弟们抬头看着萨满走进光亮的地方,他的眼睛很恐怖。“我只要把手放在每个人的头上,就能知道谁是你找的那个人。”

成吉思汗点头,把剑插回鞘中,兄弟们明显在颤抖。

“萨满,念你的符咒。男孩死了,找出是谁干的。”

阔阔出低头深深地鞠躬,然后站在兄弟们面前。他们不敢看他,表情僵硬,不停地在战栗。

成吉思汗感兴趣地看着,阔阔出把手轻轻地放在第一个男人的头上,然后闭上了眼睛。萨满口中念的咒语像流水的声音一样滚落出来。那个人向后退缩,在他挣扎着要站起来时几乎跌倒。

阔阔出拿起他的手,第一个人开始摇晃眩晕,脸色发白。外面灯光中的人群越来越多，上百人在黑暗中窃窃私语。阔阔出走向第二个人，吸了一口气，闭上眼睛。

“男孩……”他说，“那个男孩看见……”他一动不动地站在那里，整个大营的人都屏住呼吸看着他。最后，阔阔出摇摇头，好像卸下了一个重担。“这些人中间有一个叛徒，大王。我已经从他的脸上看到。他杀了男孩，是为了让男孩不说出所看见的东西。”

突然，阔阔出一步跨到了第四个人面前，那个最年长的兄弟。他的手啪的一声伸出去，然后手指在男人的头发里翻腾。

“我没有杀那个男孩！”那个人大喊，挣扎着。

“如果你撒谎，神灵会偷走你的灵魂，”阔阔出在一片震惊的沉默中咒骂，“现在再撒一次谎，就给可汗看看叛徒和屠杀者的命运。”

战士恐惧的脸松弛下来，突然大喊，“我没有杀害那个男孩，我咒骂他！”在阔阔出沉重的手下，他突然抽搐起来，人群害怕地尖叫起来。他们惊恐地看着，男人的眼珠往上翻，他的四肢展开在断断续续地打颤。他倒在了一边，从可怕的紧张中挣脱，缩在一起，开始痉挛，由于失禁，在草地上尿了一地。

阔阔出站在那里看着，直到男人安静下来，他的眼睛在灯光下发白。周围很安静，整个大营都很安静。只有成吉思汗能打破这种安静，他还没有从刚刚的恐惧中走出来。

“看了其他人的骨头，”他说。“男孩的死得到了回答。”阔阔出向他鞠躬，成吉思汗让人群各自回家，等太阳升起。

第十五章

警铃响遍了整个包头，他们一个晚上都在跟着廉快速跑。即使黑暗从有些地方消散，房屋的居民们都醒了，各个大门上还是点起了灯。他们穿过一个有着灯光的池塘，那里的雨水反射出金色的光芒，接着他们就冲到黑暗中。

士兵没有看见他们离开，尽管离得很近。廉很清楚地形，他们毫不犹豫地穿过了富人房屋后面的一个小山谷，大门口出现了更多帝国的护卫，但是他们准备向城市中心进发，去寻找那些杀害了他们同伴的罪犯。

帖木格在挣扎着前进的时候有点虚弱。他们顺着墙往前走，有时候，廉会转身躲避那些敞开着的庭院里的人和十字路口的人。合撒儿跟在他的旁边，观察着士兵。战斗之后，不管帖木格什么时候看他，他都是笑着的，帖木格怀疑那是一个白痴的笑，他是不能想象被抓到的结果。帖木格觉得这对他们很残忍，一边流泪一边跑，好像热铁已经架在他的身体上。

廉在靠近城墙的一个安静的地方停下来。一群像蚂蚁一样的搜查士兵已经留在身后，但是警铃把人们都吵醒，他们走出门外，害怕地盯着跑着的人们。

廉转身对着他们，喘着粗气。

“这里的城墙正在修复。我们可以爬上碎石筐的绳索。你们今晚不会找到其他路从包头城出去。”

“给我们做个示范，”陈义说。廉看看他周围能看见的窗户里露出的苍白的脸。他紧张地咽下口水，带他们到了一个地方，那里是城墙的古老的石头，可以用手攀爬。

黑暗中绳索被盘起来放着，他们能看见球状的大箩筐，用来运碎石到墙的顶部。三个绳索是拉紧的，陈义拽了拽其中一个，高兴地惊叹一声。

“你们做得很好，廉。这里没有梯子吗？”

“它们晚上都被锁在别的地方，”廉回答，“我可以很容易地打开锁，但是那样可能会耽搁我们。”

“那么这个也可以。用这个，然后你试一下，让我们看看怎么做。”

石匠放下他身上的工具，开始攀爬，呼噜地使着劲。黑暗中很难判断墙有多高，帖木格向上看的时候，发现那是相当巨大的一面墙。他握紧拳，下决心不要再在合撒儿面前被羞辱。他能爬上去。想到像一袋锤子一样被提上去,别人都注视着,他觉得很可怕。

郝撒和合撒儿一起爬上去,合撒儿向后看了一眼帖木格,才开始攀爬。毫无疑问,他在想柔弱的弟弟可能会滑下去,会砸到陈义身上。帖木格愤怒地盯着他,直到合撒儿笑了一下,然后像兔子一样爬上去,尽管他有伤,但看起来爬得还很容易。

"你们其他人在这里等我,"陈义对他的人低声说。"我和他们上去,然后他们安全下去之后,我就回来。必须有人把绳索拉回另一边。"

他把一条粗绳递给帖木格,看着这个年轻人开始攀登,他在攀爬时胳膊在颤抖。陈义恼怒地摇摇头。

"别掉下来了,胆小的家伙,"他说。虽然个子矮小,陈义却爬得非常之快,把帖木格甩在身后孤单的在黑暗中往上爬。他的胳膊像要燃烧起来,汗水已经流到他的眼睛里面,但是他强迫自己一定要爬上粗石,离开下面人的视线。接近墙顶的地方没有亮光,当一双大手抓住他把他拽上墙时,他差点震惊地掉下去。

帖木格躺着喘息,其他人都不去理会他,各自在放松。他站起来的时候,心跳加速,回头看着城市。下面,碎石筐已经被砍断,他们迅速地将绳索收起,向另一边扔下去。

墙的顶部只有十步宽,绳索搭在上面。当看见绳索没有刚好落在城外的地上时廉低声咒骂道。

"我们必须在最后的时候跳下去,希望没有人摔断腿,"他说。

最后的绳索被拉起,上面绑着廉的工具,合撒儿的弓,还有三把草原上的剑,上升的时候在墙上不停地撞击。廉把他们从城墙的另一边放下,然后停下,听陈义发令。

"走吧,现在,"陈义说,"你们必须走一段路,除非找到地方买到骡子。"

"我不骑骡子,"合撒儿立即说道。"这地有没有好马值得偷?"

"那太冒险了。你的同胞在北方,除非你打算回到西夏的路上。那里距离这里不过几百里,但是那里每一条路上都会有帝国士兵驻守。你最好向西穿越山脉,只能在夜里走。"

"我们可以试试,"合撒儿说,"再见,小贼。我不会忘记你怎么帮助我们。"他在远处边缘上蹲下,滑过去用胳膊肘撑着地,够到了摇晃的绳索。郝撒对陈义点点头,跟着合撒儿而去,如果陈义没有拍拍帖木格的肩膀,他可能一句话也不说就走。

"你的可汗有了他想要的东西。我会记住他的名字,支持他来这里。"

帖木格快速点点头。他不关心成吉思汗是否会把包头烧为平地。

"当然,"他说,"我们是一个有荣誉感的民族。"陈义看着他爬下去,还想之前一样笨拙无力。当蓝帮会的帮主独自留在墙上,他叹了口气。他并不相信帖木格,他那飘忽不定的眼神和懦弱都说明他不是一个可信的人。在合撒儿身上他感受到同伴精神;一个残忍的人,但确是一个他希望与之分享荣誉和债务的人。他耸耸肩回到了城里。他不能确定。他不喜欢赌博的激动,也从来没有理解那些乐于赌博的人。"瓷砖在飞,"他低声说。"谁知道他们会落在哪里?"

第十天的时候,四个人都脏兮兮的,而且磨破了脚。因为不习惯走路,合撒儿开始有点跛,拖着沉重的步伐,他的情绪可想而知。一旦没有陈义在,廉只是问了几个问题,然后就陷入了深深的沉默。他肩上背着自己的工具,他也分享合撒儿用弓箭射到的野兔,其他人在计划他们的路线时,他却没有加入讨论。凛冽的大风使得他们在走的时候不得不用手抓住长袍,紧紧地裹在身上。

合撒儿曾想从北边的小路上走。帖木格参加了争论,没人理他,但是郝撒给他们描述了金国的要塞和抵御侵略者保卫帝国的城墙之后,他又动摇了。尽管城墙有点损坏,但是仍然有很多护卫守在那里,他们四个人通过很危险。唯一一条安全的路是沿着黄河岸边通向西面的的路,直到他们到达跨越西夏王国和戈壁沙漠的山脉处。

第十天快结束的时候,合撒儿坚持进入金国的村庄去找马匹。他和他的弟弟还幸运地带着一点金银——足够吓唬那些没见过世面,尤其是这么多财富的农民。但是找到一个商人,去拿一点银子换成铜币是一件困难的事。他们离开的时候两手空空,夜幕落下的时候又开始出发,不想在一个地方待太久。

月亮升起的时候,四个疲惫的人走入了一片松树林,花了一点时间在寻找动物的足迹,试着看见星星能引导他们前行。在他的生命中,第一次,帖木格开始在意他自己的汗味儿和肮脏,他多么渴望能够再有机会用金国的形式洗浴一次。他回头望去,有点怀念在城里的第一次经历,想起了陈义干净的房屋。他对乞丐完全不感兴趣,或者是那些像蛆一样落在肉上的人也一样。他是也速该可汗的儿子,也是成吉思汗的一个兄弟,永远不会沦落到那种境地。为了找到那些有钱人能住的地方,在黑暗中走的时候,他问了廉几个问题。石匠好像很惊讶,帖木格对城市里的生活了解这么少,几乎不知道简单的事实,比如水是怎么变干的。他告诉帖木格学生在大学,那里伟大的思想家会和学生交流思想,争论问题时不会有流血事件发生。作为一个石匠,他讲到怎样在城市最不好的地方挖下水沟,尽管腐败使工作拖延了十多年。帖木格把那些话都记在心里,一边走,一边在想象着自己能够在阳光照耀的庭院里和同学们一起学习,两手背在身后漫步在院子里一起探讨问题。正在幻想时,他被一个树根绊倒,合撒儿又开始嘲笑他,打断了他的想象。

合撒儿没有防备地站在小路上,让郝撒用拳头砸他的后背。这时候很多西夏士兵的声音打破了沉默。廉困惑地站在那里,帖木格从沉思里回过神抬起头,他的呼吸堵在了嗓子眼上。确定他们没有遭遇攻击?两天前他们就看到有一个护卫出现在马路上,在一个很宽的地方搭了帐篷。难道已经传话出来要寻找逃亡者?帖木格感到一阵绝望,他突然确定那是陈义为了保住自己的性命所以把他们供了出来。帖木格以前就干过这样的事,黑暗中痛苦侵袭了他,感觉周围的暗影下都是敌军。

“那是什么?”帖木格在他哥哥背后低声说道。

合撒儿向四面八方看,搜寻着声音的来源。

“我听见了声音。现在风改变方向,但他们可能在那里。”

“我们应该向南走几公里,然后甩掉他们,”郝撒低声说,“如果他们正在找我们,我们可以在树林里耽搁一天。”

“士兵们不会在树林里扎帐篷,”合撒儿说,“从这里爬过去很容易。我们往前走,但是要慢慢走。准备好你们的武器。”

廉从他的工具中拿出一个长把的铁锤,把头扭向肩膀的另一边。帖木格生气地看着合撒儿。

“我们为什么要管这片树林里有谁?”他说,“郝撒说得对,我们应该绕行。”

“如果他们有马,是值得冒险的。我想快下雪了,我已经厌倦了走路,”合撒儿回答。没再说什么话,他便开始匍匐前进,其他人不得不跟上他。帖木格心里默默地骂他。像合撒儿这样的人是不会在他想象的城市里的林荫大道上走路。他们可能不会守卫城墙,只有更优秀的人才能得到这份荣誉和尊严。

当他们沿着窄小的路走时,透过树木可以看见火光,他们都听见了合撒儿敏锐的耳朵之前听见的吵闹声。夜晚的空气里明显有笑声传出,合撒儿兴奋起来,因为他听到了母马的嘶叫声。

四个人慢慢地向光亮处爬去,他们往前走发出的声音完全被喊声和欢呼声淹没。当他们很靠近的时候,合撒儿胸脯贴着地,那里古老的树根盘绕,他想更清楚地看到那片小空地。

有一个骡子,在拽着绑在木桩上的皮绳。让合撒儿高兴的是,三个毛发浓密的马系在空地的边缘上。它们都又小又瘦,低着头站在那里。合撒儿的目光变得坚定起来,他看见它们的腰部有白色的疤痕,他解开身上的弓,把箭放在了地上。

火堆的周围有四个人,其中三个人在嘲骂另一个。那个人身材矮小,穿着一件黑红色的长袍。他的光头在火光的照射下渗出了汗。其他三个没有穿盔甲,但是他们的腰上都别着刀,还有一个人的短弓靠在树上。他们残忍地拿那个身材矮小的人反复开着玩笑。还有一个人在流鼻血,他没有加入那几个谈笑者,他的特征很明显,全身都是伤疤和肿包。

合撒儿看见,那个流鼻血的人用木棍猛打那个矮小的人,把他打得摇摇晃晃的。抡拳的声音在空地上听得很清楚,合撒儿残忍地一笑,收紧了他手中的弓。他离开光照的地方,怕回到郝撒身边,声音极其低沉。

“我们需要他们的马匹。他们看起来不像士兵,如果你能冲进去,我可以用箭杀死两个人。还有一个年轻人,他的头看起来像鸡蛋。他还在打架,但是他对抗不过其他三个。”

“他可能是一个和尚,”郝撒说,“他们是硬汉,把他们所有的时间都花在乞讨和祈祷上。别低估了他们。”

合撒儿抬起眼,想发笑的样子。

“小时候,我用所有的时间从早到晚学习兵器。我还没有看到你的同胞能有一个人可以对抗过我。”

郝撒紧锁眉头,无奈地摇摇头。

“如果他是一个和尚,他会尽力不去伤害攻击者。我以前见过他们在国王面前展示他们的技能。”

合撒儿轻声咒骂。

“你们是一个奇怪的民族。士兵不会打架,但是和尚会。告诉廉,拿好他的锤头准备在我射中的时候砸破他们的头。”

合撒儿又爬到了前面,用膝盖慢慢地挪到前方。他惊奇地看见那个流鼻血的人躺在了地上,在苦恼地生气。另外两个人也倒在了地上。那个年轻的和尚挺直腰杆站在那里,身上有几处伤,合撒儿听见他平静地对欺负他的人说话。其中一个人嘲笑道,把棍子扔在一边,然后从腰带处拔出一把短剑。

合撒儿拉紧了弓,正准备发射时,那个和尚从火堆那边看到了他,突然照在他脚上的光好像准备好要跳开。其他人没有注意到,其中一个人冲向和尚,举着短剑插入他的胸膛。

合撒儿长出一口气,冲着那个强盗的腋窝放了一箭,那个人翻倒在地。其他人开始动摇,这时廉和郝撒叫喊着冲出去。在他们行动的时候,和尚几步跨到身下的人面前,给他的头上一拳,把他撞到了火堆里。郝撒和廉大喊着过来,但是和尚根本不理会他们,把袭击他的人从火焰中提出来,接着撞在地上,那人的头发开始冒烟,他已经全身无力,和尚轻而易举地举起了他。

之后,和尚才转脸面对着新来的人,冲着他们点头。那个流鼻血的人痛苦而又恐惧地呻吟着。合撒儿一边走一边搭上了另一只箭,帖木格跟在他身后。

和尚看见合撒儿意图射向他,合撒儿握着箭的手指绷紧。那光秃的头骨使得和尚看起来要更老一些。

“站在一边,”合撒儿对和尚说。

和尚面无表情,没有挪动,只是用手臂把箭放下来。

“告诉他站在一边,郝撒,”合撒儿说着,摇着牙又把箭举起来。“告诉他我们需要他的骡子,但是我杀了这个人之后他可以走。”

郝撒说话的时候,合撒儿看见和尚听懂了话之后脸上亮了起来。事情发生了变化,当他没有要停止的意思时,合撒儿用金国的语言咒骂,从紧张中放松下来。

“他说他不需要我们,这个人的生命不用我们去取,”郝撒最后说。“他还说他不会放弃骡子,虽然那不是他的,但那是别人租给他用的。”

“他没有看见我举着的箭吗?”合撒儿问,把箭指向了和尚的方向。

“和尚,把骡子给帖木格,”合撒儿回答,“除非你和我弟弟一起骑它。”

“我不介意,”郝撒立即说。他对和尚说,在谈话过程中鞠了三次躬。和尚最后瞥了合撒儿一眼,点头同意。

“他说你可以带走马匹,”郝撒说,“他要留在这里照顾受伤的人。”

合撒儿摇着头,不能理解他为什么这样做。

“他不感谢我解救了他吗?”

郝撒面无表情。

“他不需要解救。”

合撒儿眉头紧锁,盯着和尚,和尚也平静地凝视着他。

“成吉思汗可能会喜欢这个人,”合撒儿突然说,“问他是否愿意和我们一起走。”

郝撒又开始说,和尚摇着头,他的眼睛没有离开合撒儿。

“他说佛陀的任务会带他到一个陌生的路上,但是属于他的地方在穷人中间。”

合撒儿咒骂道。

“穷人到处都是。问他怎么知道佛陀不想让我们在这里找到他。”

郝撒点头,在他说的时候,和尚好像有了一点兴趣。

“他问是不是你的同胞们也知道佛陀,”郝撒说。

合撒儿笑了。

“告诉他我们信仰天上的长生天,和地下的大地母亲。其余的在死亡之前不是挣扎就是痛苦。”郝撒听着这些哲学论一头雾水,合撒儿哧哧地笑了起来。

“你相信那些吗?”郝撒问道。

合撒儿瞥了一眼他的弟弟。

“还有一些愚蠢的人也相信神灵,但是我们大部分擅长骑马和拥有强壮臂膀的人都信这个。我们不知道什么佛陀。”

郝撒还没来得及说时,年轻的和尚低下头,走到了栓骡子的地方。合撒儿和帖木格看着他跳上马鞍,惹得那个畜牲开始打响鼻,不停地向后踢。

“多么难看的畜牲,”合撒儿说,“这个和尚和我们一起走吗?”

郝撒惊讶地看见他点头。

“他去。他说没有人能够猜到他的路,但是或许你正是那个将要引导他的人。”

“这就对了,”合撒儿说,“但是告诉他,我不会让我的敌人活着,他必须不再干涉我才行。如果他那么做了。我会把他的光头也砍下来。”

和尚听见这些话之后,大笑起来,用大腿拍了拍胯下的骡子。

合撒儿皱着眉头看他。

“和尚,我是苍狼里的合撒儿,”他指着自己说,“你叫什么名字?”

“姚术!”他回答,用拳头在自己的胸脯上捶了两下像是在致意。这个动作让和尚自己都觉得好笑,他一直哧哧地笑,直到笑出了眼泪。合撒儿凝视着他。

“郝撒,上马,”最后他说,“那匹灰色的马是我的。至少不用再走了。”

他们很快骑上马背。郝撒和帖木格骑在一匹马上,马鞍被卸下来扔在一边。幸存的强盗们担心性命随时会结束,所以在他们谈话时一直很安静。看着他们离开,坐起来骂了几句,这个时候他们确定只剩下他们单独留在这里。

五个人走在一条绵延在西夏王国南部边境的路上,这里几乎没有人。肯特山脉在一千里之外的北部,进入深冬,还需要几个月才能到。甚至在路上,狂风恣意地怒吼。这里不再有挡风的要塞。风总是不断地刮,整个空气中卷着沙子和尘土。

合撒儿和帖木格从马上下来,想起他们站在这里发生的那次为了拿下要塞的血战。成吉思汗取得了胜利。还有几块大石头躺在沙地里,其它的都已被拖走。悬崖上有几个方形的洞,那里以前穿着木棍和柱子,但是不管怎样,要塞已经不存在了。这里再也没有阻碍部落人民南下的守卫,这一切让合撒儿心里升起了骄傲之情。

他和帖木格拉着马沿着通道漫步,抬头看着立在两边的悬崖。和尚和石匠不理解地看着他们,他们都不知道这个地方曾经是西夏王国统治的要塞,当时这里被一块大石相隔。

郝撒向南方看去,掉转马头看向他家乡的土地。远处有些地方发黑,那是腐烂被烧的麦田,留下了烟灰覆盖在田地上面。村庄肯定惨遭了屠杀,他确定,或许银川也是。想到这里,他使劲摇摇头。

离开西夏已经有四个月了,要是再见到妻子和儿子那就太好了。他想知道自从伟大的可汗征服了西夏之后,他们的军队现在怎样。部落人民打破了古老的平静,想到那时的破坏他不由得颤抖了一下。几个月以来他丢掉了朋友和同伴,整个大地上到处都是痛苦。最后的羞耻是那忠实的女儿被交到了夷狄的手中。郝撒想到这样的女子被迫住在到处是山羊的帐篷里,心里一阵酸楚。

郝撒向山谷看去,他惊奇地发现自己有点想合撒儿的同胞。想到那些人的残忍和暴行,郝撒有点自豪地怀念这次旅途。西夏没有其他人能够偷袭到金国的城市里,还能带回一个技巧精通的石匠,活着回来。那时候他正在在一个村子里喝了太多米酒,合撒儿差点杀了他。郝撒摸着一个士兵在他的肋骨上用刀留下的伤疤,那个士兵是因为没有得到允许回家看他的家人才伤到了他。合撒儿想不起他清醒时的战斗,或者说他什么也没想。他想的东西郝撒从来都不知道,但是他的鲁莽和乐观影响了西夏的士兵,他想知道自己是否能够容易地回到西夏军队严明的训练中。每年的贡品必须穿过沙漠送到蒙古,郝撒想那时候他会志愿去做护卫的领导,只是想去看看那块生养部落人民的土地。

合撒儿回到他的同伴们中间。想到可以回到家乡,回到成吉思汗身边,他兴高采烈。看到其他人回来,他一直笑着,明显很高兴。他们身上已经满是灰尘,很是肮脏,脸上的皱褶里都是灰尘。姚术开始从郝撒那里学习部落的语言。廉还是听不懂他们讲话,但是还是懂几句有用的话。他们不确定地冲合撒儿点头,不相信这是好心情的表现。

郝撒看着合撒儿走近他。他惊讶地看见合撒儿坚硬的胸脯,想到要离开这些同伴,不知道该说什么。合撒儿在他找出话语之前开始说。

"好好看看这里,郝撒。你还要很长时间才能再次看见你的家乡。"

"什么?"郝撒问道,他平静的情绪顿时消失。

合撒儿耸耸肩。

"你的国王让你在我们这里待一年。在我们到山里之前还少两个月。我们需要你给石匠做翻译,还要给和尚教说话。你想我会在这里留下你吗?你是这么想的!"合撒儿看见郝撒脸上掠过的痛苦表情,感到高兴。

"我们准备回到草原,郝撒。我们可以攻下几座山,不管石匠教我们什么,到我们准备好的时候,就会开始战争。也许在那个时候之前,你要有用的话,我们还会要求你的国王再让你在这里多待一年或者两年。我应该想到如果我们需要你,可以让你从贡品里拿走一些钱财。"

"你这样做是在折磨我,"郝撒咒骂道。

合撒儿笑了。

"也许有一点,但是你是一个了解金国的战士。当我们进攻金国的时候是需要你的。"

郝撒愤怒地盯着合撒儿。这个蒙古的战士得胜般的拍马转身离开,冲着身后喊道。

“我们要在峡谷中找点水喝。然后，就可以穿过沙漠回到家中那些战争时俘获的女人们身边。一个男人还需要更多的吗？我会找一个寡妇温暖你，郝撒。我在帮你，你会看到这一切的。”

合撒儿再次骑上马，帖木格被廉扶到马鞍上。他靠近自己的兄弟。

“草原在呼唤我们，弟弟。你感觉到了吗？”

“我能感觉到，”帖木格回答。事实上，他和合撒儿一样渴望回到部落中，因为他现在已经了解了更多可以取得胜利的信息。想到哥哥的战争和战利品的时候，帖木格看见了想象中的城市，是那样的美丽，他是多么渴望能到那里去。

第二部分

公元 1121 年

新——卫

(天上的金属。地上的羊群。)

金王朝:卫王

第十六章

成吉思汗全副武装,他在观望遭受破坏的临河城。稻田里各个方向数十里地已经被施上湿的褐色肥料,他的军队包围了城墙。没有微风,他的九尾旗帜垂落下来,下山的太阳留下的余晖照在他带到那片土地的军队身上。

他的周围,所有人的战马在地上刨着土,都在待令。一个仆人牵着一匹栗褐色的马站在他的旁边,但是可汗还没有准备好上马。

帐篷的门被关上,血红色的布在风中摆动。方圆五十里,他的军队冲向各个方向,直到耸立的城市旁边,城市不可触及,就像被西夏国王庇护的银川一样。当西夏的士兵驻扎在他们不希望与之竞争的主人前面时,马路的要塞处已经空空如也。自从他的人民有了弹射机和梯子,城墙已经证明不再是障碍。在试用战争的新机器的时候,看见大部分石墙被击为碎石,成吉思汗感到非常高兴。他的人已经扫清了所到之处的防御者,将所有的木屋都烧成了灰烬。金国是阻止不了他们的,除了逃跑就是等死。

还有一笔账要清算,成吉思汗确定:什么时候提拔一个将军来控制金国,以及什么时候部落人亲自到达燕京。今天应该不会。

陕坝七天内就被攻倒,五原只用了三天就烧毁。成吉思汗看着他的弹射机发射出的石头击碎了临河的城墙时,满意地笑了。石匠和他的兄弟们带回了新的作战方式,从此他不会再被高墙挡住去路。花了大概两年的时间,他的人民建造了弹射机，并了解了金国高墙的秘密和弱点。他的儿子们已经长得又高又大，最大的孩子已经快成年。这就够了。他又来到了敌人面前，这次他了解了更多。

尽管他站在弹射机战线的后面，还是能清楚地听见石子在空气中穿梭的声音。城墙里面的金兵不敢出来面对他的大军，如果他们出来，他会很快地迎战上去，结束这一切。现在他们建立起了红色的帐篷，但是没有用。城墙一块接着一块地被击碎，弹射机的石头射进空气中，这边射击的战士已经汗流浃背。廉还告诉他更可怕的武器的设计方法。成吉思汗仿佛已经看到巨大的秤锤将大圆石以无比巨大的威力发射到百步之外。金国石匠设计的武器赢得了成吉思汗的赞同，他的技能得到了认可。成吉思汗感觉拿到了廉的设计图，就好像全部智慧都在其中。虽然文字对他来讲还是一个谜，但是他的脑子里已经清楚地了解到力、摩擦力、杠杆、石块和绳索的概念。他会让廉建造出最厉害的机器来攻打燕京。

金帝国的中心城市不是他们现在攻打的临河。看廉锁描述的护城河和巨大的城墙，其宽大概有七个人头尾相接的长度，想到这里，成吉思汗露齿而笑。陕坝的城墙已经倒塌在他们脚下所挖的隧道中，但是燕京的要塞建立在石头上，是不容易被摧毁的。他需要更多的弹射机去破坏国王自己的城市，他的战士拥有了决胜的技能，他还有其他可以建造的武器。

成吉思汗起初想专门派一些人去制造机器，以前他的部队中没有步兵，但是廉引进了工程师的想法，成吉思汗发现很多人都能理解力学和重量的原理。他很高兴眼前有这么多人可以攻破城市。

当城墙的一部份坍塌下去，成吉思汗哈哈大笑。速不台带领着以前战士在攻打临河城墙。城市的四个大门外面，主力军已经列队待发，只要大门一打开，他们就会冲进去。所有的事新鲜而又刺激，成吉思汗看见他的人民作战有利，感到很自豪。如果他的父王还活着能看到这一切就好了。

远处，速不台下令用木质的挡板保护那些用带钩的长矛拖石块的战士，城里的弓箭手射不到他们反而丢了自己的性命，在蒙古军队胜利的时候，他们的箭只能射在木板上浪费掉。

成吉思汗看见，高墙上的那一队防御者最后都拿盾牌顶在自己的头上，很多人死在了箭下，后面又有更多的人替补上来。看见他们用黑色的液体往十几个长矛战士的头上喷洒时，成吉思汗眉头紧锁。木质防护牌后面的战士都倒在了液体里面，接着，一个火把扔进了油中，火焰开始蔓延，当战士们被大火烧焦时，惨烈的尖叫声四起。

成吉思汗周围的人都在咒骂，速不台的被烧的长矛兵都乱了阵脚，攻击遭到了破坏。在混乱中，金国的弓箭手瞄准那些离开防护牌的战士，愤怒地将他们射死。

速不台大声喊着命令，但是举着防护牌的战士却很难再聚起来，只剩下那些受伤的人等待生命耗尽。当弹射机又开始作战时，成吉思汗赞赏地点点头，他能听见石油烧灼的声音，以前他没有见过用石油作战的方式。火焰比起蒙古的羊油灯要快很多，他在想着可以得到一些石油，也许临河城攻陷的时候会找到一些剩余。他的脑海中挤满了上千个自己所要记住的细节，因此，很多计划在脑中不断地闪现。

城下躺着很多烧焦的冒着烟的尸体，城里的士兵在欢呼。成吉思汗在等待速不台攻破城，他有点迫不及待了。白天快要过去，太阳落山的时候，速不台就不得不撤兵了。

在弹射机又开始发射的时候，成吉思汗想知道在攻击中损失了多少人，这都无所谓。速不台命令那些最小的没有经验的战士参战以得到锻炼。在肯特山待的两年中，有八千成人的孩子骑着马来加入了他。有一大部分人都由速不台统率，他们称为成吉思汗光荣的幼狼。速不台请求做攻打临河的前线，但是成吉思汗是准备要这些男孩引导进攻。和他们新的将军在一起，就必须流血。

成吉思汗听见风中传来那些受伤的人的哭喊声，握紧的拳头无意识地砸在他的大腿上。城墙又倒下去两部分。他看见观望塔上的石头坍塌，一窝弓箭手几乎摔在了速不台欢呼的战士们脚下。临河的城墙现在接近破坏的边缘，成吉思汗知道快了。在弹射机队伍最后取得胜利停下来的时候，带着轱辘的梯子开始上阵。

成吉思汗感受到周围的兴奋，速不台的幼狼战胜了防御者，将灰色的石块射入了他们颤抖的身体里。成吉思汗最好的弓箭手在下面准备好攻击，他们能够射中百步以内的鸡蛋壳。金国的士兵站在墙上发抖，他们随后都开始撤退。

成吉思汗拉紧战马的缰绳，威猛的马儿开始嘶鸣，情绪激昂。他扫视一周，战士们都已准备好，整装待发，士兵遍布城市周围。他的军队很多，因此每一个将军都领导一万人，各司其职。阿尔斯兰在临河后面，现在看不见，但是成吉思汗看见者勒篾的旗帜在微风中飘扬。阳光的照射下，所有人都笼罩在金灿灿的光芒中，身后留下了长长的影子。成吉思汗寻找他的兄弟们，如果西面和东面的门一打开，他们就会准备冲杀进去。合撒儿和合赤温会是第一个走在临河大街上的人。

他身边，曾经是苍狼中的马穆鲁克奴隶的拖雷，身材高大，值得看一眼，成吉思汗感觉到他骄傲地挺直了腰杆。老朋友们都在那里，冲着他点头。整个军队的最前线只有二十个骑兵，他们大概三十岁左右，和成吉思汗年龄差不多。看着前方的路，成吉思汗精神振奋，看着城市，蠢蠢欲动。

临河的一些地方，烟雾徐徐升起，像极了草原上一团团的云雾。成吉思汗一边看一边等待，他紧张的手微微有点发抖。

“可汗，我可以为你祈福吗?”一个熟悉的声音，打断了他的思绪。成吉思汗转身对他的私人萨满做了一个手势,黑色的小路上,萨满走在一群人的前面。阔阔出把曾经服侍乃蛮部落时穿的碎布衣扔了,现在的他身穿一件蓝黑色的丝绸长袍,系着一条金色的带子。他的手腕上绑着一个穿着金国硬币的绳子,在他抬起胳膊时,那些东西叮咚作响。成吉思汗面无表情地低下了头,阔阔出将羊血洒在他的脸颊上,他感觉到一阵凉意,顿觉体内注入了平静,接着阔阔出开始向大地母亲祈福,成吉思汗把头低得更低。

“她欢迎你将鲜血洒向她的身体,我的汗王,越多越好,就像大雨倾倒而下。”

成吉思汗长出了一口气,高兴的他感觉到身边的人恐惧,他们每一个人都是战士出身,第一年在烈火和战争中都得到了历练,当阔阔出走在他们中间时,他们安静地闭上了闲聊的嘴。成吉思汗看见恐惧的氛围浓厚,他用这个约束整个部落,因此给阔阔出任免了权利。

“我能把红色的帐篷拆卸掉吗,我的汗王?”阔阔出问道。“太阳落山后,黑色的布为火焰准备好。”

成吉思汗同意。阔阔出的这种方法能够在金人的城市里散播恐怖。第一天,他们的城墙外面立起的是白色的帐篷,它的存在,明显看出没有士兵保卫。如果日落之前他们的大门不打开,红色的帐篷在黎明时分就会立起来,成吉思汗放出话,那将意味着所有在城市里的人都会死。第三天,黑色的帐篷就意味着对每一个城里活着的人来说,只有死亡,没有结束,没有同情。

东方城里的人可以看到这些预示,成吉思汗希望如阔阔出所说,他们能更快地投降。萨满知道怎么利用人的恐惧心理。单靠野蛮的掠夺会引起他们的反抗,但是这个思想他很感兴趣。速度是第一,如果城市没有战争就攻破,他就会全速前进。他把头靠向萨满,给他授予了荣誉。

“阔阔出,这一天还没有结束。那些失去丈夫的女人们,她们对我们来讲,太老太简单,把话散播出去,恐惧就会散播。”

“我的汗王,按你的意愿,”阔阔出说,他的两眼放光。成吉思汗感觉到自己的体内燃烧着一团烈火。如果他要通过想象描画一些事情,就需要一个聪明的人。

“我的可汗大王!”一个指挥官喊道。成吉思汗咒骂着转过头,看见速不台领导的年轻战士把北面的大门打开。防御者还在反抗,他看见速不台的人在奋力进攻,以保住他们已经赢得的优势。在视线的远处,合撒儿的一万士兵疾驰而去,他知道城市最后的两个地方也被攻破。合赤温在东方的大门处静静地站着,突然,他看见弟兄们都开始移动。

“冲啊!”成吉思汗大喊,用脚后跟驾起了马。风在耳边扫过,他想起了很久以前在草原上骑马的感觉。他的右手里举着白桦木做的长矛,是革新过的武器。

只有少数一些强壮的人开始练习这种长矛,但是很快整个部落都流行起来。高高举起长矛的成吉思汗怒吼着穿过土地,周围簇拥着他忠实的战士们。

还会有更多其他的城市要攻打,他知道,但是第一个城市在记忆里总是最美好的。他大声对自己吼叫着,整个军队急速冲过大门,四散的防御者就像沾着血迹的落叶一般。

帖木格穿过黑暗的小道,到了阔阔出的蒙古包。当他进门的时候,听到里面传出念咒语的声音,但是他没有停下来。天空中的月亮不知藏到哪里去了,阔阔出告诉过他,月亮在空中隐去的时候,就是他变得强大和最适合学习的时候。远处,临河城里的大火还在燃烧,但是整个大营在大战之后很安静。

在萨满的帐篷旁边,是另一个低矮的帐篷,帖木格需要跪着进入,一个油灯散发着昏暗的光芒,空气中弥漫着浓烟,帖木格呼吸了几次就觉得有点眩晕。穿着黑色丝绸袍子的阔阔出盘腿坐在地上。里面所有的东西都来自成吉思汗之手,帖木格心里对阔阔出既是嫉妒又是畏惧。

阔阔出叫他过来。他盘腿坐在萨满的对面,看见阔阔出闭着眼睛,呼吸轻得不像是从胸腔里呼出来的一样。帖木格在浓重的沉默中发抖,想象着烟雾中黑色的神灵填满了自己的肺部。烟来自一个黄铜盘子里点着的香,他想知道他们已经洗劫了哪些城市。帐篷里的同胞这些日子见到了太多新奇的事物,几乎没有人能认出它们是什么东西。

肺部吸进了太多烟之后,帖木格不住地咳嗽。他看见阔阔出的胸腔也在发抖,这个男人的眼睛睁开,什么也看不见,想找到他所在的位置,却失败了。回到现实中后,萨满对他一笑,他的双眼中不满深深的影子。

"月亮完全变化的时候,你没有来找我。"阔阔出说,他的声音因为烟而变得沙哑。

帖木格看向别处。

"我陷入了困境。你以前教给我的一些事情……令人不安。"

阔阔出笑了,嗓子里干咳了几声。"因为孩子们在黑暗中会警惕,所以大人们在神力面前也要警惕。你在尝试的同时,也在消耗这些力量。那不是一个轻松能玩的游戏。"他看着帖木格,直到年轻人抬起头,看他明显在颤抖。阔阔出的双眼尤其明亮,眼珠比帖木格以前看到的要更大更黑。

"你今晚为什么要来,"阔阔出低声说,"如果不是把手再一次伸入黑暗中?"

帖木格深呼吸。浓烟好像适应了他的肺,他觉得微微有点被引导向前,找到了一些自信。

"我听说在我离开去包头的时候你找到了一个叛徒。我的哥哥可汗告诉我的。他说你从那些跪着的战士里把这个人提出来,相当精彩。"

“从那之后，很多事都变了，”阔阔出耸耸肩说道。“我能闻到他的罪行，我的孩子。你可以学习这些东西。”阔阔出提出了他的愿望，思想又专注起来。他习惯于烟雾，所以比年轻的伙伴能够吸入更多，但是他的视线里仍然闪烁着亮光。

帖木格和这个身穿新丝绸长袍、浑身闻起来是血腥味的奇怪的人坐在一起，所有的担心都消失了。好像一个一个字从他口中蹦出来，他不知道自己发音含糊。

“成吉思汗说你把手放在叛贼的头上，念着古老的咒语，”帖木格低声说，“他说，那个人大声哭喊着，没有任何伤口，却死在了众人面前。”

“帖木格，你喜欢做同样的事情吗？这里没有别人，我们之间不应该有羞愧。说你想说的话。你想要学那些吗？”

帖木格情绪有点低落，他的手放在丝绸铺的地面上，明显感觉到手指间的顺滑。

“那是我想要的。”

阔阔出大笑了起来，露出了嘴唇间黑色的牙齿。他根本不知道叛国贼的证据，而且根本就没有这回事。他压在那个人头上的手里握着两只小小的染着毒液的尖牙。他花了好几个晚上熬制了那种毒液，自己亲自冒险尝试。想到当罪犯被抓出来，可汗脸上流露出的敬畏，他又笑了起来。死去的人脸上微微发黑，两个黑色的钉子藏在他的头发里。阔阔出选择他是因为他娶了一个金国的女孩做妻子，那个女孩走过阔阔出的帐篷去打水时吸引了阔阔出，但是她拒绝了阔阔出，好像她是草原同胞的一员，而不是一个奴隶。想到她的丈夫在死的时候眼里突然明白什么，阔阔出笑得更厉害了。自从那一刻起，别人就开始害怕阔阔出，整个大营都开始敬畏他。其他萨满没有一个人敢竞争他的位置。他对自己所描述的没有感到任何羞愧之情。他的命运和国家的可汗站在一起，如果战胜了敌军，他就又得胜了。如果他这样杀了一千个人，就该计算成本了。

他看见坐在令人窒息的烟雾中的帖木格双眼空洞。阔阔出将自己的下颌合上，不再大笑，恢复了原来的样子。他需要头脑清醒地迷惑这个年轻人，所以变得平静起来。

慢慢地，阔阔出伸手到旁边黑色的壶里，举起手，指间夹着几粒很小的种子，在光亮的泥土中很明显。他伸出手，扳开帖木格的嘴，把种子放在他的舌头上。

帖木格咀嚼着，感觉到有点苦味，但是在他想要吐的时候，麻木感四散而开。他听见身后有低沉的声音，突然猛一转头，想要去搜寻声音的来源。

“帖木格，做最黑暗的梦，”阔阔出满意地说，“我会引导你。不，甚至更好，我会把我自己的给你。”

阔阔出从蒙古包里摇晃着出来的时候已经凌晨了，汗水浸透了他的长袍。帖木格在丝绸地板上失去了意识,可能一直睡到天亮。阔阔出自己没有吃那个东西,不相信他喋喋不休地说了一夜,也不确信帖木格记住了多少。他更不希望把自己寄托在另一种力量里,因为未来还不明朗,他深吸一口寒冷的空气,感觉到头脑清醒了许多。接着闻到了一股香味,于是格格地笑了,然后就回到帐篷,砰地一声关上了门。

金国的女孩跪在那里,靠近炉子的地上。她非常的漂亮,脸色白皙,举止优雅。他感觉又一阵贪欲上来,想知道自己的活力怎么样。也许那是烟雾在他的肺部留下来的力量。

“你违抗了我几次了?”他问。

“我没有,”她说,微微颤抖。

他走过去,抬起她的头,手笨拙地滑过她的脸,接着怒气上来,抚摸的动作变成了一巴掌,他把她打翻在地。

她颤抖着爬回来重新跪在原位的时候,他喘着气站在那里,就在这时他解开了自己的衣服,她抬起头,嘴角留着血,下嘴唇已经肿了。这更激怒了他。

“你为什么要伤害我?你还想伤害我几次?”她问,眼里闪着泪花。

“让你看看我的力量,小家伙,”他笑着说,“所有男人想要的,除了那个还有什么?我们每个人的血液中都流淌着相似的东西。如果我们能,我们都会成为暴君。”

第十七章

皇城燕京在黎明到来之前变得安静下来,不是来自对于蒙古军队的恐惧,更多的是来自元宵节的暴饮暴食。当太阳落下,卫王登上平台,让拥挤的人群和数千的舞者朝见,那群舞者在用镲和号角奏乐为亡者超度。卫王赤脚站在那里,在他的臣民面前显示谦逊,无数的声音高呼着:“万岁!万岁!”,那喊声传遍全城。元宵节的夜晚被灯光驱散。整座城市闪耀着宝石般的光芒,无数的火光照亮了号角和玻璃广场。甚至三大湖也笼罩着通红的光芒,黑色的上面覆盖了载着火焰的小船。水门打开,绵延三千里,通向连接南方城市杭州的大运河,星星点点的小船像穿过被火光照亮的河带漂流而出。这景象让年轻的帝王很开心,尽管他在忍受着烟火的嘈杂和烟雾的弥漫。放了太多的烟火,以至于整个城市都笼罩在火药的烟雾中而且舌尖碰触到的空气,都觉苦涩。人们会在今晚做爱,不管是强迫还是娱乐,会有很多小孩被孕育。这里会有一百多个谋杀者,黑色的湖水深处会吞噬十几个醉鬼,因为他们试图游过去。年年如此。

皇帝受够了顶礼膜拜的吟唱,城墙内外到处都有人呼喊他的名字,国王对这样的喧闹很无奈。这一夜里,甚至连乞丐、奴隶和妓女们都在为他欢呼,并且会点起珍贵的油灯,来照亮他们摇摇欲坠的住宅。他忍受着这一切,尽管有时候,在他计划镇压那些侵入他领土的军队时,他透过人群的目光是深邃而寒冷的。

农夫们对于威胁一无所知,甚至连贩卖新闻的人也知之甚少。卫王已经确保了散布谣言的人保持沉默,并且这个节日依然按照原先的风俗举行,人们在灯红酒绿中疯狂。看着这些饮酒狂欢的人,皇帝想到了那些翻滚的尸体。在他们的狂欢时,他的皇家信使带来了可怕的消息,山峦之外的城市正在燃烧。

随着黎明照亮了地平线,街道上的叫喊声和歌唱声最终沉寂,给了他些许平静,最后的点着蜡烛的小木船消失在城边,远远地只能听见一点爆竹声。卫王坐在他的房间里,凝视着桑海湖平静黑色的中心,在它周围环绕着数以百计的宏伟建筑。最有权势的贵族群居在黑色湖水的周围,从那里可以看见从他那里得到权利的人。他可以说出每一个出生显贵的贵族子弟的名字,他们曾像胡蜂一样为掌控他的北部帝国而勾心斗角。

随着湖面上升起清晨的薄雾,节日的烟雾和混乱渐渐消失。面对这样一种原始美的景象,很难理解来自西部的威胁。尽管战争即将来临,他还是希望他的父皇还活着。那个老人曾穷尽它的一生去镇压帝国内外的任何叛乱征兆。卫王在他身边学了很多,但是他敏锐地感觉到他面临的新问题。自从三百年前帝国一分为二,他已经失去了很多曾今是金国领土的城市。他的祖先经历了一个黄金时代,而他只能梦想重振帝国往日的荣光。

想到听父亲说蒙古游牧民族曾侵入了他们家族的领地,他对自己冷漠地笑了。他可以愤怒地冲下宫殿的走廊,在他召唤军队的路上推开身边的奴隶。他的父亲战无不胜,而且他的自信总是让士气大振。

有人在他身后轻轻地清了清嗓子,卫王停止了思考。他从高窗回头望,看见他的第一大臣鞠躬。

"陛下,智中将军在等候您的召见。"

"让他进来。"皇帝回答道,紧接着转身坐了回去。环顾他的宫殿,没有看到任何杂乱的地方。他的书桌没有杂乱的地图和文件,在等为他驱除鞑虏的将军时,房间里没有显现出任何他生气的迹象。他不禁想起了西夏王和三年前给他的那封信。有一点羞愧,他回忆起了他字眼里的恶意和他在发信时感到的快乐。谁能知道后来蒙古的威胁远远不止几个叫嚣的少数民族分子。他的人民从来没有害怕过那些一旦感到不满就会被剔除的人。卫王咬着他的嘴唇思考着大金的未来。如果他们不能很快地获胜,他们将不得不贿赂鞑靼人去袭击他们的宿敌。金国的黄金可以像弓箭和长矛一样获得胜利。他又想起父王溺爱自己的话语,多么希望他能站在那里给自己提供建议。

智中将军是一个体格健硕的人,有着摔跤的体格。他的头剃得很好,在鞠躬的时候闪着油光。当他进来的时候,卫王感觉他不由自主地挺直了背,这是他长时间在训练场上留下来的习惯。再一次看到这样有神的目光和魁伟的身体,令人感到安心可靠,因为这一切让他像个孩子般颤抖。

智中将军站直之后,皇帝发现他看起来杀气腾腾,并且再次感觉自己像个小孩。说话时,他尽量保持平静。一个皇帝是不能显得软弱。

"他们就快要来了,将军。我已经受到密报。"

智中打量着面前这位面容光滑的年轻人,希望站在眼前的是先皇。如果是他的话,这个老人已经开始行动了,但是时光的车轮已经把他带走,并且眼前的是他必须面对的那个小孩。将军握紧着他的两个拳头,痛苦地站着。

"陛下,他们拥有不超过六万五千名的战士。他们的骑兵相当出色,并且每一位都是高超的射手。另外,他们掌握了围攻的技巧和强大的武器。他们拥有了一个在我之前和他们交手的时候没有见过的策略。"

"不要告诉我他们的力量",这个年轻的皇帝怒气冲冲地打断:"告诉我,我们将如何碾碎他们。"

智中将军对此没有反应,他的平静表现对此很不满,皇帝示意他继续,他的脸颊上泛着怒色。

"为了打败敌人,我们必须了解他们,我的陛下——天之骄子"。他强调了主题以帮助控制皇帝的情绪,以告知皇帝处于一段危机时刻。智中将军默默地等着,直到皇帝稳定住了他的音调、控制住他的恐惧,最终他继续说了下去。

"过去,我们曾经在他们的联盟中寻找弱点,我不认为这个战术在这里还能有效"。

"为什么没有效",卫王说道。将军将不会告诉他如何击败游牧的人?还是个孩子的时候,他曾经听过很多次这位老将军的教训,而且看起来他很难摆脱他们,即使他现在是一个皇帝。

"没有任何蒙古军队突破过关外的城墙,陛下,他们只能对着城墙嚎叫,"他很无奈:"但这不再是曾经的壁垒了,而且这些蒙古人不会像他们曾经那样被优秀的军队击退。现在他们变得英勇无畏了。"他停顿了一下,而皇帝也没有再说话。将军的眼神中少了一些凶悍,也许这位年轻的皇帝开始懂得什么时候该闭嘴。

"我们已经审问了他们的十多个侦查兵,陛下。为了活捉他们,我们损失了很多人,但对于了解敌人,这是值得的。"将军边回忆边皱了皱眉。

"他们团结一致。这个联盟什么时候破裂我不知道,但是至少这些年他们变得更强大。他们拥有了一些我从没见过的技师。另外,在他们背后有西夏财力的支持。"将军又停顿,他的脸上充满着对原先联盟的轻视。

"当这一切结束时,我将很高兴带领我的军队进入西夏河谷,陛下。"

"那些侦察兵,将军,"卫王提道,他更加地耐心了。

"他们认为成吉思汗是被上天保佑着的,"将军继续道。"我在他们中没有发现任何无用的群体,但我不会放弃努力。他们曾经因为权利和财富的契约而分崩离析。"

"告诉我你将如何打败他们,将军,"卫王打断道:"如果你不行的话,我将另择人选。"

这一刻,智中将军的嘴抿成了一条线。

"如果关外城墙被攻破,我们就将无法保卫黄河流域的城镇,陛下,"他说:"那片广阔的土地给了他们太多优势。陛下必须自己说服自己放弃这些城市让大家撤退。"

卫王沮丧地摇了摇头,但将军继续施压。

"我们不能让他们选择战斗,临河将像陕坝和五原一样陷落,包头、呼和浩特、济宁、还有西城都在这条路线上。我们无法去保卫这些城市,只能收复他们。"

卫王拍案而起。

“商路将被切断，而且我们的敌人会认为我是懦弱的，我叫你到这来，是让你告诉我如何拯救我继承下来的土地，而不是看着他们和我一起灭亡。”

“那些城市必须被放弃，陛下，”智中将军坚定地说道：“当这一切结束的时候，我同样会为这次失败感到痛苦。我将前往各个城镇并在自己的皮肤上抹上灰去赎罪，但他们必须陷落，我已经下令从这些地方撤出我们的士兵，他们将在这里为陛下服务。”

年轻的皇帝沉默了，他的右手在他的龙袍边颤抖，他尽了最大的努力克制住自己。

“详细地说给我听，将军。我需要一场胜利，如果你再跟我提必须放弃父辈的土地，我就要你人头落地。”

将军看着皇帝狂怒的目光，那没有了他曾经见到的脆弱，那一瞬间，他想起了这位年轻的皇帝的父皇，这让他感到高兴。也许这场战争给前方那些城市人们带来其他无所比拟的血雨腥风。

“我可以集结二十万的军队去迎击他们，陛下，当给养都被转移给军队时会出现饥荒，但是皇家卫队将在燕京维持秩序，我将选择合适的战场，让蒙古人不至于击败我们。我对天发誓我将彻底摧毁他们。我训练了很多官员，我向陛下保证，他们不会让您失望。”

皇帝把手伸向身边的一个侍从，接过了一杯凉茶，他没有给将军来一杯，甚至想都没想，尽管这位将军年纪是他的三倍，而且早晨的天气很热。白玉泉的泉水是皇家独享的。

“这才是我想听到的，”他呷了一口说道：“战斗将在哪里打响？”

“当那些城镇陷落之后，他们将前往燕京，他们知道这座城市是皇帝居住的地方，他们会过来的。我们将在玉壶口，那个被称作‘獾口’的地方把他们阻击在山峦之中，那里很狭窄足以阻碍他们的马匹，并全歼他们。我保证他们很难接近燕京。”

“他们不可能占领燕京，即使是你失败了，”皇帝自信地说道。智中将军看着他，怀疑这个年轻人有没有离开过他出生的城市，将军清了清嗓子。

“这个问题不会出现，我将在那里击垮他们，并且当冬天降临的时候，我将进军他们的领土，将他们从他们的土地上消灭，他们将不会东山再起。”

皇帝听完将军的话精神大振，他将不必在一片沉默死亡的土地上羞愧地面对他的先父，他将不必为失败赎罪。一瞬间，他想起了蒙古人即将占领的城市，一片血与火的场景。他又喝了一口水，将这些想法从脑海中清除。他会重建这些城市。当最后的游牧族人被撕成碎片，或者被钉死在他帝国的每一棵树上，他将重建这些城市,那时人们会知道他们的皇帝,依然强大依然被上天保佑。

“我的父皇说过你是敌人的克星。”皇帝说道,他的声调因为情绪的转变而变得随和。他走了下来,搂着智中将军穿着铠甲的肩膀,“当你有机会给他们还以颜色的时候不要忘记陷落的城市。以我之名,给他们最致命的打击。”

“如您所愿,陛下,”智中深深地鞠了一躬,然后说道。

郝撒穿过营地,陷入思考当中。三年了,他的郡主把他留在蒙古可汗身边,曾经好多次他努力着回忆起他西夏官员的身份,在某种意义上,是蒙古人没有异议地接受了他。合撒儿似乎挺喜欢他,而且郝撒有好几个晚上和他在帐篷里喝马奶酒,旁边是他的两个金国妻子。他边走边冷冷地笑了。那是几个美好的夜晚。合撒儿是一个随和的人,并不介意把自己的妻子介绍给他的朋友。

郝撒停下来去检查一束新的箭,这是上百束构造在坚硬的皮革和木杆结构中的一束。这箭如他们所料一样的完美。尽管蒙古人轻视他所知道的规则,但他们对待他们的弓箭就像对待自己的孩子。

很早以前他就意识到他喜欢这个民族,尽管他依旧思念着和现在为御寒而喝的特别咸的东西不同的家乡的茶。郝撒从来没有感受过像这样一个冬天一样寒冷的季节。他已经听从了他们关于求生的建议,但即使是这样,他还是忍受着病痛。伴随着回忆,他摇了摇头,不知道他的君主就像某天肯定会做的那样召他回国,他会如何做。他会去吗?成吉思汗已经提升他在可汗名下领导一百人,而且郝撒珍惜和他之间的官场友谊。他确定他们中的任何一个在西夏都已经获得了领导权,成吉思汗不会提拔愚笨的人,而这也是他为郝撒骄傲之所在。他作为一名战士和领导人与世界上最强大的军队并肩作战。对于一个被信任的人,在这里事无巨细。

可汗的第二个妻子的帐篷不同于营地里其他所有的帐篷。金国的丝绸装饰着他的墙壁,而且郝撒进入时,他又一次被一股茉莉的香味所震撼。他不知道查喀孩如何完成维持供应,但是在离开家乡的这些年里,她从来没有闲着过。他知道另外的西夏和金国的妻子每隔一段时间会在他的帐篷里见面。当某位丈夫禁止了这件事情,查喀孩敢于把这件事情提给成吉思汗。可汗什么也没做,但从那以后金国的妻子便可以自由地去探访西夏的公主。它只需要在正确场合的一句话。

郝撒微笑着向她鞠躬,并让两位金国的侍女脱去他肩头的德勒。德勒是新奇的。蒙古人穿着只为御寒,并不考虑穿着是否合适。

“欢迎来到我的房间,同乡,”查喀孩说道,并鞠躬还礼:“很高兴你能来。”她用金国的语言说,尽管口音是郝撒家乡的口音。郝撒听到了她的声音叹了口气,知道她是为了安慰他。

“你是我的国王的女儿，也是我的可汗的妻子，”他回答道：“而我是你的仆人。”

“很好，郝撒，”她说道：“但我也希望我们也是朋友，好吗？”

郝撒再次鞠了更深的一躬，当他站直的时候，他接过一杯浓浓的绿茶，并且惬意地喝了一口。

“我们当然是朋友，但这是什么，我从来没有闻到过……。”他又深吸了一口气，香味沁人心脾。他有些想家了，而且这种念头让他站立着却有点摇晃。

“我的父亲每年都会从他的贡品里面带来一些，这些族人已经让它变得不新鲜，但这是最新鲜的一批了。”

郝撒小心地坐下，捧着碗呷了一口。

“非常感谢你还能想到我。”他没有给她施压，但是他不知道她为什么会召见他。他知道他们不能在彼此的地方呆太久。就像两个西夏人在外面互相寻找对方一样的自然，一个男人不会没有理由地去见可汗的妻子。在两年的时间当中，他们仅仅见过两次。

在她回答之前，另外一个人进来了。姚术双手合十向可汗的夫人鞠了一躬。郝撒很有趣地看到这个和尚手里也捧着一碗茶，很欣赏地吸了一口香气。姚术寒暄完以后，郝撒皱起了眉头。如果说私下里和可汗的夫人见面很危险的话，有共谋之嫌就更危险。他的疑心在两位侍女鞠躬并退下之后加大了。郝撒站了起来，没有去管他的茶。

查喀孩抓住了他的手臂，他动弹不得。他只能不舒服地坐了下来，她看着他的眼睛。她的眼睛在她白皙的皮肤的映衬下，大且深邃。她是那样的美丽而且任凭羊膻味在她的周围。她美丽的手指触碰在他的肌肤上，此刻他难以抑制，一阵电流穿过了他的脊背。

“我叫你过来，郝撒。你是我的客人，如果你现在走，将是对我的侮辱不是吗？告诉我，我还不了解帐篷里的礼数。”这是一句指责，也是一句谎言。她对蒙古规则了如指掌。郝撒提醒自己她是国王的很多位女儿中的一个。尽管她很美丽，她也逃脱不了宫廷的束缚。他退后坐下，强迫自己喝了口茶。

“这里没有人听得见我们现在说什么，”她轻轻地说道，却加剧了他的不安，“你害怕共同的阴谋，郝撒，但其实是无中生有。我是可汗的第二个妻子，是可汗的一个儿子和唯一的女儿的母亲。你是一个值得信任的官员，而姚术正在教孩子们学习语言和战术，没有任何一个人敢说我们之间的流言蜚语。如果他们这么做的话，我会割掉他们的舌头。”

郝撒盯着这个放出狠话的美丽女人。他不知道她是否有兑现她说的话的权利。她在自己的营地培养了多少党羽？多少金国和西夏的奴隶？这很有可能。他强迫自己微笑，尽管他心中是拔凉的。

"好了，这样，三位朋友，品着好茶。我快喝完我的茶了，陛下，然后我就走。"

查喀孩叹了口气，脸色变得随和起来。让两个男人都吃惊的是，她的眼里噙满了泪水。

"难道我要一直孤独？难道连你们都怀疑我？"她低语道，但清晰地为自己鸣不平。郝撒不会伸手去触碰西夏宫廷的成员，但姚术没有这样的禁忌。和尚搂过她的肩头，让她枕在自己的胸口。

"你并不孤独，"郝撒温柔地说道。"你知道你的父皇让我为你丈夫效力。有那么一刹那，我认为你在针对你丈夫谋反。另外为什么你把我们叫过来，并且将你的侍女退下？"

西夏公主站了起来，理了理头发。郝撒惊叹于她的美。

"你是在营地里唯一来自我家乡的人。"她说。"姚术是金国唯一一个不是战士的人。"她忘记了自己在流泪，并在说话时加强了语调，"我不会背叛我的丈夫，郝撒，不是为了你，但是我有了孩子，而且我必须为以后作准备。难道我们三个就这样面对金国颠覆于战火之中而袖手旁观么？难道我们要眼睁睁看着文明被摧毁而无动于衷么？"她转向了正在认真听着她说话的姚术。"到那时你的佛法将何去何从，我的朋友？难道你将看着它在族人膨胀的野心之下被碾碎？"

姚术第一次发表评论，表情很凝重。

"如果我的信仰可以被毁灭，陛下，我将不会相信他们，更不会为他们而活，他们会同金国一样在战争中幸存下来，即使金国灭亡，他们也会幸存下来。人们为称王称帝绞尽脑汁，但他们仅仅是一些虚名。一个人叫什么名字并不重要。农田依然需要耕作。城镇一如被罪恶和堕落笼罩。"他很无奈。"没有人知道未来我们将会去何方。你的丈夫没有设定任何让我亲手教他的孩子的目标。也许佛陀的言论会在他们之中某一位心中扎根，但想得那么远，却显得可笑。"

"他是对的，陛下，"郝撒平静地说道。"我现在发现你夸大了恐惧和孤独。我还没想过这个对你有多严重。"他深吸了一口气，知道自己在玩火但却陶醉于她。"正如你所说你拥有我这个朋友。"

查喀孩笑了，她的眼里闪着清澈的泪水。她伸出手，他们各握着一只。他们感受到她手指的柔美。

"也许我曾经害怕过，"她说。"我想过我父皇的城池被扫荡，我的心脱离了金国国王和他的家族。你认为他们能幸存下来么？"

"所有人都将死亡，"姚术在郝撒说话之前回答道。"我们的生命无非就是穿过明亮的窗口的飞鸟，飞出时再次进入了黑暗。重要的是我们并不痛苦。好生活将会保护弱者，这样之后就如同在黑暗中点亮了一盏灯，为即将到来的生命引航。”

郝撒看着表情严肃的和尚，发现他剃光的脑袋闪着光，他并不同意他的言论，而且一想到这种虔诚而无趣的生活就会瑟瑟发抖。他更喜欢合撒儿简单的哲学：上天赐予你力量并不容你浪费。如果一个人可以举起一把剑，他就应该好好地使用它，而且没有比懦弱更好的对手了。当你不看的时候，他们不太可能毁掉你。他没有说出口，而很高兴看到查喀孩放松了下来并向和尚表示赞同。

“你是一个好人，姚术，我感觉到了。我确定我夫君的孩子将从你那儿学到很多。也许有一天他们会拥有佛家的善心。”

她突然站了起来，差点使郝撒把茶里的茶渣撒出来，他把碗放在一边，又向她鞠了一躬。庆幸这场奇怪的聚会的结束。

“我们来自古老的文明，”查喀孩轻柔地说道。“我认为我们可以影响一个正在成长的新的文化，如果我们认真地对待它，它将使我们受益匪浅。”

在进行离开时的礼数之前，郝撒眯着眼看着臣民的公主，姚术也在他的身边。在他们进入各自帐篷之前两人对视了一会。

第十八章

包头中的帝国军营里没有了往日的安宁与秩序，士兵们都把他们的装备收集到马车上。燕京那边晚上传达了命令，指挥官卢健没有耽搁一分钟时间。给蒙古人没有留下什么值钱的东西，他们不能带走的东西都被毁坏。他让所有的人都准备好拿着锤子工作，把剩余的储存的刀剑和长矛都系统有效地破坏掉。

要进行疏散是一件困难的事，自从接到命令他就没有睡过觉。那些守卫包头不被盗匪和犯罪的帮会侵犯的士兵们在城里待了差不多有四年。很多人在这里都有了家室，卢健突然地等待上面下令，允许他们把家人都带出去。

帝国的信使送来了将军智中的来信，封口很完美。卢健知道请求带着妻子和儿女，保全完整的家是在冒着降级的危险，甚至更糟糕，但是他不能把家人都留给敌军。他看见一群年轻的孩子们坐在马车上，惊恐的眼神向四处看着。他们都不曾了解包头，在这个夜晚，他们被告知要留下所有的东西，全速向最近的军营进发。

卢健叹气。涉及了这么多的人，秘密很难保住。无疑妻子们已经向她们的朋友们发出了警告，整个夜晚消息已经散至四面八方。也许这就是为什么命令不允许带着士兵们家人的原因。

在军营大门的外面，可以听见聚集的群众的声音。他无意识地摇摇头。没有能力解救他们，他不能违背自己的命令。不能留下来守住蒙古军队到来的路，他觉得很羞愧，试着不去听街道上恐惧和混乱的叫喊声。

太阳已经升起来，他担心会耽搁太久。如果他不打发了军队的家人，就有可能浪费了整个夜晚的时间。如果是那样的话，他们就必须花一天的时间从敌对的人群中通过。他现在不能做出残忍无情的决定。如果城民们开始愤怒的话，就会有流血事件发生，或者应该边跑边打直到河的大门，那里离军营四百步而已。以前那里好像没有这么远。他希望能有其他解决的办法，但是他的路已经摆在面前，时间很快就会过去。

他的两个人跑过去完成最后的差事。没有人理会他们的指挥官，卢健感觉到他们的愤怒。他们一定是在城里有妓女或者是朋友的人。他们都有。在他们离开的时候，肯定会引发一场骚乱，很多帮会都将在街道上撒野。一些罪犯也会像野狗一样，他们只能靠武力和威胁镇压。士兵们一走，他们就会遍布，到处都是，直到敌军来把他们都烧为灰烬。

想到这里卢健稍微舒服了一点，尽管他还是感觉有点惭愧。他懒得去理清思绪，怎样让士兵们和马车出城才是当前要解决的首要问题。在战线上已经安排了弓箭手，如果被攻击的话，只要一声令下，就会往群众里射箭。如果射箭失败，长矛手们就会镇压这些暴民，然后离开包头，他几乎可以确定。无论哪一种方式，都是凶残的，他对自己的计划毫无自豪感。

一个士兵跑上前来，卢健认出他是被安排在军营大门站岗的士兵之一。难道暴乱已经开始了？

“长官，有一个人想和你讲话。我让他回家，但是他给了我这个令牌，说你会见他。”

卢健看到那个标记着陈义个人记号的蓝色小令牌。他颤抖了一下。他不想见陈义，但是马车已经备好，大门口士兵们已经列队待发。或许是因为自己的罪恶感，他点点头。

“让他从小门进来。确定没有人在他来的路上闹事。”士兵立即跑走，卢健自己站在那里想事情。陈义可能会和其余的人一起死，没有人能知道命运将怎么安排他们接下来几年的生活。也许会对他们两个人都有好处，但是若因为这个矮个子男人的影响而获得自由，卢健不会后悔。他与内心的恐惧感抗争着，这时候，士兵带着蓝帮的帮主来了。

“现在我为你做不了什么事，陈义，”当士兵跑回他站的地方时，卢健开始说。“我的命令是从包头撤退，与燕京前面的军队汇合。我帮不了你。”

陈义盯着他，卢健看到他的臀部挎着一把剑。应该在门口就卸下来的，但是今天没有例行任何程序。

“我想你是在对我撒谎，”陈义说，“告诉我你是要出去参加演习或者训练，我当然不会相信你。”

“昨晚你应该是最早听到消息的人，”卢健一边说一边耸耸肩，“我必须执行命令。”

“你会让包头被烧？”陈义说，“这么多年来你一直都说你是我们的保护者，现在真正的威胁出现，你却比谁都跑得快？”

卢健觉得脸红。

“我是一个士兵，陈义。我的将军告诉我转移，我就得转移。我很抱歉。”

陈义的脸也变得通红，不知是因为生气，还是因为跑到军营来的时候累的，卢健说不清。他感觉到陈义目光中逼迫的力量，不敢正视他。

“我看见你允许自己的人带着他们的妻儿，以保安全，”陈义说，“你自己的妻子和儿子在蒙古人来的时候不会惨遭迫害。”

卢健转移目光，看向远方。这里有很多人都在看着他，等着他发令出发。

“我的朋友，我那样做已经越权了。”

陈义的喉咙里愤怒地哼了两声。

“别把我叫‘朋友’，你都要留下我被杀。”他的怒火很明显，卢健不再看他，他继续说道。

“风水轮流转，卢健。你的主人会为他们的残暴付出代价，你也会为你的羞愧做法付出代价。”

“现在我必须离开，”卢健盯着远方说。“你可以在蒙古人到来之前清空城市。如果听命令的话，很多人都会得救。”

“我会的，卢健。毕竟，你们走了之后，包头里就没有其他权利。”两个人都知道要处理包头的人民不是一件容易的事。蒙古的军队不到两天就到了。即使他们把每一只船都装满，通过水路逃跑，也只能带走一部分人。包头的人民会在他们逃跑的时候嘲笑他们。想到稻田里被鲜血染红，卢健长出了一口气。他已经耽搁太长时间。

“好运，”他看了一眼陈义的眼睛，低声说。他不知道蒙古人取得胜利的时候会是什么样子，在想清楚之前没再讲话。卢健走到了部队前面，那里他的战马在等着他。陈义看着，军营的大门打开，最前面的军队开始准备，人群中突然安静下来。

道路两边都是人。他们给帝国的军队和马车空出了位置，但是脸上满是怨恨，陈义大声下达命令让弓箭手做好准备，在他快马加鞭的时候，让人群都能听得见。马路上安静地让人胆怯，他希望任何时候都不要滥用弹药。他的人都紧张地握着长矛和刀剑，离开军营的时候都不愿去看那些人的表情。同样的事情肯定在其他军营里也发生着，他们出城向燕京和獾口山的关口进发的时候肯定会遇到第二支甚至第三支部队。历史上，第一次，包头将没有人防守。

陈义看着护卫部队离开，朝水门方向走去。卢健不知道人群中的大部分都是陈义的人，他们是接到命令要在那里表现出对撤军的愤恨。他不想让卢健离开，但是他也不能坚持看到卢健离开前的羞愧之色。这么多年来卢健在驻军中是同情的声音，尽管他们不曾是朋友。陈义知道离开的命令也让卢健很为难，他喜欢卢健的每一次谦逊。他总是不愿意表露出内心的满意之情。当蒙古人来的时候，就不得不离开，没有士兵接到命令说要抵抗到最后一个人。国王的背叛在这一天把包头城送到了陈义的手里。

士兵的部队到达河门，卢健从废弃的射箭平台下穿过时，陈义皱起了眉头。所有的事情都依赖于他曾经帮助过的两个蒙古兄弟身上。他很想确定合撒儿和帖木格是否值得信任，或者他们是不是会看着他珍贵的城市被撕裂。军营周围的群众在可怕的沉默中看着正在撤退的士兵，陈义祈祷着，向先辈们的神灵祈求帮助。想起了他的蒙古仆人，慧山，他最后向那些奇怪的人所敬仰的长生天做了祈祷，希望在即将到来的日子里能够给予他帮助。

靠在山羊圈的木头栅栏上，成吉思汗看着儿子察合台，在不住地笑，听见孩子在营地里奔跑的脚步声。那天早晨他给十岁的儿子一副盔甲，是特别为他的小身材设计的。察合台还太小，不能加入战士们的行列参加战斗，但是他很喜欢盔甲，骑着马一圈一圈地围着大营转，在给那些长者们炫耀。他们看见他挥着剑一边学着战斗的叫喊声和笑声，一边笑说着。

成吉思汗伸展了一下后背，手抚摸着一个厚布做成的白色帐篷，那是他在包头城墙前立起的。这个帐篷和他们自己住的蒙古包有所不同，因此城里的人会知道那是预示着要他们的领导出来投降。这个帐篷比他自己的大蒙古包还要高出两倍，建造得很牢固，在风中颤抖着，他的两面像呼吸一样一进一出。两边都用长矛插着白色的旗子，像活的一样不停地挥动着。

包头离他们很近，成吉思汗不知道他的兄弟们对陈义的评判是否正确。侦查员来报，一天前，金国士兵的大部队从城市中撤离。一些年轻的战士骑马前去，在被驱逐之前，用他们的剑在远处划出了死亡的痕迹。如果他们能够准确地估计出数量，城市里已经没有士兵防御，成吉思汗感觉自己的情绪轻松起来。不管怎么样，包头会和其他城市一样沦陷。

他已经和包头的石匠谈过，他保证陈义不会忘记自己的协议。廉的家人还留在城墙里，那座墙曾经是他帮助建造的，他有很多理由期待和平地归顺。成吉思汗抬头看一眼那白色的帐篷。直到日落时他们都没来投降，明天他们将会看到红色的帐篷。那个时候任何协议都救不了他们。

成吉思汗觉得有一双眼睛在看他，转身看见是他最大的儿子术赤，站在山羊圈的另一边。术赤默默地看着他，要不是之前已经允诺过孛儿帖，他想现在肯定又会生气。他冷峻地看着孩子，直到术赤的目光被逼离开。这个时候成吉思汗对他说。

“这个月在你生日的时候。我会给你做一套盔甲。”

术赤扬起嘴角，一声冷笑。

“我将满十二岁。过不了多久，我就能骑上战马当一名战士。到那个时候，就没有必要再玩小孩子的游戏。”

成吉思汗怒火上升。赐给他盔甲是一种慷慨。他应该再说几句的，但是他们被回来的察合台打断。察合台从马上跳下来，跌倒在地上，抓着木头栅栏才摇摇晃晃地站起来，然后把缰绳快速地盘在马身上。栅栏里的山羊惊叫着跑到了离他较远的另一边。成吉思汗情不自禁地被察合台逗乐了，他感觉到术赤的目光又落在了他身上，一直看着。

察合台向包头安静的城市挥挥手，笑容消失了。

“为什么我们不攻打那座城市，父王?”他说着，看了一眼术赤。

“因为你叔叔给里面的人答应了一件事，”成吉思汗耐心地回答。“为了回报那个帮助我们战胜其他人的石匠，这个人可以活着。”他停了一小会儿，“如果他们今天投降的话。”

“明天呢?”术赤立刻说。“另一座城，之后又是一座城吗?”成吉思汗转向他的时候，术赤理直气壮地说，“我们要花一生的时间去一个接一个地攻占这些地方吗?”

听到术赤这么说，成吉思汗感觉到血液都冲到脸上，他又想起了对孛儿帖的允诺，应该对待术赤像其他儿子一样。她好像不能理解成吉思汗总是抓住一切机会挤对术赤，但是成吉思汗需要自己的帐篷里平和安宁。他用了一点时间控制平息自己的怒气。

“我们不是在这里做游戏，”他说。“我没有选择摧毁金国的城市，是因为我喜欢这块土地上的狂热与恶蝇。我在这里、你也在这里的原因是，他们已经折磨了我们上千代。金国的黄金使他们捏着每一个部落的喉咙，所有的人都会记得这一切。当我们这一代获得了安宁，他们让塔塔儿部落像野狗一样咬我们。”

“现在他们不能那样做了，”术赤回答。“塔塔儿部落已经攻破，就像你说的，我们的人民是一个民族。我们也变得强壮。那我们是为了复仇吗?”术赤不再直接看他的父王，而是偷着瞟了几眼，成吉思汗转过身去，尽管术赤的目光中满是诚恳的好奇心。

他的父王用鼻子哼了几声。

“对你来讲，历史只是故事而已。在部落四分五裂的时候，你甚至还没有出生。你不了解那个时代，或许你也了解不了。是的，这是一场复仇，部分原因是这样。我们的敌人必须知道，在随后的暴风雨没有到来之前，他们是不能征服我们的。”他拔出了父王的剑，转身对着太阳，术赤的脸上闪过了一道金色的光芒。

“这是一把好剑，是一个精通制造的人做的。但是如果我把它埋在地下，它的边缘能维持多久?”

“你是说部落就像是一把剑，”术赤说，这让成吉思汗感到惊讶。

“也许，”成吉思汗回答，很生气术赤打断了他的演讲。这个孩子很敏锐。“我所赢得的一切都会失去，或许就毁在那个没有耐心听他父王讲话的蠢儿子手上。”术赤笑了，成吉思汗才意识到刚刚自己已经承认他是自己的儿子，就在他想扫去脸上愤怒的表情的时候。

成吉思汗打开山羊圈的栅栏，跨进去，举起他的剑。山羊都被吓得跑到一边，互相追挤着，咩咩地叫个不停。

“术赤，按你的聪明，告诉我如果山羊袭击了我会发生什么？”

“你会把他们全都杀了，”身后的察合台立刻回答，想要参与进来。成吉思汗没有转身，这时术赤说话了。

“他们会把你撞倒，”术赤说，“那我们都是山羊吗，被统一到一个民族？”术赤好像找到了一个有趣的思想，成吉思汗不再生气，伸出胳膊把术赤抱过栏杆，派他去赶羊群。那些山羊痛苦地鸣叫着，有一些试图想越过栅栏。

“我们是苍狼，孩子，苍狼在杀山羊的时候从来都不会问他们。苍狼从来都不会花时间去考虑什么样的方式是最好的，他的嘴巴手爪沾满红色的血迹之后，那就是战胜所有敌人的时候。如果你不再嘲笑我，我就会送你去加入他们当中。”

术赤站在那里，冷峻的表情像面具一样遮住了他所有的特征。在察合台看来，他的理论赢得了肯定，但是成吉思汗和术赤面对面无声地站着，谁都不愿意第一个转身离开。察合台冲着术赤抛媚眼，他喜欢术赤受到羞辱。最后，还是个孩子的术赤，眼里蓄满了热的泪水，他离开了父王的目光，从木头栅栏上跳回去。

成吉思汗深吸了一口气，想找一种方式舒缓一下胸中的怒气。

“在我们回到平静的生活之前，你不能把战争想成什么东西。我们是战士，如果谈到剑和苍狼那就太奇怪了。如果我用年轻的一生去攻破金国国王的力量，我会觉得每一天都很开心。他的家族已经统治了太长时间，现在我的家族站起来了。我们不能再忍受他们冰冷的手放在我们身上。”

术赤沉重地呼吸着，但是他控制着自己的情绪又问了一个问题。

“所以说将没有止境？直到你变老、头发灰白的时候，你也会看着和敌人们战斗？”

“如果还有剩下的敌人，”成吉思汗回答。“什么事情一旦开始，就不能放弃。如果我们还没有死，如果我们还那么简单，他们就会来攻打我们，其数量是你无法想象的。”他想找到一些可以激起孩子激情的话语来说，“但是那个时候，我的儿子们也会很老，不能在新的领域上骑马战斗，让他们归于我们统治。他们会成为国王。他们会吃到涂满油脂的食物，配上宝石剑，也会忘记那些归功于我的东西。”

合撒儿和帖木格在大营的边缘走动，看着包头的城墙。太阳已经落下了地平线，但天气还是很热，两个人在厚重的空气里不停地流着汗。他们在家乡的高山上从来都不流汗，在那里灰尘总是从他们干燥的皮肤上掉下来。在金国的领土上，他们的身体变得很脏，苍蝇们总是不断地来折磨他们。帖木格尤其看起来苍白而又虚弱,他一想起最后一次看见城市的时候,就心潮澎湃。他在阔阔出满是烟雾的帐篷里待了好几个晚上,一些曾经让他苦恼的事情现在也变得平静起来。他的喉咙有点干,咳嗽了几声。之后他的身体好像变得更糟,他只觉得自己有点眩晕,像病了一样。

合撒儿看着他恢复过来,没有一点同情的意思。

“你的感觉糟透了,弟弟。如果你是一匹马,我就会把你杀了,给部落人吃。”

“你知道什么,总是这样,”帖木格虚弱地回答,用手背擦了擦嘴。脸上浮现的一点红润又没了,他的皮肤在阳光下就像蜡一样苍白。

“我知道你准备杀了自己,去舔那个污秽的萨满的脚,”合撒儿反驳他,“你的味道已经开始像他了。我已经注意到。”

帖木格应该不去理会哥哥尖刻的言语,但是他抬起头,看见合撒儿眼里流露的小心谨慎,之前从没见他这样过。他以前在那些与伟大可汗的萨满在一起的人那里感觉到过。那不是恐怖,除非那是一种不为人知的恐怖。在愚蠢的无知之前他就摒弃了,但是看见合撒儿眼里有一样的小心之色,他觉得很是开心。

“哥,我已经从他那里学到了很多,”他说,“有时候,我看见那些东西,自己都会被吓倒。”

“部落人私下里说了很多关于他的事,但没有一件是好的,”合撒儿柔和地说,“我听说他带走了那些被母亲抛弃的婴儿。他们再也没被看见过。”他说话的时候,没有去看帖木格,更愿意把目光盯在包头的城墙上。“他们说他只摸了一下就杀死了一个男人。”

帖木格咳嗽了几声,慢慢地挺直了脊背。

“我已经通过同样的方式学习了呼唤亡灵,”他说,“昨晚,在你睡觉的时候。那很痛苦,这就是为什么今天我咳嗽的原因,但是很快就会恢复,我仍然知道。”

合撒儿看了一眼帖木格,想看看他是不是在讲真话。

“我确定那是一种诡计,”他说。帖木格笑他,事实上,他的牙都已经变黑,表情很难看。

“没有必要害怕我知道的那些东西,哥,”帖木格慢慢地说,“知识并不恐怖,只有人才可怕。”

合撒儿咒骂道。

“那就是幼稚的谈话教给你的,是吗?你的声音听起来像那个佛教的和尚,姚术。没有人会敬畏阔阔出。他们见了阔阔出就像受惊吓的山羊一样四散而逃。”

“和尚是一个笨蛋,”帖木格骂道,“他就不应该教可汗的孩子们。他们中的一个以后某一天会成为可汗,这种‘幼稚’会让他们变得软弱。”

“不让和尚教,”合撒儿笑着说,“他能用手把木板砍断,比阔阔出要好多了。

我喜欢他,尽管他讲话总是不合时宜。”

“他能劈开木板,”帖木格学着哥哥的声音说,“当然你就会对这种事情印象深刻。他能让黑色的神灵在没有月光的夜晚来到大营吗?不,他只能劈木柴。”

合撒儿感觉到帖木格很生气。他发现弟弟身上有新的他不喜欢的特质,但是他没有说出来。

“我从来都没有见过阔阔出驱逐过一个金国的神灵。我知道我能用木柴这么做。”他轻蔑地大笑起来,帖木格的脸红了,很生气。“如果让我在他们之间选,我宁愿选一个可以在战争中杀出一条路的人,我会把接触神灵的机会留给死去的金国农民。”

帖木格狠狠地举起胳膊打向哥哥,让他惊讶的是,合撒儿躲过了。这个会杀向士兵的人,想都没想就退后了一步,手立刻放在了剑上。一会儿,帖木格笑了。他想让合撒儿看这个笑话,想起他们曾经还是朋友,但是这时候他感觉到合撒儿的冷峻,看见这些,觉得有点恐怖。

“别嘲笑神灵,合撒儿,没有人可以控制他们。你不曾在没有月光照射的小路上走过,没有看到过我见过的东西。如果阔阔出不再这里引导我回到土地上,我早已经死了好多次了。”

合撒儿知道他的弟弟看到他的反应很无所谓,他的心在使劲撞击着胸膛。他是不会相信帖木格知道所有的事情,而他不知道,但很神奇的是,他爱在宴会上看阔阔出将刀插入自己的肉里,拔出来的时候却没有一滴血。

合撒儿突然看了他的弟弟一眼,然后转身大踏步地走回大营中,那个世界他还是了解的。帖木格独自留在那里,他喜欢这种胜利的感觉。

当他再次面对包头,就看见城门打开,身后整个大营的警号响起。战士们一定跑向他们的战马。让他们跑吧,他想,为他哥哥取得的胜利感到高兴。他不觉得虚弱了,自信地走向打开的城门。他不知道陈义有没有在墙上安排弓箭手,准备射击。那也没关系。他感觉自己不会被伤害,走在石子路上的脚步变得轻快起来。

第十九章

在陈义将成吉思汗迎接到自己家里的时候,整个包头城都很安静。郝撒跟着可汗,陈义深深地给他鞠了一躬,确认得到了可汗的承认。

"欢迎你来到我的家,"第一次和成吉思汗面对面,陈义用部落的语言说,再次鞠了一躬。成吉思汗比他高出很多,甚至比合撒儿还要高。可汗全身穿着盔甲,臀部挎着一把剑。陈义可以感觉到他内心的力量,这种力量很强大,在别人身上从来没有遇到过。成吉思汗对这种形式化的问候没有做回答,当跨进敞开的庭院之后,只是点点头。陈义快步走在前面领着他走进主客厅,他只顾自己走得快,没有注意到成吉思汗一边往里走,一边在扫视巨大的屋顶和钢铁。郝撒和帖木格曾经对他描述过这些,但现在看见这个住在城市中心的有钱人的生活还是很好奇。

外面,街道上空无一人,甚至连乞丐的身影也不见。每一个房子都用隔板挡起来,防止走在大街上的那些部落人向门里窥视,找寻一些有用的东西。成吉思汗已经下令,离开城市时要保证它的完整,但是没有人认为连储藏的米酒也不许动。住户们想象上帝会有特殊的需要。部落人解释那是因为他们不能够很好地看护自己的帐篷,所以他们收集了合适的强有力的小雕像。

战士们当中的护卫等在大门口,但事实上,成吉思汗可以独自在城里的任何地方走。只要可能出现危险情况,他一下令就会有很多人出来。

成吉思汗在屋子里巡视,观察着屋内的设施,陈义极力掩饰着内心的紧张。可汗看起来比较严肃,陈义不好确定怎样开始谈话。他的护卫和仆人因为这次会面都被打发走,所以屋子里感觉尤其地空。

"我很高兴我的石匠能对你有用,我的汗王,"陈义打破了沉默说。成吉思汗正在观察一个漆成黑色的壶,没有抬眼看陈义,把壶又放回了原位。他在屋子里显得太大,好像某一时刻他就会拿起木椽,把这个地方给拆了。陈义告诉自己,那是他的声望使得自己感觉他很有威力,但当成吉思汗转过身,苍白的黄色眼睛落在他身上的时候,他的思想立刻停滞。

成吉思汗的手指摸着壶上面装饰的花园,然后转身面对陈义。

"不用怕我,陈义。郝撒说你是一个积少成多的人,从一个一无所有的人能生存下来，还成为了这个地方的有钱人。”陈义听了之后，看了一眼郝撒，但是西夏的士兵没什么反应。他的生命力，陈义曾经一度感到困惑。包头已经答应要给他，但是他不知道可汗会不会遵守诺言。他却知道当一场大风刮来，破坏了他的家，他也只能耸耸肩，因为他知道那是无法抵抗的命运。见到成吉思汗对他来讲也是一种命运。他一生中所了解的生命法则现在都丢弃掉。蒙古的可汗简单的一个命令，就能把包头夷为平地。

“我是一个有钱人，”陈义承认。在他想继续说下去的时候，感觉到成吉思汗的目光突然很有兴趣地盯着自己。可汗又拿起黑色的壶把玩。在他的手里，壶看起来一碰就会碎。

“什么是财富，陈义？你是一个拥有房子、街道和城市的人。你所说的价值是什么？是这个？”

他说得很快，郝撒翻译完之后，给陈义留了回答的时间。陈义对郝撒投去了感激的眼神。

“那个壶花了一千个小时做成，大王。当我看见它的时候，它带给我快乐。”

成吉思汗把手中的壶翻转了一下。他看起来很失望，陈义又看了一眼郝撒。这个士兵抬了抬眉头，让他继续说。

“但是这不是财富，大王，”陈义继续说，“我忍受过饥饿，所以我知道食物的价值；我遭受过寒冷，所以我知道温暖的价值。”

成吉思汗耸耸肩。

“一只羊也知道这些。你有儿子吗？”他知道答案，但他还是想了解这个来自和自己生活的世界不同的人。

“我有三个女儿，大王。我的儿子已经离开了我。”

“那什么是财富，陈义？”

在成吉思汗的追问下，陈义变得很平静。他不知道可汗到底想要什么，但是他诚实地回答。

“对我来说，复仇才是财富，大王。招揽的能力和打败我的敌人，是财富。拥有能为我拼杀和死的人是财富。我的女儿们和我的妻子是我的财富。”他很小心地从成吉思汗手里拿过了壶，然后把它摔在木质地板上。壶撞在光滑的地板上变成了细小的碎片。

“其他的所有东西都不值钱，大王。”

成吉思汗简单地报以一笑。合撒儿已经告诉他陈义不会退缩的事实。

“我想如果我生在城市里，我会领导你的生命。尽管我不会相信我的兄弟们，但我很了解他们。”

陈义没有说他只相信合撒儿，但是成吉思汗好像猜到了他的想法。

“合撒儿说你是一个不错的人。我不会以我的名义,去反驳他的话。包头是你的。这只是我去燕京的一个跳板。”

“我很高兴,大王,”陈义回答,几乎因为轻松而发抖。“你想喝杯酒吗?”陈义点头,整个房间一下子轻松了很多,变得没有压力。郝撒明显地放松下来,陈义习惯性地回头去叫仆人,但一个也没有。他自己去拿杯子,鞋子踏在地板上发出清脆的声音。当在三个杯子中倒满酒后,他轻轻地招了招手,成吉思汗坐了下来。郝撒坐在旁边,在坐下的时候,他的盔甲发出了吱吱嘎嘎的声音,他抬头看了陈义一眼,两个人的目光相遇在一起,好像他在尝试一个什么测验一样。

陈义知道可汗如果没有什么事的话不会坐在这里浪费时间。他看着这张黝黑而又平滑的脸,成吉思汗从他手中接过了杯子,陈义意识到可汗对放松有点不舒服,所以赶紧寻找话题。

“包头对你来说一定太小了,大王,”在成吉思汗品尝米酒的时候,陈义冒险说了一句,成吉思汗停下来品味了一番,以前他没有喝过这种酒。

“我从来没有在一个城市里待过,除了把它烧毁,”成吉思汗回答,“看到这样一个安静的城市,我感觉很奇怪。”喝完杯子里的酒后,他自己又斟满了一杯,然后把酒瓶给陈义和郝撒倒满酒。

“再喝一杯,但是这酒劲太大,我需要一个清醒的头脑,”陈义回答。

“这是马尿,”成吉思汗骂道,“想想我是喜欢用它来暖暖身子。”

“大王,我会拿一百瓶,送到你的大营里,”陈义立刻说。

蒙古的领袖从杯子的边沿看了他一眼,然后点点头。

“你很慷慨。”

“要用它来回报我得到的城市,还远远不够,”陈义说。

成吉思汗听后好像放松了一些,后背靠在了椅子上。

“你是一个聪明的人,陈义。合撒儿告诉我,即使有士兵在这里,你也统治着这个城市。”

“他有点夸大了,大王。我的权利只在底层社会群体中很强大——码头工人和做贸易的人。贵族有不一样的生活,我很难驾驭他们。”

成吉思汗笑了。他不能表达出自己感觉在这样一个房子里被上千人围着是多么地不舒服。好像能感觉到身边人的压力。合撒儿是对的:对一个在草原的风里成长起来的人来讲,城市闻起来太糟糕。

“那么你痛恨那些贵族?”成吉思汗问。那不是一个漫不经心的问题,陈义小心地考虑着自己的回答。部落的语言很难完全地表达他的想法,所以他用自己的语言讲,让郝撒来做翻译。

“他们中的大多数都生活得很好,所以我不会去想他们,大王。那些审判官在实施国王的法令时，从来都不会触及到贵族。如果我偷了东西，我的手会被砍掉，或者被判死刑；如果一个贵族从我这里偷了东西，他们不会有事。即使他杀了我的儿子或女儿，我都不能做什么。”他耐心地等待郝撒翻译完，看见成吉思汗在盯着自己，他的情感更明显了，“是的，我痛恨他们。”他说。

“我进来的时候，看见军营的大门上挂着几具尸体，”成吉思汗说。“大概有十几二十几个人。那是你干的吗？”

“我还了旧债，大王，在你到来之前。”

成吉思汗点点头，给两个杯子都斟满酒。

“一个男人必须结算清他的债务。你感觉这些欠债的人很多吗？”

陈义苦笑了一下。

“数不清的人，大王。金国的贵族是中坚分子，他们统治者数不清的人。没有军队他们将一无所有。”

“如果你有军队，为什么不站起来反抗他们？”成吉思汗好奇地问道。

陈义叹气，再次用金国语回答，一句句话就像倒出来似的。

“面包师，石匠和船夫不能组成一个军队，大王。贵族家庭一旦看见有反叛的迹象就会非常残忍。以前没有尝试，是因为他们在群众中安插了很多密探，他们的士兵有足够的武器能够压制我们。如果反抗不彻底，他们就会通知国王，国王就会派兵。整个城镇都会陷入刀剑血流的日子。这些都是我自己活着的时候听说的。”他停顿了一下，郝撒开始翻译，陈义意识到可汗可能会觉得这没什么。陈义想阻止西夏的士兵继续说下去，但没有那么做。毕竟，包头已经是他的了。

成吉思汗专注地评估着面前的这个人。他以前只关注部落成为一个民族的思想，但是像陈义这样的人是不会理解的。每一个城市都曾经被金的国王统治，但是他们都没有把他看做是领袖，也没有感觉是那个大家庭的一部分。很明显那些贵族从国王那里得到了无上的权利。很明显陈义痛恨他们的傲慢、财富和权利。这个信息很有用。

“陈义，我感觉到他们看我的同胞的目光，”他说。“我们已经成为一个可以压制他们的国家，不，可以征服他们。”

“你会像他们一样统治我们吗？”陈义问，听到自己的话语里带着几分苦涩，没有控制自己。他意识到，在和可汗谈话的时候，自由中掺杂着危险。往日的话语中的小心和控制在那双黄色眼睛的牢牢注视下。让他终于放松的是，成吉思汗笑了。

“我还没有想过战争之后，会发生什么。也许我会统治。那不是一个胜利者的权利吗？”

陈义深吸了一口气，回答。

“统治，是的，但是你最底层的战士们会像金国的士兵一样走在你征服的城市里？他会嘲笑你得到的东西，是他没有赢得的吗？”

成吉思汗紧紧盯着他。

“贵族是国王的亲戚吗？如果你要问是否我的家人也会得到他们想要的东西，当然，他们会。这是强大的统治，陈义。没有人不会强烈地渴望这些东西。”他停顿了一下，试着去理解。“你想让我用善良的统治方式来约束我的人民吗？”他问。

陈义又深吸一口气。他的一生都耗费在做间谍和说谎言上，一次次地为了保护自己，不让那些国王的军队在城里找到他，免去烈火和血灾。那一天还没有到来。相反的，他发现自己正在面对着的这个人，可以毫不拘束地和他讲话。以后不会再有这样的机会了。

“我理解你所说的话，但是那些会继承给他们的儿孙们，甚至更远吗？从现在起，百年以内都不会有残忍的人去伤害那些怯懦的孩子，没有人敢做，是因为他们的身体里流着你的血液？”

成吉思汗一动不动。过了很长时间，他摇摇头。

“我不了解这些金国的贵族们，但是我的儿子们会在我之后统治，如果他们有这个力量的话。也许一百年后，我的后代还在统治，还会成为你轻视的那些贵族。”他耸耸肩，喝完杯中剩下的酒。

“更多的人像山羊，”他继续说，“他们不像我们。”他挥手让陈义别说。“你怀疑吗？在这个城市里有多少人和你的影响力、你的权利可比，尤其是在我到来之前？很多人都不能领导——这种想法让他们恐惧。即使有人像你和我一样，他们知道没有援助到来，岂不是一个大笑话吗？决定只在我们手中。”他拿着杯子做了一个夸张的姿势。陈义打开了另一瓶酒，又把杯子斟满。

安静使得气氛变得紧张。令两个人惊讶的是，郝撒打破了安静。

“我有儿子，”他说。“我已经三年没有见他们。等他们长大后，会跟着我进入军队。当人们听说他们是我的儿子时，就会想着从他们那里得到更多的东西。他们会比那些无名的人成长得更快。这样我觉得安心。为了那些，我努力地工作，忍耐着一切。”

“他们永远不会成为贵族，你的这些士兵儿子，”陈义说，“一个来自大家庭的孩子将会掌控他们在烈火中的生死，就想今晚我打破的那只壶一样。”

成吉思汗紧锁眉头，为这些想象而烦恼。

“你会把所有的人都变得一样？”

陈义耸耸肩。他有点醉了，思想因为酒而旋转，连自己都不知道他开始用金国语言讲话。

“我不是一个傻瓜。我知道国王没有法令约束，他的家人没有法令约束。所有的法令都是他制定的，整个军队都由他来指挥。他不会像其他人那样受法令约束。法令是给其他人的，是给那些成百上千由他亲手供养的寄生虫的，为什么他们就允许屠杀，就可以偷盗却不被惩罚？”郝撒翻译的时候，他喝完杯中的酒，还点头好像很赞成士兵说的似的。

成吉思汗伸展了一下背，第一次希望帖木格能够在这里，和他争论这个观点。他和陈义讲话是想了解那些住在城里奇怪的人。但是这个矮小的男人却把他的头脑搞得晕晕乎乎。

“如果我的战士里有谁希望结婚，”成吉思汗说，“他发现了敌人并且杀死了敌人，就会得到敌人所有的东西。他把那些战马和山羊都给了女孩的父亲。那是凶杀或者是偷窃吗？如果我禁止那些，就会使他们变得懦弱。”他也有点眩晕，但是情绪还是成熟的，接着又满上了第三杯酒。

“这种战士会对自己的家人、对自己的部落好一点吗？”陈义问。

“不会。如果他这么做，就成为一个罪犯，受到轻视，”成吉思汗回答。在陈义再次回答之前，他看这个矮个子男人准备去的地方。

“那么你的部落是由你么凝聚在一起？”陈义向前倾斜着身子，说。“如果所有的金国的土地都是你的了，你会做什么？”

这是一个令人头晕目眩的概念。成吉思汗确实已经强令那些年轻的部落人互相劫掠，而不是从自己的畜群中提供婚嫁礼物。那是他长时间来保持的做法。陈义所建议的只是要宣扬和平，尽管所能拥有的土地很难想象有多么巨大。

“让我想一想，”他说，避而不谈。“这样的想法很厚重，一段时间还不能接受。”他笑了。“尤其是当金国的国王还安全地待在他的城里，我们只是一个开始。也许明年我会再来包头。”

“或者你会在他们的要塞和城里杀死那些贵族们，”陈义说，“找机会把所有的都改变。你是一个有远见的人。在你得到包头的时候就已经显现出来。”

成吉思汗摇摇头。

“我的话是铁令。当其他所有的东西都消失，还有这个。但是如果我不拿下包头，就会拿下其他的城市。”

“我不理解，”陈义说。

成吉思汗看他的目光变得强硬。

“如果没有好处给他们，城市都不会投降。”他举起紧握的拳头，陈义的目光跟随着。“这里，我拥有流血的威胁，比任何他们可以想象的都要糟糕。一旦我立起了红色的帐篷，他们知道他们会失去所有城墙里的人。当他们看见黑色的帐篷，所有的人都会死。”他摇着头，“如果我只能提供死亡，他们别无选择，只能抗战到最后一个人。”他放下拳头，拿起陈义颤抖着的手斟满了的酒杯。

“如果我留下了哪怕一个城市，就会散布出他们不用战斗的话来。他们可以在白色帐篷立起的时候选择投降。这就是我为什么要留着包头。也是你为什么还活着。”

成吉思汗想起了他来和陈义会面的其他原因。他的思维好像失去了惯有的敏锐，他想也许不应该喝这么多酒。

“你有这个城市的地图吗？到东方土地的地图？”

陈义感觉自己失去了曾经的洞察力，他有点眩晕。眼前的这个人是一个胜利者，金国那些柔弱的贵族和腐败的军队是不能阻止他的。他突然颤抖着，好像看见一个到处遍布火焰的未来。

“这里有一个图书馆，”他有点口吃地说，“直到现在我还不能去看。我想士兵们在离开之前不会毁了它。”

“我需要地图，”成吉思汗回答，“你要和我一起去寻找吗？帮我计划一下怎么攻破你的国王。”

陈义和他一样一杯接一杯地喝酒，他头脑也开始天旋地转。他想到了自己死去的儿子，被那些看不起卑微出身的人吊起来实施绞刑。让这个世界改变吧，他想。让他们都烧死。

“他不是我的国王，大王。这个城市里的所有东西都是你的。我会尽力做好我能做的事。如果你想起草新的法令，我会派人帮助你。”

成吉思汗醉醺醺地点头。

“文字，”他轻蔑地回答，“是语言的陷阱。”

“那能使他们变得真实，大王。语言最后都要变成文字。”

和陈义会见后的第二天早上，成吉思汗醒后，觉得头痛无比，他一整日都没有离开帐篷，只想呕吐。只记得拿出了六瓶酒，其余的都不记得了，但是能不断地回想起来陈义的话，便和合赤温还有帖木格一起讨论。他的人民只知道一个可汗的通知，所有的审判都来自一个人的判断。成吉思汗每一天都会处理部落中很多的争论还要处罚那些犯罪的人。这些事情对他来讲已经够多了，他不允许那些小可汗们还重复他的角色，否则就会有全部损失的可能。

当成吉思汗最后下令前进时，他们离开后，身后的城市没有熊熊燃烧的火焰，这是一件奇怪的事。陈义给了他有关金国领土到东部大海一路的地图，这比他之前得到的所有东西都珍贵。尽管陈义还留在包头，石匠廉还是同意陪同成吉思汗去燕京。廉好像把国王城市的城墙视为是对自己技能的挑战，所以在成吉思汗要求之前，他自己主动提出要给予他们帮助。他的儿子在他出现的时候，把事情做得很好，成吉思汗私下里认为这和他继续跟着入侵的军队有关系，否则他就要考虑默默地退休了。

艰难跋涉的行军一直到进入金国的领土，中间大量的马车和蒙古包移动得很慢，但是周围上万骑兵总会有人寻找哪怕很小的机会得到指挥官的赞扬。成吉思汗很快做出了决定，派很多信使到处行走，从包头到他们去燕京西部山脉沿线的各个城市。国王把呼和浩特的守备军都撤走，没有士兵守卫，城市没有射出一支箭就屈服了，然后提供了两千年轻人参加围攻和长矛演习的训练。陈义用自己征得的士兵体现了价值，挑选了城里最好的士兵和蒙古人一起学习作战的技能。他们确实没有战马，但是成吉思汗把他们当作步兵给了阿尔斯兰，毫无疑问地接受了新的训练。

济宁的守备军不听从国王的调遣，大门一直是关闭着的。当第三天立起黑色的帐篷之后，济宁城就被烧成了平地。之后其他的三座城市也都投降。那些年轻力壮的人都被当作俘虏带走，就好像被驱使的羊群。有太多的人不能用作士兵，数量上超过了部落人。成吉思汗不想要他们，但是他也不能把这么多人留在身后。他的人民赶着半数人走在金国的领土上，每一天，都会出现很多尸体。当夜晚变得越来越冷，金国的俘虏聚集在一起窃窃私语，黑暗中那种不变的景象看起来很可怕。

据过来人讲，那是最炎热的夏天之一，很多人都没有经历过。老人们说，随后会是一个寒冷的冬天，成吉思汗不知道是应该继续向燕京进发，还是应该到明年再发起进攻。

燕京前面的山脉已经看得见，远处，只要看见金国骑马的观察员出现，成吉思汗的侦察兵就会追上去跟着他们。尽管金国观察员的马很快，还是捉到了一些，每个人都会给成吉思汗正在构建的蓝图提供一些细节。

一天早晨，大地在夜晚结了冰，他坐在一堆马鞍上，盯着不刺眼的太阳，它从保护燕京的险峻的绿色峭壁上升起，模糊不清，比戈壁和西夏的山峰要高一些，这使他想起了家乡那些印象不是很深刻的山脉。捕获的观察员提到了路上有名的獾口山，他感觉自己被拉得很近。金国国王已经在那里聚集了力量，用一支巨大的主力做赌注，和成吉思汗带到那里的军队对抗。所有的事情将会在那里有一个了断，所有的梦也会灰飞烟灭。

想到这里，他笑了起来。不管未来怎么样，他都必须拔出剑，昂首阔步迎上前去。他会坚持到最后，如果败给了敌人，这一生也值了。想到如果自己死了，儿子们也不会活太久，他突然有点心痛，但是他很快克服了自己的懦弱，儿子们也会像他一样努力生活。如果在大事件中被风吹走，那也是他们的命运。他不能什么事任何时候都保护着他们。

在他身后的蒙古包中，传来查喀孩的一个孩子的哇哇哭声。他不能分辨出那是儿子还是女儿的声音。想到那个还不会走路的小女孩，不管什么时候看见他，都把两条小腿蹬到头顶,突然心情就愉悦起来,可是孛儿帖看见那可爱的动作时,却心生嫉妒,成吉思汗叹了一口气。征服敌人的城市比起他生命中的女人或者是她们为自己生的小孩来说,要简单得多。

远远地,他看见弟弟合赤温走近,晨光下沿着大营的一条小路漫步而来。

“你逃离这里了吗?”合赤温对他喊道。成吉思汗点头,在身边马鞍堆里的一个位置拍了拍,示意合赤温坐过来。合赤温坐下拿起成吉思汗烤的羊肉和上面涂着厚厚一层油脂的未发酵的面包。成吉思汗很高兴。他能闻到空气中的雪,他希望寒冷的月份赶紧到来。

“早晨合撒儿在哪里?”成吉思汗用手撕了一片面包,一边咀嚼,一边问道。

“和郝撒带着蒙古幼狼出去了,教他们怎样对付成群的俘虏。你没看见吗?他给俘虏发了长矛!昨天对抗的时候我们死了三个年轻人。”

“我听说了,”成吉思汗说。合撒儿只用了一小群俘虏进行训练。成吉思汗很惊讶,只有很少的一部分人愿意参加,甚至他们都被允许拿着长矛和剑。那样死去确实比缺乏兴趣无精打采的死好得多。想到这里他耸耸肩。部落里的年轻人必须学会搏杀,以前他们都是和自己的同胞进行对抗训练。合撒儿知道他在做什么,成吉思汗也能确定。

合赤温安静地看着他,脸上露出了扭曲的笑容。

“你从没有问过帖木格,”他说。

成吉思汗苦笑了一下。他的最小的这个弟弟总是不能让他感到轻松,合撒儿好像对帖木格也毫不客气。事实上,他还是会情不自禁地去关注帖木格最近在热心什么。帖木格已经被金国的书卷迷住了,晚上总是借着灯光苦读。

“那么你为什么坐在这里?”合赤温换了个话题问道。

他的哥哥咒骂了几句。

“你没有看见附近在等待的人吗?”

“我注意到一个乌耶拉的儿子,最大的那个,”合赤温承认。他敏锐的眼睛将周围一览无余。

“我告诉他们在我站起来之前不要靠近我。当我站起来的时候,他们带着问题和要求过来,每天早晨都是这样。他们会决定谁有权利拥有特种小马,谁来拥有母马,谁拥有种马。他们想要我任命新的盔甲金属加工工人。这些事情总是没有个完。”

他想着这些问题咕哝了几句。“也许你可以把这些事情拖得长一些,让我来处理。”

合赤温听着哥哥的困境笑了。

“而且我想没有什么事可以打败你,”他说,“任命别的人来处理这些事吧。

你可以闲下来和将军们计划战事。”

成吉思汗勉强地点点头。

“你以前说过，但是谁能胜任这个职位呢？一个人来对付这些事，就必须在部落里有足够的权利。”两个人同时想到了一个答案，但是合赤温说了出来。

“帖木格会胜任这个工作。你知道他能。”

成吉思汗没有回答，合赤温继续毫不介意地说。

“他比起其他人是少了几分刚性，否则就会滥用职能。给他一个名衔，比如‘交易主’。用不了几天他就能管理整个大营。”看着哥哥没有动，合赤温选择了另一种方式。

“这样的话可以迫使他用更少的时间和阔阔出在一起。”

成吉思汗抬头看了一眼，那些等待的人看见他准备站起来都开始向他走来。他又想起了在包头和陈义的谈话。他是想自己做每一个决定，但是他是真的要赢得这场战争。

“很好，”他勉强地说。“告诉他，这个任务交给他，一年的时间。我会给他派三个伤残的不能在战场上拼杀的战士辅助他工作。让他们也有点事做，我希望其中的一个是你的人，合赤温，让他只给你汇报信息。我们的弟弟会有很多机会去得到那些经过他的手的奶酪。一点没关系，但是他太贪婪，就要告诉我。”他停顿了一会。“和他强调阔阔出无权干涉他新职位的任何事。”然后他叹气，“如果他拒绝，还有谁适合这个职位呢？”

“他不会拒绝，”合赤温很肯定地说。“他是一个有想法的人，哥哥。这个职位给他想要治理整个大营的权利。”

“金人有审判官去实行法令和解决争论，”成吉思汗看向远方说。“不知道我们的人民是不是希望他们中间有这样的人？”

“如果他们不是来自你自己的家庭呢？”合赤温问。“那必须是一个勇敢的人，能够敢于去处理那些血腥的争执，不管得到什么样的事，都不畏缩。事实上，我会再派十几个护卫去保护帖木格的安全。我们的人民都会用刀剑来显示自己的愤恨。毕竟，他不是他们的可汗。”

成吉思汗冷笑了一声。

“他一定把那些虚构的神灵都驱走。你有没有听说他身边传说的故事？比阔阔出还糟糕。我有时候在想我的萨满到底是不是了解他们创造的东西。”

“我们来自同一类可汗，哥哥。我们统治着自己任命的所有人。”

成吉思汗拍了拍他的后背。

“我们会发现金国的国王也会有同样的感受。也许当他看见我们来的时候就会让他的军队都撤退。”

"那么,是在今年吗?这个冬天?我想可能会下很长时间的雪。"

"我们不能留在这里没有牧草的好地方。我必须很快地作出决定,但是我不喜欢毫无挑战地把他们的军队留在獾口山的想法。我们能忍受寒冷,寒冷却能使他们变得缓慢和无用。"

"但是他们会在通路上加强力量,地上积存的冰雪,挖战壕,他们可以想到很多事,"合赤温说,"那对我们来讲都不简单。"

成吉思汗看了他的弟弟一眼,合赤温看向远处他们将要勇敢穿越的山脉。

"他们如此自大,合赤温。他们在让我们知道他们在什么地方上,犯了一个错误,"成吉思汗说,"他们想让我们去攻打最强的地方,他们等在那里。他们的城墙不能阻止我们的到来。他们的山脉和军队也不能。"

合赤温笑了。他知道他的哥哥在想什么。

"我看见你在山脚下安排了很多侦察兵。如果我们穿过关口去攻打的话是一件拿不稳的事情。"

成吉思汗冷笑一声。

"他们想他们山脉很高,我们很难攀越,合赤温。他们的另一座城墙穿过山脉,只有最高的山峰上没有城墙,那里他们自己保护,对人来讲太高了。"他咒骂道。"也许对金国的士兵是,但是我们出生在雪里。我记得父王在我八岁的时候,就让我裸着身子待在蒙古包外面。我们能够忍受这里的冬天,我们也能穿过这座城墙。"

合赤温也想到了父王蒙古包的大门,记忆又回到了从前。那是一个古老的习惯,很多人相信那样可以让孩子们变得强壮。合赤温不知道成吉思汗是不是也对他的孩子们做了同样的事,当他形成这个想法的时候,就知道成吉思汗这样做了。他的哥哥不允许懦弱,即使在让他的孩子们变得强壮的过程中会伤害到他们也在所不惜。

成吉思汗吃完了饭,用手指挖了一块硬的油脂。"侦察兵会找到关口周围的通路。当金国的士兵在他们的帐篷里发抖时,我们就能从四面八方去攻打他们。只有在那个时候,合赤温,我会杀下獾口山,在前面赶着他们的同胞。"

"那些俘虏吗?"合赤温问道。

"我们养不起他们,"成吉思汗回答,"如果他们能抵挡敌人的刀剑和螺钉,对我们还有用。"他耸耸肩,"比起饿死这样会更快一些。"

这时候,成吉思汗站起来,抬头看着天空中厚厚的云层,也许会降落一场大雪,把整个金国的草原冰封起来。冬天总是死亡的时间,只有强者才能活下来。他叹口气,看见远处有人在移动。那些一直在观望的人看到他站起来,正赶着往这边靠近,他还没有回过神来。成吉思汗愠怒地盯着他们。

"让他们去找帖木格,"他说着,就跨着大步离开了。

第二十章

两个侦察兵已经接近饿的边缘，当他们爬过獾口山时，包里的食物和水都冻得僵硬。金国的第二座城墙由北至南穿过群山。虽然这些城墙比起部落穿越的第一座城墙，没有那么巨大，但是几个世纪以来也没有被拆除。它就像白色世界里的一条蛇，掩埋在冰雪下面，绵延不绝地延伸到远方的山谷中。这对于蒙古侦察兵来讲，曾经也许是一个奇景，但是现在亲眼看见，也就那样而已。金国的军队还没有把城墙建到山脉顶峰。他们以为在这些坚冰封锁石坡上没有人能够生存下来，因为高山上的寒冷足以使人的血液冻成冰。可是他们错了。侦察兵们爬过城墙，进入了冰雪世界，他们要找到越过群山的路。

大雪降落在草原上，从山顶遮住他们视线的云层中，暴风卷着雪花飘落下来。白茫茫的雪地里时不时地会出现被狂风吹出的雪窟，其中有蜘蛛盘结的网，还能看见埋在雪堆下面延伸到远方的一部分城墙。站在高处，两个侦察兵看见在很远的另一边，金国的军队缩小成一个小黑点，已经看不见草原上的同胞，但是他们一定在那里等待着侦察兵的归来。

“没有通过的路了，”塔拉在风中大喊，“也许布里阿克哈和其他人幸运一些。我们必须回去。”塔拉能够感受到刺骨的冰冷，每个关节都感觉冻僵了。他很确定自己离死亡越来越近，想要掩饰恐惧是一件艰难的事情。他的伙伴卫塞节只是哼了一声，没有看他。他们是十人小组中的成员，这次派了很多人进入群山去寻找攻击金国后方部队的道路，他们是其中的一组。尽管夜里他们和同伴们分开，塔拉仍旧相信卫塞节可以找到路，但寒冷袭击着他，环境过于险恶以至于无法抵抗。

卫塞节是一位年过三十的人，而塔拉还不到十五岁。他们组的其他人说卫塞节认识蒙古幼狼的将军，无论他们何时相见，他都像接待老朋友一般欢迎速不台。这也许是事实。像速不台一样，卫塞节来自北方遥远的乌梁海部落，他看起来好像感觉不到寒冷。塔拉在陡峭的坚冰上攀爬，差点摔下去。他把刀插进了一个裂缝，并抓着刀柄不让自己摔下去，猛地一动时，手差点从刀柄上滑落。他感觉到卫塞节的手扶了一下自己的肩膀，然后这位年长者又加快脚步向前爬去，塔拉用力蹒跚着，试图跟上他的速度。

塔拉看到卫塞节在他面前停下来，此时这个蒙古男孩在痛苦的世界里强忍和挣扎着。他们的身后，是一个突起的山脊，光滑而又危险，卫塞节已经把两个人捆绑在了一起，这样即使一个人遇难，另外一个人还可以搭救。塔拉继续前行，只有被卫塞节拉着他的腰才能使他保持清醒而不至于睡着，他在前面走出好几步才意识到卫塞节蹲在了地上。塔拉弯下身体，贴着地面，费力地呼吸着，长袍上的冰变成了锋利的碎片。尽管戴着羊皮手套，但是当他试图抓点雪吃时，发现手指几乎都已冻僵。从爬到山峰上起，他唯一的感觉就是口渴。之前瓶中的水结成了冰，除了雪之外没有任何可以融化成水的东西，可是那从来就不够满足他那饥渴的喉咙。

在蹲下去的时候，他在想家里的那些小马是如何在河水结冰之后成功生存下来的。他看到马儿们啃雪吃，而且雪对它们来讲非常地足够。茫然无措且又精疲力竭的塔拉开口问卫塞节，年长的侦察兵瞥了他一眼，做了个手势示意他保持沉默，不要说话。

塔拉敏锐地感觉到不妙，心跳越来越缓慢。他们已经接近前面金国的侦察兵。在路上，不管是谁指挥军队，都会派侦察兵在前方探路，及时汇报。由于风暴的原因，前方更远的地方都看不清，爬到最高处已经成为两国主力部队之间致命的竞赛。塔拉的哥哥曾经碰巧和他们相遇，差点从他身上绊倒。塔拉想起哥哥带回来耳朵做证据，让他觉得嫉妒。他不知道自己是否有机会得到属于自己的战利品，能够在其他战士们面前炫耀一番。只有不到三分之一的人有着纯种血统，而且众所周知，速不台就从那些人里边挑选他的战士，而不是挑选那些有勇气但不为人知的人。塔拉既没有剑也没有弓，但是他的刀却很锋利，他活动着自己已经麻木的手腕，让它们变得灵活些。

带着膝盖的疼痛，他悄悄爬到卫塞节身旁，风的呼啸声遮掩住了一切挪动的声音。他凝视着那白茫茫的一片土地，想要看清这位长者究竟发现了什么。卫塞节就像一座雕像，尽管寒冷从地面渗入塔拉的身体，使他不停地颤抖着，塔拉仍试着去模仿卫塞节的平静。

雪地里有东西在移动。金国的侦察兵身穿白色的衣服，和雪色相融，使得别人很难发现他们。塔拉回忆起部落里的老人们讲的故事，故事里说当下雪的时侯，山里隐藏着的除了人还有其他猛兽。他希望他们只是在编造故事吓唬他，但他还是紧紧地握着手中的刀。身旁的卫塞节抬起手臂，指向某个地方。他也看到了一些身影。

不管是什么，它已经不再移动。卫塞节倾斜着身子悄悄地靠近，正在这时，塔拉看到从雪地里猛地窜出一个人影，手里拿着弓箭。

卫塞节的直觉很准。他看到塔拉瞪大了眼睛，扔下他自己，翻了一个跟头离开。塔拉听到弓箭破空的声音却没有看到箭，突然雪地上溅出了鲜血，只听到卫塞节愤怒和疼痛的叫喊。寒冷突然之间消失了，塔拉站了起来，不去理会他朋友的痛苦翻腾。曾有人教给他如何对抗弓箭手，他冲上前去，大脑变成一片空白。在那人又一次拉起弓上的弦，准备再射击时，他的心跳几乎快要停止了。

塔拉在危险的地面上滑行，那根将他和卫塞节捆在一起的绳子在雪地里像蛇一样地拽着他。他没有时间剪断绳子，只见金国的士兵带着武器过来撞在他的身上，和他扭打在一起，他四肢叉开仰躺在地上。那把弓滑了出去，那个比自己强壮的男人紧紧地环绕着他，使他动弹不得。

寒冷中，只有他们打斗的喘息声。塔拉将身体压在那个士兵的身上，试图利用这点优势对抗他，不停地用膝盖和手肘击打着，两个人的手同时抓着塔拉的刀柄。塔拉盯着那人的眼睛，同时用头使劲地撞在他的鼻子上，感觉到那人的鼻子破了，只听见他惨叫的声音。金国的士兵仍然抓着刀柄不放，塔拉一次又一次地攻击，直到成功地把他的额头打到血流满面。他用自己的前臂抵住了那人的下巴，紧紧地掐住了那人的喉咙。敌人紧紧抓着他手腕的手松开了，手在他眼前晃动，试图要抓瞎他的眼睛。塔拉仰起脸，不再去看他，只顾一个劲地暴打。

打斗很快地结束了，就像突然开始那样。塔拉睁开眼睛，看着金国的士兵两眼空洞地看着天。他甚至还没感觉到自己的刀怎么就插进了那人的身体，刀仍旧插在那人的毛皮大衣里。塔拉躺下来，在稀薄的空气里不停地喘息着，听到卫塞节的呼喊，才意识到卫塞节已经叫了自己很长时间，他挣扎着抬起冰冷的脸孔，努力让自己清醒过来。在这位老战士面前，他再也不会感到羞愧了。

塔拉突然扔下刀，挺起了身子。刚才的打斗中，绳子缠住了他的双脚，他走出绳子打成的死结，把它们踢到一旁。卫塞节还在叫他，声音比之前小了许多。塔拉无法从已经杀掉的那人身上挖出眼睛，可他一直想这么做。他使劲拽下那个士兵沉重的长袍并把它穿在自己身上。那具尸体在没有了外套的包裹之后更加显得瘦小了，塔拉站在满是鲜血的雪地里低头凝视着，从头上流下的血滴在地上形成了一个头的形状。他感觉到溅在自己皮肤上的血正在凝固，胡乱地擦了擦脸，突然就感觉自己生病了似的。当他再次睁眼的时候，他的同伴卫塞节已经把他拖到一个可以坐的位置，正在看着他。塔拉向这位长者点点头，然后就看到了从他第一次杀死的人身上取下的耳朵。

他把这个看起来有点恐怖的东西扔进一个小袋子，摇摇摆摆地回到卫塞节身边，还是晕晕乎乎的。打斗驱走了寒冷，但现在寒冷再次袭来，他正在发抖，每当开口讲话时，牙齿总是在不停地打架。

卫塞节气喘吁吁，他的脸痛苦地紧绷着。那支箭射中了他身体侧下方的肋骨。塔拉看见黑色的箭杆还留在身体外面，伤口旁边的血冻得像红蜡一样。他伸出手臂想要扶卫塞节站起来，可是这位老人疲倦地摇了摇头。

“我站不起来了，”卫塞节低声喃喃地说，“就让我坐在这里吧，你继续前进。”

塔拉摇了摇头，不肯接受这样的决定。虽然对他来讲卫塞节的身体沉了些，但他还是用力把卫塞节扶起来。卫塞节呻吟着，塔拉和他一起跌倒下去，跪倒在了雪地里。

“我不能和你一起走了，”卫塞节气喘吁吁地说，“让我死吧。侦察并追踪那个人的踪迹，对你来讲是最佳的线索。他是从更远的地方过来的，明白么？那里肯定有路可循。”

“我可以把你放在那个士兵的长袍上，像雪橇那样拖着你走。”塔拉说。他简直不敢相信他的朋友要放弃生命，他开始在雪地上铺毛皮外套。在他这样做的时候他的双腿几乎在打弯，于是坐在一块石头上让自己平静下来，等待体力的恢复。

“你必须找到回去的路，孩子，”卫塞节小声地说，“他不可能跟我们来自山的同一个方向。”他的呼吸间隔越来越长了，他坐着闭上了双眼。塔拉从他身上看过去，那个士兵躺在血泊中，想到刚才打斗的场景，他的胃开始痉挛，他倾着身子，用力站了起来。尽管嘴里吐出了一些黄色的液体，但是没有吐出什么东西，这些液体在雪地上画出一条条线。他擦了擦嘴角，自己愤怒着。卫塞节没有看到这些。他看了看自己的同伴，表情像石头一样僵硬。塔拉摇了摇他，但没有任何反应。塔拉变成了一个人，只有风在周围呼啸着。

过了些时候，塔拉蹒跚着站了起来，回到那个金国士兵躺下的地方。塔拉看着眼前的这具尸体，第一次，他的力量突然之间一下子全部恢复。他用刀砍断那根绳子，然后摇晃着继续前行，他奋力地攀登着，一次又一次滑倒。地面上没有什么踪迹，但当他爬上山坡用拳头击打雪地时，感觉到地面好像坚实了些。风停了，他用力地呼吸着稀薄的空气，这时他发现自己正站在一块巨大花岗岩旁的避风处。山顶看起来仍然很遥远，但他不需要到那里去了。前方，他看到了那个士兵爬上来所用的一根绳子。卫塞节说得对。的确有通到山的另一边的路，事实证明，金国境内的那堵墙防御的真得很好，没有什么可以比它更有防御性。

塔拉站在寒冷的风中，全身没有知觉，思维几乎停滞。最后，他冲自己点点头，然后跨过两个人的尸体，开始往回走。他不会失败的。速不台正在等待他带回的消息。

身后的雪越积越厚，渐渐盖住了尸体，掩埋了所有血腥打斗的迹象，直到结了一层薄冰。一切看起来又变得完美如初。

大雪中，营地里并不安静。成吉思汗的将军们正带着勇士们骑马穿过雪地，他们在实地演习练习射箭，从而强化各自的体魄和技能。勇士们的手和脸上都抹上了厚厚的羊油脂，他们要奔跑着连续向十步之外的稻草人射击好几个小时，稻草人在空中摇来摇去，在下个骑士冲到设定的战线处时，男孩们会猛地拔出箭向目标射去。

尽管合撒儿搞一些战争游戏让他们玩，他们从城市里带回来的俘虏的数量仍旧数以千计。帐篷外面，俘虏们一群群地聚集在一起，或坐或站。只有少数牧民看守这些饥饿的家伙，可是他们却没有人逃跑。几天以前，有人逃跑过，但是部落里的每个勇士都可以追踪到丢失的“羊”，只不过追到之后带回来的只有头颅，然后这些人头就被扔进俘虏聚集的人群中，以此来警告其他人。

做饭的时候，每一个帐篷上方都笼罩着烟雾，妇女们将屠宰好的动物烹饪出来，做成可口的饭菜，并将马奶酒斟出来温暖她们的男人们。勇士们在训练的时候，他们的饭量大增，吃的和喝的都会比平时要多出很多，这样可以增加身体中的脂肪层来抵御寒冷。要形成每天可以在马鞍上待十二个小时的脂肪层是很难的，但是成吉思汗却下达了命令，几乎近三分之一的家禽要被屠宰，以解决他们的饥饿。

这位年轻的侦察兵回来一汇报，速不台就把塔拉带到了大帐篷里。成吉思汗正和他的兄弟合撒儿和合赤温在里边，当他听到速不台到的时候便走了出来。可汗看见速不台带来的那个男孩，看起来已经筋疲力尽，寒冷中的他微微摇晃着。他的眼睛周围是一层层黑眼圈，看起来好像很多天都没有吃东西。

“跟我到我妻子的帐篷里，”成吉思汗说，“她会拿热肉给你吃，我们可以边吃边谈。”速不台低下头，敬畏地听着可汗讲话，塔拉也学着他低下头。他小跑着跟在两个人的后面，速不台讲塔拉和卫塞节已经发现了路。听他说着，男孩向山瞟了一眼，知道卫塞节冻僵的身体就在山上的的某个地方。也许当春天来临积雪解冻时他才会被发现。塔拉又累又冷，不想多做思考，当离开风吹的地方，走进帐篷后，他冻木的双手捧起一碗油乎乎的炖汤，面无表情地送到嘴边。

成吉思汗看着这个年轻的男孩，被他狼吞虎咽的样子和投在可汗衣服的鹰上那羡慕的目光逗乐了。这只红色的鸟蒙着面，但它却转向这个年轻的新到访者，似乎也在回看他。

孛儿帖注意观察着这个侦察兵，只要他的碗里一空，马上就再给他盛上。她给了他一碗黑色的马奶酒，闻到酒的味道，还有些不习惯，他咳嗽了起来，仓促而杂乱，接着他那冻僵的脸颊上又像花儿一样盛开，他冲她点了点头。

“你找到了一条路?”成吉思汗看见塔拉的眼睛里的迷雾消失之后，问道。

“是卫塞节发现的，可汗。”一个想法似乎正折磨着他，他僵硬的手指在他的口袋里摸索着，碰到的东西显然是一只耳朵。然后骄傲地举起了它。

“我在那里杀死了一个士兵，在等着我们呢。”

成吉思汗拿过他手中的耳朵，检查之后又交还给他。

“你做得很好，”他耐心地说，“你还能再次找到这条路么?”

塔拉点点头，像护身符似的紧紧抓着那只耳朵。短时间里发生了太多事情，他有一点冲昏了头脑，突然意识到正在和自己讲话的人是统治着整个部落的可汗。他的朋友们绝不会相信他亲眼见到了可汗本人，而速不台看起来就像一个骄傲的父亲。

"我可以的，可汗。"

成吉思汗笑了，目光移到了别处。塔拉对速不台点了点头，好像看到了自己将在那里取得的胜利。

"回去睡一觉吧，孩子。休息一下然后吃得饱饱的，然后再去睡一觉。要带领我的兄弟们你需要变得强壮一些才行。"他拍拍塔拉的肩膀，使他摇晃起来。

"卫塞节是个好人，可汗，"速不台说，"我很了解他。"

成吉思汗看了看这位年轻的勇士，他已经被提拔到可以领导一万人的地位了。他看到了他眼中掠过的深深的悲伤，明白了卫塞节和他来自同一个部落。虽然关于旧家族的话题被禁止，但有些东西已经深入人心。

"如果可以找到他的身体，我会将其带回并授予其荣誉，"他说，"他有妻儿么?"

"有，可汗。"速不台回答说。

"我会安排人照顾他们，"成吉思汗说道，"没有人会拿走他们的家产，或者迫使他的妻子改嫁。"

速不台明显地轻松了很多。

"感谢可汗，"他说。然后他离开成吉思汗，去和妻子一起吃饭，他又一次带塔拉出来，两个人一起走在风中，他的胳膊绕着他的脖子，显示对他的骄傲。

风暴肆虐了两天后，合撒儿和合赤温集合了他们的兵马。他们每个人都集合了五千勇士，塔拉将带领他们翻越山峰，队伍形成一个纵队。他们的马匹跟在后面，而成吉思汗并没有浪费这两天。弓箭手假人已经按照几千勇士被复制出来，把用稻草、木头和布料制成的勇士放置在空闲的马上。如果金国的侦察兵能够在雪中看见所有平原，他们就不会注意到那一小部分的勇士。

合撒儿和他弟弟站在一起，做接下来要爬山的准备工作，他们互相往彼此脸上擦着油脂。不像侦察兵那样，他们都背着弓箭和刀剑，背上还绑着两个沉重的箭袋，里边装有上百支箭矢。他们当中，一万个人带了一百万只箭——这需要两年的劳动才能制造出，这比他们拥有的其他任何东西都有更高的价值。没有白桦树林，他们就没有足够的箭矢。

他们所带的一切东西都不得不包在油布里，防止潮湿，他们在冰层下僵硬地前行，艰难地抬着脚步，一起拍着带着手套的手，来抵挡风寒。

能够带领可汗的兄弟们，使得塔拉骄傲地挺直腰背，他是如此激动兴奋以至于他所能做的就是静静地站立着。当他们准备妥当,合撒儿和合赤温对这个男孩点点头,回头看看这些将要徒步穿越山峰的战士们。上坡路要快速,所以很艰难,即使对于可以胜任这种任务的人们来讲也是残酷的。如果他们被金国的侦察兵发现了所在位置,必须在侦察兵报告送回金兵之前到达高处。无论谁落队都会被甩在后面。

塔拉准备出发,大风袭击着队伍,他感觉到他们正看着自己,便往回看去。合撒儿看到他紧张的样子笑了笑,和他的弟弟合赤温分享着激动的这一刻。这是最冷的一天,但战士们的情绪是轻快的。他们希望击溃在山的另一边正等待着他们的军队。更有甚者,想到从背后偷袭,破坏了他们聪明的防御,他们已经开始狂欢了。成吉思汗亲自出来为他们送行。

“合赤温,你只要坚持到第三天天亮,”成吉思汗对自己的兄弟说,“到时候我会通过山口的。”

第二十一章

直到第二天早上他们才到达卫塞节死去的那个山峰，塔拉默默地从雪堆中挖出他朋友的尸体，拂去他身体上的雪。

“我们可以在他手里插一面小旗作为记号，”合撒儿小声地对合赤温说，合赤温笑了笑。战士们的队伍在山上一直延伸下去，风暴似乎比之前缓和了些，没有人催促这个年轻的侦察员，只见他拿着一块蓝布盖住了卫塞节的尸体，向上天祈祷着。

塔拉低头站了一会，然后向最后一段冰冻的地面上前行而去，他们很快就要到下坡路了。队伍从那具冰冷的尸体上走过，每个人都会看一眼那死去的面庞，默默地为他祈祷。

爬过高处的关口，塔拉在新的路面上行走，沮丧地放慢了速度。太阳的光芒四射，十分耀眼，继续向东前行，路况变得艰难起来。风呼啸着，山里的一切变得鲜明起来，合撒儿和合赤温仔细观察并标记着山中的地形。中午时分，他们差不多走了一半的路程，城堡已经远远地落在他们身后。

虽然不远处就是金国侦察员用过的绳索，一段超过五十尺的陡峭的斜坡使他们不得不放慢了脚步。经过几天的严寒，绳索已经冻僵变得很脆，于是他们系上新的绳索，小心地往下爬。为了方便降落，他们把手套收起来放进长袍，这时便发现手指很快变得苍白而又僵硬。对于使用弓箭的战士们来说，冻坏手成了一个很大的困扰。他们沿着颠簸不平的山坡慢跑时，每个战士都活动着双手，或者干脆把手夹在腋下，于是长袍的袖子在半空自由飘摇着。

很多人都滑倒在路上，那些把手藏起来取暖的人们行走起来比其他人更困难些。他们僵硬地站起来，那些从身边跑过的人看也不看一眼，带起的风吹着他们的脸，使得他们的脸绷得更紧。每个摔倒的人都自己挣扎着站起来，没有人落队。

到一个岔路口的时候，塔拉发出了一声警告。在这平坦如毯的雪地里，白色的表面上看起来如此平静，几乎没有任何裂痕，但它却有可能蜿蜒着通向其他方向，塔拉不知道该选择哪条路才是正确的。

合撒儿走到他身边，举起拳头示意后面的军队停下来。队伍的战线几乎一直延伸到卫塞节的尸体那儿。他们不能拖延，一个简单的错误都有可能意味着死亡,都可能被困在这里,耗尽精力直至最后死去。

合撒儿咬着裂开的嘴唇,看着合赤温,希望他有办法,不过他的弟弟只是耸耸肩。

“我们应该继续向东走,”合赤温疲惫地说道,“旁边那条路会把我们带去要塞。”

“这也可能是从他们身后突击的另一个机会呢!”合撒儿凝视着远方回答说。风夹着空中盘旋的雪,在不超过二十步的远处,路就消失在人们的视线中。

“成吉思汗希望我们尽快到达金国部队的后方。”合赤温提醒他。塔拉专注地看着这两个人争论,但他们都忽略了这个男孩。

“可他不知道城墙后边还有另外一条路,”合撒儿说,“至少值得一试”。

合赤温恼火地摇了摇头。

“在这个死亡之地,我们还有一个晚上的时间,黎明时可汗就会来的。如果你迷路了,你会被冻死的。”

合撒儿看着他弟弟担忧的表情笑了。

“你怎么就确定被冻的会是我呢?我可以命令你究竟要走哪条路。”

合赤温叹了口气。成吉思汗当时并没有说他们中该由谁来负责,他认为和合撒儿商量就是一个错误。

“你不能命令我,”他耐心地说着,“我要继续走,无论你同不同意。如果你想尝试另一条路,我不会阻止你的。”

合撒儿若有所思地点了点头。以他的经验来讲,他知道他所要面对的风险。

“我会在这等着,带着最后边的一千人走另一条路。如果这条路不通,我会加速赶回来晚上和你汇合。”他们紧握了一下彼此的双手,然后合赤温和塔拉继续前行了,只留下急于尝试另一条路的合撒儿。

九千个缓慢前行的人从他身旁经过,所花费的时间远比他想象的要长。等到他看到最后那一千个人时,天已经开始黑了。合撒儿走到一个战士身旁,抓住他的肩膀,在风中大喊一声。

“跟我来,”他说道。没等任何人回答,他就走向另一条路,他的臀部几乎埋进了雪中。身后那些疲惫的战士们没有人反抗命令,每个人都已经在痛苦的严寒中变得麻木了。

可以说话的兄弟不在,合赤温白天大部分时间都保持沉默。尽管知道这条路不比其它路途好走,塔拉仍然带着他们前行。在远处山边,下坡的路开始变得清晰些,很长时间后,空气似乎不再那么稀薄了。合赤温发觉不再那么激烈地喘息,尽管他已经很疲惫,但还是更坚强更警觉。暴风消失在黑暗中,这些天来他们第一次看到夜空里的星星，虽然有云彩，还是那么地耀眼和美丽。

随着夜的加深，天气似乎也越来越冷，可他们没有停下脚步，有人从包里拿出肉干来吃，以补充体力和能量。第一次在山坡上睡觉时，每个人都像狼那样在雪地里给自己挖一个洞。合赤温已经很累，但还是想方设法地抓住这最后几个小时。因为不知道离金国的军队有多近，他不敢再让军队像第一次那样休息很长时间。

没多久，山坡变得不再那么陡峭。白色的桦树中隐现着黑色的松树，长得如此繁茂，他们踩在枯叶上，离开了雪地。合赤温看见战士们放松的表情，觉得应该接近旅程的终点。然而，他并不知道是否已经超过了金兵，或者他们同时在沿着獾口山平行地行走。

塔拉也很痛苦，合赤温看到他不停地磨擦着双手。这是一个老侦察员传授的经验，摩擦双手可以迫使血液流到指尖，双手不至于冻坏变黑。合赤温学着他的动作一起做，并传话下去让战士们都这么做。尽管每一块肌肉都很痛，表情冷酷的战士们像鸟儿一样的摇摆让他情不自禁地笑了。

月亮升起来，高高地挂在山边，照亮了向前艰难跋涉的战士们。他们爬过的山峰是那么高，现在进入了另一个世界。合赤温不知道在行进中有多少人掉队，像卫塞节一样被甩在了身后。他希望其他人可以在积雪盖住箭矢之前有意识地拿起他们的箭袋。本应该记得下达这条命令的，他边走边急躁地自言自语着。黎明就快到了，他只希望在成吉思汗进攻之前自己可以找到金国的军队。大步跨过积雪的时候，思绪不断地飞舞着，有一段时间，他的思维固定在了合撒儿身上，又回到营地里的童年。有时候，就像做梦一样，他感觉自己好像正在温暖的帐篷里，从思绪中回到现实却发现自己正静静地站在那里。一次，他摔倒了，塔拉急忙回过头把他扶了起来。他们不会让可汗的弟弟死在路边的，有人拿起了他的箭袋和箭。至少因为这个，合赤温心中也满是感激。

走出那片树林时，他感觉自己好像已经走了好久好久，塔拉在前面蹲了下来。合赤温学着塔拉的样子用不听使唤的膝盖向前爬行。身后，月光下的战士们不小心撞到其他队友，小声互骂着，队伍突然停止前进，他们从恍惚中清醒过来。合赤温像蠕虫一样前行的时候向四周张望了下，他们正在一处缓坡上，山谷中白茫茫的一片似乎可以一直那么完美的存在。山的另一边，树立起了一座悬崖，那么陡峭，他甚至怀疑是否有人可以攀越。左边，獾口山上的路在不超过一英里的平地里到达了终点。月光下合赤温的视力似乎比平常更敏锐了，他可以看到对面的峡谷，美丽无比却又是可以致命的。路的尽头，帐篷和旗帜连成了一片海洋。袅袅升起的烟和山顶的雾融合在一起，合赤温又恢复了知觉，他甚至可以闻到空气中木头燃烧的烟味。

他感叹着。金国竟然聚集了如此庞大的一支军队,他都看不到队伍的尽头。獾口山通向的冰雪平原,在通往皇城的路前面,就好像是高峰上的碗底一样。不过金兵占据了那块土地,他们的队伍一点点地向平原外延伸着。冰雪覆盖的山完完整整地把它包藏起来,即使如此,他们的人数还是比合赤温所见过的军队要多得多。成吉思汗也不知道他们有多少人,他应该正慢慢地沿路骑行,几个小时后就会到了。

一阵恐惧感袭来,合赤温不知道他的部下是否已被营地里的人发现了。金兵肯定在巡逻,只有傻子才不那么做。而他和战士们就在那儿,一直延伸到白茫茫的山中。他们需要突袭,而他差点就把这个抛至脑后。他轻轻地拍着塔拉的后背,感谢他的提醒。这个男孩开心地笑了。

合赤温制订了计划,并传话下去。后边的人在黎明到来之前就不会被敌人发现。他抬头看了看清澈的夜空,希望雪可以下得更大些,这样积雪就可以盖住他们的踪迹。黎明越来越近,他希望合撒儿是安全的。慢慢地,战士们开始返回有树木的斜坡。在攀爬的时候合赤温脑海中出现了一段童年的记忆。他和家人在山坳里藏身的时候,正在慢慢地逼近死亡和饥饿。这一次又要隐藏起来,但他会吼叫着站出来,成吉思汗将和他一起冲杀。

默默地,他向天空祈祷着希望合撒儿也还活着,而不是在山坡上迷了路,被冻死。合赤温这么想着,突然笑了。他的哥哥不会轻易停下脚步放弃的。如果有人能够活着出来的话,那个人肯定是他。

合撒儿把手放在喉咙处,咳嗽了几声,示意身后的人保持安静。暴风雪最后还是停了,可以看到头顶上从云层中钻出来的星星。月亮照亮了斜坡,他发现自己正站在悬崖的边缘。当看到下边金兵的要塞时心一下子提到了嗓子眼,那几乎就在他的脚下,不过还好黑暗中有几块陡峭的岩石把他们和金国分开,那几块岩石上盖着薄薄的积雪。他们要从悬崖上爬下去,在城堡周围大范围地移动,合撒儿不知道战士们能否坚持到最后。城堡本身就建在了山脊上,可以俯瞰到山中的路,毫无疑问,堡中存有大量武器,这些武器足以粉碎任何人。他们不希望在返回的时候受到悬崖上的攻击。

至少还有月光。他回到战士们群集的地方。风力已经很小了,只是在空中轻轻吹拂着,他小声地下达命令,让战士们吃饭休息,然后利用前边的绳索穿过去。这最后的一千战士来自土门,合赤温和合撒儿并不认得他们。但当他们收到他的命令时他们只不过点点头罢了。命令传得很快,第一组的十个人已经用绳索捆绑在一起,并在边缘处聚集在一起。在寒冷的天气里,手笨拙地抓着绳上的节点,合撒儿不知道是不是正把他们送上死亡之路。

“如果掉下去，记得要保持沉默，”他低声对第一组的战士们说，“否则你的叫喊会把下边要塞中的敌人叫醒。如果你掉进深雪中还有可能活下来。”听到这些，有一两个人笑了笑，他们看了看悬崖，摇了摇头。

“我会第一个下去，”合撒儿说。他取下毛皮手套，当他抓到那根粗粗的绳子时，由于寒冷，手不自觉地缩了下，他对自己说，曾经爬过更陡的峭壁，虽然没有现在这么疲惫寒冷。肌肉痉挛了一下，他还是强迫自己展示出自信的表情。他们把绳子的一端绑在了一棵倒下的桦树干上，看起来似乎很结实。合撒儿回到悬崖边，让自己不去想象坠落悬崖的情景。他敢肯定没有人摔下去还能生存下去的。

“一根绳子上不要超过三个人。”他走过去说。很快地就挂在绳子上，沿着冰冷的岩石向下走。“多系些绳子，不然下去要耗费一个晚上的时间。”下令的时候尽力掩盖着自己的不安，面无表情，掩饰着内心的恐惧。战士们聚集在悬崖边看着他往悬崖下爬。离边缘最近的人又多系了些绳子，又有人下去了，其中一人对他的朋友点了点头，横下身子颤抖着抓住了那根合撒儿抓的绳子。很快他也消失在悬崖边。

成吉思汗不耐烦地等着黎明的到来。他已经派侦察员到前面那条路上去侦察，其中一些人带着弓箭回来。太阳升起的时候最后那个人也回来了，后背上插着两支箭。一支血迹斑斑，另一支还在滴血，沾在了他的腿上和马身上。成吉思汗听了他带回的信息，然后那个人才去处理自己的伤口。

金国的将军打开了关口。在被暴风雨般的弓箭逼回之前，侦察员看到了两个巨大的城堡，在地面上若隐若现。成吉思汗没有怀疑士兵们，在敌人驱逐他们离开的路上，他们正准备赴死一战。事实上，敞开的关口反而让他更担心。那意味着将军希望他们从正面进攻，他相信蒙古军可以攻进去，粉碎敌人最脆弱的地方。

在入口处，那条路几乎有一里宽，可是在城堡底下，岩壁之间窄到不过几十步。即使到达边缘的想法却不能掌控，成吉思汗突然觉得紧张，当意识自己的软弱时，他立刻战胜了自己。现在已经做了所能做的一切，兄弟们只要一看到目标就会马上进攻。即使在最后时刻他想到了更好的计划，也没有办法叫他们回来。他们之间失去了联系，兄弟们隐藏在堆满茫茫积雪的群山中。

最后暴风雪小了，成吉思汗抬头看了看夜空的星星，把拥挤成群的俘虏聚集在关口，让他们走在军队的最前面，这样能为成吉思汗的队伍档住金国的弓箭。如果要塞里战火蔓延，俘虏们是首当其冲的。

夜晚的冷空气有零下几度，成吉思汗无法入睡，做着深呼吸，感觉冷气就随着呼吸灌进了肺部。不多久天就亮了。他又一次回想了一下计划，除此之外也没什么事情做。战友们都已吃好，比这几个月里吃得都好。他将带领这些人冲进关口,他们都是有全副武装的老练战士。已经安排好第一排拿长矛的战士们,部分原因是可以让他们监视前面的俘虏。速不台的幼狼勇士们跟在他身后,随后是来自阿尔斯兰和者勒篾战士们,无论战斗多么惨烈,这两万人没有人会逃亡。

成吉思汗拔出父亲的剑,星光下一道苍狼的眼睛之光划过。他一边挥舞着剑,一边大声呐喊。周围的营地里一片宁静,很多人都在看着他。他用阿尔斯兰曾经教的方法,伸展了身体,强壮了一下肌肉。姚术和尚也给他的儿子们这么教过,这样做可以像利用其他工具一样增强自己身体的力量。在队列中挥舞剑的时候,成吉思汗流汗了。虽然不再像以前那样有着闪电般的速度,但在力度上有了很大起色,而且还是那么地灵活,尽管身上有很多旧日留下的疤痕。

他不想就这样等待黎明的到来。考虑找个女人,这样可以有助于缓解他紧张的情绪。第一任妻子孛儿帖应该正在蒙古包里搂着儿子们睡觉,第二任妻子还在为他们的女儿喂奶。思维就在那一刻停留,想象着那满是奶水而又白皙的乳房。

他把剑插入鞘中,大步走向查喀孩的帐篷,已经满是期待,很是兴奋。一边走一边哧哧地笑着,先和女人温存,然后去战斗,成吉思汗觉得这将是个很美妙的夜晚。

在他的帐篷中,智中将军品尝着一杯热米酒,无法入睡。严冬已经封锁了高山,他和他的军队很可能要在野外度过最寒冷的这几个月。这倒不是一件让人不开心的想法。他还有十一个孩子和三个妻子在燕京,当他在家的时候,总是有很多事来烦自己。在营地里生活,相比较而言,是比较放松的,也许在他的生活中,对这一切早已熟悉。即使是在深夜,他还是可以听到警卫换岗时喃喃的密语声,这是一种安静平和的感觉。睡意总是迟迟到来,他知道这对于一个男人来讲是一件很神奇的事,但他总是彻夜难眠,灯光透过营帐照了出来。有时他点着灯睡觉,所以护卫们以为他会像他们一样不用休息。这样不会破坏他们对自己的敬畏,他相信。男人们是需要一个没有任何弱点的人来领导他们。

周围有大量的军队,他已经做好了准备。他的剑兵严阵以待,长矛兵数量比蒙古人多。要给这么多人供应食物,使得燕京的仓库洗劫一空。当他把皇帝的旨意拿出来时,商人们都叫苦连天,不能相信。想到这些他就想笑。那些肥胖的谷商以为自己才是城里的核心。智中向他们展示了什么叫做真正的权力,这让他很得意。没有军队,再好的房子也是什么都不值。

要维持二十万人一整个冬天的食物供给,就要使东南数千里的居民挨饿。想到这里智中连连摇头。因为想得太多所以导致不能入睡。他做了什么样的选择啊?没有人会在冬天打仗,可是他又不能不守卫关口。即使年轻的皇帝也知道一旦开战,就要几个月的时间。当蒙古人春天来的时候,他还会在这里。智中想知道他们的可汗是不是也像自己一样遇到同样的食物供给问题。对此他很怀疑部落人很有可能会自相残杀并且视人肉为天下美食。

夜里寒冷的空气钻进了帐篷,冻得他发抖,于是裹紧了身上的毛毯。自从先帝死后,一切就都变了。智中把自己的全部忠诚都给了他,他尊敬先帝。确实,先帝死后,天下轰动。他悲伤地摇摇头。这个儿子不如他的父亲。一个将军的一生只能效忠一位皇帝。看着一个年轻的没有经验的孩子坐在皇帝的宝座上,把先帝一生建立的根基都毁了。上个世纪末,也许他就应该在先帝死后告老还乡。那也许是最好最有尊严的结局。可事实上,他却看着新的皇帝登基,也看着蒙古人入侵。最终,来年他也还是无法告老还乡。

寒风刺骨,智中想起蒙古人不怕冷。他们只需要一张毛皮,就可以像野狐狸一样耐寒。蒙古人让他感觉厌恶。他们短暂的一生里不会有建树,什么目标都不会达成。曾经先帝把他们驱赶在外,现在一切都变了,他们敢来进攻京城了。战争结束后他不会有任何怜悯,如果他让他们继续呆在营地里,这些部落的血统会在孩子的身体里一直流下去,他不会让他们像虱子似的滋生,从而再来威胁燕京。他会将他们斩尽杀绝。直到杀光他们所有人才会住手。如果以后还有任何外族敢来入侵金国,他们就会回想起蒙古人的遭遇从而放弃入侵的念头。这是他们应得的报应。数年来的冤冤相报,这可能就是他退休后留下的东西。他的死将是整个民族的悲伤,想到以后会因此而名垂不朽,他很高兴。在营地里的人们都在熟睡的时候,他想了很多。智中决定让军帐一直这样亮着直到他睡着。

当群山后面闪现出黎明的第一道曙光时,成吉思汗抬头看着山峰间的云层,下面的平原仍然笼罩在黑暗里,看到这一切,他顿觉情绪激昂。将要率领进攻的俘虏大军陷入了安静。战士们跃跃欲试,举着长矛和弓箭,等待着他下达命令。只有一千人留下保护帐中的妇女和小孩。那里没有危险,平原上的一切威胁都已消除。

成吉思汗坐在一匹黑灰色的战马上,双拳紧握缰绳。黎明时分,鼓手们开始击出战斗的鼓声,声声入耳。千名鼓手站成一列,战鼓就绑在他们胸前。山谷中传出的回音更加使他们激情澎湃。兄弟们冒着严寒经过艰苦跋涉,已经在前方的某个地方。面前的这个城市已经养育了金国千年之久。在那期间金国得到了自己想要的东西,蒙古人像狗一样对金国进行贿赂,逗他们欢笑。想到这里他觉得好笑,很想知道儿子术赤会怎么理解。

太阳刚刚升起时,被云层遮住,接着,就在那一瞬间,平原被照亮,铺上了一层金色。成吉思汗感觉到暖风轻拂着脸庞。他的目光从大地上掠过,抬起头来。是发动战争的时候了。

第二十二章

黎明时分，树丛在地上投下了斑驳的影子，合赤温在等待着。成吉思汗可能已经很快地穿过了关口，但是要到金国的主力军队还需要一些时间。在他的周围，合赤温的人都准备好了弓箭，箭就在弦上待发。在高处的关口，已经死了十二个人，他们的心跳猛击着胸膛，在稀薄的空气中喘息着。另外一千人跟着合撒儿。即使没有这一千人，到时候，也会有九万支箭射向敌军。

合赤温试图找一个地方把部队藏起来不让金人看见，但是这里没有那样的地方。他的人都暴露在山谷中，都握着手中的弓箭，准备战斗。这么想着，合赤温笑了。

金国的大营在凌晨凛冽的寒风中颤抖。积雪掩盖了它们原来的痕迹，因此那白色的帐篷挂着坚冰，看起来非常漂亮，那么平静的地方，几乎不能暗示出里面有多少等待战斗的士兵。合赤温为自己敏锐的眼光而感到自豪，但是最终他还是没有发现成吉思汗移动的迹象。护卫们在早晨又换了一拨，几百人都回去吃饭，然后睡觉，其他人代替了他们的位置。现在他们中间还没有恐慌的迹象。

合赤温现在对那个在演出建立营地的将军生出了几分嫉妒的敬意。在天亮之前，就派了骑兵去侦查山谷的情况，一直要侦查到南方才会返回。很明显，他们没想到敌人会如此靠近营地，合赤温听见他们骑着马互相轻声说这话。毫无疑问，他们认为周围有这么多的刀剑手，这个暖和而又安全的冬天侦查是一件容易的任务。

一个指挥官拍拍他的肩膀，在他手里放了一袋肉和面包，合赤温坐起身。碰触到皮肤的袋子还是热乎的，带点湿气，合赤温一边开始吃一边点头致谢。他需要积蓄身体的所有力量。既使一个弓箭手出生的人，要把上百支箭全速射出去，他们的肩膀和胳膊也会很痛。他低声下令，让战士们互相揉揉肩，放松一下肌肉，暖和一下身子。战士们都知道这种做法带来的好处，没有人想在即将到来的时刻失败。

金国的营地还是很安静。合赤温紧张地咽下了最后一块面包，抓了一把雪塞进嘴里，融化的雪水把面包送进他的喉咙里。他还有时间把攻击规划得更完美一些。如果他比成吉思汗先出现，金国的将军就会转移一部分大军来抵抗合赤温的弓箭手。如果他晚一些的话,成吉思汗就会失去第二次进攻的优势,会有被杀掉的可能性。

合赤温的眼睛死死地盯着远方,有点痛的感觉。他不敢转移视线。

俘虏们在进入关口的时候就开始抱怨,不知道前方会发生什么,都很紧张。最前线的蒙古骑兵挡住了退路,他们别无选择,只能前进。成吉思汗看见他的战士们押着那些年轻的人。上千双眼睛都在搜寻,试图寻找机会逃走,最后他们只能绝望地回来被砍头。

当他们进入腹地之后,战鼓声、马嘶声和人的声音混杂在一起在关口的高墙间形成了回音。远处的前方,金国的侦察兵带着消息飞奔而回,来给他们的将军汇报。敌军可能已经知道他的到来,但是他不想依靠突袭。

那群俘虏迈着沉重的步伐在岩石路上前进,一看见金国的第一批弓箭手,他们都无比地恐惧。蒙古的骑兵前面有三万俘虏,因此前进得很慢,有些俘虏疲惫地躺在草地上休息,直到骑兵跟上来,不管他们是不是装的,都会被长矛残忍地刺死。在这样的地方类似的刺杀声会一遍遍响起。成吉思汗最后扫视了一眼他的队伍,注意到他信任的将军们所在的位置,然后向前方看去。关口有两里之长,他不可能在折回了。

合赤温最后看见了金国大营中狂乱的活动状况。成吉思汗来了,命令已经下达。骑兵们在帐篷间慢跑,比合赤温之前见到的战马质量要好一些。也许国王把最好的战马都留在了国家军队里。那些畜牲比他知道的马儿都要大许多,它们站在黎明的阳光下,他们的骑兵组成了队伍,向獾口山进发。

合赤温看见弓箭手和长矛军在最前线组成了军队,看到数不清的人,他有点惊讶。这么多的人,会使他的哥哥在进攻中被吞没。他最喜欢的包围敌人的战略在这么窄小的地方仿佛不太可能。

合赤温转身,看见身后的人都在看着他,只等一声令下。

“一旦我下了命令,就冲出去。我们在山谷中形成三股力量,尽量靠近他们。在弓箭的声音下你们听不见我的发令,传令下去,放二十支箭,然后等着。如果我在举起胳膊,就再放二十支。”

“他们的骑兵都穿着盔甲。他们会躲过我们射下去的箭,”一个人在他耳边说,越过合赤温盯着远处。所有的人都是骑马的。他们知道拼死也要抵抗进攻。

“不,”合赤温说,“这个世界上没有谁能够抵挡住我们的弓箭手。第一批二十支箭射出去,就会引发一阵恐慌。然后我们就会占优势。如果他们来进攻,他们会的,我们就用长矛刺穿每一个人的喉咙。”

他回头又从山谷中看向金国的大营。现在那里就好想被一个人踢到的蚁穴一样。成吉思汗来了。

“传话下去，做好准备，”合赤温低声说。他的额头上渗出了汗水。他的判断必须很精准。“只要再等一会。我们就冲出去，很快地冲出去。”

几乎在关口的半路上，俘虏遇到了第一群弓箭手。金国的士兵趴在离地高出五十步的地方。看见他们的俘虏都四散而逃，向两边跑去，所有的人都慢下来，队伍被挤在中央。金国的士兵几乎没有错失，他们把箭射向队伍。尖叫声在回荡着，成吉思汗前面三排的战士举起了手中的弓箭。他们每一个人都能射中风里飞翔的鸟儿的翅膀，也能射中急速前进的跑在一排的三个人。那些冲过来的金国士兵都倒在了地上，身后的人都倒在血泊里，蒙古战士们继续赶着那些悲叹的俘虏往前跑。

第一批弓箭手冲向了关口，俘虏们迎上去，奋力奔跑着，蒙古战士在后面大喊，用长矛刺着他们。所有的人都能看见两个巨大的要塞在通道的路上。那个地方很远，派出去的侦察兵前去查看，还没有回来。毕竟，他们在一个陌生的地方，没有人知道前面会发生什么。

合撒儿在流汗。只有三个绳索，花费了很长时间，一千战士才从上面下来，当越来越多的战士安全降落在平地上，他计划丢下其余的人。积雪很深，可以把人的腰部埋在里面，当他们往前走的时候，合撒儿不再相信这条路可以通向要塞，除非他打穿岩石。他的人发现他们的路通向要塞的后面，但是黑暗里，他看不清路。和关口的另一边一样，要塞设计得很坚固，没有人可以通过獾口山。据他所知，那些建造要塞的人都用绳索拖上去的。

他的三个人降落下来，未能如愿，其中一个人存活，滑入深渊后，受惊的战士最后被他的同伴们从积雪中挖出来。另外两个人没有这么幸运，他们撞在了岩石上。没有一个人喊出来，只听见夜鹰回巢的鸣叫声。

当黎明到来的时候，合撒儿带着他的人穿过厚厚的积雪，前面的人迈着沉重的脚步缓慢地前进。他们的头顶上，要塞还笼罩在昏暗的光线里，合撒儿紧张地咒骂，终于相信自己从合赤温的主力中带走十分之一不是一个好决断。

当他看见一条通向他们原来路线的小路时，感觉到一阵喜悦。他们在附近找了一堆藏在关口下面的柴火。他们想到金国的士兵们从悬崖上背着木头下来，把它们存起来用来度过漫长的冬天。合撒儿的人找到圆木下藏着的一把长柄斧头。斧韧上涂着一层油，只有一点锈迹的斑点。看见这东西，合撒儿笑了，知道这里肯定有一条进去的路。

听见沉重的脚步声，和远处俘虏们悲叹的声音，合撒儿皱起了眉头。成吉思汗已经来了，可是他还不能够帮助自己的哥哥。

“别再小心翼翼了，”他对周围的人说，“我们必须到那个要塞。往前走，去看看有什么门，他们用来把木头拿进去。”

他开始奔跑起来，后面的人跟着，一边跑一边准备好了弓箭和刀剑。

智中将军站在信使们的中间，一得到消息他就立刻下令。虽然没有睡觉，他的头脑还是很清醒，心里满是愤怒。尽管暴风雪已经过去，但是空气还是很冷，地面上和周围的悬崖上都结了厚厚的冰。冻僵的双手握着的剑都很有可能滑下去，战马也摔倒在地上，每一个人都觉得寒冷夺走了他们的力量。将军看着那些搭起的做饭炉灶还没有生起火来，很是愁闷。他可以下令将热的食物做熟送过来，但是告警已经到来，他的战士们已经没有时间吃饭。没有人会在冬天参加战斗，他对自己说，更加确定地嘲笑他晚上想到的一切。

当蒙古军队入侵山那边的领土时，他在这里已经坚守了好几个月。他的人都做好了准备。一旦蒙古人冲杀上来，他们就会遇到上千的弓箭手，那只是一个开始而已。当狂风又起时，智中颤抖地在整个大营中大喊。他会带着他们冲向一个地方，那里敌人们无法运用他们在草原上实行的战争策略。獾口山会比任何军力都能更好地保卫住他的侧面。让他们来吧，他想。

成吉思汗看着前方，俘虏们在要塞下面汹涌而去。在自己战士的前面，关口已经被太多的人堵住，他几乎看不见发生了什么。远处，寒冷的风中传来一声声的尖叫，突然一道火光掠入眼中。俘虏们也看见了，他们疯狂而又恐惧地往骑兵里冲。他还没有下令，战士们就拿长矛刺杀着他们，强迫他们冲向要塞的关口处。不管金人们拿着什么武器，也抵挡不住三万俘虏。已经有人冲过了关口，涌向了另一边。成吉思汗骑马前进，只希望到要塞下面的时候，他们的石油和箭矢已经耗尽。地上躺着不动的尸体，越来越多的人接近了窄小的关口。

在他的头顶，成吉思汗看见要塞上的弓箭手，但让他惊讶的是，他们正在瞄准关口，一支支箭射向他们自己的人。成吉思汗不能理解，突然心中一阵担心。尽管那像是一份礼物，在他冲进这个地方的时候，他不希望有意外。他感觉到岩石城墙像他压过来，逼迫着他前进。

越接近要塞的时候，他越能听见弹射机的声音，现在他很了解也很熟悉这样的声音。要塞上升起了一股烟，在他的左手边，城墙上大火蔓延。上面的弓箭手都被烧死，从墙顶上掉下来，另外一边响起了欢呼声。成吉思汗的心急速跳跃。这里只有一个攻破点，他大声下令，疏散那里的援助，这样可以通过獾口山的右面，和左面能够做到的一样。

合赤温或者是合撒儿已经拿下了要塞。不管谁在那里，当战争结束，如果他们两个人都活着的话，成吉思汗都会授予他们荣誉。

关口的大地上躺下了越来越多的尸体，挡住了战马的去路，只有马嘶声。当一个木头划过他的脸时，成吉思汗只觉得心脏在恐惧地打鼓。他几乎在要塞的下面，在金国贵族们设计的死亡之地的中心。上千万俘虏已经死了，尸体遍地都是，几乎掩盖了地面。先锋部队已经冲杀过去,现在在疯狂地奔跑着。蒙古部落的人几乎没有损失一人,成吉思汗很高兴。他穿过右边的要塞下面,向那些往前冲杀的战士们大声喊叫着。他们听不见他的呐喊,连他自己都几乎听不见他的呐喊声。

马鞍上的他向前俯着身子,需要全速前进。周围都是挥起的刀剑,让马跑起来是一件困难的事,但他还是控制住自己,让身子稳稳地坐在马鞍上。其中一个要塞的里面已经着火,火焰冲天。当成吉思汗抬眼看时,木制的房顶已经在大火中坍塌,陷在了下面的地面上。战马嘶叫着冲出去,和俘虏们奔跑在一起。

成吉思汗站在马鞍上向关口下面望去。看见关口的尽头一道黑色的战线拉开,他紧张地咽了咽口水。这里的关口和要塞处的通道一样狭窄,是一个很好的天然防护地带。没有可以通过的路,只能战胜金帝国的军队。已经有俘虏到了那里,现在成吉思汗听见了山谷中传来了如雷的弓箭声,在狭窄的地方是如此巨大,以至于他的耳朵都要炸裂。

俘虏们恐慌地冲向前去,狂暴而又猛烈地拥挤而去,他们的脚下踩着一具具的尸体,一个又一个的人倒在箭下。他们冲进了钢铁般的冰雹中,成吉思汗笑了,知道是轮到他上前冲杀的时候了。

将军的信使们脸都吓得苍白,看见将军的时候还在颤抖。自他担任将军以来还没有见过关口上发生过如此惨烈的大屠杀。

“他们已经拿下了一个要塞,将军,”他说,“现在正在往另一个要塞转移主力。”

智中平静地看着信使,对他表现出的恐惧非常生气。

“要塞只能让那么多的人死去,”他提醒信使,“我们会在这里阻止他们。”听到将军的话,信使增加了自信心,长出了一口气。

智中将军等到信使控制住了自己的情绪后,招手叫过来一个士兵。

“把这个人拖出去,给我用力打,”他说。听到命令,信使张大了嘴巴。“在他变得勇敢之前,不能停下,不管怎么样,先给我打六十大棍。”

信使羞愧地低下了头,然后就被拖出去。那个早晨,第一次,只留下智中独自在那里。他低声咒骂了一会,大步跨出了帐篷,急切地想得到消息。那个时候他才知道,蒙古人赶了金国的俘虏在前面,抵御他自己人的进攻。智中觉得这是一个极好的战略,他在想着对付的方法。一旦他们冲过防线,上万没有武装的人比一支军队还要可怕。他们一定能冲垮弓箭手的射击,然后穿越关口。他下令让等待的士兵给前线送上新的箭袋,看着他们推着车离开。

可汗是一个聪敏的人,但是俘虏只是一个挡箭牌,一旦他们死了,智中还是会自信地对抗。蒙古人到时候会寸步难行。不能前进一步,他们就会等着受捕,等着被笑话。

他等待着，在想是否应该去前线看看。在他远远的视线里，可以看见黑色的烟从被攻打下的要塞上升起，他又咒骂起来。那样的损失让人觉得丢脸，但是国王可能不会在意最后一个部落人是否死去。

智中希望在他们冲进自己的军队之前，可以杀死很多人，尽可能地多。他们向缺口进攻的时候，就会受到四面围击，老练的士兵们会砍了他们的头，这是一个很好的战略。另一个选择就是把关口完全堵上。他衡量着两个战略，平静了一下跳动的心，向周围的人露出了自信的表情。他稳稳地拿起水壶，在杯子中倒满了水，一边看着关口，一边啜饮。

在视线的远处，他看见被积雪覆盖的山谷中有人在移动。仔细看了一眼之后，他僵在了那里。黑色的战线在树影下显露出来，正在形成一个个队列。

智中把杯子摔在了地上，这时候，有信使来报新的战况。山峰不可能被攀越。不可能。即使很震惊，他也没有犹豫，在信使跟上他时，就谩骂着下达了命令。

“组织一到两万骑兵，快！”他大喊着，“让他们从侧面把这些敌人给我扫清。”骑马的人飞快地跑去传达命令，一半的骑兵开始从主力军队上撤下来。他看见蒙古战线已经形成，正在向他走来。他控制着自己不要害怕。那些蒙古人徒步翻越了山峰，他们一定精疲力尽。金国的战士一定能战胜他们。

好像用了很长时间，两万帝国的骑兵才在左侧形成了战线，在那里，蒙古战线已经被阻止。智中握紧拳头，大声地下达着命令，他的骑兵们站在雪地里，开始向敌人进攻。他看见敌军最多只有一万人。部队是抵挡不了强烈的进攻的。他们会被摧毁。

在将军看着的时候，他的骑兵开始加速，手中的剑高举过头顶。他迫使自己向后看了关口一眼，嘴唇已经干裂。关口处的蒙古战士已经赶着俘虏们来到了他们面前，已经拿下了一个要塞，正在从山峰的另一侧进攻。如果他们只有这么多人，他还是能够攻破他们的。突然，确定的事开始动摇，他在考虑是否应该下令把关口堵上。不，还不是时候。对蒙古可汗的崇敬感越来越明显，但是当他的骑兵们如雷般的杀向山谷时，他还是很自信。

第二十三章

在九百步远处,金国马队加大马速奔跑。合赤温想,这太早了。他站在那里,和他九千人马一起,冷静地观察着。至少这个峡谷并没有那么宽阔,他不可以自然而然地在峡谷的一侧。他可以感受到周围人的紧张情绪。没有一个人曾经面对过眼前如此的进攻,同时他们也意识到他们的敌人也一定感受到了。阳光晒在金军的盔甲上和骑马人举起的剑上,他们准备好了冲过防线。

"记住!"合赤温大声喊道,"这些人没有在战争中和我们交手过,他们不知道我们能做什么。一剑将他们砍到,再来一剑就将他们刺死。挑出你们的弟兄,听我的命令,放二十支箭!"

他把弓箭放到他的耳朵后面,右臂用尽力量。他训练了多年,一直锻炼着他的肌肉,像狮子一样。他的左臂并没有像右边那样强壮,当他露出前胸时,他肩膀上的肌肉块,显得他长得很不平衡。他可以感觉到大群骑马者奔跑过来时带来大地的震撼。在六百步的地方,他上上下下地看了一下他的部下,冒险地看了一下身后的人。他们都已将弓箭拉好,准备与敌人以死拼杀。

金兵一边向这边冲,一边呐喊着,呐喊声充满了峡谷,打破了蒙古战线的宁静。他们装备得很好,带着盾牌。这样可以保护他们免受大部分兵器的伤害。当他们以闪电般的速度接近时,合赤温注意到每一个细节。最远的杀伤范围是四百码,他让他们进入这个范围而没有碰他们。在三百码的时候,他看到他的弟兄用眼角在看着他,看着他放出了箭。

在二百码的时候,马群的战线就像一堵墙。合赤温感觉到恐惧在吞噬着他,他给出了命令。

"拿下他们!"他吼道。九千人立刻像洪水一样立刻穿过空地。

好像碰到了栅栏一样,进攻受到了阻滞。人们从马鞍上倒下来,同时马匹摔倒。后面的人以全速冲过去,这个时候,合赤温的箭弦,又有了第二支箭,将箭向后拉。又开始了另一次进攻。

金国的马队即使知道了发生了什么事,也不能停下来。前面的一排倒下了,而那些撞倒他们马匹的士兵遇到了另一次弓箭的射击,每个人都挨了三四下,由于太快了,都无法看清楚。缰绳已经从他们的手中脱离,即使盔甲和盾牌保护了他们,强大的冲击力还是将他们撞倒在地。

合赤温在射箭的时候大声地数着,瞄准那些爬行前进的金兵光秃秃的脸。如果看不见脸,他就瞄准前胸,依靠沉重的箭头来扩大范围。当他射了十五支箭之后,感觉肩头有点疼痛。进攻的马队已经以全速奔跑,像是一把铁榔头敲进去,只是还没有到跟前。合赤温下来,发现他已经用了两千人。

"和我一起,向前走三十步!"他喊道,小跑起来。他的人跟随着他,颤抖着拔出带着肉的箭。金兵看见他们动起来,但是仍然有上千人在死亡线上挣扎。许多人没有受伤就倒下了,而他们的战马却仍然踩着地下人和动物的尸体继续前进。他们的长官大声喊出重新上马的命令,当那些士兵看见蒙古军队长驱直入时都喊叫了出来。

合赤温举起了他的右拳,队列停住了。他看到他自己的一个官员用力地打一个年轻人,直到他摇晃起来。

"如果我再看见你打另一匹马,我就亲手杀了你。"那个官员厉声说道。合赤温轻声笑着。

"还有两千人,瞄准那些人!"他喊道。接着队列一遍一遍地重复着命令。金国的马队已经从第一次的崩溃中恢复过来,他可以看见官员们正催促着他们前进。合赤温把一个重新上了坐骑的人当成了目标,向空中举起了剑。

当合赤温砍下了那个人的人头,另外九千弓箭已经齐发了。在这种范围内,他们可以完全射中,这是一个毁灭性的齐射。一支支破碎的部队的第二次进攻分解了飞舞的箭头,金兵开始惊慌了。少数人在混乱中乱跑,他们的盾牌上插满了弓箭。尽管对于他来说有些难受,合赤温需要下达命令。他对身边的人吼道:"马!",接着那些马在一片骨头的噼啪声中跪倒下来。

每秒必须射击十次,没有休息。他们中最勇敢的人很快就牺牲了,剩下的只是那些弱者和那些吓坏的人,尽力让马匹回到他们这边来。后面队列已经被逃跑的马匹堵塞住了。坐骑上的人垂直地骑在了马上,他们的胸前插满了箭。

当合赤温射到第四十支箭的时候,他的肩膀已经开始疼痛了。他等着他的人结束拼杀后回到他身边。前面的峡谷被鲜血、尸体以及一串红色的马蹄印和带着枷锁的士兵搅动着。现在他们没有进攻的道路了,尽管金国的官员仍然吼叫着让他们开辟出一条道路,他们再也不能重建这种势头了。

合赤温没有给出命令,就跑到前面去了,同时他的人也跟着过来。他数了二十步,而他被兴奋冲昏了头脑,他又向前慢走了二十步,虽然危险,他还是接近了那些溃不成军的军队和马匹。直到两只队伍的距离不到一百码的时候,合赤温向新鲜的雪地中又插入了二十支箭,同时砍掉了捆绑着他们的扣。金兵一直在等待着看到这种行为,过后又拉开了弓箭。恐惧在他们的队伍中蔓延开来,然而更多弓箭扫向了他们,他们被攻破了。

开始的时候,溃败比较缓慢,但是当那些想逃跑的人从前面退到后面时,更多的人死掉了。这些蒙古人有规律地看见一个射击一个。那些长官很快就失败了,看到溃败发展得如此迅速,合赤温狂野地大喊着。那些没有跑到前列的人被撞倒在一边,受到了恐惧和鲜血的影响。

“慢点!”合赤温对他的人吼道。同时,他又发射了他的第五十五支箭,考虑继续向士兵靠近,想完全地结束这场战斗。同时,他告诫自己要小心,尽管他想追赶那些逃兵。有的是时间,他想。下达命令后,速度降了下来,但是准确度却提高了。上百人用了,每个人只用一箭就解决掉了。六十,他们身后的箭袋已经空了。

合赤温停下。军队被粉碎了,许多人松开缰绳骑马回来。他们还可以提高,他不害怕另一个进攻,他看到一个让他们回到他们自己队列的机会。他知道,前进很危险。如果成吉思汗的士兵和他的人相遇,那么今天仍有可能对他们有利。合赤温环视一周看看他周围咧嘴笑的脸,大声地笑着以做回应。

“你们和我一起走吗?”他说。大家欢呼着,他往前走了走,从他的箭袋中又拿了一支箭。这次,当他们走到死者的第一排的时候,他将箭放在弦上。他们中的许多人还活着,一些蒙古人拿起了他们珍贵的剑,从长袍的腰带下拔出了剑。合赤温差点被冲过队列的马给撞倒。他伸出手,想勾住缰绳,但是没抓住,尽管两三个他的人在后面拦住了这匹马。还有上百匹没有人骑着的马,他抓到一匹正在奔跑着的马。这匹马对弓箭手排成的队列喷着鼻息,显示着胆怯。当合赤温看到金兵开始集结,他用手抚摸着它的前胸,摩擦着它的鼻子。他已经显示出他的人是如何使用弓箭的。也许,这是告诉他们的时候了,他们是如何在马背上工作的。

“拿出剑,骑上马!”他吼道。又一次,命令被重复传达着。他看见他的人高兴跳入金军马群中。还有很多,尽管一些马鞍上仍然坐着由于恐惧睁大眼睛、身上沾满鲜血的人。合赤温骑上了马鞍,坐在上面看他的敌人在做什么。他希望合撒儿能够在那边看到这种场景。他的兄弟一定会喜欢有机会用自己的马匹与金军敌人进行较量。他的脚踝部位在马背上踢了一下,身体前倾于马鞍,当他的坐骑碰到马镫时,马向前一跳。

成吉思汗走过那片尸体时,山口的末端正处于混乱之中。大多数的俘虏都已死在金兵的弓弩之下,数百万的铁弩头,堆在脚下。然而,有一些还是跑回到金兵的队伍中,恐惧中带着愤怒。成吉思汗看见他们手中握紧了兵器,用沾满鲜血的手阻挡着他们的前进。

由于他们的队伍中剩下的人已经累坏了,所以组织起来的阻击火力只是偶尔发生。他们中的几百个人从第一排中冲出来绝望地又抓又踢。当他们抓到一件武器时，他们就会疯狂地砍周围的人，直到被他们砍倒了为止。

成吉思汗继续往前走，他感觉到箭迅速地从他身边穿过，其中一个来得很近，扎在了他的马鞍上。金国部队的大部分都在前面，他可以为所欲为了。当他向前冲的时候，他发现隘口变大了，他发现只有其中一面是石墙。在后面的时候，他以为这个隘口是一个大门，但是走近时他发现，金兵已经在其中一边的正上方吊起了一棵大树。这棵大树用一根绳子吊住了树冠，成吉思汗知道，如果这树掉下来可以压伤他一半的军队。如果它掉下来，他就完了。他心里一阵不安，蹒跚地前进到一堆死尸旁边。成吉思汗沮丧地大声吼道，等着被攻击或是看见这棵树倒下。他喊名字叫着他前面的人，命令他们步行，指着那棵可能破坏他所有希望的大树干。他们努力地想够着绳子，想砍断它。

在关口的后面，成吉思汗可以看见金兵的队伍在回旋。出问题了，他冒险地站到马镫上，看到底发生了什么事。剩下的俘虏正在用力拉扯着用柳条做成的路障(当金兵重新武装时用路障保护他们)。战士们冲向那些疲惫的俘虏时，成吉思汗屏住呼吸，看到武士的剑光在太阳下反射出明亮的光线。最后这个弓弩静静地掉下来了，成吉思汗看到需要更多弓弩的手势。

正如他所希望的，他们最后跑出了重围。地上堆满了小的箭头，都成了黑色，对于他们来说每一个躺卧的尸体都是毫无生气的。就让这棵树站着吧，这样他就会突破到敌军的阵营中。成吉思汗拔出了他父亲的剑，感觉到压力犹如决堤的洪水一样压下来。在他的后面，蒙古士兵已经举起了长枪或者大刀，在长跑中塞满了刀剑，使劲指引着战马骑上了死人堆。剩下的障碍都踢到一边去了。成吉思汗正在通过大树的影子，但是他不能停下来，因为他正被带进金国皇帝的军队之中。

骑士的队列冲入金兵的队伍中，深深地插入敌军当中。他们深入得越远，危险性越大，因为这样不仅有前面的敌人，而且有旁边的。成吉思汗见到能动的就砍，像一个屠夫一样保持几个小时。前面，他看到一群惊慌失措的军队闯入自己的阵营中，将他们分开。成吉思汗根本就没有时间向后面看，因为有很多刀片盘旋在自己周围。他只看到了另一列队伍以全速冲击到队伍中，他认识到这是他自己的人在金兵的后面。他嘶哑地吼着，感觉到扩大的恐惧和混乱传到了敌军当中。在他的后面，他的人已经越来越深地深入敌军，(所以)需要更多的弓弩。如果没有侧攻的话，可能就够了，但是成吉思汗看见敌军之中骑马者愤怒的混乱，最棒的骑士困在敌军之中。

有一刀砍中了他坐骑的喉咙，开了一个大口子，鲜血喷到了正在挣扎的士兵脸上。当成吉思汗用全力与那些士兵争斗时，他感觉到了马踉踉跄跄的，自己跑了，同时撞倒了那两个士兵。

在那一刻，他认为这场战争失败了，因为不可能徒步继续战斗，他真希望他们做得差不多了。越来越多的他的勇士们冲过山口,冲入战斗当中……蒙古军队就如一个装甲的拳头,使得金军感到眩晕。

当智中将军看到蒙古军冲过了他的前线,只能张大了嘴看着。他已经看见他的军队的溃败,被赶回到主力当中,将恐惧传遍了这个军队。他确定他能让他们稳定下来,但是却发现可恶的蒙古军骑着偷来的马跟了上来。他们的马术惊人地好,当他们在全速奔跑用箭发射的时候,打开了一个洞。他看到持剑手被瓦解,山口的先锋部队折回来,新的一股蒙古兵冲过他的士兵好像他们是一些拿着剑的孩子。

将军目瞪口呆地凝视,他的思想一片空白。他的官员都望着他等待着命令,但是太短的时间内发生了太多的事情,他呆住了。不,他还可以恢复。他还有一半的士兵可以迎敌,而且还有二十万骑兵在边界之外。他叫来自己的马,然后骑了上去。

"堵住山口!"他吼道,他的传令官沿着边界跑到了前面。他让他们的人准备好了,只要他们还活着。如果他在山口阻断了蒙古军队的到来,他就能包围、消灭那些在他们队伍中不顾一切奔跑的蒙古军。他举起了那棵树作为最后的求救,但是那是能够为他赢取重组时间的唯一的事情。

速不台看见成吉思汗冲过了山口的末端,他的马失控了。当他看见越来越多的人跟着穿过隘口时,他开始感觉到环绕到他周围的可怕的压力。速不台的幼狼战士兴奋地低沉吠叫着。他们中的许多狼被很多人和马包围着,所以他们不能动。其中的一些狼被牵着,绕着令人呕吐的一堆东西走着,努力地想回到战斗的前方。

速不台的弟兄在他的头顶上抬起了绳子,并拉紧了其中一根绳子,他就不能看到成吉思汗了。他抬起头来,立刻明白了这棵颤动的树可以放下来了,可以将那些通过的人砍断了。

成吉思汗的兄弟们还没有发现危险,拍打着马匹继续让他们的坐骑前进,大声喊着,好像他们是一群年轻人。当另一根绳子松散的时候,速不台发了誓。这棵树非常巨大,但是可以不费力气地将它推下去。

"瞄准那!"他冲他的人吼道,当他拉起之后,以从没有过的速度放了下来,同时给他们指出方向。他的第一矛砍向了一个正在挣扎的士兵的喉咙上,然后这个士兵从绳子上掉了下来,同时使得两个伙伴也滚了下来。绳子已经松了,但是要达到智中的命令还有许多事情要做,但是树已经开始倾斜。众箭射向了速不台的小狼,同时倒了十几个人。太晚了,剩下的金兵正好把这棵巨大的树压在了他们的上面,在山口处砰的一下发出了巨大的声响。当树倒的时候,速不台离着那块平地大约二十步。他不安地咆哮起来,他需要抓着缰绳让马在控制之中。

即使是活着的俘虏都被这个声音震惊,血液凝固,速不台震惊地凝视着,一段时间,安静笼罩着拥挤的军队,直到一个腿被压断的士兵发出一声惨叫。树的一边以人的高度挡在了山口处。马不可以越过去。速不台感觉到上千双眼睛自动地转向了他,但是他不知道该怎么做。

看到金国的长枪兵出现在边界的时候,他很紧张。那些敢露出脸的人都被箭打了回去,但是他们的兵器还在,一排厚重的铁片就像一排牙齿一样沿着树干排列着。速不台咽了一口口水。

“斧子!”速不台吼道,“斧子在这儿!”他不知道需要多长时间可以砍断如此巨大的树干。当他们砍断的时候,他们的可汗可能已经在另一边被包围了。

第二十四章

成吉思汗看见树倒下了,愤怒地大吼着,使尽力气将一个人的脑袋从那个人的肩膀上砍了下来。他处在一片红色和金色旗帜的海洋中,像鸟儿翅膀一样抖动着。他独自作战着,绝望地。他努力地战斗着,向他们怒吼,只有那些靠近他的人努力地想要消灭这个勇士。他在他们之间又扯又投,用每一片盔甲作为武器,一切能让他活着的东西作为武器。他在清醒的时候,任由自己的身上留下了伤痛的疤痕,一直拼杀着。在如此众多的旗帜中停止,就意味着死亡。

金兵突然感觉到敌人的不肯定,大喊着挑战,他们的信心又恢复了。成吉思汗可以看到一股新的军队如闪电一般沿着侧面跑过来,他已经看不到他的兄弟合赤温。他在敌军中已经不能控制他的战马了。到处都是尘土,他知道死亡就在咫尺之间。

正当他绝望的时候,一个骑马的人冲出了敌人的包围圈,用尽全力将可汗背在身后。他就是那个摔跤手,拖雷。当那些勇士用大刀砍向那些尖叫的士兵时,成吉思汗对那些勇士大声地说着谢谢。弓弩从他们的盔甲掉了下来,由于压力的影响,指头宽的金属片嵌入他的体内,拖雷咕哝着,许多金属片都掉了下来。

"听我的,保护可汗!"拖雷在人头攒动的金军中吼道。他看见了一匹没有人骑的马,骑着自己的马追了上去。当成吉思汗猛地抓住这个空的马鞍时,他的腿上划了一条口子,痛苦地叫了一声。马疯狂地踢着,脚踩断了一个人的下颚。这阵刺痛使他从绝望中恢复了过来,他在周围的打击中,恢复了在战场中的神情。

现在正处于一片混乱当中。金兵好像没有任何组织,好像只要人数多就足够了。但是至少,他们的将军开始需要命令。侧面的军队就快与成吉思汗的弟兄接触到了,尽管成吉思汗的兵还在众多敌军之中战斗。成吉思汗摇着头将眼睛上的血甩掉。他没有忘记包扎伤口,但是他的头皮已经绽开了,但是他的头盔已经被撞丢了。他可以尝到血液的味道,在地上吐了一口痰,又在另一个士兵的脖子上挥了一剑。

"可汗!"拖雷喊道,他的声音向前传递着。合赤温听到他的喊声,并回应了他,他一直拿着挥舞着。他不能接触到他的兄弟,而且他的很多兄弟都死了,在脚下被摧毁。他拥有他的九千中的五千人。他们的箭囊都空了,他们离獾口山和可汗太远了。

合赤温挥舞着他的剑，在他的马队的侧面打开一个很大的开口。战马嘶叫，鲜血喷涌而出，从人中间跳跃而去，踢得他们到处飞。合赤温用绝望的声音重复地喊着，让他的弟兄跟随着他，几乎不能领导这些受了惊吓的马匹。他穿过金兵，挥刀砍着任何能接触到的东西。马匹跑得很快，合赤温听见马匹撞到障碍时胸骨断裂的声音。他从他的头顶上飞了过去，用他的盔甲撞击了另一个人。他的另一个勇士在他的后面吼了一声，合赤温抓住了一个放低的胳膊，昏昏沉沉的，在疼痛中他又挥向了另一个人。

这五千人好像失去神智一样地战斗着，毫不考虑自己的人身安全。那些被包围的人像合赤温一样把坐骑砍死了，把他们哄跑，向着山中的开阔平原喷着鼻息。他们必须在成吉思汗死之前，接触到他。

合赤温感觉到第二个坐骑被绊倒了，几乎又要跌倒。不管怎么样，它站定了，而他却从队列中到了前面的开阔地面，那匹马恐惧地睁大了眼睛。到处都是没人骑的马匹，合赤温想都没想就跳上了一匹，当他抓住缰绳时，几乎把他的胳膊从肩窝处拽出来。他从战斗中出来，战胜了马的恐慌，把它带了回来。他的弟兄一直追随着他，尽管在与金军的激战中，几乎没有剩下三千人。

“冲啊！”合赤温喊道，摇着他的脑袋使得命令更清楚。他几乎都不能看清楚，他的脑袋由于第一次在地上撞击的缘故突突地跳着。在他沿着敌军的边缘跑向他弟兄的时候，他能感觉到他整个脸都涨涨的。半里之前，智中部队的后部正骑着马，封住山口，又增添了新的两千人马。合赤温知道那太多了，但是他还是没有慢下来。在骑马的时候，他举起了剑，毫不理会疼痛，在风中露出了红色的牙齿。

在树倒下之后，只有不到一千人通过了。一半的人都死了，还有剩下的聚在可汗的周围，准备保护着直到只剩下了一个人。金兵在他们周围像是蜂巢一样聚集，但是他们仍然像男人一样冲上前去，成吉思汗一直回头盯着那个挡住山口的树干。他的弟兄就是为战争而生的，他们的每一个都比金国士兵更训练有素，尽管金国士兵也在马镫上奋斗，尽管他们也牺牲了很多。他们的箭囊里也空了，但是还是熟练地调动着军马，好像他们是一个生物体。那些矮个子知道什么时候从一个挥舞的剑下前进，什么时候踢打，什么时候踩向一个胆敢靠近人的胸膛。像是在一片茫茫海中的孤岛，蒙古军队的马兵在金兵的脸上移动，没有一个人能够把他们带下来。弓弩在他们的盔甲上咯咯地响，但是由于火的攻击，军团已经包围上了。没有人愿意靠近那些拿着红色长剑的、满目狰狞的勇士。那些和成吉思汗一起骑着马的人都是血，他们的手紧紧地握着剑。他们是不容易被杀死的人。他们知道可汗是和他们在一起的，他们要坚持，直到障碍被打通。即使如此，他们的数目还是减少了，他们每倒下一个人都会有十个或二十个敌人被杀死。越来越多的人开始回头看后面的山口，他们的眼睛是冷酷的，当他们继续战斗时，越来越绝望了。

者勒篾和阿尔斯兰同时到达了山口,看见速不台脸色苍白。这个年轻的将军冲着这个中年人点了点头。

“我们需要更多能用斧子砍的人!”者勒篾喊道。“以这样的速度,需要几个小时了!”

速不台冷冷地盯着他。

“命令是你下的,将军。我几乎是一直等着你到前边来。”他没说一句话就带着他的马离开了,深呼一口气后,冲着他的弟兄喊道。

“放狼!”他喊道。“弓箭和剑!跑步!和我一起!”

当那些高级官员开始管理斧子手后,速不台带着恐惧爬上树干,他向金国的长枪兵看了一眼,把武器扔到一边,跳到他们当中。他的弟兄匍匐着跟随着他,将他们自己的斧子手撞得东倒西歪。他们不会让自己的将军自己一个人去救可汗,他们精神抖擞,对金军的花招十分愤怒。

当幼狼部队参加战斗之后,成吉思汗抬头望着。他们在金兵后边截断了通路,令金兵吃惊不已,在队伍中打开了一个大口子。那些身上受伤的人根本没有在意身上的伤,因为在速不台开始跑的时候,他们把眼睛一直锁定在他身上。已经看见了可汗,他的胳膊那天不觉得累。他攻击着周围十二步宽的范围内的金兵,那些以如此速度奔跑的年轻勇士是不能够被阻止的。他们在打通到成吉思汗的一条通道,留下了一路的死尸。

“我一直等着你呢!”成吉思汗向速不台喊道。“这次你想从我这儿得到什么?”

看到他还活着,大笑一声,即使这时他正低下头躲开一把扫向他的剑,同时向拿着这把剑的人进攻。他用力拔出长剑,在他刚经过的死尸上划了一下。金兵已经走不动了,但是他们仍然有很多,即使是速不台的一万军队都有可能被包围。在金兵的侧面,军队的号角响了起来,金兵按着顺序退了回去,给进攻打开一条路,成吉思汗上了马鞍。金兵的部队在自己的队列中裂开了一条缝,蒙古的勇士们面面相觑。成吉思汗咧开嘴笑了,喘着气,这个时候,他的弟兄在他的身边集结了起来。

“那些马都不错,”他说道。“当我们打完了之后,我要第一个去选一匹好的。”那些听到他说的话的人都笑了,这时候,其中的一个士兵,斜靠着马鞍,打了一下他疲惫的马,那匹马小跑了起来。他们离开了速不台自己把守着山口附近的地盘,在两只军队开始厮杀之前,骑着自己的小型马跑到队伍当中。

金兵的指挥官在首次与蒙古骑兵交锋时就死了。马蹄声如雷,他被砍下了马鞍。那些还想打回去的金兵在空中挥舞着,使得蒙古兵在一旁躲闪或是左右移动着。他们的一生都是这样操练着。成吉思汗骑马跟了上来,尽管他拿着剑的手臂很疼,他还是向马军内部一点一点深入。对于他们来说,没有结束,他又在他的大腿上砍了一剑,上边的盔甲已经破碎了。又一次的疼痛使他清醒,不然的话,在他恢复之前,他只能看见上面灰白的天空,令人眩晕。他不能倒下,他不能。他听到后面合赤温的坐骑碰到金兵骑兵的尖叫声,寻思着他是否在死之前能够看到他自己的兄弟。太多的敌人了,他不再期盼着能够活下来,这种想法给他的情绪带来一点轻松,使得他能在敌人之中急速奔跑成为单纯的乐趣。很容易他想到了和自己的父亲一起骑马的情形。可能那个老人最后会非常自豪。他的儿子没有比这个更好的死的选择了。

在他的后面,那棵树最后被分成了三部分。蒙古军队慢慢地骑着马走上了光滑的平原,无情地,准备为他们的可汗复仇。者勒篾和阿尔斯兰在前面带着队,父亲和儿子都已经准备好了。他们看到金军的旗帜一直飘扬到远处。

"我不会改变我的生命,即使我可以回去。"阿尔斯兰向他的儿子喊道,"我仍然在这儿。"

"你还会去哪儿呢,老人?"者勒篾笑着回答。他将箭放在弓弦上,深深喘了一口气,接着将第一支箭射向了敌军。

山口打开之后,智中一阵绝望,两万士兵像暴风雨一样出现,准备着战斗。上天没有把可汗交到他的手中。智中自己的军队都在可汗那一小股队伍中战斗着,这时候另一只军队向老虎撕破奔跑着的鹿肚皮一样插入了金军之中。蒙古军似乎不用交流,但是他们一起在战场上战斗,可是他却只剩自己在指挥的中心。智中用手揉揉眼睛,盯着战争引起的尘埃。

他的长枪兵都处于混乱之中,其中的一些还逃离了草原,身影已经成了远处山中的黑点。他还能挽救这场战争吗?所有的计谋都失败了。到了在平原一决雌雄的时候了,尽管他的军队人数还不少。

他给传令官新的命令,看着他们在战场中冲过去。通过山口的蒙古人一矛接着一矛像榔头一样地打击着他的人,打开一条通向中央正在等待着他们的军队的通道。如此残酷的准确性迫使他的队伍向回走,使得原本分开的他们聚在了一起。当智中看到蒙古骑兵撕扯着他的长枪兵,好像那些长枪兵没有武装一样,他擦了擦眉头上的汗水。他只能静静地看着,他们被分成一百人左右的小组,用他们的长剑从各个角度开始袭击,将他的队伍切成一块一块的。

好像只用了一会儿时间,这些抢劫的人群就将他孤立地站在那里,指挥战斗。智中看见他们的脸兴奋起来,因为他们在他指挥帐篷的周围看见许多战争的旗帜。正如他所盯着看的一样,他看见数十只弓箭指向他的方向,其他的人拉扯着缰绳使他们的坐骑回转。这个范围真的那么大吗?他的上百个人守卫在他们的通路上,但是他们不能阻止箭的发射,这个将军突然害怕了。这些来自草原的人是有魔法的。他已经用尽了办法，他们还是过来了。他们中的许多人在战斗中都被砍了，但是他们没有感到疼痛，仍然将箭放在弓弦上，拍打着马向他跑了过来。

一半的箭射进了他的胸膛，插在他的盔甲上，使得他大叫了出来。好像这样可以释放他的恐惧，他的神经完全瘫痪了，他喊着他的侍卫，使尽全力拉着他的马，趴在马鞍上。其他的箭都在他的耳边飞过去，将他周围的人都射死了。智中将军此时在他自己的死亡面前方寸大乱，他的信心一点点动摇着。他脚下一用力，他的马急速地跑了起来，穿过队列，他将他的侍卫留在了后边。

遗弃军队的时候，他没有回头看他们瞪大眼睛的脸。很多人丢掉自己的武器，以他为榜样，跑掉了。另一些人动得太慢了，被自己的马撞到一边。智中的眼睛在冰冷的风中模糊了，他只知道需要从后面这些有着残酷脸的蒙古人的手中跑掉。在他的后面，他的队伍在溃败中全部崩溃了，而屠杀还在继续进行之中。成吉思汗的队伍在这些帝国士兵身上翻滚，厮杀，直到他的手臂疲惫了，它们的马嘴里吐着白沫。

那些高级官员三次试着去团结他的弟兄，但是每一次尝试都失败了，因为成吉思汗能够用广阔的地面来发动攻击，进而粉碎他们。当者勒篾的最后一支箭射出去之后，长矛却正以全速飞行，以其冲击力将人弄倒。成吉思汗看见金军的首领跑了，就不再害怕身上的伤了。太阳升得更高了，中午的时候，帝国军队的死尸如同小山一样堆积着，剩下的仍然在各个方向分散着，或者被追捕着。

智中骑着马，大脑已经麻木，思维失去了控制。当他骑马跑入到燕京的路口时，战斗的声音已经消失在远处了。他只回过一次头，看着那些正在打斗的人，嗓子充满了愧疚和愤怒。他的一些护卫带着一些马跟随着他，尽管他失败了，却没有对他失去忠诚。没有说一句话，他们在他后面形成一个队伍，这样，一个严谨的方阵，将近一百多人靠近了皇城。

智中认出其中并列骑着马的一个人，是来自包头的一个长官。开始的时候，他想不起他的名字，只能用他的眩晕的脑袋寻思。在他们的面前，皇城越来越近了，他需要很大的勇气稳住自己，平静自己急速跳动的心脏。卢健，那个人的名字是卢健，他最后还是想起来。

将军擦了一下自己的头盔，抬头看了一下高墙以及环绕在皇城周围的护城河。在混乱和血腥屠杀之后，它看起来真的很安静，准备在第二天中慢慢地醒过来。智中已经超过了传令官，而皇帝还丝毫不知道灾难就在二十里之外。

“你想被处死吗，卢健？”他冲着身边的人说。

“我还有个家，将军。”那个人回答道。他的脸色苍白，知道他们面临的是什么。

“那就听我的，执行我的命令！”智中 回答道。

在远处,就有人认出了将军,外边的城门放低了,直到水的上面。智中回转了马匹对跟随他的人喊着命令。

“必须告诉皇帝!”他厉声吼道,“我们可以用皇城的护卫做一次反击。”他看到这些话对这些被战败的人起了作用,使他们直直地坐在了他们的马鞍上。他们仍然相信他们的将军能够从灾难中拯救出一些东西。智中进入皇城的时候,掩饰了自己的表情,马蹄踩在铺好的道路上在他的耳朵里响起了很大的声响。他输了,更坏的是,他逃跑了。

皇帝的宫殿式皇城中一栋巨大的建筑,周围环绕着美丽的花园。智中走进了最近的一个门,因为它可以带着他进入接见室。他思忖着小皇帝在这个时候是否醒了。当他收到这个消息时,必须要足够的警觉。

护卫要求在外边下马之后,大踏步地沿着酸橙树下的宽阔大路走了进去。他们受到了仆人的接见,之后通过了一排房子。当他们出现在皇帝面前时,被皇帝自己的守卫挡住了去路。

智中交出了剑之后,没有出示任何东西,等着他们站到一边去。等他进入之后,他的士兵将会被留在外边的大厅。他想象着卫帝在这个时候给叫醒的样子,他的奴隶在他的周围因为他带回来的这个消息而惊慌失措。这个宫殿会充满了流言蜚语,但是他们现在还不知道。这场悲剧的整个情景过一会儿就会出现了,但是国王必须先知道。

智中要看见他前面打开的接见室的门,并通过木质地板走到远处椅子上坐着的那个人的地方,需要很长时间。正如他所想到的,皇帝的脸上充满了困意,他的头发的的发饰是匆忙装束起来的,其中的一缕还掉了出来。

“什么事,这么重要?”卫帝问道,他的声音竭力喊着。

到最后了,将军反而镇静了,他跪下的时候深深地喘了一口气。

“很荣幸!”他说道,他抬起了头,浓眉下的双眼使得这个年轻的皇帝害怕地抓住他前面的长袍。

智中慢慢地站起来,环绕着大厅扫视了一周。皇帝叫他的大臣走开,不要他们听见他与将军之间的秘密谈话。六个奴隶站在房子的周围,但是智中却一点都不在乎他们。他们可以像以前那样把消息带进城里。他长出一口气。他的思绪曾经有一段时间很混乱,但是到最后还是清醒了。

“那些蒙古兵已经突破山口了!”他最后说道,“我不能阻止他们。”他看到皇帝的脸色苍白,在透过高窗的阳光下,他的肤色变得蜡黄。

“军队? 我们需要撤退吗?”卫帝询问道,站在他面前。

“皇帝陛下,已经被粉碎了。”

将军看着这个站在他年轻人的眼睛,这时候谁也没有移开视线。

“我对你的父王服侍得很好，陛下。和他一起，我也许会取得胜利，和你，一个年轻人，我失败了。”

卫帝吃惊地长大了嘴。

“你带来了这个消息，还在我自己的宫殿里侮辱我？”

将军叹了一口气。他没有话说了，但是他从他的盔甲中抽出了一把刀。这个年轻的皇帝看见了这一幕，突然吓坏了。

“你的父亲不会让我跟随着他，陛下。他不会相信从战败中回来的将军。”智中耸了一下肩。“因为失败了，我必须得死。我还有其他的选择吗？”

皇帝喘了一口气，尖叫着喊着他的侍卫。智中猛地抓住他，伸出一只手夹住他的喉咙，弄得他快窒息了。他感觉手在他的头盔和脸上猛打，但是那个孩子太弱了，他手上的力度加大了。那个时候，他可以将他扼死，但是那将是对一个伟大人物儿子的侮辱。相反，他发现皇帝的胸膛还在起伏着，将长剑插入了心脏。

手掉了下去，这时他才感觉到脸上抓伤的刺痛。鲜血顺着长剑流了下来，将军将他放回到椅子上面。

奴隶们都在尖叫着，智中没管他们，站在年轻皇帝的尸体前边。已经没有任何机会了，他告诉自己。

外面的门由于皇帝护卫的闯入被摇开了。他们举起了武器，智中站了起来面对着他们，看见他自己弟兄的身影站满了后边的走廊。卢健已经听了他的命令，现在已经满身是血了。要消灭剩下的人根本就不需要多长时间。

卢健胸膛鼓鼓的，吃惊地看到死亡了的皇帝苍白的脸。

“你杀了他！”他惊恐地说着，“我们现在在做什么？”

将军看着这些疲惫满身是血的人，他们把战场上的恶臭带到了这个地方。可能他会为自己丢失的所有事情、所有他做过的事情而哭泣，但是现在还不是这个时候。

“我们告诉百姓皇帝死了，这个城市必须被关闭并加强防备。蒙古军已经来了，我们没什么可以做的了。”

“但是现在谁会是皇帝呢？他孩子中的一个吗？”卢健说着。他已经非常苍白，他不再看那个在椅子上伸开四肢躺着的尸体。

“最大的孩子才六岁，”智中回答道，“举行葬礼的时候，把他带到我这里。我将会为他摄政。”

卢健盯着将军。

“向新皇帝致敬！”他小声说着，那些在他身边的人又重复了一遍。几乎在恍惚之中，卢健将他的头放低，直至触到木质地板。其他的士兵按照这个仪式，智中将军微微一笑。

“万岁，”他轻轻地说着，“万万岁。”

第二十五章

山那边的天空都已经烧成了黑色,多油的烟雾可以飘散到数里之外。金兵的大多数都投降了,但是部落中已经死了太多的人,根本就不考虑宽恕。山口周围的屠杀持续了几天,还有人仍然想把逃跑的最后一个抓出来,想在家里宰杀土拨鼠一样。

一堆堆标枪和旗帜的篝火燃烧了起来,只留下食物和死了的人。家眷在勇士的后面慢慢地通过了山口,带着马车和熔炉,用熔炉融化长矛的头来储蓄钢铁。金兵的供给都拉进了雪堤之中,这样它们就能保持新鲜。

对金兵的死尸根本就没有任何记载,根本也不需要。任何看见破碎尸体堆成山的场面都不会忘记。孩子和妇女帮着将尸体上的盔甲以及任何值钱的东西脱下来。臭味太难闻了,一天之后天空中充满了苍蝇,在打旋的篝火烟雾中燃烧着,发出噼噼啪啪的声音。

在火堆的周围,成吉思汗等着他的将军。他急切想看看那个可以派出如此军队对抗他的城市。合赤温和哈撒尔骑着马跟随着他,敬畏地看着铺满土地的鲜血和延伸到远处的大火。篝火在远处的山上投下了山谷的阴影,甚至帐篷都被征服了,好像他们轻声地为死者唱着。

这三个兄弟一直沉默等待着,背都僵硬了,直到成吉思汗传唤的人跑了过来。速不台第一个过来的,脸色苍白,他的左臂上留下了一道令人骄傲的黑色伤疤。者勒篾和阿尔斯兰一起骑过来,火光在黑暗中跳跃。郝撒和廉还有石匠最后到达。只有帖木格留在最后,将帐篷移到了十里之外的一条河边。火焰还会再燃烧几天,即使没有人向里边添东西。苍蝇越来越多了,帖木格都被不断嗡嗡的叫声和腐烂的死尸搞得恶心了。

成吉思汗几乎不能将他的视线向远处的平原移开。他看到的是一个帝国的灭亡,他肯定。他还从没有如此接近通过这次山口的失败和毁灭。这给他留下了印记,他知道他一闭上眼睛就能够回忆起这些记忆。他的八千兄弟用白色的布包裹上,带进了深山之中。他看了一眼,看见那些人在远处的雪中就像手指一样。老鹰和狼已经撕扯着他们的肉。他留下来只是为了看他们天葬,纪念他们,给他们家族荣誉。

“帖木格带着帐篷!”他对他的将军说道,“让我们看看这个燕京城和他的皇帝。”他使劲蹬了一下马镫,他的马马上跑了起来。其他的人像以前一样跟随着他。

在一片大平原上,燕京是目前为止他们看到的最大的建筑。当它展现在他面前,成吉思汗想起文超的话,就是那个多年前他见过的金国的外交官。他说人可以把城市建筑得像山一样。燕京就是这样的一个地方。

它建筑在黑灰色的石头上,从地基到最高处大约最少有五十步高。成吉思汗派廉和郝撒绕着这座城,数那些钻得更高的木制塔楼的个数。当他们回来的时候,他们已经走了大约五里,有人报告大约有一千座塔,就像墙边上荆棘。更糟糕的是,听到那些城墙上的巨大弓箭武器的描述,成吉思汗静静地看着士兵。

成吉思汗观察廉 ,寻找一丝蛛丝马迹,石匠没有被威吓倒。但是那个人只是坐在马鞍上。像蒙古人一样,他也没有去过首都,想不到用什么方法可以打破这样尺寸的墙。

在这个巨大方形的角落,分别有四座堡垒远离主墙矗立着。在堡垒和城墙之间有一条宽阔的河流流淌着,同时还有一条环绕在堡垒之外。一条巨大的运河是城墙中唯一的缺口,从一个很大的钢铁门流出来,同时也可以看到平台上的弓箭手和炮弩。水路一直延伸到南边,他们的任何一个都可以看到。所有燕京的规模,都超乎了他们的想象。成吉思汗不能想到有什么办法可以打开大门。

开始的时候,成吉思汗和他的将军尽可能地靠近银川,或者西部一些其他经过的城池。这时,夜晚的空中,一阵鼓声响起,一个黑色的斑点从他们的身边过去,吓坏了合赤温的马。当他自己的马跳起来的时候,成吉思汗差点从坐骑上掉了下来,当他看见半截弓箭插在软土层,更像一截平滑的树枝而不是箭,只是吃惊地看着。

没有说一句话,他的将士们就从这种危险的武器范围之内撤退了出来,当他们看懂了另一部分防御,他们的精神更低落了。他们又走近了五百步,却招来了更多的箭。只是想象一下它们中的一个打在他们身上都是令人可怕的。

成吉思汗在座位上回转身对着那个较小的破坏的城墙说。

“我们能拿下这个地方吗,廉?”他询问道。那个泥瓦匠不敢直视他的目光,环视了一下城池。最后,他摇了摇头。

“没有一个在如此的高度上有这么厚,”他说道,“在那个高度上,这已经超出我能做的范围了。如果我们建设壁垒的话,我可以保护那个平衡弩炮,但是如果我可以接触,他们当然也可以接触到我,能把他们烧成灰烬。”

成吉思汗沮丧地望着燕京,能打到这么远的地方,却因为最后障碍的阻挠确实很令人愤怒。前一天,他还庆贺哈撒尔拿下了山口的城堡,合赤温令人振奋的进攻。他一直相信他的人是不可阻挡的，进攻一直会是很容易的。他的士兵当然也相信。他们一直传闻，这个世界将由他来争夺。面对燕京几乎能感觉到皇帝对他野心的蔑视。

当他转向他的弟兄时，他一直保持冰冷的面孔。

“我们的家族将在这里找到一片好的土地放牧。有时间筹划一个计划在这里举行一次攻击。”

哈撒尔和合赤温不确定地点点头。他们当然也看到了将有一场大扫荡在燕京发生。像成吉思汗一样，他们已经习惯了用快速和令人激动的步伐占领城市。他们的马车装满了黄金和财富，以致他们的车轴在长途行走中都坏掉了。

“需要多长时间围困这个城市？”成吉思汗突然问道。

廉 像其他人一样没有好办法，但是他不想承认自己的无知。

“我听说那个皇帝有一百万人住在燕京，供养这么多人是很难想象的，但是他们已经有了很多的谷仓和储备。毕竟，他们知道我们将会这里几个月。”他看见成吉思汗皱眉了，急匆匆地继续前进。“可能需要三年或是四年，主人。”

哈撒尔听到了这个估计，咕哝了一声，但是他们中最小的一个速不台，活跃了起来。

“他们没有军队留下来打破围攻，主人。您不需要将我们全部留在这里。如果我们不能把墙推倒，可能您可以让我们在这块土地上突袭。正如事情发展的，我们甚至都没有超过燕京图。”

成吉思汗朝他的将军看了一眼，看到他眼中的渴望。他的精神为之一振。

“确实如此，如果我们一直等着，直到那个皇帝在他投降之前，变成皮包骨头，至少我的将士们没有那个空闲。”他用手画了一片陆地范围，这片范围一直延伸到远处直至模糊，超出了他们所能想象的范围。

“当家眷安顿下来之后，顺着这个方向跟随着我，那就将是你们的。我们不会在这里浪费时间长胖，并变得懒散的。”

速不台咧开嘴笑着，他的热情点燃了其他人的情绪，代替了之前阴郁的情绪。

“您会的，主人。”他回答道。

戴上亮闪闪、涂上黑漆的盔甲，智中将军在加冕的大厅里等待着皇帝的大臣，生气地踱着步子。那个早晨十分平静，他可以听到外面的麻雀和喜鹊的叽叽喳喳声。难怪前兆预见者如果看见这些好吵架的会把一些东西告诉它们。

卫帝的葬礼是在十天前举行的，半个城的人在葬礼之前撕掉自己的衣服，将灰揉进他们的皮肤。智中已经不能容忍那些贵族家庭没完没了的演讲。没有一个人提到皇帝死时的礼节，也没有顾及到智中对他们怒目而视，还有他的护卫手里提着剑柄站在旁边。他已经将皇帝的脑袋弄了下来，只用一下就将它掐了下来,其它的东西还留在那里。

前几天还比较混乱,但是当三个大臣因为说出实话被处死了,进一步的抵抗就瓦解了,盛大的葬礼仍然进行,就如同皇帝是在睡眠中死亡一样。

发现贵族很早就已经对事件进行了计划是十分必须的。金国的皇帝生存在大动乱之中,以前曾经有过弑君。在开始的愤怒的抽搐之后,这些人几乎是走入轻松的安排之中。城市中的农民只知道上天的儿子离开肉体,歇斯底里的,很悲伤,脑子里什么都没有。

这个年轻皇帝的儿子听到他父亲的死亡并没有流泪。至少,卫帝对家里人很好。男孩的妈妈当然意识到任何反抗都意味着自己的死亡,所以整个葬礼上她都很安静,当他看见他丈夫的尸体被烧成灰时,她的脸色依旧苍白、美丽。一阵火焰的燃起之后,葬礼的火柴堆倒了下来,智中想他感觉到了她在盯着他看,但是当他抬起头的时候,她让自己的头低了下来,向上天的意愿祈求着。尽管他想,他的愿望也是差不多的。

当他踱步的时候,他咬紧了牙关。首先,葬礼要比他所期望的花费了更多的时间,而且已经告知他加冕礼还需要五天的时间。这是很令人恼怒的。这个城里都在哀悼,这么多时间几乎都要把他们耗费殆尽了,可是实际上现在却没有一个农民工作。由于他的辅政大臣的提议做了新的长袍,他已经忍受着试了很多次。当大臣们紧张地宣告着他新的责任,他忍让着,心里很平静。同时,蒙古可汗正像狼一样守着门口,望着这个城市。

在他空闲的几个小时内,智中走了几步,爬上了城墙,观看远处五十个左右的部落在帝国的领土上搭起了帐篷。他想,有时候,在微风中,他能够闻到他们腐臭的羊肉味道和羊奶的味道。被牧羊人攻打是很令人愤怒的一件事,但是他们现在还没有攻下燕京,抓到这个城市的国王,目的就是要证明自己的实力。它可没那么容易倒下,智中对自己说。

晚上的时候,他仍然会让自己被追赶的噩梦惊醒,箭头像蚊子一样在他的耳朵边嗡嗡响。他还能做些什么呢?没有人会想到蒙古人会爬上最高的地方来从地面袭击他。在防备这方面,他还并不是相形见绌的。上天并不曾眷顾他,但是现在把这座城市交给了他,他可以复仇了。他可以看到蒙古军面对着高墙被打得落花流水,当他们浑身是血的时候,他就会拿下他们可汗的脑袋,埋在城中最深的粪便池中。

在他等着小皇帝出现的时候,这个想法使得他的情绪为之一振。远处,他可以听见锣敲了起来,对百姓宣布一个上天的新的儿子出现了。

通往加冕房间的门打开着,露出了第一个辅政大臣锐初满是汗水的脸。

"主人的摄政大臣,"他看着智中继续说道,"你没有穿着你的长袍。帝国的国王应该时时刻刻在这里。”在连续几天组织葬礼和加冕礼之后,他好像承受不住了。智中发现那个矮小的胖男人是很令人气愤的,对他所说出的话产生的作用很是高兴。

“我已经将他们都留在我的屋子里了,大人。我今天不需要它。”

“仪式的每一个细节都计划好了,摄政大臣,你必须……”

“不要向我说‘必须’,”智中厉声说道,“把那个孩子带过来,把王冠放在他头上。唱圣歌,点上香,做你们想要做的任何事,但是不许有人对我说我‘必须’做什么,不然的话我就拿下你的人头!”

大臣盯着他,之后垂下了眼,明显地颤抖起来。他知道眼前的这个人杀死了皇帝。这个将军是个残酷的背叛者,锐初毫不怀疑甚至在加冕典礼的这天他也会流血。他弯着腰后退了几步,打开了门。智中听到了一阵缓慢的脚步声,静静地等着他到了门口。当他听到脚步速度加快的时候,轻声地笑了。

当门重新打开之后,环绕在那个将成为皇帝的六岁孩子的近侍,有一丝害怕的表情。智中看见他被喂养得很好,尽管由于前几天他有一丝疲惫。

经过智中的时候,过程有点慢,他们走向了金色的宝座。佛教徒的和尚摇晃着香炉,使空气中充满了白色的烟。他们太紧张了,都没有看见穿着盔甲的将军——大厅里佩戴着剑的人。当卫帝的儿子坐上宝座的时候,他大踏步地站在了他们后面。这只是最后一个环节的开始。单单背诵名字就会到中午。

当大臣将他们舒适地安顿在那里,就像仪式中骄傲的孔雀一样,智中别扭地看着。焚香的味道弄得他昏昏欲睡,他禁不住又想到城外的平原上的蒙古军。开始的时候,他看到了仪式的必要性,在他杀死国王之后,可以保持规矩。如果没有一双强壮的手管理它的话,这个城市就会爆发了,很需要让那些贵族对他们的传统感到舒适。但是现在他已经厌烦了。整个城市在它的悲痛中很平静,蒙古人已经开始建造抛石机了,垒起石头墙来保护武器。

智中不耐烦地呼喊了一声,他向前走了一步,打扰了牧师嗡嗡的声音。这个小男孩看见这个黑色盔甲的身影吓坏了。智中从金色丝绸垫子上拿起了皇冠。它出奇地重,有一刻,他甚至被想拥有它的想法打动。他已经杀死了上一个戴他的人。

他将它稳稳地放到了国王的头上。

“玄,你现在是皇帝,上天的儿子了,”他说道,“希望你英明管理。”他根本就没有顾及他周围人脸上的震惊。“我是你的摄政大臣,你的右手。直到你二十岁的时候,我就会毫无疑问地都听你的,你明白了吗?”

这个小男孩的眼里充满了泪水,他几乎都不明白发生了什么事情,但是他结结巴巴地做出了一个反应。

“我……我明白了。”

“那就行了，让人民高兴一下吧，我现在去城墙那边。”

智中将这些麻木的大臣留在了后边，甩开了门，大踏步地走出了皇宫。建筑在流入运河的桑海湖旁边，他站在台阶上像雕像一样等待着消息。铃声照样响，农民还会被麻醉几天。他站在那里，战栗了一下，深深地喘了一口气，向外看着黑色的城墙。除了这些，他的敌人正寻找着缺点。他们不会进来的。

帖木格坐在那里瞪着那曾经是部落可汗的三个人。他看见他们每一个动作中的傲慢，他们脸上对他明显地鄙视。什么时候他们才会明白他们对他哥哥建立起来的秩序之中没有任何权利？只有一个古儿可汗，一个比他都优秀的人。他自己的哥哥坐在他们前面，但是他们仍然像与他平起平坐一样地跟他说话。

当部落在燕京的平原上把帐篷搭建好之后，这让帖木格很高兴，他留下了这些人来侍奉着他。成吉思汗已经给他封了贸易长官表示了对他的信任，尽管曾经反对他担当这个角色。对他拥有过的权利很高兴，每当想起之前他让可汗等他很长的时间，他还是会笑起来。当最后允许帖木格进入成吉思汗帐篷之后，教徒的脸都白了。由于他的工作，让他使用帐篷，成吉思汗表示了他的支持，挥手让他放开手去做。如果他们不喜欢以成吉思汗名义制定的规则，那么成吉思汗毫无兴趣。帖木格已经知道他们明白了。如果阔阔出想组织弟兄去一百里之外的一座原始塔楼里进行查看，那么就要准许这个请求，同时战利品要由他帖木格仔细检查。

帖木格将自己的双手放在自己胸前，毫无掩饰地听着那些曾经是可汗的人谈话。乌耶拉已经不能自己站着了，要由他的两个儿子支撑着。如果能给他一把椅子，是很有礼貌的一件事，但是帖木格是一个难以忘记伤口的人。他们坐在那里低声谈论着放牧和木材，这个时候帖木格却向远处看着。

“不带着您的一个信物，您就不允许牧群移到新的牧地，”乌耶拉正在说着，“我们就会把健壮的牲畜饿死。”自从成吉思汗将他的腿筋砍断之后，他已经长成大块头了。帖木格看着这个人因为生气而涨红了脸，很是高兴，他懒洋洋地看了他一眼没有回答。他们没有一个人会写字或识字，他满意地提醒一下自己。信物是一个非常不错的方法，将一头狼的标志烧进一块四方松木当中。如果帐篷中人看见勇士砍伐树木，交易战利品或是做任何别的事都要求出示那个信物。这个系统还不够完善，但是成吉思汗很支持他，对那些抱怨的人，成吉思汗就送到他面前，而那些人早已害怕得脸色苍白。

当那些人结束了他们的长篇大论之后，帖木格就像他们谈论天气一样，温和地回答着他们。他用最温和的口吻与他们说话，让他们更生气了。这种挑逗他们的方式,把他逗笑了。

“在我们所有的历史中,我们从来没有在一个地方上聚集这么多人。”他说道,带着绅士的责备摇着头,“如果我们想要兴盛,我们必须团结起来。如果他们需要,我就让他们把树砍到,下一个冬天就没有什么东西剩下了。你们明白吗?像我现在所讲一样,我们只需要从树丛中取木材,而不是要到骑三天马的地方,再把它们拉回来。那确实需要时间和精力,但是明年你们就会看到好处了。”

尽管他温和的话语仍惹怒了他们,但是令人开心的是他们不能说他的逻辑是错误的。他们是佩带弓箭和剑的人,他认为现在自己可以让他们想好几圈,他们被迫去听。

“那畜牧呢?”那个瘸腿的乌耶拉可汗询问道,“如果没有你的一个受伤的人所要求的表示你批准的信物,我们连一只羊都不能移动。部落现在是在他们从不知道的控制之下,焦躁不安地生长着。”

帖木格对这个狂怒的人笑着,看着他是如何变成他儿子肩膀上的负担。

“哦,以后不会再有部落了,乌耶拉。那不是你得到的教训吗?”他做了一个动作,金兵的一个仆人将一杯奶酒放在他手中。帖木格已经在成吉思汗从城市中带回来的探子中找到了自己的那个。他们其中的一些已经成了富贵人家的仆人,他们知道怎么侍奉像他这种职位的人。他每天早晨都会在一个专用于他洗澡的铁质澡盆中洗澡。他是帐篷中唯一一个这样做的人,也是他生命中的第一次,他可以闻到他自己民族的味道。每当他想到这个的时候,他都会皱一下鼻子。这是一个人的生活方式,他告诉自己,在他们等待的时候,他抿了一口。

“现在是新时期,阁下,我们不会再搬到其他地方,直到这堵墙倒了,这就意味着必须要仔细经营畜牧业。如果我不实行一些控制,下一个夏天地上就没有草了,那时我们将去什么地方呢?你们是否想让我的兄弟与他的牲畜相隔一千里远?我想你们不会的。”他耸了一下肩,“这个夏天我们可能会挨饿。如果这片土地不能支持这么多牲畜时,也可能到了这个夏末的时候,一些牲畜会被饿死。我不是让一些人去寻找盐来腌制这些肉了吗?金国的国王会比我们先饿死。”

这些人沮丧地看着他,没出一点声音。他们可以举一些例子,他的控制是如何在宿营地传播的。他对每一个问题都回答。他们不能说的是,帖木格的一些新规定叫他们在每一个拐弯转身时候都绊倒,让他们很愤怒。粪坑要远离流动水。那些小种马只能按照帖木格没跟任何人商量,按照自己制定的列表进行配种。如果不得允许,拥有好的母马和公马的人不可以将它们放在一起。这些都让他们苦恼,当然宿营地都充满了这种不满。

他们不敢公开抱怨,成吉思汗却很支持他的兄弟。如果他听了他们的抱怨,他就会逐渐削弱帖木格,对这个新职位做一番嘲弄。帖木格知道这些,知道他的哥哥远比这些人做得好。如果成吉思汗给他这个职位,他就不会进行干预。帖木格对这个没有人限制他、显示一个聪明人可以取得的成就的机会十分得意。

“如果就是这样,今天上午我还有许多其他的事情需要做,”帖木格说道,“可能现在你们知道为什么见我非常困难吧。那些不曾了解我们的人整天都在谈论,我们必须做什么,我们应该成为什么样子。”

他什么答复都没有给他,而他们给惹怒的沮丧对他来说就像是冰冷的酒。他不能在这种带刺的言辞中说得更远了。

“还有别的事吗？我很忙,当然我还会找时间听你们说。”

“你是听了,但是你没听进去。”那个瘸腿的人疲惫地说着。

帖木格抱歉地把手摊开。

“我发现并不是每一个来找我的人都能完全理解他所引起的问题。甚至有几次在帐篷中进行贸易,可汗没有任何退步,然后就把他们送到我这里。

他看着这个靠在他儿子胳膊上的老可汗讲话,这个老人目光中的兴奋消退了。帖木格知道多少？有流言说他花钱雇佣间谍向他报告每一次交易,每一次讨价还价和财富交换。没有人知道他整个影响的范围。

帖木格叹了一口气,摇了摇头,好像很失望。

“我觉得你不希望我提出这件事来,乌耶拉。你难道没有将十二匹母马卖给金兵吗?”他笑着,“我听说是个好价钱,尽管那些母马不是什么好品种。我现在还没有收到你欠我哥哥的那两匹马,我想日落的时候可能就会被送来吧。这样想应该合理吧,你认为呢?”

乌耶拉寻思着是谁出卖了他。过了一会儿,他点了一下头,帖木格面露喜色。

“好极了。我得谢谢你,别浪费时间在这些觊觎你权利的人身上,记住我会一直在这儿,除非其他别的事情需要我的注意。”

当他们转过身离开可汗的帐篷之后,他就坐了下来。其中一个没有说过话的人愤怒地回头看了他一眼 ,帖木格决定就让他看吧。他们害怕他——由于是萨满,以及作为他哥哥的影子。阔阔出已经说过这些实话。看见另一个人眼中的恐惧是最绝妙的感受之一。阔阔出所提供的那种黑色的浆糊会带来一种力量和寻找到光明的感觉。

还有其他的在等着看他,有一些还是他传唤过来的。他想着在他们那里度过一个没意思的下午,一时兴起,决定不这么做了。他把头转向了仆人。

“准备一壶热奶茶,和一勺药。”他说道。这种黑色的药膏可以带来多彩的梦境。那时候他就会睡一下午,让他们都等着。想到这里,他伸了一个懒腰,对这一天的工作很满意。

第二十六章

为了保护战争中的军事力量，花费了两个月的时间建筑用石块和木头垒建起来的防御工事。廉设计的投石机被建在森林的西边。由于他们巨大的横梁带着粘液，还黏糊糊的，他们坐在上面就像是城墙外边一个孵卵的怪物。当斜道建筑好之后，它就可以被滚下推到受他们保护有阴影的地方。这是一件缓慢而且累人的工作，但是几天之后，蒙古军主人的信心就高涨了起来。没有军队出来袭击他们，在城池的北部有一个淡水湖，岸边到处是鸟类，他们可以在冬天设陷阱来捕捉他们。他们是金国土地上的主人。可是除了活着之外，没有任何事情可做，可以用他们来加快征服与胜利，每天都可以发现新的土地。在部落之间，突然的暂停使得他们之间的感情变得很别扭。在原始嫉妒的争斗之中就已经有了刀剑争斗。已经发现有两个男人和一个妇女在湖边死掉了，但是凶手却不知道是谁。整个军队都在焦躁不安地等着围困整个城市。成吉思汗不知道这个石坡是不是能够保护那个沉重的弩炮，但是他需要一些东西让他的子民不至于闲散。至少让他们工作到疲惫可以让他们强壮，以致太累了不能口角。侦探发现了到燕京一天路程的地方有一堆石板。勇士们把热情带入到每次采石任务中，他们用楔子和锤子把他们砸碎，然后把这些大块运到车上去。在那儿，廉的专业技能是十分重要的，那几个礼拜他几乎都不离开采石场。他给他们演示如何用烧好的石灰岩将那些石头粘在一起，那个斜梯一天增高一点。成吉思汗已经不能不知道有多少辆车经过了他的帐篷，尽管帖木格在他们缴获的越来越少的羊皮纸上做了详细的记录。

廉设计的平衡物是比石头大一些的绳子结成的网袋，挂在机器的杠杆翘板上。已经有两个人在建筑当中压坏了他们的手，当阔阔出砍掉他们伤残肢体时，他们承受着极大的痛苦。萨满将一种粘稠的、含沙的糊状物塞进他们的嘴里来延缓他们的疼痛，但是他们还是一直在尖叫。工作一直继续着，同样也一直受到燕京的监视。对于如何阻止移动那个巨大作战弓箭来对他自己的武器，成吉思汗一直是无奈的。皇帝的护卫也在挥汗如雨地为他们建筑着吊架，像下面蒙古人一样地工作着。

用了上百个强壮的人把投石机推上了城修建燕京攻打的斜坡。这时又有了新的雪降落在平原上，当金国的工程师对着他们的防御土墙发射包着铁头的弓箭，击退了他们七次大规模弓箭袭击之后，成吉思汗沮丧地站着。又用投石器对城墙投了两块巨石做了反击，使得碎片漫天飞。但是却没有碰着金兵的武器。

重新安置廉的平衡翘板花费了将近一年的时间。在那段时间，墙上对斜坡进行了一次又一次弓箭袭击。在准备好了投石机对皇城的第二次发射时，却在部落建筑的斜梯上出现了裂痕。之后，斜坡马上开始断裂。撞击一次，石头就在空气中爆炸，廉 和他的弟兄处于“石块雨”之中。他们中的许多人摔着了脸和手，在战斗中蹒跚着走回去。廉 没有受伤，当他的斜梯倒下，他的机器散架的时候，他只是站在那里静静地咧嘴笑着。

有一段时间，投石机好像可以幸存下来，但是一次沿着草原的直接撞击，接着又连着三次。墙上的人开始疲倦了，速度慢了下来，但是每一次弓箭袭击还是带来了巨大的冲击。那些试图将机器拉出战争范围的勇士都牺牲掉了。木头上都是血渍，他们周围的空气充满了雪和灰尘。

没有什么东西可以营救。成吉思汗看见那些破碎的人和木材，嗓子低声地咆哮着。他和皇城的距离很近，可以听到里边欢呼的声音，这些惹怒了他，知道廉是对的。没有保护，他们就无法与墙上的武器进行对等的打仗，他们建筑起来的任何东西都会被打倒。成吉思汗曾经讨论过建筑一个更高的塔楼，带着轮子推向皇城，甚至外边可以用铁进行覆盖，但是沉重的箭头可以在他们中间打出一个洞，就像他自己的箭穿透盔甲一样。如果他的金属制造工将这座塔楼制造的可以抵挡攻击，它们就太重了，就不能移动了。这真让人发狂。

当速不台派出勇士过去把受伤的人从战争范围中拉出来的时候，成吉思汗来来回回地踱着步。他的弟兄相信他可以像夺取其他城市一样夺下燕京，见廉如此的建筑工程倒下成为一片引火物，并不能提升帐篷中的斗志。

当成吉思汗看着年轻的幼狼冒着他们的生命危险时，合赤温过来，并跳下了马。他弟弟的神情是不可捉摸的，尽管成吉思汗想他可以察觉到他对于失败深深的恼怒。

“任何建这样一座城池的人都会考虑到它的防护。”合赤温说道，“我们不用武力解决。”

“那么，他们就要挨饿了，”成吉思汗厉声说道，“我已经在燕京将黑色的帐篷立起来了。不会对他们有任何怜悯。”

合赤温点点头，仔细地看着他的长兄。当成吉思汗被逼得不得不采取行动的时候，他从没有处于过最佳状态。那段时间，将军在他身边走都很小心。过了几天，当帐篷立起来之后，合赤温看到成吉思汗没有了以前不好的情绪，异常强壮。他们一直都很自信，但是现在很明显金国的指挥官在等着他们拉来新的武器投入战斗。不管他是谁，他很有耐心，而有耐心的敌人是很危险的。

合赤温知道成吉思汗很容易做出冲动的决策。正如事情进展的，他仍然会听他的将士的谈论，但是整个冬天过去，成吉思汗几乎使用了所有的方法，结果是整个部落在遭罪。

“你们认为派人晚上爬上城楼怎么样？”成吉思汗问道，引起了合赤温的共鸣，“用五十个或一百个，在城中放火。”

“这墙是不能爬的，”合赤温仔细地回答道，“上边金国的巡逻兵就像苍蝇一样多，以前，您说过那是对他们的浪费。”

成吉思汗急躁地耸耸肩。

“我们可以同时对他们进行弩炮射击，也许这个可以值得一试。”

成吉思汗将他灰白的眼睛转向了他的兄弟。合赤温看着成吉思汗，知道他的哥哥想知道真实情况。

“廉说城中大约有一百万人。”合赤温说，“我们不管派谁去都会像野狗一样抓住，成为他们士兵的玩物。”成吉思汗哼了一声，咧嘴笑着，十分失望。合赤温想着用一种方法来带动他的情绪。

“可能现在是得派一些将士出去进行劫掠时候了，正像您说的。这里没有更快的胜利，但是这片土地还有其他的城市。您可以让你的儿子和他们一起去，这样他们就可以学习我们的谋生手段。”

合赤温看到他哥哥脸上的犹豫，他想他明白。那些将士是成吉思汗不用监督就可以相信的将士。他们在任何考验中都是非常忠诚的，但是到这种程度的战争是在成吉思汗看着的情况下打起来的。将他们派出去，可能有几千米远，不是成吉思汗轻易给出的命令。他已经不止一次地同意过，但是不管怎样，最后的决定还是没有做出。

“是不是让您担心，哥哥？”合赤温轻轻地问，“您担心什么呢？是来自阿尔斯兰还是他的儿子者勒篾，那些从一开始就和我们在一起的人？是哈撒尔或是速不台，那些崇拜你的人？还是我？”

成吉思汗对这个想法笑了。他抬起头看着燕京墙，在他的前面，却仍然没有碰着。叹了一口气，他认识到他不可以将那么多活跃的人留在这块平原长达三年。他们要做的是其他重要的事，而不是这个——为他争取金国皇帝的事。“那我们是否要将整个军队都派出去？也许我自己还要在这里等着金兵出来。”

合赤温看着这种情景，轻声地笑了。

“实际上，他们可能会认为把您留在这里会是一个陷阱。”他答道，“如果我是国王，我就会把每一个有能力的人都训练成勇士，在里边建一支军队。保护燕京，您不可以留得过少，要不然他们就会看到袭击的机会了。”

成吉思汗大声笑着。

"您已经有几个月没有训练勇士了,让他们训练贸易人和商人。我将非常乐意向他们展示一个勇士生下来是干什么的。"

"毫无疑问,说话要像雷声一样,可能还会带着一点闪电。"合赤温用直率的表情说着。一阵沉默过后,他们俩大笑起来。

成吉思汗将投石机坏掉压在他身上的阴霾情绪一扫而光。在他考虑未来的时候,合赤温甚至看到他的干劲又来了。

"我说过要将他们派出去,合赤温,尽管现在有点早,我们不知道是否有其他城市给燕京解围,在这儿我们可能需要每一个人。"他耸了一下肩。"如果春天这个城市还不能拿下,我就会让将士们去打猎。"

当智中在夏宫的接待室的高窗下站着的时候,他一直处于郁郁不快的情绪之中。自从他给那个小皇帝加冕之后,他几乎就没和他说过话。在那些组成他父亲办公住处的走廊和房间的迷宫之中,智中很少想起他。

那个上午,士兵们正在庆祝他们的将军粉碎了蒙古军的投石机。他们看着智中,希望得到他的肯定,他在踏上城头的台阶之前给他的士兵点了一下头。只有在私下的时候,他才会伸出拳头表示一个沉默的胜利。但是这对于消除獾口山的记忆还是不够的,但是这是胜利,对于吓坏的市民来说,需要一些事情让他们从绝望的情绪中振奋起来。当他想起自杀的报告,他对自己做了一个讥笑的表情。当军队被打败的消息在燕京传开的时候,四个名门之后的女儿就在他们的房间自杀了。这四个人都彼此熟识,好像她们更喜欢一个用绳子解决的高贵死亡方式,她们认为灭亡不可避免。接下来的几个星期之后,又有一个个的走了一样的道路,智中曾经担心一种新的死亡方式会在整个城市中传播。他背着手,在贵族的屋子里透过湖向外凝视着。他们今天应该会有更好的新闻。可能他们会拿着他们的象牙刀,带着对他技术的蔑视犹豫着。燕京还能抵挡住侵略者。

摄政王感觉到他已经又累又饿。从早晨他就没吃饭了,有太多的会议需要他,每一个都需要他的支持和建议。好像他们所期盼的下几个月的事情,他知道得更多。想到食物供应的问题,他皱了一下眉头,看了一下旁边像金字塔一样堆着的卷轴。燕京百姓为了打仗正在积蓄力量。那是对他防御的一个嘲弄,但是智中自己已经将城市的储备剥夺了,用来供给军队。一想起蒙古人正吃着他在山口囤积的能用一年的储备,他就很恼怒,但是回头看那些坏的决定没有一点意义。毕竟,他和皇帝曾经深信,在蒙古军出现在皇城之前就被阻挡住了。

智中噘着嘴。燕京人可不是傻子。整个城市都已经理智地进行武装。即使是黑市,当他们意识到包围可能不会很快打破的时候,也崩溃了。只有很少一部分人仍然卖粮食谋取暴利。剩下的把供给都储藏起来,留给自己家里使用。像他们这样的阶层,他们会试图等着暴风雨过后做大,在战争过后重新变得富裕。

智中写了一个便条,把最有钱的商人带到他面前。他知道如何使用那些可以让他们说出他们秘密储存位置的方法。没有他们,在一个月之内,农民就会吃猫,吃狗,在那之后呢……?他疲惫地动了一下脖子。在那之后,他就得困在一个有着一百万挨饿的人的地方。那将是人间地狱。

唯一的希望就是蒙古军队不要在城墙外边一直等。他告诉自己他们会厌倦包围,会攻击其他一些容易攻下的城市。智中搓了一下眼睛,很高兴除了奴隶,没人知道他的弱点。实际上,这一辈子他从来没有像在这个新职务上如此努力工作过。他几乎都没睡觉,当他可以休息的时候,他整个梦里都是计划和策略。当他站在弓箭手前时,他一整夜都没有睡觉。

一想到蒙古投石机坏掉时,他又笑了。如果他那个时候能看到可汗的脸就好了。在他洗澡睡觉之前,他临时召集大臣开了最后一个会议。当他们看着他的时候,在他们眼中只看到失败。他会让他们这一天过得完整,一个他可以粉碎蒙古可汗周围不可战胜的神话的一天。

智中把头从窗口移走,穿过黑色走廊,走向卫帝每天晚上洗澡的地方。当他到了那扇门,走进中央有一个凹陷的水池时,他用期待的高兴叹了一口气。按照他的惯例奴隶们已经将水热好,他将脖子动了动,因为他想将一天的忧心事平复下来。

奴隶们用平时的速度给智中宽衣,他盯着那两个用池子中的油给他搓着皮肤的两个女孩。悄悄地,他庆贺皇帝的品味。皇宫中的女奴隶对于他的儿子就是一种浪费,至少这几年是。

赤条条的,智中走进了水池,享受着这个高屋顶的空旷感。当女孩用柔软的刷子在他身上打肥皂时,水流了下来,回应着,他开始放松了。她们的触摸,令他很舒适。过了一会儿,他将其中的一个拉了进去,把她放在冰冷的瓷砖上。由于寒冷,她的乳头突然变硬了。当他悄悄地拉下来的时候,只有她下边的腿还在热水当中。她训练得很好,当他被控制着这个城市抓住的时候,她的双手在他的后背上不断地摩挲着。她的伙伴毫无热情地看了她这个动情的伙伴一会儿,仍然继续在他的后背上搓着肥皂,将她的胸部压向他,让他愉快地呻吟着。没有睁开眼,智中向她伸开手,把它拿了下来,接触到身体挨着的地方,这样她就可以感觉到他进入她的身体中。她用娴熟的技巧拉着他,他笑了,他的身体是紧绷的,突然一动,他的思想却平静下来。统治燕京还算有一点补偿。

蒙古投石机被毁坏三天后的一个晚上,两个人从燕京墙上毫无察觉地爬了下来,最后落在地上的时候竟然悄无声息。他们头上的绳子被摄政王的护卫拉了上去,消失了。

黑暗中，其中一个向另一个看了一眼，控制着他的紧张。他一点不喜欢这个暗杀者的同伴，如果他们前面的路分开就好了。他自己的任务是卫帝之前就开始着手的，那些新招募的金兵因为蒙古可汗工作的非常辛苦，在他们之中偷东西的情景是令他非常享受的。对一个人来说，背叛是应该被处死的，但是他会向他们微笑，当他采集信息的时候，他也可以像他们一样卖力地工作。用他自己的方式，他知道他的贡献和城墙上的士兵一样宝贵。摄政大臣需要知道部落的每一个消息，间谍不可以低估自己的重要性。

他还不知道暗杀者的名字，可能像他自己一样是受到保护的。尽管他们一起站在城内，这个穿着黑色衣服的人却没有说一句话。当那个人检查他的武器时，他忍不住观察，在他们等着的时候，尽量保护他伙伴的小刀片。毫无疑问，智中为这次行动给了他们大量黄金，而这次行动对这个暗杀者当然意味着死亡。

蹲在一个可能今晚会死掉人的旁边，是一件很奇怪的事，但是这个人却没有显示出一点害怕的症状。那个间谍微微地耸了一下肩。他不想交换地点，几乎不能明白如此一个人肯定想到的方法。什么样的奉献可以引起如此狂热的忠诚呢？他的使命和以前一样危险，他一直希望能将这个使命还给他的主人，他的家。

穿着黑色的衣服，这个杀手更像是一个影子。他的伙伴知道，即使他轻轻地问他一个问题，他也不会回答。他要集中精神，那是他的命换来的。不允许他分神。在完全无声的情况下，他们进入一个木船之内，用一个撑篙划过了黑色的壕沟。一根绳子拴在船上面，连向了另一边，可以拉回来，藏起来或是下沉。白天的时候，没有任何蛛丝马迹可以引起怀疑。

在另一边，当两个人听到马具的叮当声，他们蹲了下来。蒙古军的侦探是很有效率的，但是他们不可能向每一个漆黑的水池里观看，之后他们看到了一对人马的出现，不是两个人等着静悄悄地走进他们的帐篷。间谍已经知道金国的新兵已经搭好了他们的帐篷，毫无羞耻地模仿他们新主人家里的摆设。本来有一个机会他们可以发现他，那么他也会被杀掉，但是那是对于他技巧的挑战，他不想让这种想法打扰他。他又看了一眼这个杀手，这次，他看见这个人的头转向了他。他不好意思地向一边看着。他的一生都听说过疯狂崇拜，一个训练的在每一次醒着的时候都可以杀人的人。他们没有像士兵所理解的荣誉。间谍已经当了很长时间的士兵，当然知道这个信条，他想到一个生下来就是为了杀人，感到蔑视的刺痛。他看见了那个人塞着的装着毒药的小瓶，以及他熟练捆绑在自己腰上的绞杀绳子。

有人说，杀手的牺牲就是他们对黑暗之神的舍身。他们自己的死就是信念的最终证明，可以保证他们处于生命之轮回的最高处。那个间谍的肩膀又耸动了一下，他的工作让他和这样一个破坏者有关联，他又感到不安。

蒙古侦察兵的声音消失了，当间谍感觉到他胳膊被轻轻碰了一下，他还是吃惊地猝然一动。杀手将一个粘性的罐子塞进他的手。它发出肥羊肉的臭味道，间谍只能不解地看着它。

“把它涂到你皮肤上。”杀手咕哝着，“因为狗。”

间谍明白了，他抬起了头，但是黑色的身影已经迈着无声的脚步走了，消失在黑暗当中。当间谍把污泥涂在他皮肤上的时候，他还是十分感谢他祖先的这个礼物。开始的时候，他想这是十分仁慈的，尽管那个杀手在进行他自己工作的时候，可能不想让帐篷里的人被唤醒。他的脸由于这个想法而羞愧地红了脸。希望这个晚上没有其他意外的事。

他又重新镇定下来，他站了起来，朝着他白天已经标记好的目的地，从黑暗中小跑着过去。没有他糟糕的伙伴，他感觉到自己的信心又恢复了。不一会儿，他就混入金军的新兵当中，和他们聊天谈话好像是认识了几年一样。当皇帝以前测试地区行政长官的忠诚度时，他也这么做过。他放下这个想法，认识到在杀手行动之前，他必须在适当的位置上，要不然他就会抓起来拷问。他溜进睡觉的帐篷中，对一个晚上出去撒尿的勇士打了一个招呼。那个人用他自己鼓鼓囊囊的语言充满倦意地回答道，并不期望被听懂似的。当他过去的时候，一条狗抬起了头，但是当它闻到他气味时，只是轻轻地咆哮了一下。那个人笑了一下，在黑暗中毫无察觉。他进来了。

杀手接近了可汗的大帐篷，就像幽灵一样在黑暗的帐篷中穿梭。蒙古领导人真是愚蠢，竟然将他的位置告诉燕京城上的每一个人。如果他还不知道黑帮，那么这是一个人只会犯一次的错误。杀手不知道如果可汗死了，这些蒙古人会不会回到他们的深山平原去。他不会在乎的。他的主人在一个典礼上给了他一个卷轴，他拴在了一个黑色丝绸带子上，用鲜血将他的生命抵押。不管发生了什么事情，他都不会回到他兄弟那边。如果他失败了，他就会自杀也不要被抓住，说出他命令的秘密。他的嘴角嘲弄的一紧。他不会失败的。蒙古人是羊群：很擅长射箭，但是却像孩子一样与一个训练好的大人。选中参加这么一项任务没有一点荣誉，即使是杀死一个令人讨厌部落的可汗，但是他没有想这些。他的荣誉来自于服从和一个完美的死亡。

当他到了那个在黑暗中闪着亮光车上的大帐篷时，没有被人发现。当他爬向那个帐篷时，寻找着护卫时，他在他的头上隐约地出现。旁边有两个人。当他们静静地站在那里等着其他人来换岗时，他可以听见他们的呼吸声。在燕京，根本就不可能发现这些细节，他不知道他们晚上换岗的时间是多长。一旦他给那个地方带来了死亡，他必须快速行动。

站得一动不动，杀手发现其中的一个离开了，绕着可汗的大帐走了一圈。

那个武士根本就没有那么警惕，当他发现有人站在阴影处时，却已经晚了。护卫感觉到有东西压在他脖子上，插入自己的喉咙里，阻止他喊出来。他肺里充满了血腥的空气，另一个护卫喊出一个轻声的询问，但是还不够令人恐慌。杀手将第一个放低，把他放到马车的角落，当他靠近的时候，他又拿下了另一个。他也是静悄悄地被杀死了，杀手将他留在原来的地方，快速绕过通向上面的台阶。他是一个小个子人，他的体重使台阶几乎都没有发出声音。

里面黑漆漆的，他能听见一个人睡得很沉，发出缓慢的呼吸声。杀手慢慢地沿着地板爬过去。依靠完美的平衡，他接近了那个熟睡的身影，屈身趴在他的矮床上。他掏出一个锋利的刀子，它的金属部分被煤烟油涂黑了，这样他就不会闪耀了。

他用一只手，寻找呼吸的来源，发现了嘴。由于睡觉人突然一动，他把刀子很快地从脖子上划了过去。呻吟声还没有开始就被砍断，这个抽搐的身体就静止了。杀手等待着，直到重新恢复了安静，他在充满肠胃恶臭的空气中轻轻地呼吸着。在黑暗中，他不能看见他杀死的那个人是谁，他用他的手指来描绘那个面貌，眉头皱了起来。这个人不像外边武士闻起来的味道。当他的双手摸向张开的嘴和眼睛，移动到头发时，开始颤抖起来。

当他触摸到他自己民族的油状编织物时，他开始咒骂自己。他可能只是一个仆人，一个服侍蒙古人的人是应该判以绞刑的事。这个杀手坐在脚踝上，考虑着下一步该做什么。可汗应该就在附近，他想到。在这个大帐篷周围有一些帐篷。其中一个将会包括他要寻找的那个人。刺客又重新振作了，他背诵了一首颂歌，这让他很快镇静下来。他还没有赢得死亡的权利。

第二十七章

当刺客进入另一个蒙古包的时候,他只能听见呼吸的声音。夜黑得很彻底,但是他还是闭上眼睛,集中注意力听周围的声音。在那个小空间,睡着五个人,没有一个人意识到有人站在旁边看着他们。四个人浅浅地呼吸着,他做了个苦脸。是孩子们。另外一个睡着的人可能是他们的母亲,尽管天黑没有灯光他不能确信。只要简单地用打火石照出一点光就可以,但是那太冒险。如果他们醒了,就无法在他们叫喊出来之前把他们全部杀死。他很快地做了决定。

只要很快地打一下火,就能有一道光照亮蒙古包,足够能看清五个睡着的人是谁。他们中没有一个人有成人那么大。可汗在哪里?

刺客转身准备离开,意识到时间在流逝。在死掉的护卫被发现之前,不能再耽误太长时间。一旦他们被发现,安静的夜晚就会变得乱七八糟。

其中一个睡着的孩子在梦中呓语,节奏在变化着。刺客僵在了那里。他等了一会儿,直到均匀的呼吸恢复,然后他轻轻地跳出了蒙古包的大门。他在链子上涂了油脂,所以关门的时候没发出一点声音。

将身后的门拉上后,他挺直了身子,慢慢地转着头在寻找下一个蒙古包。除了那个面对着城市的黑色的帐篷比较器张地立在马车上之外,其它的蒙古包看起来几乎都一样。

刺客听到身后有一个声音,他瞪大了眼睛,意识到那是吸入的呼吸声,是叫喊或者尖叫之前的鼻息。他往前走着,声音又响起来,立刻跳进了深深的阴影里。他听不懂那穿过夜晚的话语,但是回应很迅速。战士们从各个蒙古包里冲出来,手里拿着弓和剑。

那是术赤喊出来的,这个无声地出现在家里的男人惊醒了他的睡眠。他的三个弟弟听见叫喊声都从梦中醒来,黑暗中一个人开始问话。

"是什么?"孛儿帖掀开毯子,向声音问道。

术赤已经站在黑暗里。

"有一个人进来了,"他说,"护卫!"

"你会把整个大营都吵醒的!"孛儿帖骂道,"那只是一个噩梦。"

她看不清他的脸,这时候他回答。

"不。我看见了他。"

察合台起身站在哥哥的身边。远处,告警的喇叭声响起,孛儿帖低声咒骂着。

"祈祷你是正确的,术赤,否则你的父王会剥了你后背的皮。"

术赤甩开门,没有回答,跳了出去。战士们围在蒙古包的周围,搜寻着入侵者,没有结果。他痛苦地咽了一口唾液,希望自己不是做梦梦到人影。

察合台跟着他一起出来,赤裸着胸膛,只穿了裤子御寒。外面,只有点点星光,但是所有的人都很困惑,两个人撞在了一起,紧紧抓着对方,直到互相认出来才松开手。

术赤看见父王从蒙古包中走出来,手里拿着剑,但只是一只手松松地握着。

"发生了什么?"他说。他紧紧地盯着术赤,看出孩子的紧张。术赤在父王的凝视下发抖,突然意识到自己把所有人都叫起,但是没有什么事。不管怎样,他也要厚着脸对待,不愿再在父王的面前被羞辱。

"蒙古包里有一个人。我醒来看见他打开门离开。"

成吉思汗咒骂着,在他能回答之前,新的声音穿破了夜晚。

"这里有一个死人!"

成吉思汗不再关注他的儿子,想到敌人在大营里肆无忌惮,大声吼叫道。

"找到他!"他怒吼。合赤温跑着过来,手里拿着一把长剑。合撒儿在后面不远处,三个兄弟站在一起想弄清楚混乱的源起。

"告诉我,"合赤温跑过来停下说,脸上还满是睡意。

成吉思汗耸耸肩,表情绷得很紧。

"术赤在他的帐篷里看见一个人,这里由一个死了的护卫。有人在我们中间,我要找到他。"

"成吉思汗!"

他听到孛儿帖唤他的名字,转身对着她。在视线的远处,他看见一个黑色的声音听见名字突然闪过。

成吉思汗一个转身,就看见刺客已经靠近他。他挥起手中的剑,刺客闪在一边,手中拿着一把刀冲了上来。成吉思汗想在他攻击之前把刀打落,于是跳过去扑向了黑色的人影,脚下却被绊倒。只觉得喉咙里一阵剧烈的疼痛,然后他的兄弟们都刺向了刺客,所有的剑都刺向了地上躺着的人身上。刺客没有叫出声来。

成吉思汗试图挣扎着起来,但是世界在眼前慢慢摇晃,他的视线开始变得特别模糊。

"我割……"他眩晕地说,跪在了地上。他能听见刺客敲打地面的脚步声,兄弟们用膝盖砸向刺客的胸膛,弄碎了他的肋骨。成吉思汗抬起一只手放在脖子上,鲜血顺着指头流了下来。手变得很沉重,他向后倒在了土地上,仍然迷糊着。

他看见者勒篾的脸隐约出现在上面，慢慢地移动着。成吉思汗向上凝视着，不能听见他在说什么。只看见者勒篾弯下腰，撕开了他脖子周围的衣服。当他再次讲话的时候，声音在成吉思汗的耳朵里急速传过，低语声很快地消失不见，者勒篾拿起刺客的刀，看到刀韧上黑色的血迹咒骂道。

“刀是有毒的，”者勒篾说，他的恐惧吓得站在周围的合撒儿和合赤温目瞪口呆。将军没再说话，用嘴开始吸成吉思汗脖子上的黑色的血。那血又热又苦，在他吐到一边的时候，差点呕吐。他没有停，成吉思汗的手虚弱地滑在了一边，他的脸上所有的坚强都消失不见。

者勒篾听见可汗年幼的儿子们看到快要死去的父王后呜咽的声音。只有术赤和察合台静静地站在那里看者勒篾吐着满口的血，他的长袍前面已经被黑色的血液浸染。

阔阔出从人群中出来，很惊讶地看见可汗躺在地上。他跪在者勒篾的旁边，把手放在成吉思汗的胸脯上感觉他的心脏。明显还在跳动，一段时间，阔阔出感觉不到每一次心跳。可汗的身体冒出了很多汗，皮肤变得通红，烫得不能碰。

者勒篾还在吸着血液，接着又吐出去。将军感觉他的舌头已经没有知觉，他不知道毒是不是已经进入身体里。那没有关系。一边想着，好像看见了其他的人。血液从他嘴唇边流出来，每一次尝试都在不停地喘息。

“你不能吸出太多的血，”阔阔出警告他，瘦骨嶙峋的手还放在可汗的胸脯上。“否则他会变得很虚弱，不能抵抗留在身体里的任何毒。”者勒篾朦胧的双眼看了他一眼，点点头，又一次把脸埋在脖子里吸了一口。他自己的脸已经通红，摸起来很烫，他仍然继续着，因为停下来就只能看着可汗死去。

阔阔出感觉到心脏的震动，担心它会在手下停滞。他需要可汗给自己在整个部落里赢得尊重，尤其现在帖木格已经放弃了他。阔阔出开始大声地念咒语，唤着那些古老神灵的名字。他用一种低沉的声音不断地呼唤着成吉思汗的名字。叫着也速该，甚至还有别克帖，那个成吉思汗杀死的哥哥。他需要所有的人在他们的王国里保佑可汗。阔阔出在念着他们的名字时，感觉到他们聚集在一起，压向他，以至于他的耳朵里都是窃窃私语的声音。

心脏又开始跳动，成吉思汗大声地喘着起，他睁开的双眼空洞无光。阔阔出感觉到脉搏的跳动，突然感觉到慢了下来，好像里面关上了一扇门。他在寒风中颤抖，想了一小会，他的手里握着的是整个部落的未来。

“够了现在，他的心跳已经强烈起来，”他声音嘶哑地说。者勒篾向后坐下去。好像征服了一批受伤的战马一般，将军用唾液和尘土混在一起做了浆糊压在伤口上止血。阔阔出倾过身子观察着过程，当看到血慢慢地开始滴下来时才放松下来。主静脉没有被砍断，想到成吉思汗还活着，他又开始高兴起来。

阔阔出又开始大声地祈祷,让死去的神灵都来照料这个建立了一个国家的可汗。他们不会希望这样的人跟随他们而去,而不去领导着蒙古同胞们前进。他明显地知道那样会受到惊吓。部落人都敬畏地看着他,阔阔出伸出手掌心,用手指聚集着那些看不见的神灵,让信念和神灵都来关注可汗。

阔阔出抬眼看见孛儿帖站在那里,哭红了双眼,惊恐地颤抖着。诃额仑也站在那里,脸色发白,她想起了几年前老可汗的死。阔阔出招手让他们过来。

"神灵现在在这里保护他,"他和她们说,眼睛里闪着光。"也速该也在这里,和他的父亲一起把儿祖着。他的哥哥别克帖在这里守护着可汗。"他在寒风中颤抖,双眼迷蒙。"者勒篾已经吸出了大部分毒,但是心跳还是飘忽不定;有时候强烈,有时候虚弱。他需要休息。如果他想吃东西,就给他能增加力量的血液和牛奶。"阔阔出不能再坚持周围的神灵带来的寒冷之气,但是他已经做完了他们的工作。成吉思汗还活着。他叫来兄弟们把可汗抬回蒙古包里。合赤温冲到前面检查大帐里会不会还藏着敌人。之后,他和合赤温用肩膀扛着哥哥的担架,把他送到了孛儿帖的蒙古包里。

者勒篾还跪在那里,痛苦地摇着头。父亲阿尔斯兰走到他面前,年轻的将军在地上吐了一滩血。

"帮帮他,"阿尔斯兰命令道,拉起他的儿子,让他站起来。者勒篾的脸很放松,他所有的重量都压在了父亲的身上,两个战士过来,把他的胳膊架在他们的肩膀上。

"他怎么了?"阿尔斯兰问阔阔出。萨满的目光从成吉思汗的蒙古包上离开。他用手指扳开者勒篾的眼睛,仔细检查了一番。眼珠又大又黑,阔阔出轻声说。

"他可能咽下了一部分血。一些毒进入了他的身体。"阔阔出把一只手放在者勒篾湿的束身衣下面,感觉他的胸膛。

"不是太多的毒,他很强壮。如果可以的话,照料他,直到他醒来。带他走吧。我会带来一些木炭水给他喝。"

阿尔斯兰点点头。他示意其中一个扶着者勒篾的战士,替代了他的位置,把他的儿子的胳膊环绕在自己的脖子上,就像拥抱一样。和另一个人一起,两个人带着者勒篾走在帐篷中间,一边走一边说着话。

人群中聚集了越来越多的战士、女人和孩子们,他们都没有动。在确定可汗还活着之前他们是不会回去睡觉的。阔阔出转身离开他们,回去给者勒篾做木炭水,不管他吸进了什么毒,可能会有一点用。那个木炭水对成吉思汗几乎没有用,但他也会给可汗拿一碗。当他走向围观的人群中时,大家都给他让出一条道来,这时候,他看见帖木格从人群中走出来站在前面。阔阔出的眼里闪出一道怨恨的目光。

“你来得太晚，已经不能帮助可汗什么了，”帖木格走近的时候，阔阔出慢慢地说。“他的兄弟们杀了刺客，者勒篾和我保住了他的性命。”

“刺客？”帖木格大叫，看到周围这么多人的痛苦和担忧的表情。他的目光扫视了一下躺在地上穿着黑色衣服的尸体，恐怖地咽了咽口水。

“有些事情还是必须要用老办法处理的，”阔阔出对他说。“他们不可计数，也不会记录在你的名单上。”

帖木格对萨满的反应就好像自己已经罢工了一样。

“你敢这么和我讲话？”他说。阔阔出耸耸肩，大踏步走开。他忍受不了刻薄的语言，尽管他可能会后悔。那个晚上，整个大营都传递着死亡的讯息，阔阔出也成了谈论的重点。

人群聚集得越来越多，晚来的人都挤到前面，不顾一切地想知道发生了什么事。他们在等待天亮，整个大营点上了火把。刺客的尸体破碎地躺在地上，他们只是远远地恐惧地看，不愿意靠近。

阔阔出拿着两碗黑色的粘稠液体回来，他就像一群在看笑话的牦牛一样，悲惨的表情，黑色的眼睛，但是无法理解。阿尔斯兰托起儿子的下颌，当阔阔出把黑色的苦液体灌进去的时候，接着仰起了他的头。者勒篾呛着了，然后咳嗽，冲着父亲的脸吐出一口黑色的痰。喝下了木炭水之后，他逐渐恢复了意识，阔阔出没继续逗留在他身边。他把喝了一半苦液体的碗放在阿尔斯兰空闲的手里，拿着另一碗走了。成吉思汗不会死，不会在燕京城下死。阔阔出考虑未来时浑身打了一个冷颤。他赶走了内心的恐惧，走进了小的蒙古包里，跨过门梁时低下了头。他向人们展现的一部分就是自信，所以不能让别人看见他在战栗。

天渐渐亮了，合撒儿和合赤温走出来，没有理会上千双盯着他们的眼睛。合撒儿拔出了他还插在刺客胸前的剑，擦了擦剑头，然后插回鞘中。

“可汗还活着吗？”有人在问。

合撒儿扫视了他们一眼，不知道谁在讲话。

“他活着，”他说。他又低声重复了一遍，直到所有的人都知道。

合赤温捡起了他掉在地上的剑，听见声音抬起了头。他没有办法帮助帐篷里的哥哥，也许这就是为什么看见这些人他的怒火燃起的原因。

“我们都聚集在这里的时候，我们的敌人会睡觉吗？”合赤温骂道。“他们不会。回到你们的帐篷里去，等消息。”在他强烈的目光下，战士们先转身离开，驱散了聚集的女人和孩子们，他们也开始散开，一边走，一边回头看。

合赤温和合撒儿站在一起，就好像是成吉思汗睡着的蒙古包的两个护卫。可汗的第二任妻子查喀孩来了，她的脸苍白而又恐惧。所有的人都看孛儿帖什么反应，但是她只对西夏的女人点点头，接受了他的出现。沉默中，合赤温能听到蒙古包里阔阔出在念咒语。一会儿,他不愿意再回到里面发臭的地方,和那些爱自己哥哥的人站在了一起。其他人的出现让他觉得疯狂。他深深地吸了一口冷空气,让头脑清醒了一下。

“我再做不了什么了,”他说。“黎明快要来了,必须要谈论一些事情。合撒儿,跟我来,耽误一小会儿。”

合撒儿跟着他来到一个别人听不见他们谈话的地方。用了很长时间他们才离开大营,脚步踩在冰冻的草地上。

“什么事?你想干什么?”合撒儿最后说,用一只手挡住了他兄弟的胳膊。

合赤温转身,表情阴沉恐怖。

“今晚我们失败了。我们没有把大营保护好。我应该考虑到金国的国王会排刺客来。我应该派更多的护卫盯着城墙。”

合撒儿太累了,不想争论这个问题。

“现在你也不能改变什么,”他说,“如果我是你,那样的事就不会再发生。”

“一次就足够,”合赤温咒骂道,“如果成吉思汗死了,接下来怎么办?”

合撒儿摇摇头。他不想考虑那个问题。在他犹豫的时候,合赤温抓住他的肩膀使劲摇晃。

“我不知道!”合撒儿回答,“如果他死了,我们就会回到家乡的肯特山,让他躺在外面,留给雄鹰。他是可汗!你想要我说什么?”

合赤温放下了他的手。

“如果我们那么做,金国的国王就会宣告打败我们,取得了一个很大的胜利。”他好像几乎是说给自己听,合撒儿没有打断他。他无法想象成吉思汗不在的未来会是什么样子。

“国王会看着我们的军队撤退,”合赤温冷冷地说,“一年内,每一个金国的城市都会知道我们转身回去。”

合撒儿还是没说什么。

“你没有看到吗,兄弟?”合赤温说。“我们可能失去所有的一切。”

“我们还会回来,”合撒儿回答,打了一个哈欠。他又睡觉吗?自己也不确定。

合赤温咒骂。

“两年内,他们会攻打我们。国王已经知道我们能做什么,他不会再犯同样的错误。我们还有一个机会,合撒儿。你不能因为一个负担,就逃跑。他们会追捕你的。”

“成吉思汗会活着的,”合撒儿坚定地说,“他很强壮,一定能站起来。”

“睁大你的眼睛,兄弟!”合赤温回答。“成吉思汗和其他人一样会死。如果他死了,谁来领导部落,你愿意我们看着部落分裂吗?当他们来狩猎的时候,遇到了金兵,会轻松吗?”

合撒儿看着远处燕京城上升起的第一缕曙光。夜里看到光芒,就以为什么都不会结束。合赤温是对的。如果成吉思汗死了,新的国家就会分裂。原来的老可汗们就会重新在争吵的部落里实行他们的权利。他摇摇头,打消了这些想法。

“我明白你在说什么,”他对合赤温说,“我不是一个笨蛋。你想让我接受你成为可汗。”

合赤温静静地站在那里。已经没有其他路可以走,但是如果合撒儿没有认识到这一点,新的一天就会以部落中血腥的杀戮而开始,他们会决定是去是留。成吉思汗把他们聚集在一起。在第一次软弱的暗示下,可汗们就会尝试获得自由,还会为自由而战。

合赤温深吸一口气,声音平静。

“是的,哥哥。如果成吉思汗今天死了,整个部落需要有一只强大的手放在他们的脖子上。”

“我比你大,”合撒儿柔和地说,“我指挥着很多战士。”

“你不是那个领导整个国家的人。你知道这个。”合赤温心跳加速,他着急地想要合撒儿明白这一切。“如果你认为你可以的话,我就会臣服于你。将军们会听从我的指挥,带着那些可汗们。我不会和你为此而争执,合撒儿,不值得下赌注。”

合撒儿想通的时候,眼里的疲惫也随之而散。他知道那样的话,合赤温必须要给予很大的帮助。领导整个部落的想法会让人觉得兴奋,他之前从来没有做过这样的梦。这对他来说是一个挑战。然而他还不是那个已经看到国家四分五裂的人。将军们不会站在他这一边,希望他来解决他们的问题,他们不会看着产生更多的麻烦。他甚至不得不去计划战争,还要为胜利或者失败讲话。

合撒儿感觉到他的弟弟更适合去领导,他有这个能力。如果他成为可汗,就不会怀疑合赤温一定会给予他全力的支持。他将统治所有的同胞,没有人会知道现在发生的谈话。像成吉思汗以前那样,他将成为所有人民的天父。他将有责任让老国王向他们的破坏战争弯腰,并且保证所有的人都存活下来。

他闭上了眼睛,让这些闪现的场景都从思想里清空。

“如果成吉思汗死了,我会向你臣服,弟弟。你将成为可汗。”

合赤温放松地叹了一口气。他的人民的未来就掌握在合撒儿对他的信任上。

“如果他死了,我就会看着金国所有的城市都被大火烧为灰烬,首先从燕京开始,”合赤温说。两个人看了一眼隐约闪现的城墙,心中聚集了复仇的力量。

智中站在射箭的平台上,那里比草原和蒙古大营要高出很多。寒冷的微风吹来，他的手在木头栏杆上有点麻木。他已经在那里站了好几个小时，看着刺客胜利后，部落发生的迹象。

就在刚才，他的监视有了成效。蒙古包中点起了星星点点的火光，智中紧紧地抓住了栏杆，在他盯向远方的时候，他的指甲发白。一个黑影从护城河上的灯光里穿过，智中的希望燃起，想象着即将蔓延的恐慌。

“不在了，”他低语，独自站在观望塔上。

第二十八章

成吉思汗睁开了布满血丝的眼睛,发现他的两个妻子和母亲站在他的旁边。他觉得很虚弱,脖子有点阵痛,抬起手去摸,在他破坏绷带之前查喀孩抓住了他的手腕。他的思想变得迟钝,紧紧地盯着她,试图想起发生了什么事。记得自己站在蒙古包的外面,很多战士都在他周围奔跑。那应该是在晚上,蒙古包里还是黑暗的,只有一个小的灯芯驱逐了黑暗。过了多长时间了?他慢慢地眨着眼睛,很迷惑。孛儿帖的脸色苍白,很担心,她的眼睛周围都是黑眼圈。他看见她正在对自己笑。

"为什么……我躺在这里?"他问。声音很虚弱无力,每一个字都必须是用力挤出来的。

"你中毒了,"诃额仑说,"一个金国的刺客伤到你,是者勒篾吸出了那些肮脏的东西。他救了你的命。"她没有提到阔阔出的功劳。已经忍受了他的念经,但是没让他待在这里,其他人也没让进来。那些进来的人都会回忆起他的儿子,那样会伤害到他。作为可汗的妻子和母亲,诃额仑知道这就已经足够提醒别人,她们的重要性。

费了很大的劲,成吉思汗挣扎着用手肘支撑着坐起来。就在那一刻,头痛的感觉侵袭了他的头骨。

"水,"他呻吟着,又倒下了身子。诃额仑快步去拿了一个皮质的水袋给他,喝完黑色的液体之后,他的胃开始一阵阵的痉挛。这使他的头痛更加无法忍受,但是他不能阻止,尤其是这个时候胃里也吐不出什么东西来。最后,他躺回床上,将手放在眼睛上,遮住了刺眼的光芒。

"我的儿子,喝了这个,"诃额仑说,"你因为受伤还是很虚弱。"

成吉思汗看了一眼母亲端在嘴边的碗,里面是血液和牛奶混合在一起的液体,喝起来酸酸的,他喝了两口就把它推在一边。他的心跳很快,感觉眼睛里有沙砾似的,最后他的思想变得清晰起来。

"帮我站起来,给我穿上衣服。我不能躺在这里,什么也不知道。"

让他愤怒的是,孛儿帖在他想站起来的时候,把他按回到床上。他没有力气将孛儿帖推开,考虑到叫他的兄弟们来。这样很无助的感觉极其不舒服,合赤温不会不理他的命令的。

“我想不起来发生了什么，”他声音嘶哑地说。“我们抓住那个伤到我的人了吗？”

三个女人互相望了一下。他的母亲回答。

“他死了。已经过了两天了，我的儿子。你差点就在那段时间接近死亡。”她说着，眼里蓄满了泪水，他只是很困惑地看着她。头脑中突然生起气来。他已经康复了，突然醒过来看自己是什么状态。有人伤害到他：就是他们提到的那个刺客。他极其愤怒，又急着要站起来。

“合赤温！”他叫道，但是嗓子里只有呼吸。

女人们着急地围着他，把一块冰凉的湿布放在他的额头上，他又躺回到毯子上，还瞪着眼睛。之前他没有意识到自己的两个妻子在同一个蒙古包里。他觉得这样不好，好像别人都在议论他。他需要……

睡意又袭来，没有任何预示，三个女人放松了下来。两天里，这已经是他第三次醒过来，每一次，他都问同样的问题。她们都庆幸他不记得女人们帮他往水桶里小便，处理他从肠子里排在毯子上的黑色大便，毒素都从他的身体里带出来了，也许那是阔阔出拿来的黑炭水也不一定，但是那黑色是女人们之前没有见过的。当桶填满的时候，整个蒙古包里都很紧张。孛儿帖和查喀孩都无法挪动去清空它，她们俩望着对方，互相用眼睛挑战着。一个是国王的女儿，一个是成吉思汗自己的第一任妻子。最后，诃额仑瞪了她们一眼，将桶提了出去。

“他现在比那时候强壮一点了，”查喀孩说，“他的眼睛很清澈。”

诃额仑点点头，用手擦了擦脸。她们都精疲力尽了，但是她们只离开帐篷去扔垃圾，或者是取新的一碗血和牛奶混合的液体。

“他会活着的。所有攻击我们的人都会后悔。我的儿子可以仁慈，但是他不会因此原谅他们。他死了对他们来说会更好。”

间谍快速地在黑暗中穿行。月亮躲在了乌云后面，他只有一点时间。他在上千个金人征募的新兵中找到了自己的位置。他所希望的就是，如果一个人来自包头，临河或者是其他城市都不会有人知道。他已经穿过了很多居民区。那里只有一些，蒙古的指挥官在训练城里的人成为战士，他们对这种任务没有表现出丝毫的荣誉感。对他来讲，在一个部队里穿行和汇报工作已经很不容易了。蒙古指挥官几乎没有看他，就递给他一只碗，让他去加入其他弓箭手中。

当他看见在大营里木头令牌不断地变化时，他有点担心这种官僚制度可能会把他查出来。通过这种方式参加金国的军队是很可能的，甚至很多次都没有什么挑战。金国的士兵知道他们中间间谍的危险，经常拿起武器阻止他们。

想到这里间谍笑了。这里没有密码或者是编码。他唯一的困难就是要和其他人一样显得很无知。第一天他就犯了一个错误，射箭的时候正好射到了靶心的中央。那个时候，他没有想过自己在和金国一帮无用的农民一起工作，当他们在他之后射箭时，没有一个人做得和他一样好。当蒙古的指挥官扫视他的时候，间谍掩藏了自己的害怕，指挥官让他再去射另一支箭。这次他很小心，射得很糟。战士们都失去了兴趣，对他们技术的厌恶他也没有表现出来。

尽管所有的护卫半夜会到处巡逻，失败的谋杀在整个大营中还是起了一定的影响。蒙古指挥官坚持延长巡视的时间，尤其是新征募的金兵住的房子。间谍志愿参加最后一轮巡视，从午夜到天亮。那样可以让他独自走出大营。即使在那个时候，离开岗位也是一个冒险，但是他必须为自己的主人这么做，不然所有的付出都浪费了。他要求来收集信息，去了解所有的事情，就靠他发现一切，他们才能应付。

他光着脚在黑暗中奔跑，不去想指挥官们在检查他的护卫们有没有醒着。他不能控制自己的命运，如果他们发现自己跑了，就会听见有警报响。他有可以向城墙呼喊密码，只有一点时间，他的同胞要扔下绳子来，然后他就再一次获得了安全。

他的右边有东西在移动，他立即趴在地上，控制着自己的呼吸，完全一动不动，压制着自己的紧张感。自从攻击了可汗，侦查员整个晚上都在巡视，现在的告警比之前多了很多。他们在巡视黑暗的城市时，总是没有什么希望，但是他们骑马走得很快，也很安静，如果他们抓住间谍，必死无疑。他躺在那里，间谍想会不会又来另一个刺客，如果可汗存活下来的话。

不管骑马的人是谁，他什么也没看见。间谍听见这个人在轻声训斥着马，但是声音很快消失，然后他又像野兔一样离开。所有的事情都决定于速度。

云层下面，城墙黑漆漆一片，他按着记忆找到那个对的地方。从南面的角开始，数了十个观望塔之后，就跳进了护城河。跳进去之后，当他摸着边缘找到那个他们为他准备的芦苇小舟，会心地笑了。他小心地在黑暗中跪在里面，轻轻地划着水。黑暗里，一切事情都是靠感觉，跳出小舟之后，在石头上摸到了缠在上面湿的绳子。这个绳子不会让船漂太远。

护城河到不了环绕着他的城墙。围绕着整个城市一圈，大概有人行道那么宽，有很多潮湿的霉菌。夏天的时候，他曾看见贵族们骑着马围着城转，下很大的赌注去看谁先第一个回到原点。他快速地穿过去，摸到了那个生养他的城市，在墙壁上一个简单的触摸，就意味着已经安全到家了。

头顶上，可能有十几个人安静地蜷缩在下面。尽管他们不讲话，他们也知道他，在这短暂时间里，他只能紧张地注意，期望他们能够出现。

他的手快速地在地面上摸索着,寻找着鹅卵石。头顶的云层在天空中快速地飘过。他通过月亮小心地判断着自己的位置。表面上应该有一个裂缝,只有很短的时间,到时候,他必须离开城墙。他轻敲着墙壁上的石头,在夜的沉寂中,声音显得很大。他听到了绳子滑下来的声音,接着就看见了它,然后顺着绳子爬了上去,同时,把多余的绳子拖在身后,这样就会更快地爬上去。

过了一小会,间谍就站在了燕京的高墙上。一队拿着弓箭的人在把绳子卷在一起,准备将其拽回来。另外还有一个人站在那里,间谍朝他鞠了一躬。

"讲吧,"那个人说,远远地看着蒙古大营。

"可汗受伤了。我无法靠得太近,但是他还活着。大营里到处都是谣言,没有人知道如果他死了谁会掌权。"

"他兄弟中的一个,"那个人轻柔地回答,间谍四处看了一下,想知道有多少人还在向这个人汇报。

"也许,或者其它的部落会从老可汗那里分离出去。现在是最好的进攻时间。"

他的主人生气地低声地发出唏嘘声。

"我不想听到你的结论,只要把你得到的消息告诉我就可以。如果我们有一支军队,你认为摄政王会在城墙里面坐等吗?"

"对不起,"间谍回答,"他们有足够的供给,可以维持好几年,那些都是从獾口山的仓库里掠夺来的。我发现有一个小派系,他们希望再试着用弹射机攻击城墙,但是他们只有一小部分人,没有一个人有影响力。"

"还有呢? 给我一些可以向摄政王汇报的信息,"他的主人紧紧地握着他的肩膀说。

"如果可汗死了,他们会回到他们的山里。所有的人都这么说。如果他活着,他们就会在这里待好几年。"

他的主人低声咒骂着他。间谍低头看着自己的脚,忍受着。他知道自己还没有失败。他的任务就是如实地汇报情况,而且他也这么做了。

"给我找一个可以联络的人。用黄金,用恐吓,不管什么都行。在大营里给我找一个人,只要他能让可汗降下黑色的帐篷。那东西立在那里,我们什么也做不了。"

"是,主人,"间谍回答。那个人转身离开了他,他又顺着绳子像蛇一样滑下了墙。下去的时候和上来时爬得一样快,一会儿他就已经把小舟绑在了另一边,然后轻轻地在草地上跑向自己的职位。可能已经有人替代他,蒙古人可能什么都不知道。

当他看着周围的土地时,天上的云层很难看得见。间谍很擅长他的工作,否则他永远也不会被选择做这件事。他往前跑着,月亮从云层中露出来,照亮了整个草原,他已经蹲下,藏在矮树丛中,仍旧在主大营的外面。他唯一不愿看到的就是燕京被毁,一块石头接着一块石头地被拆。他考虑了一会儿帖木格。至少帖木格不是一个战士。间谍对帖木格的了解甚少。云层又遮住了月亮,地面又暗了下来,他向着外面的哨兵跑去,重新回到自己的位置上,就好像从没有离开过一样,拿起他的弓和刀,跳上了一对马鞍。听见有人靠近,他紧张了起来,像其他护卫一样,站得笔直。

"有什么事汇报吗,马真?"速不台在黑暗中用金国的语言问道。

他用很大的力量控制自己的呼吸,然后回答。

"没事,将军。这是一个安静的夜晚。"间谍安静地用鼻子呼吸,等待着一些迹象,他的出现已经被发现。

速不台对他的回答露齿而笑,大踏步地离开去检查下一个人。间谍的皮肤上已经滚落了很多的汗珠。蒙古人用他们给自己起的名字。他怀疑了吗?应该没有。毫无疑问,年轻的将军和他的指挥官在他回到这里之前开始检查。其他的护卫肯定会敬畏有这样的记忆功绩,但是间谍只是在黑暗中笑了笑。他很了解军队,对指挥官的策略印象深刻。

在他站着观察周围的情况时,把自己的心跳平抚了一下,考虑着命令背后的原由。那可能只是投降。为什么摄政王想要其他人将黑色的帐篷移走,而不是给燕京进贡呢?如果可汗听见,他就会知道城市快要攻破,可定会为即将接近尾声而感到高兴的。军队已经拿下了城市的仓库,把所有的东西都给敌人丢在了路上。燕京已经从一开始就挨饿,智中肯定比别人了解得还要痛苦。

然后他觉得很高兴,能够选来担当此任务是因为他和其他的刺客与士兵一样有技能,比他们谁都更有用。他还有时间找到另一个比他的可汗更有价值的人。总会有这么一个人的。在短短几天里,间谍已经了解了那些不满意可汗权利的人,要把他们剥夺过来。也许他们中会有人看到进贡的价值远大过破坏的价值。他又想到了帖木格,不知道为什么他的直觉总是想到这个人。他对自己点点头,准备挑战一下自己的技能,拿最大的赌注。

当成吉思汗在第三天再次醒来,诃额仑出去拿食物给他。他问了相同的问题,但这次他不会再倒下去。他的膀胱憋得很痛,从毯子上放下一条腿,脚紧紧地踩在地上想要站起来。查喀孩和孛儿帖帮助他走到蒙古包的中央,用他的手指环绕着它,直到确定它不会掉下来。她们把桶放在合适的位置,站了回去。

他冲着两个妻子眨眼,看着她们站在一起觉得很奇怪。

"你们两个人想一直看着吗?"他说。他不知道为什么两个人都笑了,"出去,"他跟她们讲,几乎停了下来,直到她们离开了蒙古包,他才清空了膀胱。他吸着鼻子，闻到了尿的味道，颜色不是太健康的样子。

"合赤温！"他突然叫道。"来我这里！"他听见高兴的喊声在回答，于是露齿而笑。所有的人都在看着可汗是否死去。他紧紧地抓住木柱子，考虑怎样再次更好地统治整个大营。还有很多事情要做。

门的铰链被甩在身后，合赤温不顾他哥哥妻子的反对走进了蒙古包。

"我听见他在叫我，"合赤温在说，尽可能绅士地推开她们走了进来。最后看见哥哥站在那里的时候，他陷入了沉默。成吉思汗只穿着肮脏的裤子，哥哥比之前看见时脸色苍白一些，更瘦了些。

"你能帮我穿衣吗，合赤温？"成吉思汗问。"我的手太无力，没法穿。"

合赤温的眼里闪着泪花，成吉思汗对他眨着眼睛。

"你不会哭吧？"他惊讶地问道。"在神灵的引导下，我被女人围得团团转。"

合赤温笑了，擦干了眼泪，没让查喀孩和孛儿帖看见。

"很高兴看见你现在站在这里，哥哥。我几乎对你不抱希望。"

成吉思汗哼着鼻子。他还是很虚弱，离不开支撑点，万一要摔倒就会觉得很丢脸。

"派人把我的盔甲拿来，再拿来一些食物。我的妻子们几乎忽略了，差点把我饿死。"

外面，他们都能听见消息传遍了整个大营，叫喊声一声比一声高。他醒了。他活着。形成的叫喊声几乎要传到燕京的城墙上，打扰了智中和他的大臣们的会议。

将军在谈论事情时，听见了传来的声音，皱起了眉头，感觉到胃里集结了冰冷的肿块。

当成吉思汗从他养病的帐篷里出来的时候，整个部落的人都聚集起来为他欢呼，用弓敲打着他们的盔甲。合赤温站在他的旁边，以防他跌倒，但是成吉思汗挺直腰杆走向了那个立在马车上的大帐。爬上了台阶，没有一点虚弱的迹象。

一走进大帐里面，当他释放了支持自己虚弱身体的意志力之后差点跌倒。合赤温叫来将军们，让他的哥哥痛苦地坐下，留下他一个人。

在他们坐到各自的位置上之后，合赤温看到成吉思汗还是不自然地发白，尽管天气很凉，他的额头上还是渗出了很多汗。成吉思汗的脖子上换上了新的绷带，像一个围脖。他脸上的皮肤薄到可以看见下面的头骨，眼睛里闪烁着兴奋的光芒，他在欢迎每一个人。

合撒儿看见鹰一样的表情时笑了，他坐在了阿尔斯兰和速不台的旁边。者勒篾最后来，成吉思汗招手让他过来。他想自己如果站起来，腿有可能支撑不住，但是者勒篾单膝跪在他的前面，成吉思汗紧紧地抓住他的肩膀。

“合赤温说你从我身上吸毒时自己也中了毒，”成吉思汗说。

者勒篾摇摇头。

“那是小事，”他说。

成吉思汗没有笑，尽管合撒儿笑了。

“我们分享了血液，你和我，”他说，“那使你成为我的兄弟，和合撒儿，合赤温还有帖木格一样。”

者勒篾没有反应。放在他肩膀上的手在颤抖，他能看见可汗严重燃烧的目光，深邃无底。他还活着。

“你可以拿走我的畜群的五分之一，一百匹丝绸和十二支好弓和好剑。我会在部落里赐给你荣誉，者勒篾，为你所做的一切。”

者勒篾低下了头，感觉到阿尔斯兰骄傲的目光落在他的身上。成吉思汗收回他的手，在那些聚集在他名下的人们巡视了一周。

“如果我已经死了，你们中的谁会领导整个部落?”目光转向合赤温，他的弟弟对他点头。成吉思汗笑了，不知道他睡着像死一样的时候，错过了多少谈话。他曾想那个人会是合撒儿，但是在他清澈的眼睛里没有一点羞辱之色。合赤温把他处理得很好。

“我们很愚蠢，没有计划过这种事情，”成吉思汗对他们说，“这次是一个教训。我们中的任何一个人都可能倒下，如果我们倒下了，金国就会感觉到我们的虚弱，就会来攻打我们。你们每一个人都要拟一个你们的人的名字，可以代替你们的职位。还有可以代替他的职位的人。建立一条名令，传递给最底层的士兵，这样每个人都知道他在被领导，不管身边有多少人死去。我们不能再因此而陷入困境。”

他停下来，让一阵虚弱感穿过身体。会议不得不缩短时间。

“至于我，我会接受你们的愿望，任命合赤温为我的继承人，直到我的儿子们都长大。合撒儿会跟随他。如果我们都倒下，者勒篾来统治整个部落，把我们的名誉都攻战回来。”

一个接一个，他提到的人都低下了他们的头，接受新的命令，都感到很满足。成吉思汗不知道在他病倒在床上的时候，他们面临了怎样的混乱。每一个老可汗都把他自己的人召集在身边，一个较忠实的人优先领导了土门人和他们的将军。一个小小的攻击，刺客就把他们送回了原来各自的血统里。

尽管他的身体还受着伤，成吉思汗没有对整个部落失去了解。他会任命五十个受欢迎的人在他死后来接替他的统治。在他考虑未来的时候，没有人说话，大家都知道他必须重建整个军队的结构，那个曾经帮他们赢得金国城市的军队。其他的人会看着他们破裂，甚至被摧毁。

“合赤温和我已经讨论多次要派你出去。我之前有点不情愿,但是现在我们需要把部落分开。他们中的一些人已经忘记了他们已经对我和对他们的将军立下了效忠的誓言。必须提醒他们。”他环视一周,看着他的将军们的脸。没有一个人是软弱的,但是他们还是需要他的领导,需要他给予他们权利。也许他死后,合赤温可以把他们聚集在一起,但是他也不能确定。

“你们离开这里后,在草原上把土门人聚集起来,去盯着城墙。让他们看看我们的力量,然后你们离开的时候要轻视地看他们、这么多的人将要到来,去拿下他们的城市,让他们害怕。”他转身看见速不台目光中闪亮的兴奋之色。

“你带着术赤,速不台。他崇拜你。”成吉思汗想了一会。“我不想待他像个公主一样。他是一个易怒的、自大的孩子,必须敲打他。别因为我而害怕侵犯他。”

“是,可汗,”速不台回答。

“你会去哪里?”成吉思汗小心地问。

速不台没有犹豫。自从獾口山的战争开始,他就已经反复考虑过自己的答案。

“北方,可汗。穿越我的老部落人打猎的土地,乌梁海,甚至更远。”

“很好。合赤温?”

“我会留在这里,哥哥。我要看着这座城市倒下,”合赤温回答。

成吉思汗看着他弟弟脸上严肃的表情笑了。

“欢迎你陪同我。者勒篾?”

“东方,可汗。”者勒篾回答。“我还没有见过大海,我们对这些土地一无所知。”

成吉思汗听后叹口气。他也是生在草原的海洋里的,这个想法很具有诱惑性。当然他要先看着燕京城攻打下来。

“带着我的儿子,察合台,者勒篾。他是一个很好的孩子,当他成人以后,可能会成为可汗。”他的将军严肃地点点头,已经超越了成吉思汗授予他的荣誉。就在前一天,他们都很紧张,等待着看部落里会发生什么事,消息传出成吉思汗已经死了。听到他在下达命令,让他们重拾自信。正如部落人窃窃私语的一样,成吉思汗受到神灵们的偏爱。者勒篾感觉到他的骄傲在膨胀,他尽量保持着自己的脸色冷酷一点,不要失笑。

“我希望你留在这里和我一起,阿尔斯兰,直到城市饿死投降为止,”成吉思汗继续说,“也许那时候我们会慢慢地回家,享受几年平和地在草原上骑马的感觉。”

合撒儿低声发出焦虑的声音。

"哥哥,那是一个生病的人说的话。等你身体康复,你会想要和我们一起南下,拿下金国的城市,就像摘下熟透的果实一样。你还记得使节文超吗?我会去开封,去南边。我很高兴看到他再次见到我的表情。"

"南方,合撒儿。我的儿子窝阔台只有十岁,但是他跟着你会比留在这里盯着墙看学到得更多,我会带着小拖雷。他崇拜你和郝撒还有帖木格带回来的佛教和尚。"

"到时候,我也会带着郝撒,"合撒儿回答。"事实上,我可以带着帖木格到他不会再引出什么问题的地方。"

成吉思汗考虑他的想法。他不是一个聋子,他也听到了很多对他最年轻的弟弟的抱怨。

"不。他很有用。他站在我和上千个愚蠢人制造的问题之间,那还有点用。"合撒儿哼着鼻子,让自己的感觉清楚一点。成吉思汗还在继续想,想到如果他的病痛让他再也无法思维。

"帖木格想被派出去到其他领土上学习。也许他是对的,他们带回来的信息是很有用的。等着他们回来,或许最后会减轻这种单调和这个该诅咒的地方。"他点点头。"我会选择人,他们在你们骑马离开的时候也会出发。我们会向各个方向进发。"这时候,他突然感觉自己变得很无力,于是闭上眼睛,抵抗着一阵头昏眼花的感觉。

"现在离开我吧,除了合赤温。集合起你们的土门,和你们的妻子还有情妇们告别吧。他们和我待在一起会很安全,除非他们太活跃。"

他站起来的时候,笑容很虚弱,看见他们都不再好像比他们都到来的时候更满意。当合赤温一个人站在大帐中时,成吉思汗失去了生气,突然看起来有点老了。

"我必须休息,合赤温,尽管我不想回到那个满是疾病味道的蒙古包里。你有没有安排门卫,这样我可以在这里吃睡?我不想被别人看着。"

"我会的,哥哥。让我把孛儿帖叫过来服侍你吗?她已经看护你度过了最糟糕的时候。"

成吉思汗耸耸肩,声音很虚弱。

"你最好把我的两个妻子都送过来。不管怎么样,如果我对一个比另一个更好的话,他们就不会持续和平太久。"他的目光已经呆滞。一个简单的会议已经耗尽了他所有的精力,他的手放在膝盖上,在不停地颤抖。合赤温转身准备离开。

"你是怎么让合撒儿接受你继承我的职位?"成吉思汗在他身后低声问。

"我告诉他,他会成为可汗,"合赤温回答,"我想那吓倒了他。"

第二十九章

花了六天的时间，把他们的弟兄聚集在一万平米的广场上，准备骑马远行。实际上，每一个土门都是一支大规模的攻击部队，他们都知道是这么回事。但是那样的规模需要组织，帖木格和那些受伤人员的骨干现在正忙于供给、配置、武器以及这些东西的清单。有一次，那些长官没有对这些干扰发牢骚。在他们前边，是他们从来没有看到过的东西。当人们顺着他们将军指着的方向看着的时候，他们心中的欲望很强烈。

那些留在后面的人没有那么兴奋，在成吉思汗恢复的过程中，由合赤温来组织纪律。这个策略被证明是惊人的成功，因为他的弟弟只是看了一眼可汗搭的帐篷周围，等着那些人安静下来。在成吉思汗恢复体力的时候，没有人想打扰他。只是他活着这个简单的事实，就可以带走那些老可汗帐篷所增长的权利。即使这样，乌耶拉的父亲还是要求见成吉思汗，丝毫没有考虑后果。合赤温已经在自己的帐篷中拜访了他，在那之后，乌耶拉可汗就没有对其他人说过一句话。他的儿子要和合撒儿一起拿下，那么他就会被单独留下，每天只有几个人照顾着他的起居。

前天晚上下了一场雪，早上的时候，天已经晴了，天空在延城上空呈现蓝色。在巨大的结冰的平原上，勇士们都在等着命令，准备骑上坐骑，那些小种马在他们的旁边踏着雪地。他们的长官一直在清点着队列和装备，尽管他们在他们需要这些东西的时候，不会马虎地丢下什么东西。他们中的许多人都在开着玩笑，并笑着。从出生开始他们就在陆地上运动着，在延城停止，对于他们来说是不正常的。在他们旅途上会有容易夺取的城市，每一个人都带着弩箭，放在十几辆车子上，同时会有人训练他们使用。当然马车会使他们慢下来，但是每一个人都记得西夏王国的银川。他们可不想在城墙外边嚎叫。相反的，他们会打碎城市的大门，将小国王从高处摔下来。这是令人兴奋的场景，情绪就像是夏日晴朗的一天。

帖木格最后拿出来的是每一个将军用的白色、红色、黑色的帐篷。武士们看到这些用卷好、装好并长绳子捆紧的东西，都鼓起勇气来。没有别的东西，这些帐篷就表示了他们那些反对他们的决心。他们的力量给了他们正义。

除了土门，成吉思汗又给他们编织了二十个勇士一组的侦探队来探索新的土地。开始的时候,他想让他们去劫掠,但是帖木格劝说他,再给一车车的黄金以及战利品。帖木格已经跟他们每个组的长官说了,确保那个明白他的任务是观察、学习甚至是贿赂。帖木格告诉他们要规矩,这是多年前他从文超那儿学来的。在那方面以及其他,帖木格已经为部落创造了很多东西。他可以看到他们的价值,尽管他们自己没有。那些远不如那些知道自己可以攻打城市的人兴奋。

成吉思汗已经将脖子上胶布弄掉了,露出一个带着黄色和黑色瘀青厚厚的伤疤。在寒冷的空气中,他深深地呼了一口气,用手捂住嘴咳嗽一声,显示他还是很虚弱。他还没有强壮起来,但是他太想和其他人一起骑马了,甚至是那些想要说话或是间谍而不是劫掠的人。他焦躁地看了一眼延城,那座城市就像是一只癞蛤蟆蹲在平地上。难怪金国的皇帝任何时刻都在里边待着,看着人马的奇怪的运动。成吉思汗在延城的方向踱来踱去。他们已经在 Bager 嘴藏了起来,现在他们藏在了墙里。他考虑他们还要多久才能把他们弄出来,他的情绪是苦涩的。

“人已经准备好了,”合赤温说道,骑过来,并下了马。“帖木格想不出一个办法惹怒他们,感谢长生天您亲自吹号角吧?”

成吉思汗看着挂在他弟弟脖子上打磨好的号角,摇了摇头。

“我要先和我的儿子说再见,”他说道,“把他们带到我面前。”他在地上指着一个大的毯子,布料上面有一壶奶酒和四个杯子。

合赤温低下了头,退下,骑上了马,使劲打了一下马,全速跑过等待人群的广场。到达他侄子那儿需要很长时间。那儿的每一个勇士在自己巨大的畜牧场上都有两匹其他的马,带着马的打鼾声以及马嘶声,那天早晨是非常热闹的。

成吉思汗耐心地等待着,知道合赤温带着术赤、察合台和拖雷回来,他的弟弟站在一边,等着他的儿子走到近前。合赤温用眼角的余光看着成吉思汗盘腿坐在毯子上,他的三个男孩面对着他坐在粗布毯子上。沉默中,他向每一个杯子中都倒上了浓烈的酒,他们郑重地用右手接住,左臂平齐,表示他们没有拿武器。

当成吉思汗向他们环视的时候,他实在是不能批评他们。术赤穿着一身新盔甲,对于他的骨架来说有点大。察合台仍然穿着原来自己给的那件。只有窝阔台穿着传统的加着垫子的长袍,对于一个只有十岁的孩子来说穿一个大人的盔甲还是有点大,尽管是他们在獾口山获得的。最小的孩子担心地接受了一杯马奶酒,和其他人一起只是小口抿了一下,没有任何表情。

“我年轻的小伙子们,”成吉思汗笑着说,“我再看到你们的时候,你们都应该是大人了。你们对你们的妈妈说了吗?”

“我们说了。”术赤回答道。成吉思汗看了他一眼,考虑着这个孩子眼中的不友善。他做了什么要这样?

收回对术赤的目光,成吉思汗对他们所有的人讲话。

该严格地依附札撒，否则整个民族的权利就会破灭，走到尽头。不管他们怎样去搜寻成吉思汗，他们都不会找到他。”

——成吉思汗

在这里面，我们可以看见梦想家能够勾画出四散的部落统一成为一个国家，也可以理解要统治这样一个巨大的领土，需要遵守什么。

白色帐篷、红色帐篷、黑色帐篷的体制被成吉思汗所用，我已经描述过。那是一种形式的宣传，这样设计是为了让城市因为恐惧而快速被摧毁。放牧是蒙古畜群的一个问题，如果可能的话，要尽量避免长期的围攻。那既不符合他的性情，也不符合成吉思汗的作战风格，只有速度和流动性才是核心要素。用同样的方式，把敌人逼在一个城市，来耗尽他们的资源，是一种残忍的做法。在某些方面，成吉思汗是一个终极实用主义者，但是蒙古战争的一个特点很值得一提：复仇。受挫后，常常用“我们已经失去了最好的人”的标准来判断一场全力以赴的战争。

他也想试用新的技术和武器，比如说长矛枪。蒙古骑兵总是会选择弓箭作为武器，但是他们也用长矛枪，使用的方式完全和中世纪的骑士一样，是一个能够快速成功攻击到步兵和其他骑马人的沉重的武器。

骗局是另外一个理解很多蒙古胜利的关键。成吉思汗和那些在他手下辅佐的人几乎把直接的战争视作是一种耻辱。胜利是靠狡诈取得的，他们总是寻找不同的方式去欺骗面临的敌人，不管是虚假的撤退，还是埋伏士兵，或者是将编制的稻草人放在马背上，给人以埋伏的错觉，事实上没有。巴登·鲍威尔肯定对此感兴趣，因为七个世纪以后，他几乎用完全相同的方式防守梅富根城，设置了假人雷区，派人藏在无形之中，还有所有的技巧和策略。一些事情无法改变。

者勒篾从成吉思汗脖子上吸血的事情很有意思。没有提到毒的存在，但是怎么样来解释这种行为呢？没有必要从受伤的脖子上去吸凝结的血块。那不能帮助康复，事实上，这种行为会让被割的虚弱之处爆裂动脉。在我这样叙述之前，早就有这样的历史事件发生，但是那是如此的有吸引力，我无法割舍。有很多这样的事情在历史中被重写，可能特别的行刺尝试会被视作无耻。

历史上有一件事我没有用，那是一个被驱逐的饥饿的部落人偷走了成吉思汗最小的儿子拖雷，还给了他一刀。我们不知道他是不是故意的，但是很快就被者勒篾和其他人给杀了。这样的事件可以帮助解释为什么后来蒙古人和来自阿拉伯的刺客有联系，他们挡不住想要破坏他们的人。

成吉思汗远非不可征服的，他在战争中受过很多次伤。但是他总是很幸运，一次又一次地幸存下来——也许应该得自于他的人民对他的信赖，他总是被祝福，所以注定能战胜。

注解是讲不完的：蒙古军队的一个主要优势就是，他们能够在任何地方出其不意地进攻。最好的记载证明就是他们九天能行走六百里地，日行七十里，或者是每天骑马行走 140 里还多，骑兵们还能继续。远行对马是一个挑战，但是马可波罗记载蒙古的信使在日出和天黑之间行走了 250 里地。冬天，难以置信那些出行的马的艰苦。它们吃雪来解渴，刨开雪在下面寻找食物来充饥。当修行的和尚约翰·戴尔·普莱诺·卡皮尼穿越草原去面见忽必烈可汗时，在哈拉和林，蒙古人建议他换上蒙古的马匹，否则就会看着它们饿死。他们不会为此而担心。西方的战马生性残忍，血统很强壮，就像桑佛克州的中部大宛马一样，速度很快。他们从来都不持续地繁殖。

落花飘零的事件是真实的。有六万年轻的女孩从眼睛的城墙上跳下去，他们不愿意落入侵略者手中。